KB100412

살아가는 지혜는 가성에서 배운다

윤재근 지음

나들목

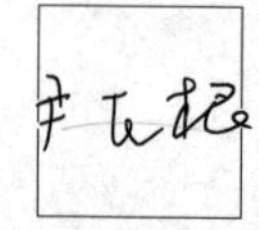

살아가는 지혜는 가정에서 배운다

초판 1쇄 발행 | 2004년 4월 10일
초판 3쇄 발행 | 2005년 3월 10일

지은이 | 윤재근
펴낸이 | 양동현

펴낸곳 | 도서출판 나들목
출판등록 | 제 6-483호
주소 | 서울 성북구 동소문동4가 124-2
대표전화 | 02) 927-2345 팩시밀리 | 02) 927-3199
이메일 | academybook@hanmail.net

ISBN | 89-90517-17-6 03810

www.academypub.com

|머리말|

소중한 가정을 위하여

화목한 가정을 바라지 않는 가족은 없을 것입니다. 한가족이 서로 안심하고 삶을 따뜻하고 넉넉하게 누릴 수 있는 가정을 일구려면 무엇보다 부부(夫婦)는 서로 벗(友)이 되려고 노력해야 하고, 부모(父母)는 자녀(子女)에게 선생(先生)이 되기 위해 노력해야 합니다. 그러나 현실은 그렇지 못해 지금 우리네 가정은 위기에 처해 있습니다. 저마다의 가정을 한가족의 보금자리로 가꾸지 못한다면 아무리 돈이 많은 부자가 되어도 허망합니다.

한가족이 보금자리를 일구는 길을 잊어서는 안 됩니다. 그런 길을 찾아 한가족이 함께 걸으면서 살아가야 합니다. 그러기 위해서는 한가족이 틈나는 대로 담소(談笑)를 즐겨야 합니다. 이 책은 그렇게 담소를 나누려면 부부 사이는 벗이 될수록 좋고, 부모는 자녀에게 선생이 되어야 하는 까닭을 새길 수 있도록 꾸며 놓았습니다.

벗은 마음을 열고 서로 함께 의지하며 산다는 말입니다. 서로 벗이 되려면 한마음이 되어야 합니다. 부부(夫婦)는 한마음이 되어야만 벗이 되어 살 수 있습니다. 선생(先生)은 단지 지식을 전수하는 교사(敎師)가 아닙니다. 사람이 되는 길을 터 주는 분을 일러 선생이라고 합니다. 그러므로 선생은 이해관계(利害關係)에서 떠나야 합니다. 그래서 성현(聖賢)이 아니면 선생이 될 수 없다고 하는 것입니다. 부모와 자녀 사이에는 그 어떤 이해도 끼어들 수 없습니다. 부모는 자녀에게 성현이 되어야지 그저 뒷바라지를 책임지는 보호자(保護者)에 그쳐서는 결코 안 됩니다. 이런 까닭에 바르게 짓는 자식 농사는 부모밖에 맡을 수 없다는 것입니다. 이를 위해서는 부부는 벗이 되고, 부모는 자녀의 선생이 되어야 합니다. 그러면 행복한 가정이 이루어진다고 성현들은 보증해 놓았습니다.

행복한 가정은 돈을 주고 살 수도 없고 또 얻을 수도 없습니다. 그것은 한가족이 창조해 가는 삶의 과정입니다. 그 과정이 정성스럽고 성실해야 한가족이 행복한 가정을 이루고 누릴 수 있습니다. 돈이나 지위, 명성 등은 행복한 가정을 보장해 주지 못합니다. 오히려 가정을 아프게 하는 탈이 될 수도 있습니다. 한가족이 함께하는 가정은 서로 믿는 한마음〔一心〕에 달려 있습니다. 가족이 누리는 한마음은 부부는 서로 벗이 되고 부모는 선생이 되어야만 제대로 이루어집니다. 부부가 한평생 연인으로 산다는 것은 거짓말입니다. 연인 같은 부부는 결혼 후 3

년 정도라는 통계도 있습니다. 아들딸 낳고 평생을 오순도순 사는 부부는 벗이 되어 삽니다. 이해를 떠나 서로 아끼고 소중히 하는 사이를 벗이라고 합니다. 그런 부부가 가장 부러운 짝입니다. 그리고 그런 부모라야 자녀에게 선생 노릇을 잘하여 한가정을 따뜻한 보금자리로 일굴 수 있습니다.

온 세상 사람들의 선생은 성현이고, 한 가정 자녀의 선생은 부모라고 합니다. 선생은 이해를 떠나서 사람을 가르칩니다. 부모와 자녀 사이에는 아무런 이해가 끼어들지 않기에 현명한 부모는 자식에게 훌륭한 선생 노릇을 할 수 있습니다. 선생은 사람이 되라고만 가르칠 뿐 능력이 뛰어난 사람이 되라고는 가르치지 않습니다. 그래서 가정 교육과 학교 교육은 서로 다릅니다. 능력이 뛰어난 사람을 길러 내는 일은 학교의 몫입니다. 학교는 유능(有能)한 사람을 길러 내고, 가정은 유덕(有德)한 사람을 키워 낸다고 믿으면 됩니다. 지금은 학교의 교사(教師)나 교수(教授)가 남의 집 자녀들을 후덕(厚德)한 사람으로 키워 줄 수 없는 세상입니다. 오늘날의 학교는 전문인을 길러 낼 뿐입니다. 그러니 자녀를 후덕한 사람으로 길러 내는 일은 부모의 몫이란 점을 잊어서는 안 됩니다. 세상은 '후덕한 사람'이 '뛰어난 사람'이 되어야만 그 사람을 변함없이 존경하고 받듭니다.

이 책은 벗으로 사는 부부와 선생 노릇을 잘하는 부모에게 길잡이가 되어 줄 것입니다. 그래서 중요한 덕목(德目)은 자주 되풀이되어 강조됩니다. 여러 번 반복해서 듣다 보면 변함없는 덕목을 마음속에 새기기 쉽기 때문입니다. 그래서 이 책은 지식이 아닌 슬기롭게 사는 길을 겨냥해서 이야기하고 있습니다.

그러니 이 책의 어디를 펴든 관계없습니다. 손에 짚이는 대로 그냥 책을 펴고 편안한 마음으로 읽으면 됩니다. 그러면 자신을 만나는 기회를 얻게 될 것입니다. 그 기회를 빌어 자신이 자신에게 묻고 답하는 침묵(沈默)을 즐겨 보기 바랍니다. 이런 순간을 일러 관심(觀心)이라고 합니다. '내가 내 마음 들여다보기〔觀心〕' 를 자주 할수록 몸과 마음이 건강해집니다. 이렇게 한 다음 가족을 만나면 하고 싶은 이야기, 해야 할 이야기, 들어야 할 이야기, 들어 둘 이야기 등이 줄줄이 사랑스럽게 기다리고 있는 것을 발견할 수 있을 것입니다. 그런 발견이야말로 가족의 마음이 하나되게 하는 길입니다. 이 책이 바로 그런 길을 터 주고자 합니다.

가정은 비교의 대상이 아닙니다. 이해(利害)로 얽힌 관계는 더욱 아닙니다. 한피붙이로 한지붕 아래서 사는 곳이 가정입니다. 그런 가정은 남들한테 자랑할 것도 안 됩니다. 한가족에게 있어 한가정은 한마음을 누리는 소중한 둥지라고 여기면 됩니다. 소중한 것은 비밀일수록 좋습니다. 그런데 마치 가정을 까발리듯 드러내려는 요즘 세태가 두렵습니다. 왁자지껄한 가정일수록 그 끝이 좋지 않을 확률이 높습니다.

소중한 가정은 남몰래 선하고 건강하게 가꾸어야 하는 것입니다. 한가족의 소중한 가정을 되살펴 보고자《살아가는 지혜》를 엮어 1998년에 한 권의 책으로 펴낸 적이 있었습니다. 그 내용이 미흡해 다시 다듬어 복간(復刊)이 아닌 신간(新刊)으로 펴내고 싶었습니다. 이런 뜻을 선뜻 받아 준 도서출판 나들목 양동현 사장님께 감사합니다.

2004년 4월

| 차 례 |

들어가기 전에

어머니가 자녀에게 들려주는 우화

나를 돌아보는 시간 - 나는 어떤 인간형인가?

삶의 등불이 되는 성현의 지혜

소중한 가정(家庭)

가정은 한가족이 함께 모여 사는 삶의 터전이다. 그래서 가정은 단순한 집이 아니다. 한가족은 한피붙이로서 각자 품고 있는 서로의 믿음〔信〕으로 가정을 일구고 사는 까닭이다. 한가족이 품고 사는 믿음은 같은 피붙이란 뜻과 함께하므로 한가족의 마음은 서로 하나되는 삶으로 이어진다. 그래서 가정 생활에는 이해(利害)가 걸리지 않는다. 세상이 아무리 살벌해도 가정이 아늑한 보금자리인 것은 이해를 떠나 복(福)을 나누기 때문이다. 복 받는 가정이 알뜰하고 소중한 것은 무엇보다 이해를 떠나 있기 때문이다. 이 세상에 복 받는 가정보다 더 소중한 것은 없다.

마음이 하나되어 오순도순 한지붕 아래에서 나누는 삶은 행복과 불행으로 나누어 따질 수 없다. 부모와 자녀의 마음이 서로 통하므로 흥정하고 속셈하는 사회와는 달리 가족은 서로 마음을 열고 행불행(幸不幸)을 따져 셈하지 않는다. 한가족이 마음을 열고 살므로 가족끼리는 비밀이 없다. 비밀이 없어야 덕(德)을 나눌 수 있다. 그래서 한가족은 함께 울고 웃으면서 삶을 헤쳐 나간다. 한가성이란 한가족을 싣고 삶이란 물길을 가는 한배라고 여기면 된다. 물길이 가파르면 가파른 대로, 반반하면 반반한 대로 함께 가야 하는 한배를 두고 가족은 이런저런 투정을 하지 말아야 한다. 한가족은 본래 동고동락(同苦同樂)이니 말이다.

울어도 함께 울고〔同苦〕 웃어도 함께 웃는〔同樂〕 삶이 참으로 이뤄지는 곳은 가정밖에 없다. 그래서 가정은 달면 삼키고 쓰면 뱉는 이해로 얽힌 세파(世波)와는 사뭇 다르다. 되는대로 사는 가정이 있다면 그것은 가정이라 할 수 없다. 세파는 이해 따라 출렁이지만 한가족끼리는 이해를 버리고 서로 기대어 산다. 구김살 없는, 선하고 밝은 삶을 이루려는 하나의 소망(所望)을 함께 일구는 가족은 남에게 그것을 과시하지 않는다. 이런 까닭에 가정은 늘 가족끼리 마음을 드러낼 수 있는 다소곳한 보금자리가 되어야 한다. 따뜻하고 아늑하며 편안한 보금자리를 소담스럽게 가꾸며 사는 한가족의 부모와 자녀는 밀림의 법칙이 아우성치는 험악한 세상에서도 인생의 주인 노릇을 의젓하게 한다. 그러려면 무엇보다 먼저 가정의 소중함을 한가족이 다져 가야 한다.

아내와 남편

한평생 연애할 때처럼 깨 쏟아지듯 살겠다는 부부를 부러워할 것은 없다. 그런 말은 결국 거짓말이 될 터이니 말이다. 한평생 신혼 때처럼 산다고 말하는 부부의 말은 결국엔 거짓으로 드러나게 마련이다. 부부는 연인(戀人) 사이가 되어야 한다는 생각도 믿을 것이 못된다. 사랑하는 연인 사이는 기껏해야 3년 가기 어렵다고 하는 통계도 나와 있다. 연인 같은 부부는 신혼 때는 얼마간은 가능하다. 신혼을 인생에 단 한 번밖에 없는 단꿈이라고 여길수록 좋다. 신혼부부라면 단꿈에서 깨어나 새 가정을 일구고 끌어가야 하는 삶을 하루라도 빨리 마주하는 것이 좋다.

고운 정, 미운 정 다 들어 울고 웃고 붙어산다고 하는 부부라면 그런 부부는 믿어도 된다. 썩은 정이 더러워 산다는 말보다 더 질고 진한 인생의 애환(哀歡)을 진솔하게 드러내는 속은 없다. 한평생 같이 사는 든든한 부부일수록 서로 정이 들어 산다는 말을 아낀다. 참말이지 썩은 정이 들어 산다는 부부가 벗으로 사는 아내요, 남편이다.

가장 행복한 부부 사이를 벗이라고 풀이하면 된다. 묵은 정으로 사는 부부는 우애(友愛)를 품고 산다. 연애(戀愛)는 변덕스럽고 오래 가지 못하지만 우애(友愛)는 한결같이 한평생 간다. 그래서 우애(友愛)를 일러 항심(恒心)이라 한다. 가장 불행한 부부 사이를 동료(同僚)라고 풀이하면 된다. 동료애(同僚愛)로써 산다는 부부가 있다면 그런 부부는 위태위태할 수밖에 없다. 본래 동료란 이해로 얽혀 맺어지는 인간관계인 까닭이다. 동료란 직장에서 맺어지는 관계이다. 그래서 동료는 이로우면 만나고 해로우면 떨어져 나간다. 그러니 동료 사이를 두고 배반했다며 아옹다옹할 것은 못된다. 동료애란 본래 그렇게 변덕스러운 데가 있다. 그러니 부부 사이를 동료의 관계처럼 여겨서는 절대로 안 된다.

요사이 왜 깨져 버리는 부부가 그리 많은가? 벗이 되어 사는 부부가 줄어들고 동료처럼 살려는 부부가 많아진 까닭이라고 생각해도 터무니없는 짓은 아닐 터이다. 진정한 벗과 같은 부부의 애정(愛情)은 무덤까지 간다. 언제는 사랑했지만 이제는 싫다는 것은 부부가 서로 남이란 생각이 숨어 있는 까닭에서이다. 남이 아니라고 생각한다면 헤어질 생각을 할 리가 없지 않은가. 동료 사이에는 남이란 잣대가 있지만 벗 사이에는 남이란 마음이 없다. 벗이란 나와 너 둘〔二〕만으로 이루어진 것이 아니라 하나〔一〕로 맺어진 마음이다. 그래서 벗에는 두 마음이 없고 한마음만 있다.

이 세상에서 부부보다 더 낳은 벗은 없을 것이다. 부부가 서로 다른 마음을 지니고 있다면 부부랄 수 없다. 진정한 부부는 한마음이어서 서로 왕래가 자연스럽다. 그러니 부부는 한마음으로 삶을 마주하며 사는 벗이다.

어머니와 아버지

아들딸을 낳지 않고 둘이서 오순도순 살겠다는 부부가 있다면 그런 부부는 모른 척해도 된다. 아이 없이 살겠다는 부부라면 그것은 서로 필요해서 붙어사는 남녀이지 부부랄 수 없다. 참다운 부부라면 아내는 어머니가 되고 남편은 아버지가 되어야 한다. 서로 좋아 살붙이 사는 남녀에게는 가정이란 없다. 아들딸 낳고 기르고 키우며 울고 웃으며 살아야 아내도 되고 남편도 되고 어머니도 되고 아버지도 된다.

아내가 어머니가 되고 남편이 아버지가 되는 것을 일러 천륜(天倫)이라 한다. 왜 러브호텔에 가서 남녀가 성교(性交)하면 불륜(不倫)이고, 가정에서 아내와 남편이 합궁(合宮)하면 불륜이 아니겠는가. 그저 결혼이란 의식을 거쳤다 해서 그런 것은 아니다. 아들딸 낳아 길러 키우는 까닭에 아내(어머니)와 남편(아버지)의 합궁은 목숨이 자랑스럽게 누리는 성욕(性欲)이다. 어머니와 아버지가 한방에서 한이불을 덥고 날마다 밤을 지내도 떳떳한 것은 자녀를 둔 천륜 덕이지 돈이 많거나 지체가 높다거나 명성이 있기 때문이 아니다.

자녀 없는 부부가 제아무리 잉꼬부부라고 한들 따지고 보면 그 부부는 삶의 참맛을 모르고 멋쩍게 사는 것일 뿐이다. 어머니, 아버지가 된 부부가 아들딸을 길러 내며 누리는 삶의 맛을 모르고서야 어찌 절절하고 절실하게 산다고 할 수 있을 것인가. 토실토실한 어린것에게 젖을 물리고 서로 눈을 맞추며 웃음 짓는 젊은 어머니를 보라. 인생이 얼마나 기쁨인가. 콜록거리는 아이를 안고 병원에 와 안절부절못하는 젊은 어머니를 보라. 인생이 얼마나 애달픈 것인가. 낙(樂)만 있는 인생도 없고, 고(苦)만 있는 인생도 없다. 삶이란 굽이굽이 고락(苦樂)으로 알록져야 살맛이 더해지는 법이다. 그래서 가정은 한가족이 모여 울고 웃으며 살아가는 보금자리가 되어야 한다.

어머니, 아버지가 된 부부라야 선생이 될 수 있는 영광을 누린다. 아무리 벗처럼 사는 부부일지라도 선생 노릇을 하지 못하는 부부라면 인생의 윗자리에 앉을 수 없다. 부부가 선생이 되려면 반드시 어머니, 아버지가 되어야 한다. 이 또한 천륜이다. 어미 새가 새끼 새를 잘 길러서 살아갈 방법을 가르친 다음 스스로 살도록 날려보내는 것이 어버이에게 맡겨진 선생이란 천륜이다. 부부가 천륜을 가르치는 이런 선생 노릇을 제대로 하지 못한다면 아들딸을 낳는다 해도 그것은 제구실을 제대로 못하는 부부일 뿐이다. 한평생 벗으로 살면서 선생 노릇을 제대로 하는 어머니, 아버지를 일러 천지(天地)라고 한다. 아내와 남편이 천지가 되려면 어머니, 아버지가 되어야 한다. 한 여자와 남자가 만나 아내와 남편으로서 벗이 되고 어머니와 아버지로서 선생이 되면 한가족을 일굴 수 있고, 그렇게 되면 그 가정은 저절로 보금자리가 된다.

선생(先生)과 교사(教師)

온 세상 사람들의 선생을 일러 성현이라 하고, 한 가정의 선생을 일러 부모라고 한다. 성현은 몇 분이면 되지만 선생 노릇 잘하는 가정의 부모는 많을수록 살기 좋은 세상이 된다. 학교에 선생이 있다고 하지 말라. 교사(教師)와 교수(教授)는 지식을 가르치는 교직자(教職者)일 뿐 선생(先生)은 아니다. 교사는 '하나 더하기 하나는 둘이 된다' 는 지식을 가르치면 그만이다. 그러나 선생은 하나를 알았으면 둘을 알고, 둘을 알았으면 셋을 알라고 일깨워 줄 뿐 시비(是非)를 가려 무엇은 맞고 무엇은 틀리다 따위의 지식을 가르치지 않는다. 그래서 교사 노릇 하려는 부모는 자녀를 찌들게 하고 선생 노릇 잘하는 부모는 자녀를 싱싱하게 한다.

잘 먹이고 잘 입히고 비싼 과외를 시켜 좋은 학교에 보내려는 부부일수록 선생 노릇을 제대로 다하지 못하고 교사 흉내를 내려고 덤빈다. 요사이는 선생이란 칭호를 함부로 써대고 있는데, 본래 선생이란 칭호는 임금도 높여야 하는 존칭이다. 함부로 선생이란 호칭을 남용하면 안 되는 까닭을 늘 염두에 둘 일이다.

선생 노릇을 제대로 하려는 부부는 농부가 농사를 짓듯이 어린것들을 돌보다가 두 발로 걷고 말을 하기 시작하면 덕(德)을 갖추고 스스로 살아가는 길을 터 주려고 애쓴다. 몸을 양육(養育)하면서 마음을 양생(養生)해 주는 일을 소중히 여기며 선생 노릇을 하는 부모라야 하늘을 우러러 한 점 부끄러울 게 없는 부부가 된다.

공자(孔子)는 '획죄어천(獲罪於天) 무소도(無所禱)' 라고 했다. '하늘에〔於天〕 죄를 지으면〔獲罪〕 빌 곳마저도〔所禱〕 없다〔無〕' 는 뜻이다. 이 말은 '자녀를 낳아 함부로 키우는 것은 하늘에 죄를 짓는 일이다' 라는 말씀으로 새겨들어도 된다. 아들딸 낳아 제대로 길러 내는 일보다 더 공경(恭敬)할 일은 없다. 그래서 예부터 이런 말씀이 전해 오는 것이다. 복 받고 싶다면 자식 농사를 잘 지어라.

유식한 부모라야 선생 노릇을 잘할 수 있는 것은 아니다. 부모가 선생 노릇 하는 데는 전문적인 지식을 필요로 하지 않는다. 부모가 자녀에게 후덕한 길을 터 주면 더할 바 없는 선생이 된다. 부모와 자식은 얼마든지 그런 관계가 될 수 있다. 부모와 자녀는 이해관계를 떠나 있기 때문이다. 이해가 걸려 있으면 선생 노릇을 할 수 없다. 하지만 요즘의 교육은 유능한 인재를 길러 내야 한다는 이해타산 탓에 교사와 교수는 선생 노릇을 하지 못하고 있다. 오직 부모만이 제 자녀에게 선생 노릇을 할 수 있다는 사실을 몰라서는 안 된다.

치궁(治躬)하라. 여기서 궁(躬)은 몸을 말한다. 즉 몸을 잘 다스리라는 말이다. 튼튼한 몸을 지니게 해 주되 몸가짐을 늘 단정히 하라는 부모의 가르침이 곧 자녀를 향한 치궁(治躬)이다.

치심(治心)하라. 여기서 심(心)은 마음씨를 말한다. 즉 마음씨를 잘 다스리라는 말이다. 똑똑하되 듬직하고 후덕(厚德)하라는 부모의 가르침이 곧 자녀를 향한 치심(治心)이다.

부부가 부모되어 자식 농사를 제대로 짓기 위해서는 치궁에 치우쳐서도 안 되고 치심에 치우쳐서도 안 된다. 그래서 부모가 선생 노릇하기는 참으로 어렵다는 것이다. 자녀를 향한 부모의 마음가짐은 늘 우제용(寓諸庸)이란 말씀처럼 자녀를 일깨우고 절로 터득하게 해야 하는 까닭에 부모로서 선생 노릇하기가 참으로 어렵다는 것이다. 무슨 일이 있어도 늘 중용(中庸)을 벗어나지 말라는 것이 우제용(寓諸庸)이다. 선생 노릇하는 부모는 항시 이 말씀을 잊어서는 안 된다.

아이가 세 살이 되면 몸이 튼튼해지라고 녹용을 조금 달여 먹이는 풍속이 있다. 그러나 개중에는 녹용을 너무 많이 달여 먹여 어린것을 그만 바보로 만들고 마는 미련한 부모들도 심심찮게 있다. 처져도 안 되고 넘쳐도 안 된다는 우제용을 잊었기에 소중한 자식을 엉터리로 만들어 버린 부모는 천벌을 받아도 마땅하다.

요새 부모들은 치궁하는 데 있어서 만은 옛날 부모들보다 훨씬 더 영악하고 빠른 편이다. 그러나 그저 늘씬하고 날씬하게만 키우면 다 되는 줄로 착각하는 부모들이 너무나 많아 탈이다. 학교나 학원에는 교사만 있지 선생은 없다. 그런 줄도 모르고 비싼 교육비를 투자하기만 하면 된다고 믿고 자녀를 학교나 학원에 맡겨 버리는 부모들이 절대 다수라서 탈이다. 교사가 해 줄 수 있는 치심이 있고 해 줄 수 없는 치심이 있다. 지식을 더해 주는 치심은 훈장도 잘할 수 있지만 후덕으로 이끄는 치심은 교사는 결코 할 수 없는 일(가르침)이다. 하지만 이를 모르는 부모가 너무나 많아 탈이다. 그래서 지식이 풍부한 자녀를 거느리는 부모는 많아도 후덕한 자녀를 길러 내는 부모는 거의 없는 지경이다. 왜 세상이 이렇게 난세(亂世)일까? 사람들이 저마다 덕을 멀리하고 살기 때문이라고 말하면 많은 사람들이 비웃겠지만 이것이 사실이다. 부덕한 세상은 무서울 수밖에 없다.

선생은 후덕(厚德)한 사람이 되라 한다. 훈장은 유식(有識)한 사람이 되라 한다. 학교에서는 누구나 나름대로 유식한 사람이 될 수 있다. 그러나 후덕한 사람이 되는 길은 가정에서 넓혀지게 마련이다. 부모만이 그 길을 넓혀 줄 수 있기 때문이다. 그 때문에 부모를 자녀의 선생이라고 일컫는 것이다. 가정에서 부모가 선생 노릇을 조금만이라도 해 주면 학교에 가서 유식한 사람이 되는 데 별 문제가 없다. 오늘날의 교육 환경이란 옛날과 비교할 수 없을 만큼 엄청나게 발전해 있는 까닭이다. 그러나 부모가 해야 할 선생 역할은 따지고 보면 형편없는 지경이다. 교사한테 선생 노릇까지 해 달라고 하는 부모는 참으로 어리석은 부모다. 후덕한 자녀는 어머니, 아버지가 선생 노릇을 잘하는 가정에서만 길러진다.

부모(父母)의 선생(先生) 노릇

지식은 날이 갈수록 변하고 더해 가지만 덕성(德性)은 변할 것도 없고 더할 것도 없다. 조선 시대에 통했던 지식과 요즈음에 통하는 지식이 같을 수 없다. 그러나 조선 시대 때 사람이 바라던 덕성과 요새 사람이 바라는 덕성이 달라야 한다고 말할 수는 없다. 덕은 목숨이 소중하다는 뜻이기 때문이다. 옛 사람의 목숨보다 요즘 사람의 목숨이 더 소중하다고 말할 수 있는

가? 결코 아니다. 네 목숨보다 내 목숨이 더 소중하다고 말할 수 있는가? 이 또한 결코 아니다. 누구의 목숨이든, 어떤 것의 목숨이든 목숨이라면 더할 바 없이 소중하다는 생각이 바로 덕이란 성이다. 그래서 '덕야자통륜리자야(德也者通倫理者也)' 라 했다. 이 말은 '덕이란〔德也者〕 만물이 있게 된 이치를〔倫理〕 두루 통하는〔通〕 것〔者〕이다' 라는 의미다.

천륜(天倫)은 만물에 두루 통하는 이치이고, 인륜(人倫)은 인간에게 두루 통하는 이치이다. 노자(老子)는 만물에 두루 통하는 천륜을 일러 덕이라 했고, 공자는 인간에 두루 통하는 인륜을 일러 덕이라 했다고 여기면 된다. 그래서 노자가 말하는 덕을 상덕(常德)이라 하고, 공자가 말하는 덕을 인덕(人德)이라고 한다. 부모가 선생으로서 가정에서 자녀에게 가장 먼저 일깨워 주어야 하는 것이 바로 인덕(人德)이다. 사람으로서 갖추어야 할 덕을 일깨워 주는 데 게으른 부모는 자식 농사를 제대로 지을 수 없다. 자녀가 불효(不孝)한다고 투덜대는 부모는 누워서 침 뱉는 꼴이다. 부모가 이런 꼴을 면하기 위해서는 가정에서 선생 노릇을 게을리하지 말아야 한다. 후덕한 사람이 되도록 늘 마음을 써야 한다. 그러자면 자녀의 덕성을 길러 주는 일에 게을러서는 안 된다. 부모가 가정에서 자녀의 덕성을 일깨워 주는 가장 적합한 길은 구덕(九德)이 아닐까 싶다.

선생은 말로써 가르치지 않고 몸으로써 가르친다고 한다. 이는 선생이 덕을 몸소 실천함으로써 본받게 한다는 말이다. 선생은 이래라저래라 말로 하지 않고 몸소 실천하여 따르게 한다. 이런 까닭에 어미 새의 선생 노릇이 사람보다 낫다고 하는 것이다. 모이를 찾는 법도 몸으로 보여 주고 날갯짓하는 법도 몸으로 보여 주고 매를 피하는 법도 몸으로 보여 주는 뱁새를 생각해 보라. 우리 세상에도 뱁새 같은 부모가 많아질수록 가정마다 보금자리가 될 터이다. 그러기 위해서는 부모가 자녀의 모범이 되어야 한다. 풀밭에 사는 쑥은 얽히고 삼밭에 사는 쑥은 곧다 하지 않는가. 부모가 후덕하면 그 자녀도 후덕해 세상에 나가도 남의 손가락질을 받지 않는다. 그러기 위해서는 가정에서 부모가 구덕(九德)이란 덕목을 일깨워 주어야 한다.

구덕(九德)을 일깨워라

《서경(書經)》〈우서(虞書)〉 편의 '고요모(皐陶謨)' 장에는 이런 이야기가 나온다. 고요가 우 왕(禹王)에게 다음과 같이 아뢴다.

"신궐신수(愼厥身脩)하고 사영(思永)하면 돈서구족(惇敍九族)합니다."

이 말은 '삼가(愼) 정성을 다하여〔厥〕 몸을〔身〕 닦고〔脩〕 생각을〔思〕 오래 하면〔永〕 집안 대대로〔九族〕 서로 두터워지고〔惇〕

질서가 잡힌다〔敍〕' 라는 뜻이다. 구족(九族)은 고조(高祖) 때부터 현손(玄孫)에 이르기까지 자기를 중심으로 한 온 집안을 말한다. 한 가정이 보금자리가 되려면 무엇보다 먼저 부모가 신수(身脩)를 게을리하지 말라는 말씀이다. 신수(身脩) · 수신(修身) · 수기(修己)는 다 같은 말씀이다. 몸을 닦아라. 이때 몸〔身〕이란 마음가짐과 행동거지를 묶는 말씀이다. 그리고 닦는다〔脩〕란 덕을 잃지 말라는 말씀이다.

위와 같이 임금에게 아뢴 고요가 이어서 아뢴다.

"역행유구덕(亦行有九德)하니 역언기인유덕(亦言其人有德)일 때는 내언왈(乃言曰) 재채채(載采采)일 것입니다."

이 말은 '또한〔亦〕 행동함에는〔行〕 아홉 가지 덕이〔九德〕 있습니다〔有〕. 또한〔易〕 그 사람한테는〔其人〕 덕이〔德〕 있다고〔有〕 말할 때는〔言〕 이런저런 일을 소상히 어찌 행했는지를〔載采采〕 곧 일러 말해야 할 것입니다〔乃言曰〕' 라는 뜻이다.

고요(皐陶)가 이렇게 아뢰자 임금이 구덕(九德)이 무엇이냐고 물었다. 이에 고요가 왕에게 구덕을 밝혀 준다. 고요가 밝혀 놓은 구덕이란 부모가 자녀에게 선생 노릇을 하는 데 있어 가장 걸맞는 가르침의 길잡이라고 보면 된다.

고요가 밝힌 구덕은 이러하다.

관이율(寬而栗) · 유이립(柔而立) · 원이공(愿而恭)

난이경(亂而敬) · 요이의(擾而毅) · 직이온(直而溫)
간이렴(簡而廉) · 강이색(剛而塞) · 강이의(彊而義)

이 구덕을 삼가〔愼〕 정성껏〔厥〕 늘 생각하고 잊지 않으면〔思永〕 어느 부모(父母)든 자녀에게 더할 바 없는 선생이 될 수 있다. 덕행에는 순서나 서열이 없다. 구덕에도 순서가 없다. 이 구덕을 모두 몸소 행할 수만 있다면 성현을 부러워할 일이 뭐가 있겠는가. 자녀를 올바르게 길러 세상에 내놓으려면 유덕한 사람으로 가꿀수록 자녀의 앞길이 훤하고 넓게 열린다. 부덕하면서 유식하고 유능하면 세상의 욕을 면하기 어렵다. 제 자식이 세상에 나가 흉하다고 손가락질 받기를 바라는 부모는 없을 것이다. 도둑놈이 제 자식한테는 도둑놈 되지 말라 한다지 않는가. 그러니 자녀를 바르게 가르치는 선생이 되려면 고요가 밝혀 둔 구덕이 부모에게는 가장 좋은 길잡이가 될 것이다.

① 관이율(寬而栗)하라

이 말은 '너그럽되〔寬〕 엄격하라〔栗〕' 는 의미다.

관대(寬大)하다. 너그럽게 하면〔寬〕 크다〔大〕. 그런 사람을 우리는 대인(大人)이라 한다. 왜 대인이라 하는가? 마음가짐이 넓어 행동거지가 너그럽고 넉넉해서이다〔寬〕. 부모가 소인(小

人)이면 자녀도 덩달아 소인이 된다. 대인은 우리 모두 잘되기를 바라지만 소인은 저만 잘되면 그만이라고 생각한다. 자녀를 대인으로 길러 세상 사람들의 존경을 받게 하고 싶은가? 그렇다면 무엇보다 너그러움[寬]으로부터 관용(寬容)하기를 기억할 일이다. 관용은 관대(寬大)와 용서(容恕)의 줄임말로, 이 말을 새겨들을수록 부모는 자녀에게 선생 노릇을 잘할 수 있다.

너그러운 사람은 올바로 용서할 줄 안다. 단지 겉으로 드러난 허물을 용서하지 않고 허물을 부끄러워하고 뉘우치는 마음을 용서하는 까닭이다. 그래서 너그러운 부모일수록 자녀가 짓는 허물을 모른 척하고 넘어가지 않는다. 반드시 허물이 부끄러운 짓임을 뉘우치도록 자녀를 추스르는 부모가 자녀에게 선생 노릇을 제대로 하는 부모다.

무턱대고 너그럽지 말라 함이 율(栗)이다. 자녀가 저만 알고 남을 몰라 줄 때는 부모가 매를 들어야 한다. 매를 들어야 하는 순간을 놓치지 않는 부모라야 용서할 줄 아는 선생 노릇을 할 수 있다. 자녀를 용서하기 위해서는 먼저 부모가 엄격해야[栗] 한다. 선생 노릇을 잘하는 부모는 자녀의 허물을 전율(戰栗)할 줄 안다. 허물을 두려워하고 거짓말을 두려워하는 것이 전율이다. 위엄을 갖춘 마음가짐이 율이다. 부모가 위엄을 갖추면 자녀도 따라서 허물을 두려워한다. 말하자면 허물을 부끄러워할 줄 안다 함이다. 그러니 제 자식이 귀하다고 해서 무조건 끼고 돌지는 말아야 한다. 자녀의 허물을 못 본 척하지 말라는 것이 부모가 지녀야 할 관이율(寬而栗)의 율이라고 여기면 된다. 부모가 몸소 관이율하라. 그러면 어느 부모도 자녀에게 유덕의 삶을 가르치는 선생 노릇을 할 수 있다.

② 유이립(柔而立)하라

이 말은 '부드럽되〔柔〕 꼿꼿하라〔立〕' 는 의미다.

유약승강강(柔弱勝剛强)이라는 말이 있다. '부드럽고〔柔〕 연약한 것이〔弱〕 힘세고〔强〕 굳센 것을〔剛〕 이긴다〔勝〕' 는 노자의 말씀이다. 만물 중에서 목숨을 지닌 것치고 유약하지 않은 것은 없다. 그러나 살아서 숨쉴 때는 몸뚱이가 부드럽고 연약하지만 숨을 거둔 뒤의 몸뚱이는 굳어지고 뻣뻣해져 순식간에 썩어 버리고 만다. 이처럼 소중한 목숨이란 것은 유약하다. 그러니 모질고 드센 성질머리는 목숨을 해치게 마련이다. 마음이 부드러워야 언제 어디서든 화목할 수 있다. 가정이 화목하려면 먼저 부모가 부드러운 마음씨로 세상을 안을 줄 알아야 한다. 부모가 유하면 자녀도 따라서 유하다.

그러나 어리석은 부모는 자녀가 무쇠처럼 되기를 바라고 기죽지 말라고 채근한다. 기죽지 않게만 길러 놓으면 그 자녀는 분명 세상에 나아가 깨지고 부서지고 만다. 태풍에 넘어가는 철탑은 있어도 터져 나간 거미집은 없다 하지 않는가. 거미줄은 드세지 않고 유약하되 질겨서 태풍이 불어도 끊어지지 않는다. 물방울이 바위에 구멍을 내는 법이다. 자녀를 부드럽게 길러 낼 줄 아는 부모야말로 참으로 자녀를 강하게 키울 줄 아는 부모다.

유약은 나약(懦弱)한 것과는 다르다. 무기력한 탓에 약한 것은 무능하다. 무능해서 약하다면 그런 성질머리는 게으름의 소치이다. 유약은 대인의 마음가짐이지만 나약은 소인의 성질머리이다. 게으름뱅이야말로 몹쓸 인간형이다. 자녀를 그렇게 키우는 부모가 있다면 그런 부모는 하늘에 죄를 짓는 셈이다. 하늘에 죄를 지으면 빌 곳도 없다는 공자의 말씀을 늘 명심할 일이다. 나약함을 그냥 내버려두어선 안 된다. 가정이 보금자리가 되면 대인을 부러워하는 가족이 모여 사는 둥지가 되어야 한다.

나약하지 말라 함을 바로 입(立)으로 여겨도 무방하다. 꿋꿋하게 두 발로 서라. 여기서는 입을 자립(自立)의 줄임말로 여기면 된다. 온실 속의 화초보다 들녘에서 향기로운 꽃을 피우는 화초가 훨씬 더 귀하다. 온실의 화초는 나약해서 주인의 손길이 닫지 않으면 시들어 죽고 만다. 자립할 줄 모르기 때문이다. 그러나 풀밭의 화초는 하늘과 땅에서 스스로 기운을 찾아내 삶을 일군다. 온실의 화초는 나약하고 들녘의 화초는 유약하지만 스스로 살아가므로 꿋꿋하다. 자녀를 온실 속의 화초처럼 길러 내는 부모는 자녀의 앞날을 걱정해 주는 것이 아니다. 부모가 몸소 유이립(柔而立)하라. 그러면 어느 부모든 자녀에게 유덕의 삶을 가르치는 선생 노릇을 할 수 있다.

③ 원이공(愿而恭)하라

이 말은 '착하되〔愿〕 공손하라〔恭〕'는 의미다.

원(愿)은 착한 마음가짐을 말한다. 그래서 원(愿)은 곧 선(善)이다. 삼가는 마음이 착한 마음이고 성실한 마음이 착한 마음이다. 착하다(善)·삼간다(謹)·절절하다(誠)는 모두 어진 마음으로 통한다. 그런 까닭에 착한 마음가짐은 곧 어진 마음가짐이다.

착하다고 뽐내면 착한 척하는 꼴이 되고 만다. 거짓으로 착한 척하는 것보다 더한 허물은 없다. 거짓으로 착한 척하기 위해서는 먼저 자기(自欺), 즉 자기를 속여야 하기 때문이다. 착해서 어질려면 무엇보다 무자기(毋自欺), 즉 자신을〔自〕 속이지〔欺〕 말아야〔毋〕 한다. 이는 공자의 말씀이다. 착하라〔愿〕는 말은 곧 무자기하라는 말이다. 부모가 자녀에게 원을 가르치려면 먼저 부모가 삶 앞에 당당하게 착해야 한다. 그래야만 자녀도 부모를 따라 무자기가 얼마나 당당하고 의젓하게 살 수 있는 길인지를 터득할 수 있다.

자비(自卑)하고 존인(尊人)하라. 자기를〔自〕 낮추고〔卑〕 남을〔人〕 높여라〔尊〕. 이런 마음가짐을 일러 공(恭)이라 한다. 부모가 자녀에게 착하기를 바란다면 반드시 겸손(謙遜)을 가르쳐야 한다. 나를 낮추면 세상이 나를 높여 주고 남들이 나를 높여 주는 법이다. 남에게 대접받고 싶다면 내가 먼저 남을 대접해 주면 바라던 바가 저절로 이루어진다. 왜 세상일이 내 마음 같지 않다고 투정하는가? 세상을 제 것인 양 착각하여 자기를 위해 주지 않는다고 애를 태우는 까닭이다. 착한 부모는 세상이 나를 괴롭히는 것은 내가 불공(不恭)하기 때문임을 반드시 자녀에게 가르치려고 노력한다. 그러기 위해서는 부모부터 자녀에게 자만(自慢)하고 불손(不遜)한 모습을 보이지 말아야 한다.

오만하여 불손한 인간은 반드시 망할 수밖에 없다. 오만하면 건방지고 경솔한 인간이 되어 망나니라는 욕을 먹게 된다. 세상 사람들의 부러움을 사고 존경받는 자녀가 되길 바란다면 부모가 공손(恭遜)하게 살라고 가르쳐야 한다. 학교의 교사나 교수는 그런 삶을 가르치지 못한다. 학교에 자녀의 모든 것을 맡기는 부모는 박새 둥지에 알을 낳아 두고 달아나는 뻐꾸기와 같다. 그러니 부모가 몸소 원이공(愿而恭)하라. 그러면 어느 부모든 자녀에게 유덕의 삶을 절실하게 가르치는 선생 노릇을 할 수 있다.

④ 난이경(亂而敬)하라

이 말은 '다스리되〔亂〕 공경하라〔敬〕'는 의미다.

난(亂)은 그 뜻을 종잡기가 참 어려운 자(字)이다. 치(治)와 같기도 하고 그 반대인 불치(不治)와 같게 쓰이기도 하니 말이다. 여기서의 난은 치(治)의 뜻으로 새기면 된다. 무엇을 다스리란 말인가? 심란(心亂)하지 않게 난심(亂心)하라 함이다. 마음속에 잡스러운 것이 많아 걷잡을 수 없다〔混亂〕면 그 마음을 다잡아 다스려라〔亂心〕. 마음을 잘 다스려라〔亂〕. 허튼 마음을 추슬러라〔亂〕. 이는 곧 가볍게 살지 말라는 말씀이다.

삼가 성실하게 살아야지 경망스럽게 살지 말라. 난이경(亂而敬)은 맹자(孟子)께서 밝힌 존심(存心)하라는 말을 떠오르게 한다. 어짊을 잊지 말고 예를 잊지 말라 함이 존심이다. 어진 사람〔仁者〕은 남을 사랑하고〔愛人〕 예(禮)를 지키는 사람〔有禮者〕은 남을 공경할 줄 안다〔敬人〕. 내가 남을 사랑하면 남도 나를 사랑한다는 것을 알아야 한다는 것이다. 내가 남을 공경하면 남들도 나를 공경한다는 것을 알아야 한다는 것이다. 이런 이치를 잊지 말라 함이 존심이요, 난이경이다.

마음가짐이란 결코 바라는 바를 벗어날 수 없다. 욕망을 버릴 수 있는 사람이 바로 성현이다. 성현이 아닌 이상 욕심을 버리기가 불가능하다. 그러니 욕심이 없다고 말하는 인간은 거짓말을 하는 셈이다. 욕심을 사납게 부리지 않으려고 노력한다고 실토하는 사람이야말로 곧 난이경의 삶을 누리는 분이다. 부모는 자녀에게만은 사납게 욕심부리는 꼴을 보여서는 안 될 것이다. 자녀는 부모가 하는 짓을 보고 자라기 때문이다. 왜 콩 심은 데 콩 나고 팥 심은 데 팥 난다고 하겠는가? 부모는 늘 마음을 잘 다스려 공경하며 사는 모습을 자녀에게 보여 주어야 한다. 그러니 부모가 몸소 먼저 난이경(亂而敬)하라. 그러면 어느 부모든 자녀에게 유덕의 삶을 경건하게 가르치는 선생 노릇을 할 수 있다.

⑤ 요이의(擾而毅)하라

이 말은 '온순하되〔擾〕 굳세라〔毅〕' 는 의미다.

온순(溫順)하라. 온화(溫和)하라. 이런 뜻을 묶어 요(擾)라고 한다. 요민(擾民)이란 말이 있다. 이는 백성을〔民〕 다스리는〔擾〕 데 있어 백성이 복종하게 하는 것이 아니라 백성이 스스로 순종하게 다스린다는 말이다. 사람은 복종하게 하면 저절로 비굴(卑屈)해진다. 겉(행동)과 속(마음)이 다른 것보다 더 큰 속임수는 없다. 자녀가 이런 속임수를 범하지 않게 하려면 온순하게 길러야 한다.

온순(溫順) · 온화(溫和)란 마음속이 거짓이라곤 없이 밝고 맑게 드러남이다. 그런 마음속에는 남을 배려하고 남에게 베풀려는 마음이 항상 준비되어 있다. 온순하고 온화한 사람을 누가 싫어하겠는가? 온순하고 온화한 사람을 싫어할 사람은 없다. 주변 사람을 편하게 하여 사람들이 사귀고 싶어하는 자녀를 둔 부모는 불안해하지 않아도 될 것이다. 온순하고 온화하게 길러낸 자녀는 세상에 나아가 허튼 짓을 범할 리가 없기 때문이다. 그러기 위해서는 무엇보다 자녀를 비굴하지 않고 당당하게 키워야 한다. 그러자면 부모가 자녀 앞에 온순하고 온화한 모습을 보여야 한다. 그러나 자녀 위에 군림하려는 아버지가 있다면 이런 아버지는 엄부(嚴父)라는 말을 잘 모르기 때문일 것이다. 무슨 일이 있어도 부모는 자녀에게 군림하지 말아야 한다. 엄한 아버지가 된다(엄부)는 것은 바로 요이의(擾而毅)하라는 말과 같다.

굳세라〔毅〕. 이는 곧 비굴하지 말라 함이다. 온순하고 온화한 사람은 순종(順從)하되 굴종(屈從)하지는 않는다. 선을 따르되 악을 따르지 않음이 순종이다. 그러나 억압에 짓눌려 악인 줄 알면서도 따른다면 그것은 곧 굴종이다. 비굴한 사람은 순종과 굴종을 분별할 줄 몰라 어리석은 짓을 범한다. 악 앞에 굳센 사람이 되라〔毅〕. 이런 굳센 마음가짐은 온순한 사람일수록 강하게 드러나는 법이다. 자녀를 당당하고 의젓한 사람으로 길러내는 부모는 요이의(擾而毅)란 덕목을 잊지 않는 부모다. 그러니 부모가 몸소 먼저 요이의(擾而毅)하라. 그러면 어느 부모도 자녀에게 유덕의 삶을 온순하게 가르치는 선생 노릇을 할 수 있다.

⑥ 직이온(直而溫)하라

이 말은 '곧되〔直〕 따뜻하라〔溫〕' 는 의미다.

《논어(論語)》의 〈자로(子路)〉 편에 보면 피붙이에 대한 사랑을 두고 공자와 섭공(葉公)이 이야기를 나누는 부분이 나온다.

강직하기로 이름난 궁(躬)이란 자가 제 아버지가 양을 훔쳤다고 일러바치자 섭공이 궁을 높이 샀다. 이에 공자가 이렇게 말한다.

"오당지직자(吾黨之直者)는 이어시(異於是)하니 부위자은(父爲子隱)하고, 자위부은(子爲父隱)하나니 직재기중의(直在其中矣)이니라."

이 말은 '우리가 말하는 강직이란〔吾黨之直者〕 섭공께서 말하는 강직과는 다릅니다〔異於是〕. 어버이는 자식을 위해 숨기고〔父爲子隱〕, 자식은 어버이를 위해 숨겨 줍니다〔子爲父隱〕. 강직함이란 부자(父子)가 그렇게 아껴 주는 데 있습니다〔直在其中矣〕' 라는 뜻이다.

궁이란 자가 진실로 강직하다면 남의 양을 훔친 아버지에게 그것을 훔치면 안 된다고 아버지께 간청하여 훔치지 않게 하는 것이 진정한 강직이란 의미다. 그렇지 않고 남의 양을 훔친 아버지를 관아에 고발하여 아버지를 옥살이하게 하는 강직이란 냉혹한 짓이다.

냉혹한 정직이란 사납고 모진 것이다. 맑은 물에 고기가 산다 하나 물의 맑기가 지나쳐 증류수와 같다면 그 물에서는 고기가 살지 못하는 법이다. 그러므로 정직하되 따뜻한 마음이 없어서는 안 된다. 왜 부모와 자식 간에는 숨기고 감출 것이 없어야 한다고 하는가. 서로 마음을 열고 지내야 한지붕 아래서 한가족이 오순도순 살 수 있는 까닭이다. 따뜻한 마음이 없는 강직이란 냉혹함임을 일깨워 주는 것이 바로 직이온(直而溫)이다. 그러니 부모가 몸소 먼저 직이온하라. 그러면 어느 부모든 자녀에게 유덕의 삶을 정직하게 가르치는 선생 노릇을 할 수 있다.

⑦ 간이렴(簡而廉)하라

이 말은 '간명하되〔簡〕 세심하라〔廉〕'는 의미다.

일이 번잡하면 헷갈려서 실마리를 찾지 못한다. 그러면 모든 일이 헝클어진 실타래와 같이 되고 만다. 간(簡)이란 복잡한 일일수록 단순하게 생각하라 함이다. 이렇게 할까, 저렇게 할까

갸우뚱거리며 갈피를 잡지 못하고 허둥대면 공연이 의심이 생기게 된다. 마음이 의심하기 시작하면 믿을 데가 없어져 버린다. 그러면 어쩔 수 없이 수렁에 빠지고 만다. 이런 지경을 일어 미(迷)라고 한다. 미궁(迷宮)에 빠지지 않으려면 일을 간명하게 하라.

헝클어진 실타래에서 실마리를 찾았다고 해서 거칠게 실마리를 풀어내면 엉킨 실타래는 더 엉키고 만다. 조심조심 살얼음 위를 걷듯이 실마리를 풀어 가야 실패에 실을 감을 수 있다. 이처럼 신경을 써서 일이 어그러지지 않도록 조심조심 사리에 맞게 밟아 가라 함이 염(廉)이다. 이러한 염을 일러 밭이랑을 밟아 가듯이 간다고 하여 염우릉(廉隅稜)이란 말이 있다. 염(廉)이란 모서리〔隅〕요, 밭이랑〔稜〕과 같다는 게다. 밭에 가면 곡식과 잡초가 있다. 곡식과 잡초를 가리는 데 있어 번잡할 게 없음이 간(簡)이요, 곡식이 다칠세라 밭이랑을 조심조심 걸어가야 함이 염(廉)이라고 비유해 새기면 간이렴을 헤아릴 수 있을 것이다. 그러니 부모가 몸소 먼저 간이렴하라. 그러면 어느 부모든 자녀에게 유덕의 삶을 간명하되 세심하게 가르치는 선생 노릇을 할 수 있다.

⑧ 강이색(剛而塞)하라

이 말은 '단호하되〔剛〕 틈실하라〔塞〕'는 의미다.

해야 할 일이라면 단호하게 행하라. 어물거리며 핑곗거리를 찾을 양이면 어떤 일에서든지 손을 떼라. 이러한 성미를 두고 강단(剛斷) 있다고 한다. 자기 자신을 믿지 못하는 사람이 가장 못난 사람이다. 자기 스스로를 확신하지 못하는 이상 강단 있게 처신할 수 없다. 자신에게 단호한 사람은 변명이나 남의 탓을 하지 않는다. 한다면 하고 안 한다면 안 하는 성미를 강(剛)이라고 여기면 된다. 자녀를 우유부단하게 기르는 부모는 자녀에게 망설이는 버릇을 들이게 한다. 해야 할 일과 하지 말아야 할 일을 스스로 생각할 수 있도록 마음가짐을 다잡아 주는 부모는 자녀가 강단 있게 일을 처리하도록 유도해 준다. 허물을 짓지 않으려면 마음가짐에서부터 먼저 강단이 있어야 한다. 코에 걸면 코걸이, 귀에 걸면 귀걸이 식으로 적당히 살아가는 사람은 앞날을 기대하기 어렵다. 자녀의 미래를 기대하는 부모라면 자녀를 강단 있게 키워야 하지 않겠는가.

그러나 강단이 무모한 짓으로 보여서는 안 된다. 단호할수록 그렇게 단호히 대처하는 까닭이 틀림없어야 한다. 빈틈없이 착실한 마음가짐이 갖추어져 있어야 남들에게 호응을 받는 단호함이 될 수 있다. 그래서 단호하려면 마음가짐과 행동거지가 틈실해야 한다. 틈실하다는 것은 이음새가 빈틈없이 들어맞아 물 한 방울 새지 않는 모습을 말한다. 마음가짐이 착실하여 밖에서 오는 어떠한 유혹도 물리칠 수 있음을 일러 색유실(塞有實)이라고 한다. 단호한 마음이면서 매사에 빈틈이 없는 사람은 자신의 일에 의심을 품지 않는다. 또한 당당하고 의젓하게 맡은 바 임무를 수행하는 자신감을 지니게 된다. 단호하고〔剛〕 틈실한〔塞〕 사람일수록 해야 할 일을 잘 선택해서 끝마무리를 틈실하게 처리한다 함이 강이색이다. 그러니 부모가 몸소 먼저 강이색(剛而塞)하라. 그러면 어느 부모든 자녀에게 유덕의 삶을 단호하되 착실하게 가르치는 선생 노릇을 할 수 있다.

⑨ 강이의(彊而義)하라

이 말은 '날렵하되〔彊〕 올바르게 하라〔義〕'는 의미다.

강(彊)은 불굴의 마음가짐을 뜻한다. 이랬다저랬다 줏대 없는 짓거리를 결코 범하지 않는 날렵한 마음가짐이다. 견강(堅剛)이란 말을 떠올리면 된다. 흔들림 없이 자기 앞가림을 하는 사람은 결코 허튼 짓을 범하지 않는다. 무엇이 옳고 무엇이 그른지를 잽싸게 판단하여 바른 일이면 날렵하게 처리하고 그른 일이면 사정없이 저버리는 성미 또한 강이라고 한다.

특히 비굴함도 없고 머뭇거림도 없는 사람일수록 의(義)인지

불의(不義)인지를 잘 살펴야 한다. 그렇지 않으면 만용을 부리기 쉽다. 그러므로 날렵할수록 의를 밝혀야 한다.

의로운 일이라면 머뭇거릴 것 없이 잽싸게 행하라. 의롭지 못하거든 또한 잽싸게 그만두라. 그래서 앉을 자리면 앉고 설 자리면 서라는 속담이 생기지 않았나 싶다. 어물거리며 구렁이 담 넘듯이 곁눈질하는 인간은 항상 남의 뒤꽁무니에 붙어 기생충 노릇만 한다. 어느 부모가 제 자식이 그렇게 비굴하기를 바라겠는가. 무쇠 덩어리가 날렵하게 썰어 내는 칼날이 되려면 여러 번에 걸쳐 담금질을 당해야 한다. 그러나 날렵한 마음가짐과 행동거지란 단박에 되는 것이 아니다. 어려서부터 차근차근 가르침을 받아야 삼가 조심하면서도 올바른 일에 재빠르게 응하는 습관이 몸에 배는 법이다. 그러니 부모가 몸소 먼저 강이의(彊而義)하라. 그러면 어느 부모든 자녀에게 유덕의 삶을 날렵하되 올바르게 가르치는 선생 노릇을 할 수 있다.

유능(有能)과 유덕(有德)

사람 됨됨이를 따져 가리는 기준은 시대마다 다르다. 조선시대에는 '난사람' 보다 '된사람' 을 높이 샀다. 그러나 지금은 된사람보다 난사람이 되기를 너도나도 바라는 세태가 되었다.

난사람이 되려면 먼저 유능해야 한다. 그러나 된사람이 되려면 유덕해야 한다.

너도나도 난사람이 되겠다고 아우성치며 남을 이기려는 능력을 갖추려고 한다. 왜 우리는 입시 지옥의 교육 환경을 벗어던지지 못하고 있는가? 난사람이 되지 못하면 사회에서 낙오된다는 굳은 고집 탓이라고 보아도 틀린 말은 아닐 것이다. 남과 경쟁해서 이겨야 한다는 강박관념을 버리지 못하면 삶이 편할 수 없다. 그래서 우리는 참으로 힘든 세상을 살아가고 있다. 힘든 세상이란 부덕(不德)한 세상을 말한다. 부덕해도 좋다. 남보다 뛰어난 능력을 갖추고 있고 지식이 풍부하면 그만이다. 남보다 뛰어나 남을 밟고서라도 난사람이 되어 유명해지면 그만이다. 이런 욕심을 갖고 있는 부모들이 너무나 많아 자녀들을 마치 토끼몰이 하듯 양육(養育)하는 부모가 많다. 하지만 자녀를 훈육(訓育)하려는 부모는 극히 적다.

사람이 행복한 삶을 누리기 위해서는 중용(中庸)이란 잣대를 벗어날 수 없다. 그러나 한 가지에만 너무 치우치면 인생이 편치 않다는 사실은 세상이 아무리 변한다 해도 변하지 않는 진실일 것이다. 무능한 인생도 불행하고 부덕한 인생도 불행하다. 그러나 유능하면서 유덕한 인생이라면 불행할 리 없다. 덕이 있으면서 능력도 출중한 사람이야말로 된사람인 동시에 난사람이다. 유능하되 부덕한 사람은 잠깐 동안은 유명 인사가 될 수 있지만 얼마 못 가 그 끝이 흉하다. 쇠고랑을 차고 부덕해서 이렇게 됐다는 난사람을 얼마든지 볼 수 있다. 유덕한 사람은 결코 쇠고랑을 차고 감옥에 갈 일을 범하지 않는다.

자녀가 학교에 가서 교육을 잘 받아 난사람이 되기를 바라는 부모일수록 가정에서 후덕한 된사람으로 자라도록 열심히 선생 노릇을 해야 한다. 난사람으로 만들어 주려는 교육은 이해가 걸린 일이라서 덕성을 길러 줄 수 없음을 부모는 알아야 한다. 덕이란 이해를 떠난 마음가짐에서 우러난다. 이 세상에서 이해를 초월하여 정성과 사랑을 나눌 수 있는 관계는 부모와 자녀 사이뿐이라고 보아도 된다. 그래서 가정 생활과 사회 생활은 판이하게 다르다. 사회 생활이란 어쩔 수 없이 이해로 얽히게 마련이다. 이해가 얽힌 이상 선생 노릇을 하기란 불가능하다. 하지만 이해를 떠나면 선생 노릇을 할 수 있다. 그래서 선생 노릇은 진정 부모가 해야 하는 것이다. 자녀를 잘 키워 세상 사람들의 존경을 받게 하는 것은 학교 교육이 아니라 가정 교육에 달려 있음을 명심하는 부모일수록 자녀에게 현명한 선생 노릇을 한다.

살아가는 지혜는 가정에서 배운다

효(孝)의 선생은 누구인가?

우리나라의 전통적 가족 제도가 세계적인 자랑거리임에는 틀림없다. 그것은 혈연(血緣)을 예(禮)로써 온 가족을 화목하게 하는 까닭이다. 유교(儒敎) 문화권에서 그런 가족 제도가 아직 살아 있는 곳은 우리 한국뿐이라고 해도 과언은 아니다.

물론 요즘은 대가족 제도가 거의 사라지고 핵가족으로 변해 가고 있지만 효를 저버릴 수 없다는 생각은 아직까지 여전하다. 효는 예의 근본을 이룬다. 예는 공경하는 마음가짐이다.

인간에게 있어 가장 소중한 것은 무엇일까? 그것은 목숨이다. 목숨을 물려주고 키우고 길러 주며 보살펴 준 부모를 공경하라. 이것이 곧 효의 핵심이다. 여기서 자식이 부모를 모셔야 할 이유가 확실해진다.

부모를 모실 줄 모르는 사람은 자신의 삶을 지극하게 고마워할 줄 모른다. 그래서 불효자를 가리켜 후레자식이라고 했다. 후레자식이란 막되게 사는 놈을 말한다. 우리의 가족 제도에는 가정 교육의 일부로 자녀에게 효성을 가르쳐야 한다는 전통이 있다. 이러한 전통을 저버리지 않는 한 우리의 가정이 아무리 핵가족으로 변모한다고 해도 서양의 그것과는 다를 것이다.

그러나 부모가 자식을 유식하게 키우는 데만 급급하여 효자로 키우려는 정성은 등한시하는 현실이 탈이다. 이것이 우리의 가족 제도를 가장 불안하게 하는 요소다. X세대, N세대 등을 두고 버르장머리 없다고 욕할 것 없다. 효를 가르쳐 줄 수 있는 선생은 누구보다 먼저 부모인 까닭이다. 버르장머리 없는 부모 밑에서 어찌 효를 익힌 자녀가 자라겠는가.

엄자(嚴慈)는 맞장구

한 손만으로는 장구 소리를 낼 수 없다. 두 손이 있어야만 장구 소리를 낼 수 있다. 오른손은 채로 단단한 소리를, 왼손은 손바닥으로 부드러운 소리를 만들어 장구 소리를 낸다. 화목한 가정도 이처럼 맞장구 소리를 내는 것과 같다.

엄친(嚴親)과 자모(慈母)가 있는 가정의 자녀는 조화로운 맞장구 소리처럼 부모에게 삶의 지혜를 얻는다. 그러나 자녀를 오냐오냐 기르면 커서도 자기밖에 모르고 남에게 고마워할 줄 모르는 아이가 된다. 아버지는 엄하고 어머니는 부드러워야 자녀가 제대로 크는 법이다.

그러나 요새 젊은 부모들을 보면 안팎이 다 자녀에게 아이스크림처럼 굴려고 한다. 그렇게 해서는 아이를 제대로 바르게 키우기가 어렵다. 어려움을 모르고 자란 아이는 온실 속의 화초와 같아 나약할 뿐이다. 자녀를 튼튼하면서도 올바르게 키우고 싶다면 자녀가 인생의 명암(明暗)을 터득할 수 있게 해 주어야 한다.

자녀가 길흉(吉凶)이 주마등(走馬燈)처럼 펼쳐지는 인생의 벌(罰)을 제대로 헤쳐 나가게 하려면 장구 소리를 내는 심정으로 키워야 한다. 아버지는 오른손이 되고 어머니는 왼손이 되어 자녀의 삶이 어울릴 수 있도록 조율해 주어야 한다. 이것이 부모로써 해 줄 수 있는 엄자(嚴慈)의 도리이다.

아이를 밑도 끝도 없는 응석받이로 키우는 것은 곡식에 거름을 너무 많이 주어 웃자라게 하는 꼴과 같다. 웃자란 곡식은 키만 클 뿐 이삭을 맺지 못한다. 자녀를 이렇게 키우면 자식 농사는 망칠 수밖에 없다. 엄한 아버지와 자애로운 어머니가 맞장구를 쳐야만 자식 농사를 제대로 지을 수 있다.

풀꽃 같은 가정

주례를 많이 서다 보니 나름대로 터득한 것이 있다. 신부 쪽이 가구 일습(一襲)을 마련하고 신랑 쪽이 아파트를 안겨 준 신혼부부보다는 어렵사리 단칸 셋방에서 시작한 부부일수록 살아가면서 사랑을 잘 이루며 산다는 것이다.

돈으로 행복을 사지 못하는 것처럼 사랑도 돈으로 여물지 않는다. 부부란 살만 붙이고 사는 관계가 아니다. 서로 마음을 껴안고 살아야 하는 것이 바로 부부 관계다. 인생은 덤도 없고 보너스도 싫어한다.

주례를 설 때마다 신랑 신부의 눈을 바라보는 버릇이 있다. 언젠가 유난히 맑고 총총했던 신랑 신부가 2년 뒤 태어난 지 석 달된 딸 하나를 안고 나를 찾아와 기쁘게 한 적이 있다. 그들은 둘 다 고아원 출신이라 가정을 더욱 잘 꾸려야 한다는 마음이 있는 부부였다.

어린것을 안고 좋아라 웃는 나에게 새로 엄마가 된 여인이 다소곳이 말문을 열었다.

"선생님, 꼭 풀꽃 같지요?"

"그럼, 그럼. 너희들만큼이나 향기롭지."

그들은 한참 동안 풀꽃 한 송이를 안게 하여 나에게 삶이 얼마나 아름다운지를 가르쳐 주었다.

"어멈, 젖을 먹이지?"

"그럼요."

"고맙다. 어미 젖을 빨아야 갓난아이도 인생을 배우는 거야."

딸아이의 아비는 아이가 땀을 뻘뻘 흘리면서도 열심히 젖을 잘 빤다며 아내를 대견해했다.

아이를 키우며 열심히 사는 외로운 부부. 가정을 얻고 새끼를 낳아 고아원 시절의 설움을 행복으로 바꾸고 있는 그들이 세상을 건강하게 하는구나! 억지를 부려 유모차를 하나 사서 석 달짜리 아이를 앉혀 놓았더니 천하가 풀꽃 동산 같았다. 유모차를 끌고 떠나가는 그들 뒤에 서서 나는 풀꽃 같은 인생의 향기를 맡았다.

정(貞) 없는 가정

춘하추동(春夏秋冬)은 하늘의 마음〔天心〕을 헤아려 보게 한다. 가족과 가정이 행복하려면 사람의 마음〔人心〕이 하늘의 마음을 따르게 하라고 옛 성현들은 부탁한다.

하늘의 마음을 따르는 사람의 마음을 원형리정(元亨利貞)이라고 보아도 될 것이다. 원(元)은 선(善)이자 봄 같은 마음이다. 형(亨)은 미(美)이자 여름 같은 마음이다. 이(利)는 의(義)이자 가을 같은 마음이다. 그리고 정(貞)은 선함과 아름다움, 그리고 올바름을 두루 갖춘 도리(道利)이자 겨울 같은 마음이다.

겨울은 춥다. 가족 모두가 마음이 차분하고 마음 씀씀이가 곧고 바른 정(貞)을 두루 간직하고 있는 가정은 일이 어긋나거나 억지스러운 일을 저지르지 않는다. 그러면 화목한 가정은 저절로 이루어진다. 화목한 가정은 가족의 마음을 서로 편안하게 해 주는 비밀을 안다. 그 비밀이 곧 정이다.

그러나 정 없는 가정은 분수를 모르고 허욕을 부리다 온 가족을 고통스럽게 한다. 곧지 않고 바르지 못한 마음이 뿌리는 상처보다 더한 불행은 없다. 그래서 정 없는 가정에는 둥둥 떠다니는 고무풍선 같은 심술이 불행의 씨를 뿌린다.

강력(强力)한 부모

강력한 부모는 자식 농사를 잘 짓는다. 강력(强力)은 두 갈래의 힘을 말한다. 강(强)은 내가 나를 이겨내는 힘이고, 역(力)은 내가 남을 이겨내는 힘이다.

자신을 이기려는 힘〔强〕이 먼저이고 남을 이기려는 힘〔力〕은 뒤따라야 한다는 것이 강력(强力)이다. 강은 힘의 근본이고 역은 힘의 말단이다. 그래서 자녀에게 강력한 부모는 멋이 있고 훌륭하다.

그러나 강(强)을 무시하고 자녀에게 역(力)만 앞세우려고 하는 부모는 못난 부모다. 반에서 일등만 하라고 졸라대는 부모는 못난 어버이지만 자녀의 마음을 편하게 해 주고 스스로 노력할 수 있게 길러 주는 부모는 강력하고 슬기로운 어버이다.

현명한 부모는 자녀를 들판의 곡식처럼 키우지 온실 속의 꽃처럼 다듬지 않는다. 못난 부모 탓에 자녀들이 못나게 된다. 콩 심은 데 콩 나고 팥 심은 데 팥 나는 것처럼 부모 하기에 따라 자녀는 인간이 되는 법을 배운다. 강력한 부모는 이를 잊지 않고 자녀를 사랑하는 방법을 안다.

그러나 강(强)은 모르고 역(力)만 아는 부모들이 많아 교육 제도가 바뀔 때마다 치맛바람 때문에 걱정이 태산 같다는 여론이 들끓는 것이다. 못난 부모가 그런 바람을 피운다. 강력한 부모는 자녀를 살펴 기를 뿐이다.

둥지를 떠나야 새가 된다

자녀를 사랑하지 않는 부모는 없다. 다만 그 사랑을 어떻게 베풀고 헤아리느냐에 따라 자녀들은 다른 모습으로 자란다. 자녀를 온실 속의 꽃처럼 키우는 부모는 자녀의 인생을 품에 매어 두는 꼴이고, 자녀를 들판의 꽃처럼 키우는 부모는 자녀의 인생을 자녀에게 맡기는 셈이다.

이제는 대리 인생(代理人生)이란 없다. 누구나 똑같이 간직해야 하는 삶이 주어지는 것도 아니고 물려받는 것도 아니다. 물론 조선 시대에는 신분에 따라 삶이 물려지기도 했다. 양반의 자녀들은 양반으로 살았고 상것의 자녀들은 상것으로 살아야 했다. 그러나 이제 그 악몽 같던 신분 사회는 사라졌다. 인간은 저마다 자신의 삶을 성취해야 한다. 이러한 변혁을 '삶의 민주화'라고 불러도 된다. 이 말은 누구나 제 삶을 자기 자신이 책임져야 함을 뜻한다. 그래서 대리 인생이란 없다는 것이다.

삶에 대한 자연의 섭리는 모든 생물에서 발견된다. 산하의 풀과 나무를 보고 산중의 짐승들을 보라. 산천의 나무와 풀은 모두 스스로의 힘으로 자란다. 새끼의 날개에 힘이 붙으면 어미 새는 둥지에서 새끼를 내쫓는다. 스스로 날아다니며 모이를 찾아 먹고살라 함이다. 족제비도 새끼의 털에 힘이 붙고 이빨이 다 나면 굴에서 새끼를 내쫓는다. 네 발로 스스로 돌아다니며 먹이를 찾아 제 힘으로 살라 함이다. 사자는 새끼를 낳으면 벼랑 위로 물고 올라가 새끼를 하나씩 떨어뜨려 살아남는 놈만 골라 키운다고 한다. 이러한 것들이 모두 삶에 대한 자연의 섭리이다.

그러나 우리 부모들은 자녀를 평생 품 안에 안고 살려는 듯이 욕심을 부린다. 자연의 입장에서 보면 사람의 자녀도 새끼에 불과하다. 인생은 집 안에 있는 것이 아니라 넓게 펼쳐진 온 세상에 있다. 그 세상은 온실처럼 항상 따뜻하거나 둥지처럼 포근하지 않다. 오히려 거칠고 사납고 어려운 고비들이 성난 바다의 너울처럼 넘치는 곳이다.

부모는 자녀가 삶의 세상에 두 발로 꿋꿋이 당당하게 서서 갖가지 삶의 고비를 스스로 넘게 해야 한다. 그렇게 하기 위해서는 자녀를 품에 안아서 보호하기만 해서는 안 된다. 넓은 세상으로 내보내 눈을 뜨게 하고 귀를 트게 하여 삶의 현장에서 살아가는 방법을 스스로 터득하게 해야 한다. 꼬마들은 마을 골목에서 또래와 함께 소꿉장난을 하면서 살림살이 연습을 해야 하고, 청소년들은 수시로 집을 떠나 이곳저곳의 풍물을 보고 들으면서 삶의 밝음과 어두움을 스스로 체험해야만 철이 든다. 이를 위해 부모는 자녀로 하여금 자주 부모 슬하를 떠나 여행을 하게 하는 것이 좋다.

짧게는 며칠이어도 좋고 길게는 몇 달이라도 좋다. 청소년은 굳이 외국으로 여행을 나갈 필요가 없다. 먼저 자기 나라부터 둘러보게 하여 이 고을, 저 고을의 풍물을 눈으로 직접 보고 귀로 들어야만 제가 태어난 땅의 여러 모습과, 제가 살면서 쉬어야 할 숨길의 맛이 어떤지를 맛볼 수 있는 까닭이다.

청소년이 하는 여행은 사치나 호사가 아닌 성장하는 과정이자 삶을 터득하는 현장 실습이다. 집을 떠나 삶의 현장을 순례(巡禮)하는 것이 청소년에게 가장 적합한 여행이다. 순례는 어떠한 경우든 편한 쪽보다는 힘들고 고달픈 경우가 많다. 특히 삶을 순례하는 여행은 힘들고 쪼들릴수록 좋다. 어차피 사람의 인생에는 삶의 환희보다는 아픔이 더 많은 까닭이다.

그러므로 여행을 할 때는 재미로 해서는 안 된다. 무전여행(無錢旅行)을 초라하게 여겨서도 안 된다. 돈벌이가 없는 청소년이 호화판 여행을 탐하는 것은 자신의 인생을 속이고 훔치는 짓에 불과하다. 만일 자녀가 고생 없는 여행을 하기를 바란다면 그 부모는 단호하게 거절해야 한다.

곡식도 거름발을 너무 많이 받으면 웃자라 열매를 맺지 못하고 미쳐 버린다. 그런 의미에서 청소년의 여행은 가난하고 초라할수록 좋다. 여행에서 여문 이삭을 주워 오면 되니 말이다.

학교에서 책으로만 배우는 지식은 편식(偏食)에 해당되는 경우가 많다. 영양을 골고루 섭취해야 몸이 건강해지는 것처럼 마음도 지혜와 지식을 골고루 섭취해야 깊은 샘물처럼 메마르지 않는다.

학교는 지식만을 주지만 여행은 지혜를 만나게 한다. 특히 삶의 지혜는 남을 통해서 배우는 것이 아니라 스스로 터득해야 하는 것이다. 여행은 그런 기회를 수없이 준다. 그래서 현명한 부모는 자녀가 자주 여행을 할 수 있도록 배려한다.

명지(明智)가 아울러야

속은 모르고 겉만 알면 속기 쉽다. 빛 좋은 개살구처럼 속은 내버려둔 채 겉만 꾸미고 산다면 허깨비나 허수아비가 되기 쉽다. 그러면 소중한 삶을 버리고 내가 나를 속이게 된다.

명지(明智)는 자기 자신을 소중히 여기게 해 준다. 속을 아는 것을 명(明)이라 하고 겉을 아는 것을 지(智)라고 한다. 내가 내 마음을 살펴서 알아보려고 하면 나는 저절로 밝아진다. 이것이 명(明)이다. 온갖 사물을 살펴서 알아보려고 하는 것이 지(智)이다.

그러나 요즘 세상은 명은 제쳐 두고 지만 챙기면 그만이라는 듯이 아우성이다. 그래서 사물에 관해서는 먼저 알려고 발버둥치면서도 막상 자기 자신은 내팽개치는 인간들 탓에 세상이 어둡다.

사람을 알고 소중히 하는 것이 명이다. 그런데 가끔 재물이나 돈을 아는 것들이 지가 되기도 한다. 속을 안다는 것은 사람을 소중히 한다는 뜻이고 겉을 안다는 것은 물질을 소중히 한다는 뜻인 까닭이다. 사람 귀한 줄은 모르고 재물이나 돈만 귀한 줄 알면 언제나 탈이 난다. 삼풍백화점은 그래서 내려앉았다. 무너져 버린 백화점이 아직도 우리를 슬프게 한다.

신용(信用) 있는 집안

돈 많은 집안이나 지위가 높은 권문(權門)을 부러워 마라. 그러나 신용 있는 집안이거든 부러워하라. 부유하면 신용이 엷아지기 쉽지만 가난해도 신용이 두터운 집안에는 언제나 생기(生氣)가 돈다.

신용의 신(信)은 검척애경(儉戚愛敬)을 한 마디로 묶은 말이다. 그래서 신용은 네 가지를 잘 활용하며 살라고 한다. 행복하고 화목한 가정을 원한다면 신용의 네 가지 덕목(德目)을 잊지 말아야 한다.

검소하라. 검소한 가정은 부족함이 없다. 부족함이 없으므로 허세(虛勢)를 멀리한다. 이것이 신용의 검(儉)이다. 가족을 서로 아껴라. 부모는 자녀를 든든히 길러 주고 자녀는 부모의 마음을 아프게 말라. 이것이 신용의 척(戚)이다. 사랑하라. 사랑은 베푸는 것이지 요구하는 것이 아니다. 네가 나를 사랑해 주어야만 나도 너를 사랑하겠다고 말하지 말라. 이것이 신용의 애(愛)이다. 선을 따르고 악을 멀리하라. 선을 보면 기뻐하고 악을 보면 부끄러워하라. 이것이 신용의 경(敬)이다.

이 검척애경(儉戚愛敬)의 준말을 신(信)이라 하고 그 신을 활용하면서 살라는 것이 신용이다. 그러나 지금은 신용을 돈 거래가 확실한 뜻으로만 새기려고 한다. 신용은 무엇보다 서로의 마음을 믿자는 것이지 물질(돈)을 담보로 하는 것이 아니다. 그래서 신용이 살아 있는 집안은 언제나 행복하며 불행을 모른다.

어머님 선생

집안 어른들은 자녀들에게 서당(書堂)에는 선생이 없어도 집에는 선생이 있어야 한다고 자주 타일러 주었다. 이는 물론 옛날 일이다. 요즘은 집안에 자녀를 위한 선생은 없고 보호자만 있는 꼴이다.

잘 먹여서 잘 키운다고 해서 길러 주는 것은 아니다. 아이를 왕자처럼 키운다거나 스타로 만들겠다고 욕심을 부리는 부모는 아이를 밑천 삼아 한몫 잡아 보려는 야바위꾼에 불과하다.

그러나 제대로 사람 구실을 하게 기르려는 어머니들이 간혹 있어서 세상을 밝게 한다. 그런 어머니들은 학교에서는 아이를 유식하게 길러 주니까 집에서는 속이 든든한 사람으로 키워야 한다고 생각한다. 열매도 속이 들어야 제 구실을 한다.

유능한 사람이 되려면 훈장 덕을 봐야 하고 대접받는 사람이 되려면 어머니 선생 덕을 봐야 한다는 옛말은 지금도 참말이다. 훈장은 지금의 교사나 교수 등을 말하고, 선생은 사람을 철들게 하는 현명한 분을 뜻한다.

그래서 예부터 자녀를 철들게 길러 주는 어머니를 선생으로서 높여 준 것이다. 자녀를 위한답시고 치맛바람을 피우는 어머니는 조교(助敎) 노릇을 자청하는 꼴이다. 조교 노릇을 자청하는 어머니는 줄곧 알사탕을 먹여 자녀의 이빨이나 썩게 하는 분이다.

창조적인 엄마

구구단을 배웠다고 자랑하는 아들을 보고 젊디젊은 엄마가 빙그레 웃는다.

지난 여름 한강변 강둑에서 있었던 일이다. 서른도 채 안 됐을 어머니는 의젓했고, 아이는 동그란 얼굴이 꼭 보름달 같았다.

"구구단이 뭔데?"

"엄마는 몰라?"

"배운 지가 오래돼 잊었나 봐."

신이 난 아이는 삼삼은 구, 삼사 십이라고 줄줄 외워 주었다. 어머니가 다시 빙그레 웃으며 물었다.

"너 곱셈을 배웠구나?"

"엄마, 곱셈이 뭔데?"

"2 더하기 2는 얼마지?"

"4."

그런 다음 둘은 화단 옆으로 가 쪼그려 앉았다. 그러더니 엄마가 땅바닥에 다음처럼 아이에게 써 보였다. '2+2=2×2'
아이는 신기한 듯이 유심히 바라보더니 기쁘다는 듯이 질문을 던졌다.

"엄마, 구구단은 더하기를 편리하게 하려고 외우는 거야?"

"그렇단다."

무엇을 암기하게 하지 않고 생각하도록 만드는 분이 창조적인 두뇌를 길러 내는 분이다. 젊은 엄마는 바로 그런 일을 한 셈이다.

줄탁(啐啄)이란 것

알 속에서 새끼 새가 나오기 위해서는 알을 둘러싸고 있는 껍질이 깨져야 한다. 밖에서는 어미 새가 알 껍질을 쪼고, 새끼 역시 안에서 연약한 부리로 열심히 껍질을 쪼아야 한다. 어미와 새끼가 함께 껍질을 쪼아야만 새 생명이 나온다. 이를 줄탁동시(啐啄同時)라고 한다.

가정을 둥지에 비유하는 것은 부모를 어미 새로 여기고 자녀를 새끼 새로 보아도 되는 까닭이다. 부모는 자녀의 인생을 위해 쪼아야 하고 자녀는 자신의 인생을 위해 열심히 쪼아야 한다. 그러므로 한가족의 인생이란 줄탁동시와 같다.

뻐꾸기는 목청만 좋지 알을 품어 새끼를 부화시킬 줄 모르는 못난 새다. 뻐꾸기 새끼는 부화되면 자기 혼자 살아나려고 다른 새끼들을 둥지 밖으로 밀어 버린다. 이처럼 못난 어미의 성질머리는 그 새끼에게로 유전되는 법이다.

요즘은 학교에 폭력배가 많아 담당 검사까지 배정해 다스린다고 한다. 돈을 빼앗으려고 물고문까지 범한 학생 폭력 집단도 있었다고 한다. 이런 못된 학생들의 부모는 어떤 어미 새일까? 아마도 뻐꾸기 같은 어미에 가까우리라 싶다.

청소년기는 알 껍질을 깨뜨리고 막 세상 밖으로 나오려는 순간의 인생에 속한다. 이 순간에 부모와 자녀가 열심히 줄탁동시를 해야 바람직한 인간으로 자랄 수 있다. 이 사실을 부모가 먼저 알아야 한다.

생활을 맛있게 요리하라

보금자리는 마음을 편안하게 해 주는 곳을 말한다. 보금자리는 무엇을 요구하는 마음보다 베푸는 마음이 앞서고, 의심이 아닌 믿음으로 맺어져 있는 공간이다. 그래서 보금자리에는 사랑이 싹트고 서로 이해하고 돕는 사람들이 산다. 우리는 그들을 가족이라 하고 그곳을 가정이라 부른다.

물론 가족이 있는 가정만 보금자리가 되어야 하는 것은 아니다. 일터 역시 보금자리가 될 수 있다. 일터를 보금자리로 갖는 사람은 두 겹의 행복을 누리는 사람이다. 가정 생활도 행복하고 직장 생활도 행복한 까닭이다.

세상이 각박하다고 단정하는 사람들은 자기 스스로 삶을 각박하게 끌어가기 때문이다. 그러나 세상이 훈훈하다고 여기는 사람들은 자신의 삶도 따뜻하게 이끌어 간다. 이처럼 인생은 그 자신의 마음먹기에 달려 있다.

생활이란 요리 솜씨와 같은 묘미를 지니고 있다. 같은 음식거리를 가지고도 어떤 이는 맛있는 요리를 만들고 어떤 이는 맛없는 먹이를 만들어 내기도 한다. 하루하루의 생활을 가족의 입맛을 돋우어 주기 위해 정성스레 요리하는 주부처럼 삶을 맞이하는 사람은 항상 자신과 주변 사람들에게 따뜻하고 너그러운 마음씨를 지니게 된다. 이런 마음씨는 가정에서 자란다.

부딪치는 일, 해야 할 일 그리고 하지 말아야 할 일을 살펴서 성실하게 처리하고 추진해 가는 사람은 마음을 각박하게 조이지 않는다. 그래서 일을 시작할 때나 일을 마칠 때나 한결같이 성실할 뿐 뒤에 가서 후회하지 않는다. 왜냐하면 성실한 사람이 만든 생활의 요리는 맛있기 때문이다.

사람은 삶을 성취해야 하는 존재이다. 그냥 주어진 대로 그저 사는 것이 아니라 자신의 뜻을 지니고 생존을 책임져야 한다. 이렇게 주인 노릇을 제대로 해야만 가정이 단란해지고, 자신이 속해 있는 직장이 활력을 얻어 살맛을 돋굴 수 있다.

생존은 고통스럽다. 왜 삶은 고통인가? 인간에게는 꿈이 있고 뜻이 있게 마련이다. 하지만 그러한 꿈과 뜻은 성취되는 경우보다 실패하는 경우가 더 많다. 이런 까닭에 인간들은 한숨짓는다. 그래서 인생은 고(苦)이다. 그 고통을 극복하려는 마음이 인생을 아름답게 한다.

해바라기가 봄바람을 찾는다는 말이 있다. 이 말은 허풍을 떨고 허세를 부린다는 뜻이다. 해바라기는 초가을에 피는 꽃이니, 가을에 피는 꽃이 봄바람을 찾는다는 말은 거짓말이다. 안 될 일을 된다 하고 하지 못할 일을 할 수 있다고 하는 사람은 봄바람을 불러

오겠다고 호언하는 해바라기 같은 사람에 불과하다. 그러한 사람은 다른 사람들로부터 신용을 얻을 수가 없다. 신용을 잃어버린 생활인은 자신의 가정을 서글프게 하고 주변을 씁쓸하게 만들 뿐이다.

인생의 신용은 입맛을 가장 향긋하게 돋구어 주는 삶의 맛이다. 인생을 너무 엄격하게 조이는 사람은 삶의 요리를 너무 짜게 조리는 자이고, 인생을 낭비하는 사람은 삶의 요리를 너무 싱겁게 버리는 자이다. 음식은 너무 짜도 맛이 없고 너무 싱거워도 맛이 달아나 버리는 법이다. 인생도 마찬가지로 너무 짜게 조리면 괴로워지고 너무 싱겁게 팽개치면 썩어 버린다.

생활을 맛있는 음식처럼 정갈하게 요리하는 사람은 가정도 삶의 보금자리로 만들고, 일터도 삶의 보금자리로 만든다. 보금자리는 어디인가? 서로 돕고 이해하며 의지하는 곳이 아니겠는가. 행복은 나누면 두 배가 되고 불행은 나누면 반이 된다는 현실이 보금자리가 아니겠는가. 현명하고 슬기로운 생활인만이 어디서든 삶의 보금자리를 트고 인생을 살맛 나게 요리한다.

육십 갑자(甲子)의 지혜

우리의 옛 조상들은 생사의 간격을 육십 갑자로 재려고 했다. 갑을병정(甲乙丙丁)으로 시작되는 천간(天干)과 자축인묘(子丑寅卯)로 시작되는 지지(地支)를 짝지어 예순 번을 지나면 인생을 한 바퀴 돈 것으로 생각했던 것이다. 이는 곧 한 해마다 의미를 주어 삶의 뜻을 여물게 하고 인생을 허망하지 않게 하려는 소망이다.

천간은 씨앗이 터서 자라나는 모습을 그리고 있다. 갑(甲)은 땅에 심은 씨앗을, 을(乙)은 싹이 트는 것을, 병(丙)은 그 씨앗이 자라는 모습을 그리고 있다. 그리고 정(丁)은 무성하고 씩씩하게 자란 모습이다.

지지(地支)의 시작을 여는 자(子)는 동물로 치면 쥐이지만 뜻으로 보면 자(滋)로 통한다. 자는 보살피고 돌보아져서 불어난다는 뜻이다. 시간으로 보면 자(子)는 한밤중으로 새로운 날의 시작을 알리기도 한다. 요새 사람들은 쥐를 해롭게 여기지만 옛 사람들은 쥐를 영리한 동물로 새겼다. 사람의 입장에서는 쥐가 해로울 수 있지만 천지의 입장에서 보면 나약한 몸뚱이로 강하고 영리하게 제 목숨을 이어 가면서 새끼를 풍성하게 낳아 길러 내는 대견한 목숨인 셈이다.

새로 시작하는 한 해, 한 해를 인생의 운세(運勢)로 보았던 지혜는 삶을 허망하게 보내지 말라는 충고이다.

넘치는 자(慈)

부모는 자식이 잘 자라 주기를 바라고 농부는 곡식이 잘 자라 주기를 바란다. 농부는 곡식이 잘 자라게 하려면 거름을 제대로 주어야 함을 잘 알고 있다. 어느 부모든 농부의 지혜를 닮아야 자녀를 제대로 키울 수 있다. 제대로 바르게 키우는 사랑이 바로 자(慈)이다.

자녀 사랑이 지나치면 거름을 많이 먹은 곡식처럼 엇되고 만다. 웃자란 곡식은 이삭을 맺지 못한다. 아이를 과보호하는 부모는 자녀를 웃자라게 하고 철부지로 만들어 버린다. 그러면 자식 농사는 망치고 만다. 자식 농사를 잘 지어라. 이 말을 계속해서 되풀이할 수밖에 없다.

아이를 일류로 만들고 싶어하는 부모일수록 자식 농사를 망친다. 천재가 되어야 한다고 고집하는 부모는 정신 나간 외통수에 불과하다. 사랑한다는 짓이 결국 학대하는 짓이 되고 만다는 것을 모르는 부모들이 너무나 많다. 그런 부모는 자기 욕심대로 자식의 미래를 그려 우격다짐으로 내맡기는 짓을 마다하지 않는다. 욕심사납게 미래를 미리 정해서 아이에게 맡길

수록 아이는 무거운 등짐을 진 꼴이 된다. 뜻을 펴려면 스스로 펴게 해야 한다. 그러나 부모의 뜻에 따라 펴야 한다고 우기는 부모는 모질게 마련이다. 모질면 그 순간 자(慈)는 독(毒)이 되고 만다.

행복한 이혼?

이혼에도 행복한 것이 있고 불행한 것이 있을까? 어떤 이혼이든 불행이라는 생각이 상식이다.

어느 날 여성 TV 채널에서 '행복한 이혼'이란 프로를 우연히 보게 되었다. 그러나 따지고 보면 행복한 이혼이란 있을 수 없다. 이혼은 어디까지나 상처를 남기니 말이다.

도저히 함께 살 수 없는 부부라면 차라리 헤어져라. 불행한 결혼을 청산하고 다시 새로운 행복을 찾아 나서라. 아마도 이런 관점에서 행복한 이혼이란 말이 붙여진 모양이다. 그러나 행복한 이혼은 말이 되지 않는다. 어떤 이혼이든 불행하다. 이 말이 참말이다.

여권 신장의 차원에서 보더라도 이혼은 일단 불행이다. 그래서 행복한 이혼이란 말은 좀 야하다. 참말로 들리지 않는다. 인생에 있어 행복은 무지개와 같을 수도 있다. 행복을 찾기 위해 이혼한다는 말은 그 자체가 허망하다.

서양인들은 이혼을 밥먹듯이 한다지만 서로 상처를 입는다는 데 대해서는 별로 큰 이의를 달지 않는다. 꽃밭에는 인생이 없고 가시밭에는 인생이 있다는 말은 새겨 둘 만하다. 그 가시밭을 잘못 밟아 찔리고 난 다음에는 이유가 어떻든 간에 이혼한 남녀는 길가에 버려진 코 묻은 손수건 꼴과 같다.

안인(安人)의 행복

안인(安人)은 안심(安心)으로 통하고 안심은 행복(幸福)으로 통한다. 과거에는 이런 말을 믿었지만 지금은 믿으려 들지 않는다. 행복은 밖에 있는 것이 아니라 안에 있다는 말은 안심을 두고 한 말이다.

내가 남을 편안하게 해 주는 것이 곧 안인(安人)이다. 내가 내 마음을 편하게 하는 것이 안심(安心)이다. 그러므로 내가 남을 편안히 해 주어야 내 마음도 편안해진다. 행복이란 본래 마음이 편안한 것을 두고 하는 말이다.

재산이 많다고 행복한 것도 아니고 지위나 명성이 높다고 행복한 것도 아니다. 마음을 불안하게 하는 것은 무엇이든 행복과는 거리가 멀다.

불행해지는 일만 하면서 왜 자기는 행복해지지 않느냐며 투덜대는 사람보다 더한 바보는 없다. 삶의 행복이란 문제를 놓고 볼 때 우리는 지금 너나 할 것 없이 모두 바보에 속한다. 돈으로 행복을 살 수 없다는 간단한 진리를 모른 척하고 사는 까닭이다.

남을 편안하게 해 주면 반드시 내 마음도 편안해진다. 이것이 곧 행복을 낳는 씨앗이다. 남을 불편하게 하면 내 마음도 불안할 수밖에 없다. 이것이 곧 불행의 씨앗이다. 불행의 씨앗은 나를 부풀리려는 마음에서 생긴다. 조금씩 나를 줄여 가면 행복을 맺어 줄 씨앗을 나 스스로 심을 수 있다. 그래서 소사(少私)하라는 것이다. 나를〔私〕 적게 하라〔少〕. 나는 지금 인생이라는 밭에 어떤 씨앗을 뿌리며 살아가고 있는가? 이렇게 자문하는 사람이 있다면 그는 지금 행복의 씨앗을 심고 있는 중이다.

고절(苦節)은 흉하다

검소한 사람은 절약을 벗으로 삼는다. 그러나 허망한 사람은 절약을 원수처럼 여긴다. 즐거운 마음으로 절약하면 모자람이 없지만 절약하기를 몸서리치면 언제나 궁할 뿐 한 순간도 넉넉할 수 없다.

고절(苦節)은 흉하다는 말이 있다. 괴롭게 절약해야 하는 것이 고절이다. 있는데도 불구하고 아껴 쓰는 것을 안절(安節)이라 하고, 아꼈다가 필요할 때 쓸 수 있게 하는 것을 감절(甘節)이라고 한다. 이 중에서도 고절은 낭비한 결과로 궁색하고 쪼들리게 하면서 인간을 괴롭히는 것을 뜻한다.

있을 때 아끼면 괴롭게 절약해야 하는 일을 당하지 않는다. 무엇이든 있을 때 절약해야지 없으면 절약하기 어렵다. 없는데 무엇을 절약한단 말인가. 있을수록 절약하라. 이것이 현명한 삶이다. 현명한 삶은 언제나 부유하다.

그러나 낭비를 일삼고 허영에 빠진 이의 뒤끝은 언제나 곤궁하고 궁색하다. 이러한 빈궁은 괴롭게 절약해야 하는 고통을 불러온다. 괴롭게 절약해야 하는 것은 검소할 줄 몰라서 지게 된 고통이다. 이런 고통은 어리석은 탓에 흉(凶)하다.

더불어 사는 삶이 귀하다

사람은 고독한 단독자(單獨者)인 동시에 사회인(社會人)이다. 그래서 사람은 두 갈래의 삶을 영위한다. 한 갈래는 자신만이 간직하는 삶이며 다른 한 갈래는 여럿이 더불어 사는 삶이다. 가정 생활과 사회 생활은 모두 더불어 사는 삶이다.

자신만의 삶은 마음속으로 이루어지는 삶이다. 그러나 더불어 사는 삶은 자신의 뜻대로만 되지 않는다. 더불어 사는 삶은 나와 상대의 관계에 따라 이루어지는 까닭이다.

사람은 누구나 사회인으로서의 구실을 하면서 살아가야 한다. 독불장군(獨不將軍)인 양 제멋대로 살 수는 없다. 상식에 어긋나거나 벗어나는 짓을 삼가라. 이 말은 나와 다른 사람들과의 관계를 존중하면서 삶을 이끌어 가야 함을 말해 준다. 더불어 사는 생활은 상식과 대화의 삶이다.

그러나 자신만의 삶은 특별할 수 있다. 그것은 다른 사람과는 상관없이 자신의 세계를 다듬어 가는 비밀스러운 삶인 까닭이다. 그래서 자신의 삶은 독백과 침묵의 삶일 수 있다.

대화(對話)는 상대와 마음을 나누어야 하지만 독백(獨白)은 자신이 스스로의 마음속을 만날 때 이루어지는 침묵(沈默)이다. 이러한 침묵의 순간을 자주 갖는 사람은 그렇지 않은 사람보다 삶을 더욱 성찰(省察)하게 된다. 성찰하는 삶은 성실(誠實)하고 겸허(謙虛)하게 마련이다. 성찰은 진실과 마주서게 하기 때문이다. 사신이 자신을 관찰할 때는 숨기거나 감출 수 없기 때문에 삶을 있는 그대로 마주하게 된다. 이렇게 자신의 내면을 들여다볼 때는 거짓말을 하거나 속임수를 부릴 수 없다. 이처럼 독백의 삶은 사람을 진실하고 강하게 한다.

성찰하는 사람은 가정 생활과 사회 생활을 진지하게 영위한다. 내가 하기 싫은 일을 남에게 시키지 않아야 한다는 것을 알고, 다른 사람과 함께 나눌 수 있는 삶의 지혜를 터득한 까닭이다. 다른 사람이야 어떻든 나만 잘살면 되지 않느냐고 시치미를 떼는 사람은 결국 자신의 삶을 망칠 뿐만 아니라 더불어 사는 삶마저 망쳐 버리게 마련이다.

더불어 사는 삶에 믿음보다 더 귀한 마음은 없다. 내가 상대를 믿어 주면 상대도 나를 믿어 준다. 그 믿음이 튼튼하다면 더불어 사는 삶도 순리(順理)에 따라 풀려 가게 마련이다. 순리는 언제나 상식의 잣대 구실을 한다. 그러나 이러한 잣대를 무시하고 자신에게만 유리하게 치수를 재려고 들면 탈이 나고 만다.

사람과 사람 사이에 왜 불신(不信)이 생기는 걸까? 의 · 리(義 · 利)의 균형을 상실하면 불신은 눈덩이처럼 불어난다. 옳은 것[義]

과 이로운 것〔利〕 중에 의(義)를 앞세우면 명분에 매이게 되고, 이(利)를 앞세우면 실속을 차리게 된다. 현대인은 명분이야 어떠하든 실속만 차리면 그만이라는 속셈을 하려고 한다. 그래서 현대인은 탐욕스럽고 잔인한 욕망을 버릴 줄 모른다. 현대인의 비극은 바로 여기서 움텄다.

욕심은 마음을 장님의 눈처럼 만들고 탐욕스러운 마음은 마음을 도둑의 하수인이 되게 한다. 그래서 욕심과 탐욕은 삶의 길을 제대로 걸어가지 못한다. 현대인은 욕망을 행복의 보증 수표처럼 여기지만 그 욕망은 항상 행복을 부도내고야 만다. 왜냐하면 행복은 햇빛이 그득한 빈방과 같기 때문이다.

사람은 누구나 행복해지고 싶어한다. 하지만 행복을 탐하다 불행을 당하는 일들이 너무나 많다. 혹 떼려다 혹을 붙이는 경우도 허다하다. 왜 이런 불상사들이 비일비재하게 일어나는 걸까? 내 몫은 클수록 좋다는 탐욕 때문이다. 탐욕을 부리면 더불어 사는 삶은 험해진다. 더불어 사는 삶을 귀하게 하려면 먼저 내 탐욕부터 부수어야 한다.

산아 제한이 풀리고

아들딸 구별 말고 하나만 낳아 잘 기르자던 구호가 막을 내리게 되었다. 아이 낳기를 묶어 둔 것 자체가 어줍잖은 일이었지만 그때는 어쩔 수가 없었다. 가난하면 식구(食口)가 호구(虎口)라고, 입 하나 덜면 호랑이 한 마리 잡은 셈이라 여길 만큼 가난에 찌들어 살던 시대가 있었다.

그러나 가난을 벗어나고 노동 인구마저 모자란 형편이 되면서 저절로 산아 제한(産兒制限) 정책도 풀리게 되었다. 하지만 가난에 찌든 탓에 아이 낳는 것마저 제한해야 할 만큼 배고팠던 과거를 잊어서는 안 된다.

잘살게 되었다고 흥부네처럼 주렁주렁 아이를 낳는 경우도 드물어졌다. 젊은 부부일수록 규모 있게 살림을 꾸릴 줄 알고, 형편 따라 아들딸 낳아 잘 키우려는 사랑도 듬뿍하다. 그런 부부에게 그보다 더 찬란한 미래는 없다.

가난하여 아들딸 낳아 기르는 천륜을 막아야 했던 배고팠던 과거가 물러가 기쁘긴 하지만 그렇다고 해서 올챙이 시절을 잊어버린 개구리처럼 살아서는 안 될 일이다. 먹고살 만하니까 아들딸을 많이 낳아야 한다는 것은 아니다. 아들딸 여럿 낳아 잘 길러 내는 일이란 하나의 천륜이지 경제 논리로 정할 일은 아니란 뜻이다.

용지이례(用之以禮)

검소하면 어긋나지 않고 낭비하면 알맞기 어렵다. 예에 따라 물건을 쓴다는 것은 곧 아껴 쓴다는 말이다. 소중하고 귀하게 여기면 자연스레 아끼게 된다. 소중해서 아깝게 여기는 마음이 곧 예(禮)로 통한다. 그런 마음으로 살면 아쉽거나 모자랄 것이 없다.

모자라지만 여유 있게 산다는 것은 검소한 생활이 안겨 주는 윤택이다. 윤택함은 재물이나 돈으로 확보되지 않는다. 낭비하는 마음에는 쪼들림만 있을 뿐 윤택함이란 없다. 온 가족이 검소하면 그 가정은 언제나 윤택하다. 윤택한 가정의 구성원들은 마음이 밝고 명랑하다.

예에 따라 물건을 써라〔用之以禮〕. 맹자께서 이렇게 말씀해 놓은 것은 가정 생활을 검소하게 하라는 가르침이다. 그러나 그런 충고를 마다하고 과소비를 일삼는 가정들이 날로 늘어가기만 하니 내일이 암담하다. 오늘 함부로 웃기만 하면 내일은 울게 마련이다. 부모는 이를 알아야 한다.

무서운 사람들

세상이 무섭다 함은 틀린 말이다. 사람이 무섭지 세상이 무서운 것은 아니다. 한낮에 남의 코를 베어 가는 세상이라며 세상을 탓할 것은 없다. 그렇게 표변(豹變)한 인간들이 많아졌을 뿐이다.

선악을 제멋대로 정하려는 사람이 가장 무서운 사람이다. 자신에게 좋은 것이면 선이고 자기한테 해롭거나 나쁜 것이면 악이라고 제멋대로 정해 놓고 세상을 얕보는 사람이 가장 무서운 인간이다. 그런 인간들이 날로 많아져서 세상은 무서운 것처럼 보인다.

원래 선이란 나를 이롭게 하는 것이 아니라 남을 먼저 이롭게 하라는 이치이다. 그런 이치를 어기면 악이 된다. 그러나 이러한 선악을 비웃는 사람들이 점점 많아져 인간 세상이 모질고 무섭게 보인다.

인생을 무섭게 하는 것보다 더 큰 죄악은 없다. 우리는 내 인생이 행복하려면 먼저 남의 인생이 그렇게 되어야 하는 줄도 모르고 모두 자기 중심적으로만 세상을 저울질하려고 한다. 그래서 세상에는 무서운 사람들이 점점 많아져 무섭게 보인다.

주경(主敬)의 삶

제대로 살려면 주경(主敬)하라. 이는 과거의 생활관이다. 그렇다면 주경은 이제 낡은 것인가? 주자(朱子)의 주장이니 낡았다고 할 수도 있다. 경(敬)을 중심 삼아 살라는 것이 주경이다. 무슨 일이 있어도 선하고 착하게 살자는 것이 주경이다. 그러므로 주경은 낡을 수가 없다.

선을 넓히고 악을 막는 마음가짐을 경(敬)이라고 한다. 그런 마음가짐을 높이 받들면 존경(尊敬)이고, 잠시라도 잊지 않고자 하면 공경(恭敬)이다. 그리고 자신의 삶을 먼저 존경하고 공경하는 것이 곧 현명(賢明)이다.

남을 존경하고 공경하기 전에 자신의 삶을 존경하고 공경할 줄 아는 사람은 저절로 현명해진다. 현명함이란 언제나 선을 택하는 마음이므로 경을 높이고 따르려는 마음이다. 그래서 자명(自明)하라 한다. 자신의 마음을 살펴 허물없이 밝게 하라. 그런 자명등(自明燈)을 밝힐 줄 아는 부모는 가정을 저절로 아들딸의 보금자리가 되게 만든다.

그러나 요즘은 지위나 명성, 재물만을 존중하려 할 뿐 선을 존경하고 공경하는 노력에는 인색하다. 그래서 호주머니 사정은 예전에 비해 좀 나아졌을지 몰라도 마음가짐은 더욱 인색해지고 옹색해져서 가정의 앞날이 어둡고 암담하다.

반포(反哺)의 삶

받은 자(慈)를 효(孝)로 되돌려 주라. 자(慈)는 부모가 자식을 사랑하는 것이고 효(孝)는 자식이 부모를 사랑하는 일이다. 효로써 자를 보답하는 것이 반포(反哺)의 삶이다. 이는 부모와 자식 사이가 어떤 것인가를 말해 준다. 인생은 내리받이란 의미다.

어미 까마귀는 먹이를 씹어 먹여 새끼를 키운다. 그 새끼 까마귀가 다 자라 어미 까마귀가 늙어 먹이를 씹어 먹을 힘이 없어지면 새끼가 먹이를 씹어서 제 어미를 먹여 살린다는 옛 이야기가 있다. 이 이야기에서 반포라는 말이 나왔다. 이게 어디 까마귀를 두고 한 말이겠는가. 인간으로서 부모 자식이라면 반포의 삶을 잊어서는 안 된다는 말이다.

사람을 제외한 모든 생물은 반포의 삶을 어김없이 잘 지킨다. 어미가 새끼를 잘 키워 주면 그 새끼도 어미처럼 절로 잘사니 말이다. 그러나 유독 인간만이 반포의 삶을 깨어 가고 있다. 자(慈)를 듬뿍 받았음에도 효(孝)로 되돌려 주는 데는 인색하기 짝이 없는 세태가 상습(常習)처럼 되어 가고 있다.

어쩌면 인간은 반포의 까마귀만도 못할지 모른다. 왜 이렇게 되어 가는가? 아이의 몸뚱이만 챙겨 주고 마음속은 챙겨 주지 못한 부모들 탓이 아닌가 싶다. 품 안의 자식이란 말로 푸념할 것었다. 내리받이 품앗이가 인생임을 잊어서는 안 된다.

어떤 가정이 든든한가?

뿌리가 든든한 나무는 박한 땅에서도 튼튼한 줄기를 갖는다. 뿌리가 든든하고 줄기가 튼튼해야만 잎이 무성하고 꽃이 탐스럽게 피어 씨앗을 품은 살진 열매를 맺을 수 있다. 한가족이 모여 사는 집에도 한 그루의 나무처럼 든든한 뿌리와 튼튼한 줄기가 있어야 한다.

부모가 한 가정의 뿌리라면 자녀들은 그 가정의 줄기와 같다. 사회란 가정이라고 하는 나무가 서 있는 터다. 옛날에는 사회를 천하라고 불렀다. 천하에는 항상 산들바람만 불지 않는다. 오히려 모진 바람이 세차게 부는 날이 더 많다. 그래서 세상은 언제나 밝은 행복보다는 막막한 불행의 너울들로 넘실댄다. 말하자면 사회는 비옥한 땅이라기보다는 박한 토양이다. 이러한 토양에서 인생의 꽃과 열매를 잘 맺으려면 가정이 먼저 비옥해야 한다. 그래야만 충분한 영양을 공급받을 수 있다.

우람한 수풀이 황량한 모래 바람을 막아 주는 것처럼 세상의 모든 가정이 든든하고 튼튼하면 세상에 부는 무서운 바람들을 잠재울 수 있는 법이다. 이러한 연유로 먼저 제 몸을 닦고〔修身〕 집안 단속〔齊家〕을 한 다음에야 나라를 다스린다〔治國〕고 한 것이다. 이는 인간이 살아가는 한 절대로 낡을 수 없는 불변의 진리이다.

가정은 수신(修身)하는 보금자리요, 제가(齊家)의 현장이다. 그러나 우리가 이러한 진실을 등한시한 탓에 세상이 흉흉하다. 버려진 인간성에서 비롯된 무서운 상처들이 우리 모두를 아프게 하고 있다. 이는 무엇 때문이며 누구의 탓인가? 결국은 가정이 부실한 데서 연유한 것이란 생각이 먼저 떠오른다.

사는 일에 바빠 자식 농사를 망쳤다고 투덜대는 부모들을 자주 만난다. 그럴 때마다 손톱 밑이 아픈 것은 당장 알아도 심장이 병든 것은 먼 뒤에야 안다는 말이 떠오른다. 출세와 명성, 부의 축적은 자식 농사 다음이다. 이를 모르는 부모는 옥돌을 많이 캐서 모을 수 있을는지는 몰라도 그것을 갈아서 꿰어 구슬을 만들 수는 없다.

좋은 학교를 보내고 비싼 과외를 시키는 것으로 자녀를 구슬로 만들 수 있다고 여겨서는 안 된다. 이제 학교 공부라는 것은 지식밖에는 가르치지 않는다. 그러나 삶은 지식만으로는 되지 않는다. 지식과 지혜가 서로 어울려 수레의 두 바퀴처럼 돌아가야 삶이 튼튼하고 든든하게 굴러가는 법이다.

학교에 지식을 가르치는 교사가 있다면 가정에는 지혜를 터득하게 하는 선생이 있다. 모든 부모는 자녀에게 지혜를 터득하게 해 주는 선생이다. 지식은 살아가는 기술을 주고 지혜는 살아가는 거름을 준다. 수신제가는 여전히 지혜를 닦는 길이다. 이러한 길은 먼저 부모가 터 주어야지 사회나 나라가 맡아서는 안 된다.

슬기롭게 살기 위하여 수신제가는 극기복례(克己復禮)의 길을 트고 넓히라고 한다. 나를 이겨서〔克己〕 예로 돌아가라〔復禮〕. 남에게 이기려고 덤비는 자는 지는 법이고, 나를 이겨내는 자는 세상에 나아가 지지 않는다. 내가 나를 이겨낼수록 남이 나를 존경하고 신임한다. 재주는 잘난 사람을 만들어 주지만 예는 된사람을 만들어 준다. 어느 세상이나 잘난 사람보다는 된사람을 바란다.

가정에서 터득하게 하는 복례는 무엇인가? 아마도 자(慈) · 효(孝) · 제(弟)일 것이다. 자는 부모가 내리는 사랑이고 효는 자녀가 부모를 섬기는 마음이며 제는 형제가 서로를 돌보는 마음이다. 이는 한 가족이 한 가정을 행복하게 하는 마음들이다.

그러나 우리는 이러한 복례(復禮)의 진실을 낡은 것으로만 착각한다. 그래서 극기(克己)의 지혜를 잊어버리고 산다. 수단과 방법을 가리지 않고 남에게 이기려고 기를 쓰는 사람은 결국 지고야 만다. 아무리 아우성을 치고 잔꾀를 내어 행패를 부려도 극기가 없으면 삶을 견뎌 내기조차 어려워진다.

금설(金舌)의 삶

예부터 금붙이 혓바닥〔金舌〕이 입을 막는다〔蔽口〕고 했다. 떳떳지 못한 돈을 받아먹으면 혀가 굳어져 말문이 막힌다. 그런 혓바닥이 금설(金舌)이다. 꿀 먹은 벙어리도 같은 처지이다. 뇌물, 횡령, 탈세 같은 것들이 금설의 꼼수들이다. 그리고 이러한 금설이 곧 가정을 파괴하는 핵폭탄이다. 부모가 금설로 허세를 부리면 그 집 자녀들은 불쌍한 고아가 되고 만다.

금설은 감추려고 아무리 꾀를 써도 결국 드러나고 만다. 금붙이 혓바닥은 뻣뻣해서 숨길 수 없는 까닭이다. 도둑질은 사람을 뻣뻣이 굳히면서 귀청을 켕기게 한다. 그래서 도둑놈은 제 발 소리에 제가 놀라 잡히고 마는 법이다.

한 가정이 편하고 행복하려면 가족 중에 도둑놈이 없으면 된다. 가족 중에 도둑놈이 하나라도 있으면 온 가족이 벙어리가 되고 주눅이 들어 가정이 생지옥이 되고 만다. 쇠고랑 차는 아버지가 있다면 말이다.

언젠가 한 인기인이 심장병 어린이를 팔아 등친 사건 탓에 씁쓸했던 적이 있었다. 그 인기인은 제 가슴팍에 생지옥을 파고 제 가족을 그 속에 몰아넣은 셈이다. 이런 꼴을 두고 금설구폐(金舌口蔽)라고 한다.

생각하는 사람

늘 새롭게 생각하는 사람은 남을 따라하는 사람이 아니다. 남들과 똑같이 느끼고 생각하면 새로운 생각을 하지 못한다. 누가 가장 강한 사람일까? 항상 새롭게 생각하는 사람이다. 흉내를 내는 인간은 가장 약한 사람이다. 그래서 일신(日新)하라는 게다.

여러 장정들이 모여 커다란 종을 종각에 굴려다 놓았다. 그러나 종이 너무 무거워 매달 수가 없어서 걱정만 하고 있었다. 그 광경을 지켜보던 여섯 살짜리 꼬마가 나에게 맡기면 당장 달겠다고 했다. 어른들은 그 꼬마에게 저리 가라고 호통만 쳤다. 그러나 그 꼬마는 정말로 자기가 매달 수 있다며 당당히 대들었다.

"왜 무거운 종을 꼭 들어올려서 매달려고만 하세요? 먼저 종을 매달 자리에 알맞은 높이로 흙을 쌓고 그 흙더미 위에 종을 굴려서 갖다 놓으세요. 그리고 종을 종각에 튼튼하게 매세요. 그런 다음 종 밑에 있는 흙더미를 파내면 종은 매달리는 것 아닌가요?"

서울 종로에 있는 보신각이란 종각(鐘閣)에는 이런 야화(野話)가 얽혀 있다.

무거운 종을 매다는 데 있어 꼬마와 장정들 중에 누가 더 강한가? 꼬마가 훨씬 강하다. 그 꼬마는 종을 매다는 데 새롭게 생각하는 능력을 지니고 있었기 때문이다.

상상하는 사람

늘 새롭게 생각한다는 것은 상상의 순간을 끊임없이 마주한다는 뜻이다. 상상은 왜 그렇게 되는가를 따져 생각하지만 공상은 되는대로 생각해 버릴 뿐이다. 그래서 상상하는 사람은 스스로 질문하고 답하기 위해 노력하지만 공상하는 사람은 이런저런 꿈만 꾸고 말 뿐이다.

주먹만 한 구슬 가운데로 몹시 꼬불꼬불한 구멍이 나 있었다. 그 구멍을 가로질러 실끈을 넣을 수 있는 자에게 그 구슬을 준다고 했다. 그러나 아무도 그 구멍으로 실끈을 넣지 못했다.

이때 한 어린아이가 그 구슬 구멍을 유심히 지켜보고 있었다. 구슬 구멍은 개미 구멍만 했다. 아이는 머릿속으로 개미를 떠올렸다.

'개미에게 시키면 되겠다. 그런데 어떻게 시키지? 아! 개미는 꿀을 좋아하지. 한쪽에는 꿀을 바르고 다른 한쪽에는 가는 명주실을 매달아 개미허리에 묶으면 될 거야.'

이렇게 구슬의 구멍과 개미, 꿀을 서로 맞추어 내는 생각이 바로 상상이다.

허리에 명주실을 매단 개미는 꿀 냄새가 나는 쪽을 향해 구슬 속으로 기어들어 갔다. 명주실도 따라 들어갔다. 개미는 구멍을 빠져 나와 달콤한 꿀을 먹을 수 있었고 어린아이는 명주실로 구슬을 꿸 수 있었다. 구슬 구멍을 개미 구멍으로 상상한 덕에 그 어린아이는 구슬의 주인이 되었다. 이처럼 상상하면 보람이 있다.

손부(損富)의 삶

모두가 날마다 소처럼 순한 마음으로 살았으면 한다. 소는 먹은 것을 다시 되새김질하여 살로 가게 하면서도 과식하지 않는다. 이처럼 사람이 욕심을 사납게 부리지 않는다면 세상도 그만큼 좋아질 것이다. 욕심을 잘 다스려, 욕심부리지 않고 줄이는 것을 손부(損富)라고 한다.

부자가 손해를 보고 가난한 자가 이득을 보게 하는 손부의 삶은 세상을 화목하고 사랑스럽게 한다. 그러나 부자는 더욱 부자가 되고 가난한 사람은 더욱 가난해지게 한다면 세상은 더욱 소란스럽고 험해질 것이다. 부잣집 담장이 높아지고 철조망이 쳐지는 세상은 손부의 삶을 저버린 탓이다. 너도나도 내 몫만 챙기면 그만이라는 욕심이 줄어들었으면 한다. 서로 밀어 주고 끌어 주는 세상을 맞이하고 싶다면 우리 모두 옷깃을 여미고 가슴속에 숨겨 둔 소 잡는 칼〔牛刀〕을 버렸으면 한다.

남을 해롭게 하고 자기만 이롭게 하는 심술의 칼을 우도(牛刀)라고 한다. 손부의 삶은 그런 칼을 분질러 버린다. 그래서 손부의 삶은 콩 한 쪽도 나누어 먹게 하는 정든 삶을 펼치게 한다. 해마다 그런 삶이 피어났으면 한다.

정신 좀 차리자

정보화(情報化)란 말이 우리의 미래를 수놓고 있다. 21세기가 정보화 시대가 되리란 것은 이제 누구도 의심치 않는다. 지금의 21세기가 20세기의 사고방식을 그대로 물려받지 않을 것이란 점도 의심하지 않는다. 정보화는 곧 신사고(新思考, idea)의 결실이라 미래 사회는 모두가 새롭게 생각하고 행동하는 인간(idea-man)이 될 것을 요구한다.

미래의 주인은 새롭게 사고(思考)할 수 있는 사람이다. 새롭게 사고할 수 있다는 것 자체가 곧 자원이며 자본이다. 물질이 돈이 아니라 물질을 다루는 두뇌가 돈이라고 생각하면 신사고의 의미가 좀 더 빨리 이해될 것이다. 선진국들은 물질이나 돈보다 두뇌가 더 가치 있다는 결론을 이미 모든 분야에 경쟁력(競爭力)으로 옮겨 놓고 있다.

그러나 우리는 아직 멀었다. 말로는 모든 것을 새롭게 생각하고 우리 자신을 기준으로 삼자고 외치고 있지만 실상 그 속을 들여다보면 여전히 흉내내려는 버릇을 버리지 못하고 있다. 외워서 따라하면 지고 마는 것이 정보화 사회의 결말이다. 정보화 사회에서의 경쟁은 스포츠가 아니다. 그것은 치열한 전쟁과 같다. 이 전쟁에서 핵폭탄은 인간의 창의력(創意力)이다.

배우고 외워서 알게 된 힘은 지식일 뿐 창의력이 아니다. 창의력이란 무엇인가? 그것은 스스로 느끼고 생각해서 알아낸 힘이다. 그런 힘을 상상력(想像力)이라고 부른다. 한국의 미래 국력은 한국인의 창의력에 달려 있다고 해도 과언이 아니다. 우리 모두 창의력을 갖추려고 노력해야만 비로소 진정한 경쟁력을 갖출 수 있고, 그래야만 미래는 비로소 우리 편이 된다. 이런 자녀를 두고 싶다면 부모 욕심대로 아이에게 이래라저래라 하지 마라.

욕심의 덫을 놓지 마라

어떻게 사는 것이 잘사는 것일까? 가끔씩 이런 물음 앞에 마음이 멈추곤 한다. 삶을 옥죄게 하는 형편 앞에서 어떻게 사는 것이 잘사는 것인지를 살펴본 경험이 누구나 있을 것이다.

노자는 나라를 다스리는 일을 아주 작은 생선 삶아 내듯이 하라고 했다. 치자(治者)들이 노자의 말을 절반만이라도 따르면서 나라를 다스렸더라면 지금처럼 입맛이 쓰지는 않았을 것이다.

항상 어느 곳 하나 썩지 않은 데가 없었다는 생각이 앞선다. 나라를 한 마리 고래쯤으로 여기고 나만 잘살겠다고 욕심껏 각을 떠서 훔쳐 가는 꼴을 떠오르게 하는 사건들이 너무나 많았다. 결국 입으로만 내 나라를 위해 봉사하고 뒤로는 나라를 멍들어 병들게 한 꼴을 연출한 셈이다. 네 탓, 내 탓을 따지기 전에 먼저 부끄럽고 창피하다.

갈증이 난 공자가 물을 마시려다 샘 이름이 도천(盜泉)이란 말을 듣고 그 물을 마시지 않았다는 이야기가 있다. 그런 성인(聖人)에게 인간은 직(直)이라고 정의를 내렸다. 인간은 올바르고 곧아야 한다 함이 곧 직이다.

작은 도둑은 남의 집 담을 넘어가 돈궤를 훔치지만 큰 도둑은 나라를 통째로 훔친다는 옛말이 새삼스럽다. 나라를 다스리는 사람들이 도둑질을 하면 백성은 거짓말을 하게 마련이다. 정직하면 빼앗길 뿐이니 감추고 숨기면서 권부(權府)와 담을 쌓게 된다. 백성이 등을 돌린 권력은 바람 앞의 촛불과 다름없다.

명예(名譽)와 지위(地位)가 부귀영화(富貴榮華)로 통하는 길이라고 여기면 누구든 욕심의 덫에 걸려들고 만다. 욕심 보따리는 세상을 다 삼켜도 만족할 줄 모를 만큼 한없이 크다. 그래서 욕심이 사나우면 세상 어디라도 도둑의 소굴이 되고 만다.

옛날에 과보(跨父)라는 사람이 있었다. 과보는 어떻게 하면 천하의 재물을 긁어모을 수 있을까를 곰곰이 생각했다. 그러던 어느 날 묘안이 떠올랐다. 하늘의 해를 소유하면 온 세상 사람들이 햇빛 값을 내야 할 것이란 생각이 스친 것이다.

과보는 지팡이를 짚고 태양을 잡으러 길을 떠났다. 내리쬐는 햇볕을 받으며 길을 걸으니 목이 말랐다. 황화의 물을 모조리 다 마셨지만 갈증은 풀리지 않았다. 결국 그는 태양을 잡기도 전에 북해(北海)의 물을 마시러 가다가 목이 타 길에 쓰러져 죽고 말았다.

과보는 욕심의 덫에 걸려 아까운 생목숨을 앗겼다. 인간이 불행하고 인생이 고(苦)인 것은 모두 욕심 탓이다. 지금 이 땅에도 과보 같은 자들이 너무 많아 괴롭다.

우리는 지금 저마다 욕심만 앞세울 뿐 마음을 다스리려고 하지는 않는다. 내 몫은 크고 네 몫은 작을수록 좋다는 탐욕을 가슴속에 숨겨 두고 산다. 이렇게 살다 보니 항상 남의 밥에 있는 콩이 더 커 보이고, 사촌이 논을 사면 배 아파하는 심술을 버리지 못한다.

욕심을 다스리지 못하면 아무리 법의 칼을 휘두른다 해도 한순간 지속되는 비질에 불과하다. 마당이 청결하려면 매일 몇 번씩 쓸어야 하고, 마루가 깨끗하려면 수시로 걸레질을 해야 하는 법이다. 가슴 깊숙이 감추어 둔 욕심 보따리를 풀어 탐욕을 버리지 않는 한 가정도 신음하고 나라와 사회도 신음하게 된다. 그러면 결국 욕심의 덫에 걸려 묶이고 만다.

잘사는 삶이란 어떤 삶인가? 바르게 사는 삶이다. 바르게 사는 삶이란 어떤 삶인가? 정신을 차리고 땀 흘려 일한 보람으로 당당하고 떳떳하게 살림을 꾸려 가는 삶이다. 예금 통장에 들어 있는 돈의 액수나 아파트 평수, 땅 투기로 사 둔 부동산만으로는 잘살고 못사는 것의 구분을 지을 수가 없다.

행복을 돈으로 살 수 없다는 것은 얼마나 다행인가. 깊은 숲 속에 사는 새는 둥지를 마련하는 데 나뭇가지 하나로 만족하고, 강가의 두더지는 한 모금의 물로 목을 축이는 데 만족한다. 불붙은 장작개비처럼 타오르려는 욕심의 불길도 잡을 수 있다. 욕심의 불길을 스스로 잡으면 험한 덫에 걸려들 리가 없지 않은가?

현명한 부모와 자녀

국민총생산(GNP)이 1백 달러도 채 안 됐던 우리나라가 불과 30년 만에 1만 달러를 이룩한 것은 분명 경제 성장(經濟成長)의 기적에 버금가는 뛰어난 성과다. 그러나 외채가 눈사람처럼 불어 가고 해마다 수억 달러의 로열티(royalty)를 지불하고 있는 현실을 보면 아쉬울 뿐이다. 이제야 겨우 남의 기술을 도입해서는 경쟁에서 이길 수 없다는 사실을 깨우쳤다지만 우리는 아직도 사고방식의 모방이 기술 도입보다 무섭다는 사실을 모르고 있다. 말하자면 '한국인의 창의력'을 실질적으로 길러 내는 데는 여전히 인색하고 어리석다는 뜻이다.

지금 우리에게는 신사고(新思考)가 소중하고 귀하다는 시대정신을 구축하여 그것을 현실적으로 일구어 내는 일이 무엇보다 중요하다. 남의 것을 모방하거나 빌려 쓰려는 근성(根性)을 버리지 않는 이상 우리의 미래를 우리 것으로 창출할 수는 없다. 우리의 미래는 남에게 맡길 수도 없고 또 상품처럼 수입할 수도 없기 때문이다.

창의력은 역사 속에서 찾아내는 사고방식이 아니다. 그것은 역사에 없었던 것을 새로 만들어 내는 인간의 자유로운 사고력(思考力)이다. 그래서 창의력은 과거에 얽매이지 않고 미래를 새롭게 창조한다. 그래야만 그대로 물려받는 세상이 아니라 새롭게 성취해 가는 미래가 열린다.

창의력이야말로 새로운 미래의 문을 여는 열쇠다. 미래란 앞으로 다가올 시간을 의미하지 않는다. 지금 당장 새로운 생각을 하고 새로운 일을 성취하는 그 순간이 바로 미래의 성취라고 여겨도 된다. 지금 우리는 그런 미래를 열 수 있는 열쇠를 준비하고 있는가? 그런 열쇠가 우리 손에 쥐여져 있는가?

현명한 부모는 자녀의 손에 그 열쇠가 들려지게 하는 방법을 찾는다. 그 방법은 무엇일까? 자녀의 눈으로 사물을 보고 자녀의 귀로 모든 것을 듣게 해 주고 스스로 생각하는 습관을 들이도록 격려하는 데 있다. 이런 평범한 진리를 현명한 부모는 믿고 그렇게 따르지만 어리석은 부모는 믿지 않는다.

맨 처음 하는 사람

가장 보람 있고 훌륭한 사람은 누구일까? 무언가를 맨 처음 생각하고 행동으로 옮기는 사람이다. 맨 처음이란 것이 가장 중요하다. 되풀이하거나 흉내내는 것은 맨 처음이 아니라 꼴찌에 불과하다.

남이 생각하는 대로 남이 행동하는 대로 따라하는 사람에게는 미래가 없다. 에디슨이 왜 훌륭하겠는가? 과거에 없던 축음

기를 발명해 냈기 때문이 아니겠는가. 에디슨의 어머니는 어미 닭처럼 달걀을 품고 있던 에디슨을 바보라고 나무라지 않았다. 이처럼 맨 처음 생각하고 무언가를 새로 만들어 내는 노력이 바로 미래를 여는 열쇠가 된다.

항상 가장 먼저 남달리 생각하고 느끼고 행동하는 사람만이 미래의 주인이 된다. 그런 사람은 미래를 기다리지 않고 미래를 만들어 낸다. 미래를 만든다 함은 새로운 것을 만들어 낸다는 뜻이다. 새로운 것을 만들어 내는 사람의 힘을 창조력(創造力)이라고 한다.

창조력은 천재에게만 있지 않다. 무엇이든 유심히 보고 듣고 스스로 터득하려고 노력하는 사람이라면 누구든 창조적인 사람이 될 수 있다. 남들이 당연하게 생각하는 것을 새롭게 생각하려는 호기심을 갖는 순간 창조적인 두뇌를 가질 수 있고 미래의 주인이 될 수 있다. 이 사실을 믿고 자녀를 돌보는 부모는 위대하다.

강력(強力)한 가족

덕(德)은 멀어지고 남을 이기려는 역(力)만 앞서는 세상이어서 분열(分裂)을 피하고 화합(和合)을 이루기가 어렵다. 세상은 이 패 저 패를 갈라 힘을 겨루어 결판을 내려고만 한다. 그러나 인생은 힘겨루기로 결판을 낼 수 없다. 힘겨루기의 속셈을 버리지 않는 한 벼랑에 선 심정을 면할 수 없다. 세상이 힘겨루기로 난장(亂場)을 벌이면 벌일수록 가정이 편안한 둥지가 되도록 온 가족이 하나가 되어야 한다. 그러기 위해서는 가족 간에 강력(强力)해야 한다.

인생에는 두 종류의 힘이 있다. 내가 나를 이기는 힘〔强〕과 내가 남을 이기는 힘〔力〕이 그것이다. 어떤 힘이 근본이고 말단인가? 강이 근본이고 역이 말단인 것이 덕의 힘이다. 그러나 물질적 힘은 역을 근본으로 삼고 강을 경시하려고 한다. 가족이라면 덕의 힘으로 서로 밀어 주고 끌어 주어야 한다. 이러한 힘이 한가족의 사랑이다.

덕의 힘은 겸양(謙讓)을 선으로 삼는다. 그러나 물질적 힘은 정복을 으뜸으로 내세운다. 기죽지 말고 남한테 지지 말라고 졸라대는 부모는 나를 이겨내는 힘을 몰라 자녀를 거칠게 만들고 만다. 상대를 이기라고 자녀에게 역만을 요구하는 부모는 자녀를 사랑할 줄 모른다. 그런 부모는 자녀를 마치 토끼몰이하듯 세상으로 내몰아 망하게 할 뿐이다.

강(强)하게 하라

요구만 하고 양보할 줄 모르는 힘겨루기의 끝에는 패자(敗者)만 남는다. 무쇠가 불어나는 이유를 알 것이다. 강풍은 철망을 무너뜨릴 수는 있어도 거미줄은 잘라 내지 못한다.

우리도 고통 분담을 해야 한다. 백지장도 맞들면 가벼운 법이다. 가족은 항상 가정 안에만 머물 수 없다. 가정을 벗어나면 사회인이 된다. 성숙한 사회인은 요구를 뒤로하고 양보를 먼저 생각한다. 그러면 사회가 내 앞에 고개를 숙인다. 이러한 비밀을 가족이 모였을 때 함께 나누어야 한다. 그런 가족은 강하다. 강한 가족은 성스러운 가정을 일구어 낸다.

세상은 법치(法治)로 질서를 갖춘다. 그런 법치는 역(力)을 앞세워 강제력을 갖춘다. 그러나 정치(政治)는 바르게 다스리려는 정치(正治)보다 권력을 이용하려는 정치(征治)가 세상을 흔들고 덤빈다.

가족끼리는 군림하지 않을수록 좋다. 아버지가 자녀에게 군림하려고 하면 할수록 가족 간에 금이 생긴다. 그런 가족은 강할 수 없다. 강하지 않은 가족은 화목한 가정을 이루지 못한다.

썩은 자에게 보내는 편지

부정부패의 먹이 사슬이 우리 사회에 온갖 고리로 짜여 있음을 여실하게 드러내는 사람들이 속을 상하게 합니다. 부정부패의 먹이 사슬을 모조리 찾아내 깔끔히 잘라 버리기는 어렵겠지만 따지고 보면 모든 것이 우리가 마음먹기에 달려 있습니다. 썩은 것을 구렁이 담 넘듯이 처리하면 나중에 가서 도려내기가 더욱 어려워집니다. 인정 사정 볼 것 없이 칼로 무쪽 자르듯이 썩은 것을 도려내겠다는 강한 마음만 먹으면 척결(剔抉)할 수 있습니다.

말로는 성역 없이 척결한다 해 놓고 뒤로는 얼버무리는 짓들이 되풀이되는 탓에 한 기업인이 무려 세 번씩이나 세상을 벌집처럼 쑤셔 놓을 수 있었던 것입니다. 정직성(正直性)이 의심되는 사람은 누구도 두 번 다시 발붙이지 못하게 하는 냉혹함이 우리 세상에 있다면 부정부패가 이어지지는 않을 것입니다.

도둑질을 한 사람이 뻔뻔스럽게 잘살 수 있는 세상은 끝장나게 마련입니다. 잘살다가 가난하게 전락한 나라들은 대부분 큰 도둑들 때문에 망해 버린 경우가 많습니다. 한국도 그런 나라으로 빠질까 봐 무척 겁이 나고 무섭습니다. 내 집의 아이들 보기가 민망해서 하염없이 세상을 향해 그냥 편지라도 마음속으로 던져 보는 것입니다.

둥지를 트는 딸에게

딸을 여의고 나면 친정 아비가 동구 밖 우물터를 맴돈다는 옛말이 부쩍 저미어 오는구나. 수도가 없었던 시절에는 마을마다 동네에 우물이 있었지. 아침저녁으로 아낙들이 물동이를 이고 우물터로 나오던 때가 있었단다. 시집간 딸이 물 길러 나오기를 기다리는 친정 아비의 심정이라는 그 옛말이 절실하게 다가오는구나.

딸을 시집보낸 뒤에 마음이 허전해지는 것은 예나 지금이나 다름이 없구나. 남자의 갈비뼈를 뽑아 여자를 만들었다는 말도 있다지만 딸을 시집보낸 아비는 옆구리에 구멍이 뚫린 것처럼 허허하고 멍해질 때가 많단다. 시집간 딸이 절실하구나.

딸이 시집갔다는 것은 분명 이별은 아닌데 그 심정은 마치 이별 같구나. 이별이 아니면서 이별인 것은 때로는 애달프고 때로는 흐뭇하다. 그런 것이 친정 아비의 심정일 게다. 딸이 보고 싶을 때는 간절해서 애달프기도 하지만 딸이 제 인생의 둥지를 튼다고 새기면 흐뭇해지기도 하니 말이다. 하지만 흐뭇한 마음은 억지로 추스른 것이고, 보고 싶은 마음은 접을 수가 없구나. 그래서 어느 친정 아비든 쓸쓸하고 그리운 병을 앓는단다.

세간의 정을 끊으라는 부처님의 말씀을 번연히 알면서도 질긴 인연의 정을 끊을 생각이 없구나! 인생이 감미로운 것은 그리움이 있는 까닭이다. 그래서 너도 밤하늘의 별을 보고 이 아비를 생각한다고 하지 않았느냐! 정은 그런 것이란다.

너를 보내고 처음 한두 달은 마음의 갈피를 잡을 수 없었단다. 그러나 이제는 조금씩 애틋한 정은 저물어 가고 너희 둘 사이가 원만하여 따뜻한 둥지를 틀기를 바라는 심정이 간절하구나. 하지만 동구 밖 우물터를 서성이는 이 친정 아비의 심정은 어느 날에나 가실지 모를 일이다.

신혼 생활이 사랑의 단꿈으로 그쳐서는 안 될 일이다. 길다면 긴 인생의 여로에는 행복만 있는 것도 아니고 불행만 있는 것도 아니란다. 행불행이 겹쳐서 올망졸망 얽히는 것이 인생이지. 그러나 돌개바람 같은 사랑은 없는 것만 못하고 썩은 정이라도 쌓일수록 좋은 게다.

못마땅할 때는 부부 싸움을 벌여도 탈 될 것은 없느니라. 부부 싸움을 두고 칼로 물 베기라고 하지 않느냐! 하지만 부부 싸움으로 토라진 성질머리를 꽁하니 마음에 담아 두면 못쓴다. 화난 마음은 풀어 버릴수록 좋고 정은 담아 둘수록 좋은 법이다. 그래서 하룻밤에 만리장성을 쌓는다는 게다.

연애 시절의 사랑싸움은 추억으로 족하다. 허나 사랑을 확인하기 위한 부부 싸움을 해서는 안 된다. 사랑을 확인하면서 일생을 산다는 것은 삶의 무덤을 파는 것과 다를 바 없다. 그저 사랑해 주면 그만이다. 사랑을 요구하지 말아라. 사랑은 요구할수록 인색해지고 베풀수록 곱절로 불어나 되돌아오는 법이란다.

너희 둘은 서로 공치사를 하지 말아라. 이것이 부부의 덕이다. 지나간 잘못을 들추는 것은 허물을 허물로 갚는 짓이다. 남편의 허물이 있거든 덮어 주고 남편이 장하거든 드러내 놓고 흐뭇해하거라. 그러면 네 남편은 살맛이 날 것이고 너를 상전으로 모실 게다. 사랑스러운 아내는 남편을 정복하는 법이다. 부드러운 아내는 남편을 거미줄로 묶고 어진 어머니가 되어 피붙이의 우주를 이룬단다. 그 우주가 바로 가정이며 가정은 목숨의 보금자리다.

너희 둘은 서로 하는 일을 도와라. 인생은 놀이가 아닌 스스로 정해 가는 경기라고 하지 않느냐! 인생은 일을 해야 하는 경기라서 힘들다. 그러나 서로 밀어 주고 서로 끌어 주면 되는 게다. 그러면 너희 둘이 인생을 들꽃처럼 피울 수 있으리라고 아비는 확신한다. 그래서 딸이 보고 싶을 때면 서글퍼 하지 않고 기뻐하려고 노력 중이다.

엄격한 가정

한 번 신용을 잃으면 발붙일 곳이 없는 세상은 화목한 가정들이 모여 일구어 내는 삶의 현장이다. 정치에 의해 세상이 안온해지는 것이 아니다. 화목한 가정의 성실한 가족들이 사회를 이끌어 가기 때문에 세상이 따뜻해지는 것이다. 만일 세상이 훔치는 마음을 겁내지 않는 가정으로 가득하다면 그 세상은 도둑의 소굴로 변하고 말 것이다.

남의 것을 장물(贓物)처럼 여기는 가정이 많아지면 가정은 장물아비가 되고, 그러면 가정은 큰 도둑의 은신처 구실을 하게 된다. 이처럼 가정을 일구는 가족이 사회 생활을 엄격하게 이끌지 못하면 세상은 도둑의 소굴이 되고, 사람과 사람은 서로 뺏고 뺏기는 난장판이 된다. 불행한 세상의 씨앗은 못된 가정에서 새어나오는 법이다.

가정에 숨어 있는 큰 도둑은 어떤 사람일까? 가족의 마음 씀씀이가 허세(虛勢), 허영(虛榮), 허풍(虛風) 등에 빠지는 것이 바로 큰 도둑의 소굴이다. 그런 용심(用心)은 거짓말에 속한다. 가정에 거짓말을 밥먹듯이 하는 가족이 하나라도 있으면 먼저 그 가정이 불행해지고, 그 다음에는 세상을 불행하게 하는 죄를 범하게 된다. 그래서 가정이 엄격하면 세상도 엄격하고 가정이 거품에 쌓이면 세상도 거품에 쌓여 훔치려는 마음으로 얼룩지게 마련이다. 이러한 얼룩을 난세(亂世)라고 한다. 난세란 무엇인가? 불쾌하고 속상한 짓거리들이 온 세상을 휩쓸고 수많은 사람을 울부짖게 하는 세상이다. 그러나 이러한 난세에서도 화목한 가정은 꿋꿋하고 정직하게 제 자리를 잃지 않는다.

꼼꼼히 살펴보는 사람

남들이 찾아내지 못한 것을 찾아내면 발견한 사람이 된다. 남들이 생각하지 못한 것을 만들어 내면 발명한 사람이 된다. 발견하거나 발명하는 사람들에게는 공통점이 하나 있다. 그것은 바로 무엇이든 남들과 달리 꼼꼼히 살펴보는 태도다. 그런 태도는 사소한 것이라도 소중히 여기는 데서 비롯된다.

꼼꼼히 살펴보는 아이는 항상 기뻐하고 즐거워한다. 보면 볼수록 아이에겐 모든 것이 신기하기 때문이다. 꼼꼼히 살피기 좋아하는 아이에게는 작은 조약돌도 한없는 호기심의 대상이 된다. 왜 이렇게 생겼을까? 왜 색깔은 이럴까? 왜 단단할까? 이런 질문들이 꼬리에 꼬리를 문다. 부모는 이런 아이를 두고 귀찮다고 하지 말아야 한다.

스스로 질문을 하고 스스로 답을 찾으려고 하는 아이가 자라서 발명하는 사람도 되고 발견하는 사람도 된다. 온갖 것들을 꼼꼼히 살피면 새롭지 않은 것이 없다. 새로운 것은 항상 숨어 있다. 숨어 있는 것은 찾아내지 않으면 드러나지 않는다.

남들이 미처 몰랐던 것을 알아내는 것은 꼼꼼히 보고 살피는 어린아이의 몫이다. 눈여겨보지 않고 스쳐 가는 아이는 둔하고 멍해 보인다. 그러나 꼼꼼히 살펴보는 어린아이의 눈은 초롱초롱 빛난다. '어린것이 뭘 알겠어' 하며 얕보는 부모는 어린 자녀한테 매를 맞아야 한다.

뻔뻔스러운 인간들

인간이 신(信)을 저버리면 세상은 들떠 풍선처럼 둥둥 뜨게 마련이다. 신용(信用) 없는 인간이 실속 없는 사회를 빚어낸다. 신용 없는 인간들이 득실거리면 사회는 풍선처럼 붕붕 떠돌게 된다. 바람 든 풍선은 결국에는 터지고 만다. 터지면 추락할 수밖에 없다. 신용 없는 인간의 끝은 험하고 신용 잃은 세상은 서로를 의심하느라 흉하다.

신의(信義)는 가정 교육만이 얻어 낼 수 있는 행복의 보증이다. 이런 행복의 보증은 학교 교육으로는 얻을 수 없다. 부모 자식 간에는 사랑의 핏줄이 통하기 때문에 믿음을 주고받을 수 있다. 또한 부모 자식 간에는 신(信)의 씨앗이 여물어 의(義)라는 결실을 맺을 수 있다. 믿음직한 사람보다 더 성스러운 존재는 없다.

가족 간의 사이가 돈독할수록 가정은 성실해진다. 성실하다는 것은 익은 열매처럼 신용을 뒷받침해 준다. 그러나 가정 교육이 신을 앞세우지 않으면 한몫 잡고 보자는 탐욕의 가시가 돋친다. 가시 돋친 탐욕은 마치 세상을 고슴도치 등처럼 꼿꼿하게 만든다. 그러면 사람과 사람은 서로 믿지 않고 의심과 경계부터 하게 된다.

신은 자기를 지키는 마음가짐을 뜻한다. 그리고 신용은 그런 마음가짐을 실천하라 함이다. 사람이 제 본분을 지키려면 신을 떠나서는 불가능하다. 그런 신은 사람과 사람을 서로 믿고 의지하게 한다. 그래서 거듭 되풀이해 신용의 신을 이야기해야 한다.

신(信)을 어떻게 가르칠 것인가?

신(信)은 나 스스로 지킨다는 약속이다. 그 약속을 지키기 위해서는 모든 일에 자기 자신이 먼저 정직해야 한다는 엄격한 뜻이다. 그러므로 신은 자기 자신을 속여서는 절대로 이룰 수 없다.

믿을 신(信). 무엇을 믿는다는 말인가? 무엇보다 내가 먼저 나를 정직하게 믿는다 함이다. 그 믿음은 내가 나를 속이지 않겠다는 맹렬한 결의(決意)이다. 이러한 결의를 공자는 무자기(無自欺)라 했다.

스스로 자신을 속이지 말라. 이것이 곧 무자기(無自欺)이다. 그러면 나는 신의 덕목을 실천하는 주인이 된다. 신의 덕목에 검(儉) · 척(戚) · 애(愛) · 경(敬)이 있다는 말은 이미 앞에서 했지만 다시 말해 두고 싶다.

검소하게 살라〔儉〕. 이것이 신의 첫째 덕목이다. 친지(親知)를 아끼고 소중히 하라〔戚〕. 이것이 둘째 덕목이다. 그리고 세상 사람들을 두루 사랑하라〔愛〕. 이것이 셋째 덕목이다. 선을 넓이고 악을 없애라〔敬〕. 이것이 넷째 덕목이다.

자녀에게 화목한 가정 생활을 통해 신의 네 가지 덕목을 몸소 보여 주는 부모는 성현과 다름없는 선생이다. 자녀에게 존경받는 부모보다 더 성스러운 선생은 없다. 그런 부모 선생은 자신의 자녀에게 세상을 향해 큰소리칠 수 있는 밑천을 마련해 주는 것이다.

개나리처럼, 뱁새처럼

가정을 꽃나무로 친다면 개나리꽃 나무 같았으면 싶다. 가정을 새로 친다면 뱁새 둥지 같았으면 싶다. 뱁새는 온갖 어려움을 무릅쓰고 열심히 새끼를 키워 하늘을 날게 한다. 그러나 소리만 잘하고 새끼를 기를 줄 모르는 뻐꾸기와 같은 가정은 삭막하고 더럽다.

장미꽃 같은 가정이 되려고 노력할 것은 없다. 그것은 겉보기에는 멋질지 몰라도 가시가 숨겨져 있어 무섭고 묘한 향기로 수작을 부릴 것 같아 음흉하다. 그런 가정은 두렵다.

개나리꽃을 보라. 개나리 꽃잎 하나만 보면 작고 연약하기 짝이 없다. 그러나 개나리꽃은 홀로 피지 않는다. 무리지어 떨기를 이루고 오순도순 샛노란 빛깔로 마지막 겨울의 찬바람을 녹인다. 하지만 개나리는 살진 땅을 바라지 않는다. 아무리 척박한 땅이라도 마다하지 않고 뿌리를 내리고 생명을 무성하게 한다. 어디 그뿐인가. 뿌리가 없으면 몸뚱이에서 새 뿌리를 내려 새로운 삶을 검소하게 꾸민다.

가정이 개나리꽃 나무와 같다면 그 자녀는 개나리꽃처럼 화사하면서도 강인하게 삶을 노래하리라. 이런 자녀를 키워 낸 부모야말로 세상을 향해 자식 자랑을 늘어놓아도 흠 될 것이 없어라.

왜 행복하지 못한가?

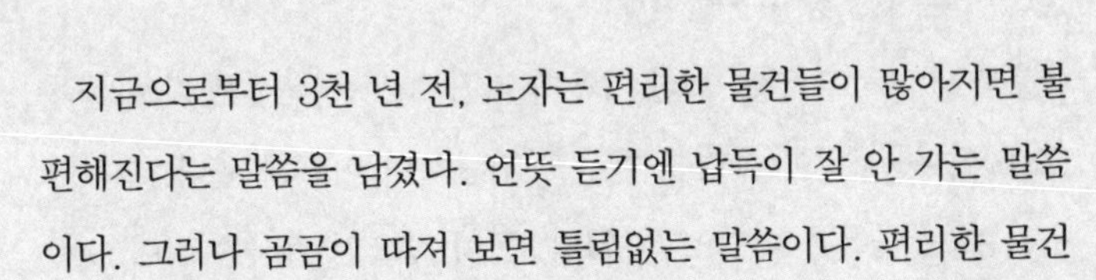

지금으로부터 3천 년 전, 노자는 편리한 물건들이 많아지면 불편해진다는 말씀을 남겼다. 언뜻 듣기엔 납득이 잘 안 가는 말씀이다. 그러나 곰곰이 따져 보면 틀림없는 말씀이다. 편리한 물건은 몸은 편하게 하지만 마음까지는 편하게 할 수 없다는 사실을 깨우치면 노자의 말을 알아들을 수 있다.

불행해지기 위해 열심히 일하는 사람은 없다. 모두들 나름대로 행복해지기 위해 열심히 땀 흘려 일한다. 그러나 자기가 행복하다고 만족하는 사람은 거의 없다. 오히려 행복이란 멀리 있는 신기루이거나 하늘에 걸린 무지개 같은 것인지도 모른다고 여기는 사람들이 많다. 왜 행복은 잡힐 듯 잡힐 듯하면서도 잡히지 않는 걸까 하며 아쉬워하거나 한탄하는 사람들도 있다. 그러나 행복이란 멀리 있는 것도 아니고 거창한 것도 아니다. 행복은 마음먹기에 따라 가까이 있을 수도 있고 아주 멀리 있을 수도 있다. 행복은 만족하는 마음속에만 깃들기 때문이다.

만족하는 마음은 항상 편안하다. 그러나 만족할 줄 모르는 마음은 항상 불안하고 쫓기며 흔들린다. 무엇이 이처럼 만족을 빼앗아 가 버린 걸까? 그것은 분명 우리가 지닌 욕심이다. 욕심이 작으면 만족은 그만큼 커지고 행복도 가까워진다. 욕심을 부리지 않는 마음은 빈방과 같다. 그래서 텅 빈 방에는 햇빛이 가득하지 않는가. 행복은 바로 그곳에 있다고도 했고, 행복은 깃털보다 가볍지만 사람들이 그것을 담을 줄 모르고, 불행은 태산보다 무겁지만 벗을 줄을 모른다고 장자는 한탄했다.

우리가 가지고 있는 욕심 가운데 가장 무서운 욕심은 바로 물욕(物慾)이다. 이것이 우리를 한사코 괴롭히며 아프게 한다. 그러나 우리는 그 물욕을 버릴 수가 없다. 돈이 많으면 잘사는 것이고 돈이 없으면 못사는 것으로 확신하는 까닭이다.

돈 없이는 하루도 살 수 없다는 말은 분명하다. 거지라면 몰라도 공짜로 무엇 하나 얻을 수 없는 것이 지금의 세상이다. 그러나 한 방울의 땀을 흘리고 그 한 방울만큼의 돈을 벌어서 살아가려는 마음이 바로 만족할 줄 아는 마음이다. 만족하는 마음은 남의 것을 부러워하거나 탐내지 않아 항상 홀가분하다.

그러므로 부자라고 해서 잘사는 것도 아니고 가난하다고 해서 못사는 것도 아니다. 누가 진정한 부자인가? 이러한 물음에 노자는 만족할 줄 아는 이가 부자라고 잘라 말했다. 만족하는 마음은 번거로움을 멀리한다. 번거롭지 않으려면 주변이 단순할수록 좋다.

재물이나 보석이 많은 사람은 그것을 도둑맞을까 봐 항상 도둑을 무서워하고 지위가 높은 사람은 그 지위가 떨어질세라 항상 걱정한다. 복잡한 마음속에는 이런 생각, 저런 생각들이 서로 얽혀 있게 마련이다. 그 얽힌 것을 풀지 않고는 잘살기도 어렵고 행복할 수도 없는 일이다. 행복하려면 먼저 마음이 편해야 한다.

그러나 현대인은 편한 마음을 한사코 멀리하며 살아간다. 산다는 일이 하나의 경쟁이며 게임이라는 생각 때문이다. 내가 님보다 잘살아야 한다는 욕심이 현대인을 불행하게 하는 가장 무서운 병균이다. 다른 사람의 집이 50평 아파트라면 내 집은 60평이 되어야 하고, 다른 사람의 통장에 1만 원이 있다면 내 통장에는 십만 원이 있어야 한다고 여기는 마음으로는 행복을 누릴 수 없다.

물질로 삶을 경쟁하려는 것은 오로지 재물의 많고 적음을 저울질하여 생기는 시샘에 불과하다. 그래서 사람들은 만족할 줄 모르고 불을 향해 뛰어드는 불나방처럼 삶을 태우려고 한다. 불 속에 뛰어든 불나방은 불에 타 죽거나, 설령 운이 좋아 살아남는다 해도 날개가 타서 다시는 날 수가 없다. 그러다 결국 다른 벌레의 밥이 되고 만다. 행복을 누리는 마음은 물질을 탐하지 않고 알맞게 거리를 유지한다.

미래를 만드는 사람

팽이치기를 해 본 아이는 어떻게 하면 팽이를 넘어뜨리지 않고 계속해서 돌릴 수 있는지를 안다. 팽이가 넘어지지 않게 하려면 팽이가 계속 돌 수 있도록 힘을 주어야 한다. 사람의 뜻도 넘어지지 않으려면 팽이처럼 힘을 받아야 한다.

뜻을 세우고 팽이치기를 하듯 끊임없이 힘을 쏟는 사람만이 미래의 주인이 된다. 미래를 기다리지 말라. 미래를 희망하라. 미래는 사람의 뜻에 따라 만들어지기 때문이다.

새롭게 느끼고 새롭게 생각하는 것이 곧 미래를 만들어 내는 힘이다. 어제와 오늘, 내일이 지나도 변함없이 똑같이 느끼고 생각하는 사람은 버릇에 물들어 새로운 힘을 낼 줄 모른다. 그러면 새로운 것을 만나도 새로운 줄 모르고 그냥 지나쳐 버리게 된다.

스스로 문제를 내고 스스로 해답을 찾으려고 노력하는 사람인가? 아니면 남들이 하는 대로 따라하는 사람인가? 스스로 이렇게 물어보려고 책도 읽고 그림도 그리고 음악도 듣고 놀이도 하는 아이가 있다면 그 아이가 바로 미래의 주인이다. 항상 새로운 마음으로 크는 아이가 미래를 향한 뜻을 세우고 꿈을 꾼다.

부정(不正)한 인간형

법을 어겼으면 벌을 받는 것이 상식이다. 대통령이라고 해서 법의 테두리를 벗어날 수는 없다. 월권(越權)을 자행할 수 있는 특권이 있다면 그것이야말로 무법(無法)이다. 무법에는 좋은 뜻도 있다. 법 없어도 살 수 있는 세상이 되어 무법한 것보다 더한 다행은 없다. 그러나 법을 무시하고 어겨서 법이 없는 것처럼 횡포를 부린다면 세상은 바로 무법천지(無法天地)가 되고 만다.

법을 속여 적당히 얼버무리고 수작을 부리는 인간은 자기 스스로를 속이는 추한 인간이다. 남을 해치려고 숨기고 감춘 것은 반드시 드러난다고 했다. 하늘이 알고 땅이 알아 숨길 수 없다고 한다. 여기서 하늘과 땅이란 무엇인가? 세상 인심을 말한다. 그런 인심은 가정이라는 울타리 안에서 생겨난다.

인심을 거역하려는 인간들을 어떻게 간추리면 될까? 다음처럼 못된 인간형으로 간추려 볼 수 있을 것 같다.

권력을 등에 업고 월권하려는 인간, 약점을 미끼로 덫을 놓는 인간, 시치미를 떼고 호박씨 까는 인간. 이런 세 가지 인간형을 피해서 성실하게 살아가는 사람이야말로 진정 정직한 분이다. 진실로 정직한 사람은 남에게 정직하기 전에 먼저 자기 자신에게 정직하다. 그래서 공자는 인간은 직(直)이라고 했다.

속이 가득 찬 가정

기대할 것이 있어야 살맛이 나는 법이다. 내일은 오늘보다 더 잘살 수 있다는 확신이 있어야 살맛이 나는 법이다. 오늘 하루 잘살면 그만이라고 생각하는 가정이 있다면 그런 가정은 하루살이 가정에 불과하다.

물속을 들여다보려면 수면 위의 거품을 걷어 내야 한다. 인생도 가정도 마찬가지다. 실속 있게 살기 위해서는 알뜰하게 살려는 마음이 있어야 한다. 있건 없건 가슴에 손을 얹고 알뜰히 살고 있는지 자문하는 사람이 많을수록 세상은 여물어 간다.

삶의 거품을 걷어 내고, 검소하고 겸허한 마음가짐을 다짐하고, 오순도순 가정을 일구어 가는 가족은 세상이 차갑다고 원망하지 않는다. 검소하므로 부족함이 덜하고, 겸허하여 주변 사람들을 편안히 해 주기에, 그런 알뜰한 가정의 가족은 세상 사람들의 존경을 받는다.

남에게 돋보이려고 허세를 부리고 마음에 분칠을 하는 사람은 불경(不敬)한 탓에 벌을 받는다. 쥐뿔도 없으면서 있는 체하면 그만큼 가정은 멍이 든다. 그렇게 되면 가족 모두 불쌍해질 뿐 당당할 수 없다. 부모 잘못으로 고개 숙이며 눈물짓는 어린 것들이 세상에 참 많다. 이는 그만큼 몹쓸 부모가 많다는 뜻이기도 하다.

꼴사나운 가정

돈만 있다고 잘사는 것은 아니다. 돈 좀 있다고 겁 없이 으스대는 꼴은 보기 딱한 짓거리에 불과하다. 제대로 잘산다는 것은 돈만으로는 보장되지 않는다. 행복은 돈으로 살 수 없다는 말도 이런 이치다. 그러나 우리는 마치 돈이 인생의 전부인 양 삶의 가치를 외곬으로 몰아가려고 한다. 이러한 세태가 가정 속으로 파고들면 부모와 자녀 사이는 장삿속으로 변하고, 그러면 가정도 꼴사나워지고 만다.

부모 자식이 돈으로 흥정하는 가정은 이미 삶의 둥지가 아니다. 가정은 안락의자와 같이 편안하고 아늑한 양지 같아야 한다. 그러나 돈만 아는 가정은 언제나 가시 방석과 같이 불편하고 흉흉하다.

비싼 옷을 사 입고, 비싼 음식을 사 먹고, 비싼 외제차를 타고, 돈 아쉬운 줄 모르고 흥청거린다고 해서 가족이 하나되는 힘을 얻는 것은 결코 아니다.

가족이 하나되는 힘은 벗을 일구는 사랑이지 돈이 아니다. 부모가 자녀를 사랑하고 자녀가 부모를 사랑하는 마음은 값으로 따질 수 없는 운명이다. 그 운명을 두고 핏줄이라고 한다. 그 핏줄이 서로 손을 잡고 삶을 일구어 가는 가족은 돈 따위로 행복을 흥정할 줄 모른다.

위대한 사람

암기를 잘하는 사람보다 새로 생각하는 사람이 앞서간다. 앞서가야만 새로운 것을 발견할 수 있다. 뒤에 가는 사람은 남이 이미 찾아낸 것을 뒤따라 흉내내기 쉽다. 그러면 호기심을 잃어버리게 된다. 호기심이 없는 사람은 미래를 만들어 내지 못한다.

위대한 사람은 누구일까? 미래를 만들 줄 아는 사람이다. 그 미래는 어떤 것일까? 새로운 것이 곧 미래이다. 낡은 것은 과거일 뿐 미래가 아니다. 보통 사람들은 낡은 것에 만족하지만 위대한 사람들은 항상 새로운 것을 찾아 나선다.

암기하는 사람은 남의 생각을 간직하려고 애쓴다. 그러나 새로 생각하기를 좋아하는 사람은 자신의 뜻을 세우려고 노력한다. 그래서 새로 생각하는 사람은 앞을 내다보고 나아갈 뿐 되돌아가지 않는다.

새로 생각해 본다 함은 여러 갈래로 꼼꼼하게 생각을 거듭한다는 것을 의미한다. 그리고 그렇게 하는 과정에서 새로운 것을 발견한다. 그러한 발견이 곧 미래를 만들어 낸다. 그러므로 꿈이 있는 사람은 새로운 생각으로 미래를 가진다.

거지가 따로 없다

먼 옛날에는 산 너머에 마을이 있어도 모르고 살 수 있었고 강 건너에 마을이 있어도 건너가지 않아도 되었다. 그때는 자연이 주는 대로 먹고, 자연이 허락하는 대로 살아야 했던 까닭이다. 그래서 시장은커녕 장터도 없었다. 그러나 사람들이 서서히 사고파는 버릇을 갖게 되면서 장터가 생겼다.

한나라 안에서 물건을 사고파는 행위는 개인의 입장에서 보면 내 돈이 남의 호주머니로 들어가는 꼴이다. 하지만 나라의 입장에서 보면 호주머니 돈이나 쌈짓돈이나 마찬가지라서 물건이 흐르고 돈이 흐를 뿐 나라 밖으로 나가 사라지는 것은 아니다.

그러나 나라와 나라가 서로 장사를 하면서부터 사정은 아주 달라졌다. 옛날에는 지구라는 것이 넓고 먼 천하였지만 지금은 하나의 고을처럼 좁아졌다. 우리가 사는 지구는 한양 천 리를 보름에 가던 시절에서 늦으면 5시간, 빠르면 1시간이면 날아가는 세상으로 변했다.

그 결과 지구는 하나의 장터가 되었고 나라마다 물건을 만들어 놓고 다른 나라들의 호주머니를 넘보게 되었다.

하나의 마을에도 부자(富者)가 있고 빈자(貧者)가 있는 것처럼 나라와 나라 사이에도 부유한 나라〔富國〕가 있고 가난한 나라〔貧國〕가 있다. 부유한 나라가 가난한 나라에 빚을 놓으면 빚을 걸머진 나라는 원금뿐만 아니라 이자까지 붙여서 갚아야 한다. 나라와 나라의 관계도 개인과 개인의 부채(負債) 관계와 다를 것이 하나도 없다. 빚지고 사는 사람은 허리 펼 날이 없듯이 빚진 나라 역시 항상 국제 사회에서 수모를 당할 수밖에 없다.

우리나라 역시 구한말에 이런 수모를 뼈저리게 겪었다. 청 나라 것이면 무턱대고 좋은 것이라 여긴 조선 사대부들의 머릿속에는 못된 것은 조선 것이고 좋은 것은 외국 것이란 생각이 박혀 있었다. 그 결과 일본에 나라를 팔아먹는 천추(千秋)의 망신을 당하고야 말았다. 조선은 나라를 송두리째 넘긴다는 외교 문서에 마지막 도장을 찍던 국치일(國恥日)에 망한 것이 아니라 이미 그 이전에 경제적으로 거덜난 집이 되어 있었던 것이다.

우리가 들기름이나 명아주 기름, 관솔불로 밤을 밝힐 때 일본 상인들은 석유를 들고 들어와 조선 사람의 돈을 긁어 갔다. 우리가 석유로 호롱불을 밝히자 일본 상인들은 남폿불을 들고 들어와 조선 사람의 돈을 후려 갔다. 부싯돌과 유황 개비로 불을 지피자 이번에는 성냥을 들고 들어와 호주머니를 털어 갔다.

조선 사람들은 순동(純銅)의 엽전을 주고 석유와 성냥, 그리고 남포를 샀지만 일본 사람들은 긁어모은 순동 엽전을 녹여 그 속에

값싼 다른 금속을 섞었다. 그들은 그것으로 열 배의 백동(白銅) 엽전을 만들어 다시 조선의 쌀과 금을 일본으로 후려 갔다.

조선 사람들은 진짜 엽전을 주고 비싼 값을 주고 일본 상인의 석유와 성냥, 남포를 썼고, 일본 상인들은 그 엽전을 녹여 열 배가 넘는 가짜를 만들어 그것으로 다시 조선의 물건을 빼앗아 갔으니 우리는 안팍으로 앉아서 도둑질을 당했던 셈이다.

이런 이야기를 들으면 누구나 분통이 터지고 미덥지가 않을 것이다. 그러나 이것은 분명 1백 년 전에 우리 민족이 겪은 어처구니없고 부끄러운 사실이다. 일본 상인들을 두고 도둑놈이라고 핏대를 올려 봤자 소용없다. 내 나라 돈이 남의 나라로 들어가면 꼼짝없이 온 백성이 빚쟁이로 나앉고 마는 것이다.

속 알맹이를 다 빼앗긴 다음에야 당한 것을 알고 '물산장려운동' 이니 '국산품애용운동' 이니 '민족자본형성' 이니 하며 뒷북을 쳤지만 소 잃고 외양간 고치는 부질없는 짓에 불과했다. 그 결과 우리는 일제의 탄압 속에서 완전히 소비 시장으로 전락하고 말았다.

이처럼 제 나라 물건을 업신여기고 남의 나라 물건만 좋아하다 보면 나라도 파산 선고(破産宣告)를 당하고, 세계 무대에서 사라지는 법이다. 조선 시대에만 그랬을 뿐 지금은 그렇지 않다고 말하지 마라. 거지 되는 데 따로 없고 어제오늘이 따로 없다.

실패하지 않는 사람

공자께 물었다.

"인간이란 무엇입니까?"

"인간은 직(直)이다."

공자는 이렇게 서슴없이 대답했다. 곧아야 인간이지 굽으면 인간이 아니다. 이보다 더 준엄한 심판은 없다. 마음이 곧아야 인간이다. 부모는 자녀에게 반드시 곧은 마음을 익히게 해 주어야 한다. 정직하라. 그러면 무서울 것이 없다.

누가 곧은 사람인가? 자기를 속이지 않는 사람이다. 그래서 정직한 사람은 홀로 있을 때 더욱 엄하다. 왜 그렇게 해야 하는가? 이에 증자(曾子)가 답했다.

"열 눈이 보는 바이며 열 손이 가리키는 바, 참으로 엄하고 무섭다."

정직한 사람은 세상이 무섭다는 것을 안다. 그래서 곧은 사람은 세상을 얕보거나 속이려 들지 않는다. 곧은 사람이 되려면 어려서부터 그 방법을 배우고 터득해야 한다. 그러므로 정직은 부모에게서 물려받는 삶의 법도이자 존경받을 수 있는 힘이다.

아이를 강하고 튼튼하게 키우고 싶다면 부모가 먼저 정직해야 한다. 자녀는 부모를 보고 사는 방법을 배우기 때문이다. 부모가 좋은 일을 하면 자녀도 따라서 좋은 일을 하는 사람으로 자란다. 예부터 덤불 속 쑥은 엎드려 굽고 삼밭 속 쑥은 곧게 자라 햇빛을 받는다고 했다. 자녀를 곧게 키우려면 부모가 먼저 정직한 환경을 이루어야 한다는 말은 변하지 않는 진리이자 가정의 밝은 길이다.

누가 슬기롭고 누가 어리석은가?

조선 시대 때 덕유산 근처에 살던 한 형제가 산으로 약초를 캐러 갔다. 날이 어두워질 무렵 산을 내려오던 형제는 목이 말라 옹달샘으로 가 함께 물을 마셨다. 그런데 옹달샘 바닥에는 뽀얀 실지렁이가 뒤엉켜 살고 있었다.

다음 날 동생이 형한테 약초를 캐러 가자고 했다. 그러나 형은 밤새 배가 아파 한숨도 못 잤다며 괴로워했다. 동생이 물었다.

"왜 배가 아픈 거야?"

"옹달샘에 있던 실지렁이가 뱃속으로 들어가 새끼를 쳤나 봐. 그 생각을 하니 겁이 나 죽겠어."

"형, 걱정 마."

얼마 뒤 약을 구한다고 나갔던 동생이 돌아왔다.

"뱃속의 지렁이를 모조리 죽이는 약을 구해 왔어."

"어디 가서?"

"아랫마을 한의원에 갔었어."

동생은 밤중이 되어서야 약을 다려 주면서 타일렀다.

"두 눈을 딱 감고 약을 꿀꺽꿀꺽 마시래. 그러면 뱃속의 실지렁이가 죽어 나온대. 변을 본 다음에 꼭 살펴보라고 했어."

사실 동생은 한약 사발에 삼베 헝겊을 올올이 풀어 잘게 썬 다음 넣어 두었다. 형은 그것도 모르고 한약과 함께 삼베 실오라기를 마셨던 것이다. 삼베 실오라기는 소화되지 않고 변에 하얗게 묻어 나왔다. 형은 하얀 삼베 실오라기를 보고 뱃속의 실지렁이들이 죽어 나왔다고 믿었다. 동생은 빙그레 웃었고 형은 동생에게 고마워했다.

돈은 거울이다

복잡한 세상에서 사람을 판별하기란 결코 쉽지 않다. 그런데 돈이란 것으로 사람을 가늠해 보면 의외로 쉽게 선한 인간인지 악한 인간인지를 짚어 낼 수 있다. 인간과 세상을 선하게 하는 돈도 있고 인간과 세상을 악하게 하는 돈도 있는 까닭이다.

돈 나고 사람 났다고 고집하면 돈이 사람을 잡는다. 그러나 사람 나고 돈 났다고 하면 돈이 사람을 살린다. 그런데 말로는 사람 나고 돈 났다고 하면서도 속으로는 돈 나고 사람 났다고 믿는 인간들이 득실거려 세상이 돈벌레의 소굴로 둔갑하고 있다. 너도나도 돈벌레가 되면 세상은 마치 투전판처럼 되고 만다.

'열세살 어린이가 묵었던 여인숙의 여주인이 45만 원을 도둑맞았다. 여주인은 그 아이를 도둑으로 몰아 방에 묶어 놓고 15시간 동안 윽박지르다 결국 죽이고 말았다.' 그 여주인은 돈 나고 사람 났다고 믿은 나머지 돈에 미쳐 돈으로 사람을 잡았다.

'한 할머니가 평생 1억 6천만 원을 모았다. 인색하다고 손가락질 당하던 그 할머니는 평생 모은 돈을 어린이 심장병을 고치는 데 쓰라고 전부 헌납했다.' 이 할머니는 사람 나고 돈 났다고 믿어 돈으로 사람을 살렸다.

어린아이를 패 죽인 여인숙 여주인의 돈과 심장병 어린이들을 살려낸 할머니의 돈은 같은 돈이라도 전혀 다른 돈이다. 내 마음속에 들어 있는 돈은 어떤 돈인지 생각해 볼 일이다.

뜻이 있는 사람

아무 뜻 없이 사는 사람과 뜻을 가지고 사는 사람은 서로 다르다. 왜 다른가? 뜻 없이 사는 사람은 삶을 반복하지만 뜻을 가지고 사는 사람은 항상 새로운 삶을 성취하려고 노력하기 때문이다.

뜻은 마음이 가는 바를 말한다. 이는 마음이 먼저 앞을 내다보고 갈 길을 미리 정하고 예상하면서 기대한다는 뜻이다. 무작정 앞만 내다보는 것이 아니라 지난날도 되돌아보는 사람을 두고 뜻 있게 산다고 한다. 뜻 있는 사람은 잘잘못을 따져 보았을 때 잘못을 범할 확률이 그만큼 적다.

사람이라면 누구나 자신의 삶을 발전시킬 수 있는 뜻을 세워야 한다. 그저 되는대로 살려는 사람에게는 미래가 없다. 미래를 가꾸지 않는 삶은 가치가 없다. 과거나 현재보다 더 나은 내일을 가꾸려는 마음가짐이 삶을 발전시킨다. 그래서 항상 뜻은 잘잘못을 스스로 따져 잘못을 고쳐 잘될 삶을 찾게 한다.

부모가 시키는 대로 억지로 하는 척하거나 그저 놀기만 하면 좋겠다고 생각하는 자녀는 그 부모의 잘못 탓이다. 그런 부모는 자식 농사를 잘못 짓고 있는 셈이다. 바람직한 자녀가 키울 수 있는 삶의 뜻은 어디서 나올까? 아들딸로 하여금 착하게 생각하고 바람직하게 행동하는 주인공이 되도록 노력하는 부모의 뜻에서 비롯된다.

선생은 썩지 않는다

온통 썩어빠진 세상 꼴을 두고 네밀레 내밀레 하며 아귀다툼만 해서야 되겠는가? 썩었다면 네놈이 썩었지 나는 깨끗하다고 외고집을 부려서 되겠는가? 안 될 일이다. 우리가 사는 세상이 썩었다면 우리 모두에게 책임이 있는 법이다. 그러나 우리는 아직까지 정신을 못 차리고 철부지처럼 네 탓이지 내 탓이 아니라고 삿대질하는 버릇이 여전하다. 이런 버릇이 가정에서까지 드러나게 해서는 안 된다. 자녀가 본받기 때문이다.

청렴하면 검소해진다. 이를 염(廉)이라고 한다. 부끄러워할 줄 알면 옳고 바른 것을 돌이켜 볼 수 있다. 이것이 치(恥)이다. 염치(廉恥)가 있으면 인생이 떳떳하고 세상에 당당해진다. 본래 부끄러운 것을 감추고 숨기면 죄가 된다. 죄를 지으면 반드시 벌을 받는다. 제 인생을 벌받게 하는 것을 두고 망신(亡身)이라고 한다. 염치없게 살면 누구나 망신스러워진다.

세태를 부끄러워하고 자신을 채찍질하면서 제 집 자녀를 염치 있게 가르치는 부모의 노력은 가정 안에서만 그치는 일이 아니다. 세상을 밝게 하는 등불을 켜는 것이다. 그러나 이러한 부모를 귀하게 모실 줄 모르는 세태가 부끄러울 뿐이다.

부모는 자식의 덕성을 결정짓는다. 염치 있는 품성이야말로 가장 값진 덕성이다. 이를 길러 세상을 훈훈하게 하는 덕은 부모의 마음에서 자녀의 가슴으로 이어진다. 이렇듯 자녀에게 덕을 물려주는 부모야말로 썩은 세상에 소금을 뿌리는 싱싱한 분들이다.

일하는 보람의 즐거움

무릇 목숨이 있는 것이면 무엇이든 일을 하게 마련이다. 목숨이 없는 돌처럼 가만히 있기만 하면 생명을 누릴 수가 없다. 들판을 나는 새는 먹이를 찾아 날갯짓을 해야 하고 바위에 붙어 있는 이끼도 먹이를 마련하기 위해서는 뿌리를 내려야 한다. 생명을 누린다는 것은 일을 한다는 것이다.

삶을 즐기려는 사람보다 삶을 보람 있게 하려는 사람이 일을 해야 참맛을 누릴 수 있다. 인간에게 있어 삶은 쾌락의 소모가 아니라 노력의 선물임을 아는 사람은 일하는 보람에서 삶의 만족을 찾는다. 직장인은 일터에 나가 맡은 일을 부끄럼 없이 할 때 당당하고 떳떳할 수 있다. 그리고 그러한 순간을 누릴 수 있어야 삶의 행복을 가까이 둘 수 있다. 행복은 일하는 사람의 몫이기 때문이다.

다달이 받는 봉급 때문에 직장에 나간다고 여기는 사람은 자신의 일터에서 보람을 찾기 어렵다. 월급 봉투에 목을 매고 있다고 생각하면 할수록 인생이 따분해지고 초라해질 수밖에 없다. 이는 곧 자기 스스로를 학대하는 꼴이다.

살아가는 데 있어 돈은 필요한 수단일 뿐 궁극적인 목적은 아니다. 돈벌이가 삶의 목적인 사람의 끝은 험할 수밖에 없다. 돈이란 인생을 위해 필요할 것일 뿐 돈 때문에 인생이 저당잡혀서는 안 된다. 그래서 현명한 직장인은 일하는 그 자체에서 보람을 찾는다.

삶의 행복을 돈으로 살 수 없다는 말은 분명하다. 재물의 양에 따라 행복의 서열이 정해지는 것도 아니다. 재물 때문에 육친(六親) 사이에 틈이 생기고, 그것이 더 심해져 소송까지 가는 경우를 보면 지나친 재물은 인간을 사납게 할 뿐이라는 사실을 다시 한번 깨닫게 된다.

물욕(物欲)은 개미귀신처럼 인생을 함정으로 몰아간다. 땀 흘린 만큼 대가를 받는 것은 물욕이 아니다. 물욕은 턱없이 욕심을 부릴 때 빚어지는 허욕이자 허영이다.

행복은 어디에 있는가? 텅 빈 방 안에 있다. 여기서의 텅 빈 방은 마음속을 말한다. 허실생백(虛室生白). 장자는 '텅 빈 방이 태양을 낳는다〔虛室生白〕' 고 했고 '텅 빈 것에서 즐거움이 나온다〔樂出虛〕' 고도 했다. 그래서 우리 선조들은 예부터 청빈(淸貧)의 삶을 으뜸으로 삼았다.

청빈은 궁하게 사는 것을 뜻하는 것이 아니다. 넉넉하고 너그러운 마음으로 사는 것이 곧 청빈이다. 마음속에 타오르는 장작불처럼 물욕을 철저하게 다스리면서 검소하고 수수한 인생에 만족하면서 살아가는 것이 곧 청빈이다. 남을 부유하게 해 주기 위해 자신의 물욕을 다스리는 것이 곧 청빈이다.

한때 공직자의 재산 공개가 화제가 된 적이 있었다. 자신이 가지고 있는 재산은 성실하게 신고하지 않고 별의별 구실을 앞세워 줄여서 공개한 공직자들은 천하에 어리석은 졸부(猝富)이자 백성의 손가락질을 받는 탐관오리에 불과하다. 공직을 치부(致富)의 밑천으로 여긴다면 언젠가는 된서리를 맞게 마련이다. 백성의 것을 훔친 자는 저승에 가서도 도둑 누명을 벗지 못한다고 하지 않는가!

물욕 탓에 망신을 당하는 자들을 보면 청빈의 길이야말로 인생을 편하게 한다는 진실을 깨우칠 수 있다. 그래서 공자는 '획죄어천(獲罪於天)이면 무소도(無所禱)'라고 했다. 즉 '하늘에 죄를 지으면〔獲罪於天〕 빌 곳도 없다〔無所禱〕.'

성실한 사람은 자기 자신을 제일 무서워한다. 남은 속일 수 있지만 자기 자신은 속일 수 없는 까닭이다. 자신에게 엄격한 사람은 남에게 너그럽다. 타인의 입장으로 돌아가 자신을 돌이켜 보는 마음〔易之思之〕은 너그럽다. 넉넉한 마음은 자연스럽게 이웃을 얻고 그렇지 못한 마음은 타인에게 따돌림을 당하게 마련이다.

너그럽고 넉넉한 마음으로 인생을 누리면 물욕 따위에 인생이 메마르지 않는다. 마음의 문을 열고 타인을 껴안으려는 여유를 갖고 있는 까닭이다. 이러한 여유가 곧 청빈의 정신을 이룬다.

여름 산천에 나가면

사람의 발길이 뜸한 산중에서 가족과 함께 한 사흘쯤 쉬어 본 경험이 있는 부모라면 누구나 자연이 왜 편안한 품과 같은지를 느꼈을 것이다. 싱싱하고 풋풋한 모습은 철따라 다르지만 자연은 한결같이 어머니 품처럼 아늑한 정을 누리고 나누게 한다.

산천이 살아 숨쉬는 맥박을 어린것들이 느끼도록 부모가 조금만 신경 쓴다면 자연은 온갖 선생들을 공짜로 만나게 해 준다. 자연보다 더 나은 구덕(九德)의 선생은 없다. 어린것들은 하늘과 땅과 어울려 살어리 살어리랏다 하여 환호할 것이다. 특히 여름 산하로 아이들을 데리고 나가 보라. 그러면 아이들은 싱싱한 풀도 되고 무성한 나무도 된다. 자연이 다 알아서 선생 노릇을 해 줄 터이니 부모는 그저 앉아서 푹 쉬면 된다.

여름에는 온갖 생물들이 크고 장한 것이 무엇인가를 보여 준다. 여름 산천은 무성하고 싱그럽고 우렁차다. 여름은 사람에게 자신을 돌이켜 보라고 묻는다. 너는 얼마나 자라고 있느냐?

현명한 부모는 여름 산천을 자녀가 그저 물장구나 치고 놀다 가는 자리로 내버려두지 않는다. 유심히 보게 하고 놀라고 감탄할 수 있는 온갖 교재들을 산천에서 찾아낸다. 그런 다음 어린 자녀로 하여금 그 자연을 열심히 관찰하도록 북돋아 준다.

어른들이 어린아이들 앞에서 여름을 '바캉스 시즌'으로 여기고 호들갑만 떨어서야 되겠는가. 여름 산천을 먹고 놀자판으로 여겨 노들 강변으로 삼아서야 되겠는가. 강산에 나가 잊어버리고 살았던 자신을 돌이켜 보고 자녀를 새삼스럽게 살펴볼 일이다. 자연에 구덕이 숨겨져 있는 까닭이다.

함께하는 가족 여행

여행은 놀기 위해 가는 것만이 아니다. 쉬러 가는 것이 여행의 참맛이자 참멋이다. 그러나 여행을 가서 놀기만 한다면 자신을 잊어버리기가 쉽다. 여행에서 쉬는 짬을 많이 간직할수록 자신을 찾는 소중한 순간을 마련할 수 있다.

일할 때는 자신을 잊어버리고 일에 파묻히게 되지만 쉴 때만큼은 자신을 돌이켜 보고 자신의 명암을 살펴 미래를 밝게 할 수 있는 지혜를 얻을 수 있다. 특히 가족과 함께 여행하면서 이런 지혜를 얻는다면 가족들이 새삼 사랑스러워질 것이다.

함께 가정을 일구고 서로 사랑하고 의지하며 믿고 사는 피붙이임을 새삼 느낄 수 있게 해 주는 가족 여행은 부모 자식 간에 생길 수 있는 벽을 허물어 준다. 삶에 찌들려 미처 챙기지 못했던 애정을 나누게 하는 가족 여행은 호화로울 필요가 전혀 없다. 오히려 수수하고 소박할수록 가족끼리 정을 나눌 수 있는 분위기가 높아진다.

화목한 가정을 꾸리는 데 있어 철따라 한 번씩 하는 가족 여행만큼 더 좋은 방법은 없다. 어느 주말을 택해 하룻밤 여정으로 산과 바다를 가리지 말고 훌쩍 기차나 버스를 타고 후련하게 집을 떠나 보라. 한 이틀 같은 방에서 함께 자고 함께 일어나는 가족 여행 속에서 가족이 하나되는 기쁨을 맛볼 수 있을 것이다. 바로 이런 것이 행복이요, 산다는 즐거움이다.

남에게 과시하려 하지 말라

남에게 과시하려는 사람은 설익은 상태에서 떨어진 열매에 불과하다. 본래 열매는 여물어야 씨앗을 품고 떨어진다. 열매 속의 씨앗은 그 열매의 미래를 약속해 준다. 그러나 설익은 상태에서 떨어진 열매의 씨앗은 미래를 약속할 수 없다. 설익었기 때문에 씨앗이 없는 까닭이다.

허영심(虛榮心)이 많은 사람은 결국 남에게 과시하려는 허세를 부린다. 과시는 거짓말이다. 거짓말은 얼마 못 가 들통이 나게 마련이다. 그렇게 되면 그 사람은 믿을 수 없는 사람으로 전락하고 만다. 이처럼 과시하려는 사람은 결국 따돌림을 받고 외톨이가 된다. 난이경(亂而敬)하라 하지 않는가. 나를 다스리고〔亂〕 공경할〔敬〕 줄 알라. 그러면 인간도 여문 열매처럼 미래를 가질 수 있다.

남에게 과시하려는 가정이 있다면 그 가정은 반드시 끝이 험하다. 옹골찬 가정은 가족이 서로 소중히 아끼고 보살펴 쪼들림을 당하지 않는다. 그러나 허영에 들뜬 가정은 항상 급급하고 쪼들려 빚잔치하는 꼴을 면하지 못한다. 이렇게 험한 가정은 전적으로 부모의 잘못 탓이다.

아껴 쓰는 습관을 제대로 길러 주는 것이야말로 부모가 자녀에게 물려줄 수 있는 가장 소중한 유산이다. 소중히 하고 아껴서 모자람 없이 살아갈 수 있는 방법은 재물에 있는 것이 아니라 마음가짐에 달려 있다. 그러나 자녀에게 과시하려는 마음씨를 옮겨 주는 부모는 자녀에게 가장 무서운 전염병을 옮겨 주는 꼴이다. 자녀를 가난뱅이로 살게 이끄는 부모는 병균과 같다.

허욕이 없는 가정은 윤택하다

만족할 줄 아는 사람이 가장 부유한 사람이다. 왜 노자는 이렇게 말해 두었을까? 아끼면 부족함을 모르고 부족함이 없으면 아쉬워할 것이 없기 때문이다. 아무것도 아쉬워하지 않는 사람은 허욕(虛慾)의 수렁을 밟지 않는다. 그러므로 급급해할 것도 없다.

행복하고 윤택한 가정은 허욕 없는 가족이 일구어 내는 삶의 둥지이다. 그런 가정은 허욕의 수렁에 빠지지 않으므로 웃음이 있고 안온하고 낙낙할 뿐이다. 허욕이 없는 가정은 서로 손잡고 꿋꿋이 이겨낼 힘을 간직하고 있으므로 험한 세상에서도 흔들리지 않는다.

돈이 얼마나 많아야 부자가 되는가? 돈을 기준으로 삶을 생각하면 항상 쪼들리며 살아갈 수밖에 없다. 재물이 궁해 가난한 것보다 허욕 때문에 쪼들리는 인생이 더 초라하고 가난한 것이다. 그러나 편안한 마음이 곧 행복의 기준이라고 여기는 사람들은 삶이 항상 여유롭고 의미 있다. 넉넉한 마음이 엮어 내는 삶은 뜬구름 잡는 짓을 범하지 않는다. 올바른 마음으로 해야 할 일만 하는 사람에게는 불안이 찾아들 리 없다. 이러한 편안함이 삶의 행복임을 터득한 사람은 항상 만족할 줄 안다.

부족하다고 발버둥치는 순간 삶은 이미 때묻은 종잇장이 되어 쓰레기통으로 들어가게 된다. 소중한 삶을 허욕 탓으로 비참하게 하는 것보다 부끄러운 일은 없다. 그러나 자신의 삶에 만족할 줄 아는 사람은 보다 낮은 곳을 향하여 저 나름의 눈높이를 맞출 줄 안다. 그래서 만족하는 사람은 삶이 느긋함을 절로 안다.

가정은 이해(利害)로 엮이지 않는다

굴비 한 마리를 천장에 매달아 놓고 밥을 먹었다는 자린고비의 이야기가 있다. 굴비를 구워 밥상에 올려놓으면 한때에 없어지지만 매달아 두고 굴비 맛을 상상하면서 먹으면 그 굴비가 항상 먹거리를 아껴 먹어야 한다는 생각을 떠올려 줄 것을 바라고 그런 우화(寓話)가 생겼을 법하다.

우화 속의 굴비 한 마리는 물질을 아무리 아껴도 지나치지 않는다는 지혜일 수 있다. 그렇다고 마음마저 인색해야 한다는 뜻은 아니다. 물질의 씀씀이는 인색하되 마음 씀씀이는 넉넉히 하라는 말이 있다. 이렇게 되려면 마음을 이익과 손해로 엮어 둘 것이 아니라 서로 돕고 의지해야 한다는 정으로 마음을 엮어야 한다. 이렇게 엮어진 가족은 가정을 윤택하게 한다.

돈이 많아 부유한 가정일지라도 그 사이가 돈독하지 못하고 허영으로 가득 차 있다면 구차한 가정에 불과하다. 가정은 시장(市場) 같은 곳이 아니다. 가정은 사랑과 믿음을 서로 나눈 피붙이가 삶을 일구는 보금자리이다. 그런 보금자리는 소담하고 정겨워야지 이해로 엮어진 시장처럼 매정해서는 안 된다.

만일 매정하고 냉랭한 가정이 있다면 그 탓은 부모에게 있다. 가정의 두 기둥인 부모가 마음을 서로 주고받는 지혜를 소중히 닦지 않으면 그 가정에는 껍질만 남는다. 윤택한 가정은 가족 사이의 훈훈한 정에 있지 부동산이나 은행 통장, 보석함에 있는 것이 아니다. 가정은 이해(利害)로 엮어지지 않는다.

이로운 책과 슬기로운 책

밥은 굶으면 살 수 없지만 책을 읽지 않는다고 해서 살 수 없는 것은 아니다. 그러나 사람은 짐승처럼 먹는 것만으로는 만족할 수 없는 존재라는 데 문제가 있다. 사람의 몸은 자랄 만큼 자라면 성장을 멈추지만 마음은 생명이 다할 때까지 여물어야 하기 때문이다.

사람은 제 마음속을 채우기도 하고 비워 내기도 한다.

마음속에 새로운 바깥 지식을 넣어 주는 책이 있다면 그 책은 이로운 것이다. 이로운 책은 낡은 지식을 버리게 하고 그 자리를 새것으로 채워 준다.

그런데 자기를 비워 내 마음속을 밝고 맑게 비워 주는 책도 있다. 그런 책은 슬기로운 책이다. 슬기로운 책은 두루 통하며 어울리는 체험을 하게 하고 제 고집을 버리게 한다.

정보화 시대에 적응하려면 이로운 책을 가까이할수록 이득이 된다. 날마다 새로운 지식이 쏟아지는 지금 세상에서 정보에 뒤지면 저절로 무능해질 수밖에 없다. 그러므로 사회 생활을 위해서는 항상 이로운 책을 읽어 두어야 한다.

그런데 정보화 시대가 항상 사람의 마음을 편하게 하는 것은 아니다. 날이 갈수록 시시각각 긴장하게 하고 초조하게 하면서 인간을 토끼몰이 하듯이 휘몰아친다. 이는 그만큼 해야 할 일이 많다는 것을 뜻한다. 그래서 능력이 뛰어난 인간을 지금 우리는 두뇌(Brain)라고 부른다. 인간을 두뇌라고 부르는 것은 인간을 새로운 생각의 은행(Idea-bank)처럼 여기거나 발상의 뒤주(Think-tank)처럼 취급하려는 것이다. 결국 정보화 시대는 곧 두뇌의 시대이다.

물질 문명의 승패는 지하 자원에 의해서 좌우되었다. 그러나 그런 시대는 20세기로 끝났고 21세기가 된 지금은 전자 문명이 그 자리를 차지하고 있다. 전자 문명의 승패가 두뇌에 의해 좌우될 것임은 분명하다. 물질 문명의 기술이 기능적이었다면 전자 문명의 기술은 창조력을 요구한다.

창조력은 새로운 발상을 길어 내는 샘물과 같다. 얕은 샘물은 몇 번만 길어 내면 단번에 그 바닥이 드러난다. 새로운 발상이 다시 솟아날 수 있도록 끊임없이 수원(水源)을 개발해야 한다. 새로운 정보를 만나게 하는 이로운 책은 창조의 수맥(水脈)과 같다.

창조의 수맥은 욕심을 부린다고 찾을 수 있는 것이 아니다. 자기중심의 아집(我執)에 사로잡혀 있으면 창조력은 고갈되고 만다. 창조력은 텅 빈 마음에서 태어난다고 하지 않는가! 항상 새로운 것을 바란다면 마음속에 묻어 있는 낡은 때를 벗겨 내지 않으면 안 된다. 마음이 맑은 거울과 같아야 신비로운 것들이 비추인다. 마음속에 묻어 있는 때를 털어 내는 데 슬기로운 책보다 더 좋은 것은 없다. 그러므로 정보화 시대라고 해서 이로운 책만을 읽어서는 안 된다. 이로운 책과 더불어 슬기로운 책을 함께 읽어야 한다. 사물을 알게 하는 이로운 책보다 자기를 알게 하는 슬기로운 책을 더 많이 읽어야 창조력을 더욱 샘솟게 할 수 있다.

창조력은 상상력의 길을 밟지 않으면 열매를 맺을 수 없다. 상상력은 남에게 빌릴 수 없다. 그러한 상상력은 마음이 자유로워야 생긴다. 걸림 없이 자유로운 마음을 허심(虛心)이라고 한다. 욕망은 상상력을 질식시키고 허심은 상상력에 날개를 달아 준다. 그 날개를 달고 싶다면 슬기로운 책을 읽어라.

슬기로운 책은 사물에 대한 지식보다는 자기에 대한 지혜를 주려고 한다. 사물을 제대로 관찰하려면 먼저 자기를 성찰하는 마음이 앞서야 한다.

직업 의식에 따라 이로운 책을 읽으면서 자기를 살펴보게 하는 슬기로운 책을 멀리한다면 하나만 알고 둘은 모르는 꼴이 된다. 본래 이로운 책은 생활을 윤택하게 하지만 생명의 열락(悅樂)을 체험할 수 있게 해 주지는 못한다. 이처럼 독서를 할 때도 편식을 하면 내면의 영양실조에 걸리게 되는 법이다.

부모가 예(禮)를 지켜야

자녀에게 왜 책을 읽지 않느냐고 따지는 부모보다 책 읽는 습관은 손수 보여 주는 부모가 대견하다. 어른은 펑펑 놀면서 아이들에게 공부하라며 채근한다면 그 말이 먹힐 리 없다. 이미 그 부모는 예(禮)를 벗어났기 때문이다. 모범을 보이는 것이 예의 첫걸음이다. 첫걸음이 잘못되면 가야 할 길의 방향이 뒤틀린다.

아이들은 어른의 행동을 보고 몰래 흉내내면서 자란다. 부모가 자녀의 본보기가 되는 것이 한 가정 속의 예이다. 예를 팽개쳐 부모가 못나면 자녀도 엇나가고, 예를 지켜 부모가 현명하면 자녀도 항상 어디서든 슬기롭다. 예를 떠난 선생이란 없다. 예란 쉽게 말해서 사람이 되는 길이다. 예라는 길로 사람을 인도할 줄 아는 이가 바로 선생이다.

가정 생활은 병영 생활과 다르다. 가정은 계급에 따라 해야 할 일이 따로 정해져 있는 곳이 아니다. 부모가 먼저 바람직하고 좋은 일은 앞서서 해야 한다는 생각을 갖게 해 주는 가정은 싱싱하고 뿌듯하다. 이러한 가정을 일구어 내고 싶다면 예를 잊지 마라.

예는 요구하는 것이 아닐 뿐더러 강요해서도 안 되는 것이다. 버릇없는 아이가 있다면 그 책임은 아이에게 있는 것이 아니라 부모가 예를 버리고 잘못 키운 데 있다. 무례하다거나 결례를 범하고도 부끄러워할 줄 모르는 부모는 자식 농사를 잘 짓기도 어렵고 대견한 가정을 일구기도 어렵다.

예를 과거의 것으로 돌려 낡은 것이라고 팽개치는 부모가 있다면 그런 부모는 어리석기 짝이 없는 부모다. 왜냐하면 예는 삶을 당당하게 하고 떳떳하게 하는 생활 방식이기 때문이다. 앉을 자리, 설 자리를 분간하지 못하면 언제 어디서든 멸시를 받을 수밖에 없다.

불경(不敬)을 범하지 말라

무불경(毋不敬)이란 글귀가 있다. 경(敬)을 부정하지 말라 함이다. 또한 이는 경을 무한히 긍정하라 함이다. 왜냐하면 경이 예의 근본이기 때문이다. 경(敬)을 떠난 예(禮)는 거짓이다. 존경할 줄 알라. 그러면 세상이 아무리 험하고 거칠어도 두려워할 것이 없다.

그렇다면 인간을 가장 가치 있게 해 주는 그 경(敬)이란 무엇인가? 경솔하지 않고 조심조심 삼가 착한 마음을 간직함이다. 그런 마음씨로 매사에 임하는 삶이 경이다. 악을 무서워하고 선을 무한히 따르고 좋아하는가? 그런 마음가짐으로 행하는 행동이 곧 경이다. 하늘을 우러러 한 점 부끄러움 없는 마음과 행동, 그것이 바로 경이다.

남을 속이지 말라. 남을 속이려고 하면 먼저 내가 나를 속이게 된다. 속이는 줄 알면서 속이는 인간은 참으로 더럽고 추한 놈이다. 그러므로 나를 속이지 않으면 남을 속일 수 없다. 그래서 경은 위선을 떠나야 가능한 마음씨요, 행동이다.

이러한 경을 바탕으로 이루어지는 것이 예이다. 그러므로 다른 사람을 존경할 줄 아는 부모만이 남들이 부러워하는 자녀로 키워 내 부러운 가정을 일굴 수 있다. 그러나 부모가 예를 몰라 자녀들이 건방지면 그 가정은 못난 집구석이라는 욕을 먹는다. 그래서 현명한 부모는 자녀들로 하여금 존경하는 방법을 터득하게 하고 예를 따라 생활한다.

생각을 의젓하게 하라

엄약사(儼若思)란 글귀가 있다. 생각하는 바가 의젓하고 당당하다는 뜻이다. 이것이 곧 생각하는 예이다. 어긋난 생각은 사람을 비굴하게 한다. 비굴한 인간은 스스로 자신을 천하게 만든다. 자신을 소중하고 귀하게 하는 것이 예이다. 반대로 자신을 천하게 하면 비례(非禮)이다.

예절 바른 부모는 자녀를 예절 바르게 키운다. 자녀를 소중하게 여기는 부모는 무엇보다 자식들이 의젓하게 생각하고 의젓하게 행동하는 버릇을 갖도록 모범을 보인다. 못된 생각을 하면 못된 짓을 범하게 된다.

문제아는 문제가 있는 부모 아래서 생긴다. 무엇이 문제란 말인가? 예라는 것을 무시하거나 모르는 부모가 문제아를 만들어 낸다. 바로 그것이 문제란 말이다. 학교나 사회가 문제아를 만든다고 말하지 마라. 문제아를 만들어 낸 책임은 가장 먼저 부모에게 있다. 가정 교육의 첫째 목표가 예절이다.

부모가 예절 바르게 살면 자녀도 덩달아 예절 바르게 사는 방법을 터득하고 깨우친다. 자녀는 부모 따라 깨끗한 꽃밭도 가고 더러운 시궁창에도 가게 된다.

세상에 나아가 침착하면 꽃밭을 거닐고 대접을 받는다. 그러나 경솔하면 시궁창에 빠져 천해지고 홀대받는다. 세상으로부터 대접받고 싶은가? 그렇다면 의젓하게 생각하고 의젓하게 행동하라. 의젓한 마음가짐과 행동을 겸손이라 한다. 겸손하게 생각하고 행동하는 것이 예이다. 부모가 자녀에게 이를 가르치는 선생이 될수록 그 가정은 부러움을 산다.

말을 점잖이 하라

안정사(安定辭)란 글귀가 있다. 한 마디 말로 천 냥 빚을 갚는다. 이 속담은 곧 말하는 예(禮)를 터득한 지혜이다. 예의 바른 말씨로 말을 하면 말이 신용을 얻는다. 그러나 천박하고 경솔한 말은 믿을 것도 믿지 못하게 만들어 버린다. 그래서 예의 바른 말은 일을 되게 하고 예를 벗어난 말은 일을 망친다.

한 번 뱉은 말은 거두어들일 수 없다. 무서운 것은 호랑이가 아니라 세 치 혓바닥이다. 이 또한 예를 벗어난 말을 삼가란 지혜이다. 마음이 점잖아야 말이 진실되고 점잖이 나오는 법이다. 마음 따로, 말 따로 한다면 거짓말이다. 거짓말을 지껄이는 사람의 속은 항상 불안하다.

마음에 거짓됨이 없으면 말이 안정되고, 안정된 말은 듣는 이의 마음을 편안하게 한다. 마음이 편안하면 흔들림이 없다. 확고한 마음에서 나오는 점잖은 말은 항상 또랑또랑하여 듣는 이의 마음을 즐겁게 한다. 이러한 말씨가 곧 대화의 예이다.

점잖은 말씨는 상대를 존경하는 마음이 없으면 생겨나지 않는다. 그러므로 대화를 할 때는 듣는 이를 항상 받드는 마음으로 말을 삼가라. 그러면 서로 주고받는 말에 흔들림이 없고 마음의 평정을 얻어 아늑해진다. 이처럼 대화의 예는 서로를 소중하게 하고 말이 소중하므로 말을 아끼게 해 준다.

말을 아낄 줄 아는 부모는 왜 침묵이 금인지를 안다. 말을 아끼면 예에 어긋남이 없어진다. 그래서 말의 소중함을 아는 부모는 자녀들과 대화를 나눌 때 대화의 예를 지키고 정을 주고받되 경박하게 수다를 떨어 말을 함부로 낭비하지 않는다.

오만은 그 싹부터 자른다

오불가장(傲不可長)이란 말이 있다. 오만(傲慢)을 키우지 말라는 말이다. 키우지 말 것은 일찌감치 그 싹부터 잘라 버릴수록 좋다. 아니 씨앗부터 심지 말아야 한다. 사람의 마음에 오만의 씨앗이 심어지면 그 사람은 언제 어디서든 망신을 당하고 거덜나게 마련이다.

겉멋을 들게 하는 것이 바로 오만이다. 건방지고 경솔하고 들떠서 세상 무서운 줄 모르는 교만(驕慢) 역시 오만에서 비롯된다. 오만은 예를 비웃고 멸시하기 때문에 오두방정을 떨고 주접을 떤다. 세상에 나가 가장 먼저 욕을 먹는 사람은 누구일까? 바로 오만하고 불손한 자이다. 그러나 겸손한 사람은 세상이 존경하고 대접한다.

오만은 자기를 높이려다 추락하는 어리석음이다. 겸손은 자기를 낮추어 높이는 지혜이다. 예는 삶을 행복하게 하는 생활의 지혜이지 인간을 얽어매는 법칙이 아니다. 겸허하라. 겸손하라. 이것이 곧 예가 요구하는 덕목이다.

겸손은 아랫사람이 윗사람을 대하는 것이 아니다. 어떤 상대와 관계를 맺든 항상 자기의 마음가짐을 낮추라는 예가 곧 겸손이다. 자기를 낮추고 상대를 높이면 오히려 상대가 고개를 숙인다. 이처럼 겸손이란 예는 설득력이 강력하다.

그러나 자기를 치켜세우고 상대를 깎아 내리려고 하면 상대는 창을 들고 사납게 덤벼든다. 이것이 오만이 빚어내는 싸움이다. 싸움은 적을 만들고 아픈 상처를 남긴다. 그래서 예는 오만의 싹을 겸손이란 칼로 사정없이 잘라 버리게 만든다. 그러므로 기죽지 말라고 꼬드기는 부모가 제일 못난 부모다.

부드러움과 연약함

강한 것은 강하고 약한 것은 약하다는 판단이 과연 틀림없을까? 태풍은 물밑의 바위를 갉아 내고 선창에 매어 둔 배는 뒤집어엎을 수 있지만 나뭇가지에 걸려 있는 거미줄은 끊지 못한다. 그렇다면 물결이 바위 덩어리보다 강하단 말인가? 아니면 태풍의 바람결이 거미줄보다 약하단 말인가? 허나 강약(强弱)을 분별하려고 하는 것은 맹랑한 일이다.

노자는 부드럽고 연약한 것이 굳고 강한 것을 이긴다〔柔弱勝剛强〕고 말해 두었다. 이 말이 납득이 가지 않을 수도 있다. 이긴다〔勝〕는 낱말 때문일 것이다. 우리는 보통 강하고 굳센 것이 이긴다고 믿고 있기 때문이다. 그러나 노자의 말을 곰곰이 짚어 본다면 목숨의 비밀이 묘하게 풀릴 것 같다는 느낌을 받을 것이다. 목숨과 세상을 서로 견주어 보면 세상은 굳고 강하게 목숨을 엄습하지만 목숨은 한없이 질긴 힘으로 세상을 헤쳐 나간다.

흙 속에서 새로 돋아나는 새싹은 얼마나 부드럽고 연약한가! 갓난아기의 목숨 역시 돋아나는 새싹과 같다. 이처럼 목숨의 시작은 몹시 연약하고 한없이 부드럽다.

인생을 승패의 저울질로 달 수는 없는 일이다. 그렇다고 시비의 결판으로 몰아갈 수도 없으며 나아가 선악이란 규범만으로 묶어 버릴 수도 없다. 무쇠는 강해서 부러지고 돌은 단단해서 쪼개진다. 돌개바람은 하루 종일 불 수 없고 소나기는 반나절을 견디지 못한다. 인간의 삶 역시 그와 같다.

웃는 낯에는 침을 뱉지 못한다. 분노의 주먹보다 사랑의 미소가 강하고 굳세다. 실제로 우리는 갖가지 인생의 길목에서 그러한 경우를 종종 마주치게 된다. 선한 인생이 악한 인생을 비웃는 경우를 맛볼 수 있기에 하늘이 무심하지 않다는 말씀이 가능한 것이다.

인생을 힘겨루기로 여기는 세상 탓에 우리는 몹시 아프게 산다. 무엇을 사랑하기보다 무엇을 성취해야 한다는 욕심이 목숨을 옹색하게 조여 매는 지경에 이르면 산다는 게 무섭고 암담해질 뿐이다. 거칠고 굳센 인생보다는 부드럽고 연약해 보여도 꿋꿋한 인생이 더 강한 생명력을 지녔음을 우리는 모르고 산다.

인생은 이기고 지는 경기가 아니다. 인생은 때와 더불어 앉을 자리, 설 자리를 가리고, 할 일과 맡은 일을 수행하며 엄격하게 거쳐 가는 과정이다. 그러나 이런 과정을 너무 모질게 토끼몰이 하듯이 후린다면 삶은 고단한 짐이 될 뿐이다. 왜 인생을 스스로 짐짝처럼 만들려 하는가? 마음을 부드럽고 연약한 새싹처럼 지닐 일이다.

욕심을 뿌리쳐라

욕불가종(欲不可從)이란 말이 있다. 욕심을 따라가지 말라는 뜻으로 곧 욕심을 부리지 말라 함이다. 욕심은 세상을 제 것인 양 착각하기를 좋아한다. 그래서 세상일이 뜻대로 되지 않는다며 푸념한다. 그러나 그렇게 하면 할수록 나만 바보가 될 뿐이다. 세상은 처음부터 조금도 내 것이 아니기 때문이다.

욕심을 없앤다는 것은 불가능한 일이다. 그러나 욕심을 줄이는 일은 가능하다. 그 욕심을 얼마나 많이 줄일 수 있느냐고 자문하는 사람이 곧 현명한 성인(成人)이다. 어른은 욕심을 줄일 줄 알지만 어린이는 욕심을 줄일 줄 모른다. 그러므로 어려서부터 욕심을 줄이는 지혜를 가르쳐야 한다. 그것을 가르칠 수 있는 사람은 부모밖에 없다. 그래서 욕심을 줄이는 교육은 가정이 아니면 행하기 어렵다.

예부터 예(禮)는 가정에서 길러져 사회에 나아가 열매를 맺는다고 했다. 가정에서 길러야 할 예 가운데 욕심을 줄이는 지혜를 첫 번째로 강조할수록 좋다. 욕심을 줄여야 모든 일에서 성공할 확률이 높아지기 때문이다.

욕심을 부리면 그만큼 실패할 확률이 높고 욕심을 줄이면 그만큼 성공할 확률이 높다. 이것은 분명한 진리이자 인생의 법칙이다. 그러므로 자녀가 성공하기를 바란다면 자녀에게 스스로 욕심을 줄이는 지혜를 길러 주어라. 자녀의 욕심을 자라지 않게 하는 것이 부모가 자녀에게 해 줄 수 있는 가장 고귀한 사랑의 예이다.

삶의 즐거움은 소중하다

낙불가극(樂不可極)이란 말이 있다. 즐거움을 누리되 지나치게 좇지 말라는 말씀이다. 낙(樂)은 즐거움이다. 마음이 즐겁다고 하지 몸이 즐겁다고 하지 않는다. 즐거움이란 육체에 달린 것이 아니라 마음먹기에 달려 있다. 편안하고 열린 마음이 곧 즐거움이다.

화목한 가정은 한가족이 즐거움을 누릴 줄 안다. 가족 간에 서로 벽 없이 마음을 주고받을 때 그 가족은 더없이 즐거운 삶을 나눌 수 있다. 이처럼 즐거움이란 열린 마음을 서로 나누는 데 있다.

이러한 나눔이야말로 한가족이 행복한 가정을 이루는 비밀이요, 열쇠이다. 불행은 잠겨진 자물쇠와 같다. 불행을 열어 행복으로 바꿀 수 있는 힘이 곧 즐거움이란 열쇠이다. 그러나 그 열쇠는 함부로 사용해서는 안 된다. 그래서 넘치게 즐기지 말고 알맞게 즐기라 하는 것이다.

지나치게 즐거움을 찾으면 쾌락(快樂)이 되기 쉽다. 마음의 나눔이 절도를 잃어버리는 까닭이다. 부모는 부모다워야 하고 자녀는 자녀다워야 정연해진다. 즐거움은 흐뭇한 질서다. 가정이 그 질서를 서로 존중하면서 서로 이해하고 용서하면서 사랑을 쌓아 갈 때 즐거움은 꽃피는 봄날과 같이 화사해진다. 그러면 한가족은 둘도 없는 벗이 되어 인생이란 바다를 거뜬히 항해할 수 있다.

한가족이 누리는 즐거움은 수수하고 소박할수록 좋다. 작은 것에서 기쁨을 느끼고 고마워하는 마음에서 삶의 즐거움이 이루어짐을 아는 부모는 즐거움을 놀이로 생각하지 않는다. 삶의 즐거움이란 삶을 소중하게 간직하는 마음인 까닭이다.

사랑하되 냉철하라

애이지기악(愛而知其惡)이라는 말이 있다. 사랑하라〔愛〕, 그러나〔而〕 잘못 사랑할 수도 있음을 알라〔知其惡〕는 뜻이다. 악은 잘못하는 짓이다. 사랑도 잘못하면 악이 된다. 부모가 자녀를 제대로 사랑하면 선이다. 그러나 자녀를 무턱대고 사랑하는 맹목적인 사랑은 악이 될 뿐이다.

미운 놈 떡 하나 더 주고 예쁜 놈 매 한 대 더 준다. 이 말에는 아들딸을 제대로 사랑하라는 뜻이 담겨 있다. 왜 이런 속담이 생겨났을까? 자녀에 대한 맹목적인 사랑이 자녀를 망친다는 지혜를 터득한 까닭이다.

사람은 온전한 존재가 아니다. 누구나 불완전하다. 그래서 잘할 수도 있고 잘못할 수도 있다. 잘하면 아낌없이 칭찬해 주고 잘못하면 서슴없이 꾸짖는 마음이 진정 사랑할 줄 아는 마음씨이다.

내 자식만 소중하다고 생각하는 부모는 자식을 망치기 쉽다. 그런 부모가 있는 가정은 외딴 섬처럼 외톨이가 되기 쉽다. 이웃 간의 정을 모르고 자란 아이가 어찌 사회에 나아가 인생을 경영하겠는가. 인생은 가족끼리 나누는 삶이 아니라 세상과 나누는 것이다. 세상은 어느 누구도 편애(偏愛)하지 않는다. 따지고 보면 세상처럼 공평한 곳도 없다. 치우친 사랑, 지나친 사랑은 분명 사랑의 악이다. 현명한 부모일수록 자녀를 키울 때 사랑의 악을 항상 먼저 생각한다.

미워할 때 냉정하라

증이지기선(憎而知其善)이라는 말이 있다. 미워하라〔憎〕, 그러나〔而〕 미워함으로써 선해짐을 알라〔知其善〕는 뜻이다. 선은 잘하는 일이다. 미워한다는 말이 곧 원수로 삼는다는 뜻은 아니다. 살다 보면 사랑할 수도 있고 미워할 수도 있다. 인간은 천사도 아니고 부처도 아닌 다양하고 변덕스러운 감정을 지닌 동물이기 때문이다.

못된 점은 미움 받아도 당연하다. 못된 점을 감싸고 쉬쉬한다면 되는 일이 없다. 대개 가정을 못쓰게 하고 비웃음을 사는 꼴을 보면 못된 점을 미워할 줄 몰라 빚어진 불행인 경우가 많다. 이런 불행을 막기 위해서는 악을 미워할 줄 알아야 한다.

죄는 미워하되 사람은 미워하지 말라는 말이 있다. 사람은 누구나 죄를 범할 수 있는 가능성이 있다. 다만 범하지 않으려고 노력하는 사람만이 죄를 짓는 불행을 면할 수 있을 뿐이다. 못된 버릇이 있다면 그 버릇을 감싸서는 안 된다. 미워할 줄 알아야 버릴 줄도 알고 잡을 줄도 알게 된다.

특히 남을 미워할수록 그 사람에게 좋은 점[善]이 있다는 점을 확신해야 한다. 그렇게 하면 이해하고 용서할 수 있는 여유를 찾을 수 있다. 증오심에 불타거나 분을 참지 못해 미쳐 버린 사람이 있다면 그 사람은 정신의 파산 선고를 당한 꼴이다.

미움에 북받쳐 날뛰는 마음에는 헤어날 길이 없다. 이렇게 캄캄한 골로 마음을 몰아쳐서는 안 된다. 미움이 북받치는가? 그렇다면 먼저 깊은 숨을 쉬고 눈을 감아라. 그리고 인간은 본래 선하다는 맹자의 말씀을 떠올려 보라.

재물 앞에 당당하다

무구득(毋苟得)이라는 말이 있다. 얻으려고 구차스럽게 굴지 말라 함이다. 구득(苟得)은 얻어서는 안 될 것을 얻는 것을 뜻한다. 땀 흘려 스스로 얻은 것이 아니면 무엇이든 구득이라고 생각하는 것이 곧 검(儉)이다. 그래서 검소하지 않으면 누구든 도둑이 될 미래가 기다린다는 게다.

돈 앞에서 굽실거리는 사람은 천하다. 사람 나고 돈 났지 돈 나고 사람 난 것은 아니지 않느냐 말이다. 구차스럽게 애걸할 것 하나 없다. 성실하게 일해서 번 돈을 소중히 여기고 능력 안에서 삶을 영위하는 것이 곧 행복으로 통하는 길이요, 진실이다. 그러나 이런 길을 마다하고 욕심의 험한 길을 택하는 사람들이 많다. 이들은 항상 가정을 풍랑 위에 얹어 놓고 가족의 입술을 말리는 어리석음을 범하게 된다.

훔치는 것이 곧 구득(苟得)이다. 예부터 투심(偸心)만 버리면 행복은 아주 쉽다고 했다. 투심은 훔치는 마음을 말한다. 훔치는 마음속을 두고 구차스럽다고 한다. 그러므로 구차스럽게 굴면 마음은 이미 도둑질을 하고 있는 셈이다.

부모가 사 준 외제차를 타고 나갔다가 음주 운전을 하여 행인을 깔아 숨지게 한 사건이 있었다. 이처럼 돈 좀 있다고 건방지게 구는 인간은 흉물이 되고 만다. 돈 욕심에 놀아난 좀도둑에 불과하다는 것도 모르고 방정을 떠는 인간은 구차스럽기 짝이 없는 놈이다. 이런 인간이 가정에 하나만 있어도 그 가정은 항상 비상 사태에 몰린 꼴이 된다.

내가 나를 들여다보는 순간

남의 눈이 무서워 몸을 사리면 위선의 길을 밟기 쉽다. 그러나 자신이 두려워 마음가짐을 엄격하게 하고 몸가짐을 조심하면 저절로 진실의 길목으로 접어들 수 있다. 이러한 길목을 신독(愼獨)이라고 불러도 마땅할 것이다. 홀로 있을 때 삼간다는 것이 곧 신독이다. 이는 자기 스스로 자신을 떳떳하고 당당하게 한다는 뜻으로 통한다. 하늘을 우러러 한 점 부끄럼 없음이 신독이다.

아무리 숨기고 감추어도 하늘과 땅은 속일 수 없다. 이 말은 남은 속일 수 있어도 자기 자신은 속일 수 없다는 말이다. 자신의 마음속을 들여다보고 살필 수 있는 사람은 자기밖에 없다. 내 마음은 나 자신밖에 들여다볼 수 없다. 자기 마음속을 들여다볼 때 그 마음속은 거울처럼 자신을 되비추어 준다. 마음의 거울에 떠오르는 자기의 모습을 바라봤을 때 부끄러움이 없는 사람은 이 세상에서 가장 행복하고 부유하고 찬란한 사람이다.

그러나 털어서 먼지 안 날 사람이 어디 있겠는가! 저마다 나름의 비밀을 가슴속에 안고 기대도 하고 절망도 하면서 삶을 아파하게 마련이다. 삶의 상처가 없는 사람은 없다. 상처가 있으므로 아픔도 있는 것이고, 그 아픔을 어떻게 조리해 가느냐에 따라 인생이 품위를 얻기도 하고 잃기도 하는 법이다.

누울 자리를 보고 발을 뻗을 줄 아는 사람은 자신을 살펴서 알려고 노력하는 사람이다. 이러한 사람은 신독의 길을 밟을 줄 아는 사람이기도 하다. 그러나 지금 우리는 너무나 자기를 편애하고 타인을 경계하는 버릇에 물들어 있다. 잘된 일은 남의 덕으로 돌리고 안 된 일은 내 탓이라고 생각하던 마음은 이제 먼먼 옛날 성현들의 것처럼 되어 버려 세상이 병들고 시끄럽다.

세상이 앓고 있다는 말은 나 자신이 병들어 있다는 말과 같다. 나에겐 잘못이 없고 모두 남들이 잘못했다고 생각하는 사람이 가장 못난 사람이다. 나를 먼저 다스리는 사람은 착각의 올가미에 걸려들지 않는다. 그래서 부끄러워하고 뉘우칠 줄 안다. 남을 앞세우고 자신을 뒤로하라는 옛 말씀은 낡은 말이 아니다.

그러나 지금 우리는 반대의 길에서 아우성을 치고 있다. 내 욕망을 극대화해야 하고 남을 밀치고 내가 앞서야 한다는 생각에 쫓기며 몸둘 바를 모르고 산다. 바로 여기서부터 인생은 험해지고 세상은 병들게 된다. 한번쯤 우리 모두가 생각해 볼 일이다.

나를 편히 하고 가족을 편안히 하고 세상에 나아가 당당하고 싶은가? 그렇다면 신독을 멀리하지 말라. 우리 모두 이렇게 다짐하고 산다면 세상이 아무리 옹색해도 겁날 것이 없다.

신독의 순간을 맞아 내 마음속의 거울에 비친 자신을 들여다보고 인생을 맞이한다면 사는 방법이 그렇게 찾아내기 어려운 것만은 아닐 것이다.

제대로 바르게 사느냐 아니면 못되게 사느냐는 순전히 마음에 달려 있다. 내 마음을 잘 다스리면 올바른 삶은 어려운 것이 아니다. 이를 위해서는 내가 나를 들여다보는 순간을 맞아 신독의 기회를 자주 마련할수록 좋다.

꾀를 팔면 안 된다

가장 못난 것 가운데 으뜸은 거짓말이다. 가장 험한 것 가운데 으뜸은 수작(酬酌)이다. 수작은 꾀를 부리는 속임수이다. 속임수를 써서 거짓을 진실인 것처럼 포장하려고 할수록 인간은 구차해진다. 비굴한 인간이 가장 불쌍하고 초라하다. 무슨 일이 있어도 스스로를 구차스럽게 해서는 안 된다. 그러므로 무구면(毋苟免)이란 말을 항상 기억해 둘수록 좋다. 이 말의 뜻은 구차스럽게 변명하지 말라는 게다.

무슨 일이 있어도 꾀를 파는 사람이 되어서는 안 된다. 누구든 꾀를 부리면 거짓말을 하게 되고, 그러면 영악하고 얄미운 사람이 된다. 그런 사람은 언제 어디서든 대접받지 못한다.

남에게 손가락질 당하는 사람은 부끄러워할 줄 모르기 때문에 손가락질을 당한다. 맡아서 해야 할 일을 하지 않고 이 핑계, 저 핑계를 둘러대는 사람이 곧 구차한 인간이다. 이는 곧 부끄러워할 줄 몰라 당하는 수치이다. 이런 일 때문에 가정 교육은 항상 다정하면서도 엄격해야 한다.

가정 교육에서는 부모가 선생이 되고 자녀가 학생이 되는 것이 아니다. 가족 사이는 본래 선생과 제자 사이처럼 가르치고 배우는 관계가 아닌 까닭이다. 자식은 아비의 선생이란 말이 있지 않은가. 부모가 부끄러운 일을 범하면 가장 먼저 자녀가 안다. 이런 점을 부모된 자가 항상 기억해 둔다면 그 자녀는 떳떳하게 살 수 있다.

지나친 예는 아첨이다

예가 지나치면 과례(過禮)이고 예가 모자라면 결례(缺禮)이다. 과례는 결례만 못하다고 한다. 결례는 예절을 잘 알지 못해서 범하는 실수일 수 있지만 과례에는 예를 알고 이용하려는 속셈이 숨어 있기 때문이다. 그런 속셈을 아첨이라고 한다.

도우려는 생각보다 이용하려는 생각이 크면 아첨이 꼬리를 친다. 그저 굽실거리며 내숭떠는 인간은 친절한 것도 아니요, 얌전한 것도 아니다. 마음속이 곧지 못하고 굽어 있을 뿐이다. 마음이 곧지 못하면 이미 예는 떠나 있다.

현대인에게 예는 어떤 힘을 갖는가? 예가 발휘하는 지혜는 곧 내가 나를 정직하게 다스리는 데 있다. 그 다스림은 여전히 살아가는 데 힘이 된다. 한가족이 오순도순 사는 가정은 그런 힘을 북돋아 주는 둥지와 같다.

해야 할 말을 똑똑하게 하는 것은 마음속에 거짓이 없기 때문이다. 숨기고 감출 것이 없어서 당당하고 떳떳하게 밝히는 말에 어긋남이 없는 사람은 생각하는 바가 정직하다. 그러나 정직한 마음이 다정함을 떠나서는 안 된다.

다정함과 정직함이 함께할 때 겸손할 줄 알고 공손할 줄 안다. 겸손은 자기를 낮추는 예이고 공손은 남을 높여 주는 예이다. 그래서 겸손과 공손을 알맞게 갖추는 마음은 과례나 결례를 범하지 않는다. 예를 농락하는 아첨은 과례의 탈을 쓰고 구차스럽게 동냥질한다. 이런 인간이 가장 추하고 너절하다. 그러니 부모라면 자식 농사 짓기를 삼가 두려워해야 한다.

어버이를 모시는 마음

겨울이면 부모를 따뜻하게 해 드리고 여름이면 부모를 시원하게 해 드리는 마음가짐을 온청(溫凊)이라고 한다. 저녁이면 부모의 잠자리를 돌봐 드리고 새벽에는 부모의 잠자리를 살펴보는 마음가짐을 정성(定省)이라고 한다. 우리 조상들은 예부터 온청과 정성을 효행의 근본으로 삼았다.

이런 효행을 낡았다고 할 수 있을까? 그렇게 생각할 수 없을 것이다. 여전히 부모는 천지(天地)와 같기 때문이다. 천지는 단순히 하늘과 땅이 아니다. 생명을 준 근원을 천지라고 한다. 햇빛과 공기, 그리고 물과 땅이 없다면 무엇이 살 수 있겠는가. 생명이 있는 것은 모두 천지의 덕으로 산다. 부모가 바로 그런 존재이다.

이렇게 소중한 부모의 마음을 불편하게 하지 않으려는 마음가짐이 곧 온청이며 정성이다. 진실로 부모를 생각한다면 막가는 인생을 택할 수 없다. 어느 부모가 자식이 안 되기를 바라겠는가.

그러나 자녀는 부모 생각을 덜 하면서 살아가는 경우가 허다하다. 하루에 한 번이라도 부모가 편한지 불편한지를 생각하는 자녀가 있다면 그 자녀는 효를 행하고 있는 셈이다. 막된 인생을 사는 사람은 부모의 심정을 몹시 아프게 하는 자이다. 부모를 흐뭇하고 뿌듯하게 해 주는 자녀는 부모를 시원하게 하고 따뜻하게 하면서 밤잠을 편히 잘 수 있게 해 드리는 효자다. 이처럼 효의 예는 마음에 있지 몸에 있는 것이 아니다.

손님을 편안하게 한다

집에 손님이 있거든 강아지〔狗〕라도 꾸짖지〔叱〕 마라. 부질구(不叱狗)가 바로 그런 말이다. 이는 반가운 손님이든 거북한 손님이든 그 심기를 불쾌하게 하지 말라 함이다.

집 안에 손님이 있는데도 아이들이 떠들거나 버릇없이 구는 것은 부모가 평소에 자녀를 내버려둔 탓이다. 개성 있고 자유롭게 키우기 위해서라고 말하는 부모는 하나는 알지만 둘은 모르는 부모다.

언젠가 한 식당에서 목격한 일이다. 젊은 부부가 아이 하나를 데리고 와 식사를 하고 있었다. 그런데 아이가 개구쟁이 짓을 하면서 이리 갔다, 저리 갔다 하면서 소란을 떨고 다녔다. 그러나 아이의 부모들을 당연하다는 듯이 식사를 하면서 그냥 내버려두었다.

마지못해 종업원이 아이에게 조용히 하라고 했더니 아이 어멈이 파르르 하면서 종업원이 왜 손님에게 불친절하냐고 따지고 들었다. 그 가족이 밥을 먹다 말고 밥값을 내고 나가자 식당 주인이 눈치를 채고 소란을 피워 죄송하다며 나에게 귓속말을 걸었다. 식당 주인이 나에게 죄송하다는 말을 하게 한 심정이 곧 부질구와 통한다.

남을 불편하게 하면 그것이 곧 결례도 되고 실례도 된다. 그런 짓이 심하면 무례가 될 수도 있다. 철부지 아이야 결례를 하든 실례를 하든 봐줄 수 있다. 그러나 못되게 구는 아이를 달래서 얌전히 할 생각은 못하고 오히려 아이를 왜 구박하느냐고 따지는 것은 분명 무례한 짓이다. 어른이 무례하면 어디 가서든 사람 대접받기 어렵다. 어디서든 예라는 것도 상식을 벗어나지 못한다.

누가 소인(小人)일까?

속이 넓고 깊은 사람을 대인(大人)이라고 한다. 반대로 속이 좁고 얕아 옹졸한 사람을 소인(小人)이라고 한다. 몸집이 크다고 해서 대인이 되는 것은 아니다. 몸집은 작을지라도 이해하고 용서하고 사랑하는 마음을 간직한 사람이 바로 대인이다.

소인은 자기를 중심으로 사람을 대하고 세상을 바라본다. 나에게 좋은 것이면 선이고 나에게 나쁜 것이면 악이라고 여기는 마음이 곧 소인배의 기질이다. 그래서 소인은 선악을 이해와 득실로 따져 제 마음대로 정해 버린다. 그래서 소인은 변덕스럽다.

소인은 손해를 볼 줄 모른다. 양보한다거나 상대의 입장에서 생각해 보려 하지 않는다. 남이야 죽든 말든 내 것만 챙기면 된다는 욕심을 마음껏 부리는 소인은 억척이고 영악해 보인다. 그러나 세상은 소인을 그대로 내버려두지 않는다. 제 손의 도끼로 제 발등 찍는다는 속담을 생각해 보면 알 것이다.

소인은 제 꾀에 제가 넘어가는 꼴을 잘 당한다. 이자를 많이 준다고 해서 남에게 돈을 빌려 주었다가 떼어먹히는 경우를 허다하게 본다. 높은 이자를 탐하고 돈놀이 하다가 날렸다고 해서 누구 하나 동정하지 않는다. 탐욕은 항상 도둑을 불러오게 마련이다. 그런데 소인은 탐욕을 행복의 보증 수표로 알고 있다.

그러나 탐욕을 무서워하면 곧장 소인의 굴레에서 벗어나 대인의 길로 들어설 수 있다. 대인은 누구일까? 서로 밀어 주고 끌어 주며 어울려 함께하는 삶을 행복으로 믿고 행하는 사람이다. 나는 소인인가 대인인가? 항상 자신에게 대질(對質)하는 사람은 어질고 건강하다.

내 마음을 두려워하라

한물에서 오리와 백조가 섞여 노니는 모습을 볼 때마다 오리는 목이 너무 짧아 불편할 것 같고 백조는 목이 너무 길어 불편할 것처럼 보인다. 그렇다고 오리는 자기의 목을 늘려 주기를 바라지 않을 것이고 백조 역시 자기의 목을 줄여 주기를 바라지 않을 것이 분명하다. 어느 것이나 생긴 그대로 살아야 사는 일이 편하고 자유롭다. 이렇게 편하고 자유로운 삶을 자연이라고 한다.

그런데 만물 중에서 오직 사람만이 생겨난 그대로 살기를 거부하고, 또 그렇게 해야만 사람의 값을 한다고 믿는다. 그래서 사람이 사는 일은 오리나 백조가 누리는 삶보다 어리석다. 자연을 어기고 어긋나게 살면 결국 뒤끝이 험한 까닭이다.

오리나 백조는 한 벌의 털옷을 입고 목이 길면 긴 대로 짧으면 짧은 대로 물속의 먹이를 찾아 먹으며 살만큼 살다가 죽어간다. 사람 이외의 모든 목숨들은 그저 주어진 대로 사는 것을 마다하지 않는다. 그러나 사람들만 제 값을 하면서 살아야 한다고 기를 쓰면서 자연과는 달리 산다고 으스대려고 한다.

사람의 삶이 고통스러운 것은 주어진 대로의 삶을 거부하는 성질머리 탓이다. 삶을 어렵게 이고 지고 가려 하기 때문에 인생은 고(苦)이다. 고는 아프고 괴롭고 쓰다. 인생을 그렇게 몰아가는 것이 무서운 줄 어느 날에나 깨우칠까?

그러나 사람의 삶이 고(苦)일지라도 슬퍼할 것은 없다. 만물은 모두 다 제 나름대로 사는 것에 만족한다. 자연의 요구에 따르기를 사람만이 저어하지만 인간은 나름대로 인생을 설계하여 성취할 수 있는 마음을 부리므로 괴롭다고 걱정할 것은 없다.

오로지 사람만이 자연을 거부하면서 제 뜻대로 살려고 땅을 파서 논밭을 일구고, 나무를 베어 집을 짓고, 깊은 땅속을 파고 들어가 온갖 자원을 뽑아 온갖 물건을 만들어 잘살아야 한다고 밤낮으로 다짐한다. 이러한 다짐을 통해 인간은 문화(文化)의 주인이 된다. 이처럼 인간은 제 뜻에 따라 살려고 하므로 인생이 고일지라도 두려워할 것은 없다.

문화의 편에서 보면 사람은 분명 자연의 동물이 아님이 분명하다. 사람이란 분명 문화의 동물인 모양이다. 여기서 사람의 삶이 고인 것은 결국 그 삶이란 것이 문화의 재주로 매겨져 있다는 비밀을 헤아려 보고 짚어 보게 된다. 사람에게 삶을 자신의 뜻대로 살아야 한다는 욕망이 없었다면 문화는 생겨나지 않았을 것이 아닌가.

삶을 성취하라. 이것이 모든 현대인들의 불문율(不問律)이다. 이런 불문율이 사람의 삶을 괴롭게 하고 즐겁게 하기도 한다. 그래서 사람의 삶이 고라고 질러 놓았지만 사람은 그 고를 항상 눈물로 애달파 하기만 하는 것은 아니다. 행복하므로 즐겁고 불행하므로 슬프다는 두 삶의 얼굴을 버릴 수 없기 때문에 사람의 삶이 고인 것이지, 항상 괴로워서 고인 것은 아니다.

그러나 무엇이든 지나치면 탈이 나는 법이다. 사람의 삶이 주체할 수 없을 만큼 지나쳐서 무서울 지경이다. 그 뒤탈이 어떻게 드러날지 종잡을 수 없기에 더더욱 무서워질 뿐이다.

삶을 성취하려는 불문율이 지나쳐 나만 잘살면 된다는 착각들이 태풍을 만난 바다의 너울처럼 세상을 뒤엎으려 한다. 삶의 지나침은 그 푼수를 넘어선 지 이미 오래여서 인간의 마음속에는 이미 해일이 몰아쳐 삶의 뜰을 할퀴고 있는 중이다. 그래서 지금 우리는 무서운 병을 앓으면서 신음하고 아파한다. 인간은 이렇게 무서운 병이 왜 생겼는지를 안다. 인간 탓에 생긴 병이지 천지 때문에 생긴 병은 아니다. 그러니 삶이 괴롭다고 두려워할 것이 아니라 잘못된 내 마음을 두려워할 일이다.

옷 한 벌로 삼십 년을

옛날 중국 제(齊) 나라에 살았던 안자(晏子)는 여우 가죽으로 만든 옷 한 벌로 30년을 살았다고 한다. 이쯤 되면 너무 심하다고 생각되겠지만 하루가 멀다 하고 옷을 갈아입는 요즈음 세태는 지나쳐도 한참 지나치다. 해진 옷을 기워 입을 생각은커녕 해어질 때까지 입어야 한다는 생각이 사라진 지도 이미 오래다. 헌 옷, 새 옷이 문제가 아니라 유행에 앞서느냐 뒤지느냐에 따라 옷을 사고 버리는 짓이 횡행(橫行)하는 한 어느 가정이 튼실하겠는가.

돈이 많아도 남용하면 아쉬워지는 법이고 돈이 조금 부족해도 아낄 줄 알면 아쉽지 않은 법이다. 낭비하는 탓에 쓰레기를 버리는 족속은 인간밖에 없다. 다른 짐승은 쓰레기를 버리지 않는다. 사람은 물을 더럽히지만 그 속에서 헤엄치고 살아가는 물고기는 물을 더럽히지 않는다. 인간만이 물을 남용하는 까닭이다.

흥청망청 마구 쓰기만 할 뿐 아끼고 간직할 줄 모르면 벼랑에 매달린 꼴이 되기 쉽다. 가장 무서운 도둑은 허세가 낳는 허영이라고 한다. 형편에 맞게 꾸리는 삶이 곧 편하고 즐거운 행복이다. 옷 한 벌로 30년을 살았다는 안자 같은 사람이 되자는 것이 아니다. 몇 벌의 옷에도 만족할 줄 알자는 것뿐이다.

보기 좋고 단정한 옷을 입는 것이 아니라 브랜드(Brand)나 메이커(Maker)에 따라 옷을 사 입겠다는 못된 버릇은 욕을 먹어도 싸다. 수백 종이 넘는 외제 상표들이 몰려와 유행을 좌지우지하는 옷 시장의 꼬락서니야말로 가관이다. 이보다 더 큰 비웃음거리가 어디 있겠는가. 닳아 구멍난 양말을 기워 신기는 어머니가 있다면 허파에 바람 든 저들의 허세를 혼내 주어도 좋다.

남부럽게 살려고 하는가?

인생을 보내고 마주하고 맞이하는 과정은 단 한 번밖에 겪을 수 없다. 지금 이 순간을 두 번 다시 만날 수 없는 것이 인생이다. 그러나 과거의 삶, 현재의 삶, 미래의 삶이 따로 있는 것은 아니다. 인생은 물길과 같아 앞뒤 물을 따로 나눌 수 없는 물처럼 서로 엮어진다.

인생은 남을 따라하는 연습이 아니다. 저마다 제 인생을 책임져야 하는 것을 두고 제 팔자라고 한다. 팔자 고친다는 말은 거짓말이다. 뱁새는 뱁새 팔자대로 살고 황새는 황새 팔자대로 산다. 뱁새가 황새걸음을 흉내내면 뱁새의 가랑이가 찢어진다. 이 속담은 언제 어디서나 진실이다. 남의 인생을 부러워하는

가? 남의 인생과 자신의 인생을 비교해 보려고 하는가? 그렇다면 당신은 천하의 바보다.

가정은 한가족이 이루어 내는 하나의 품 안이다. 이 가정, 저 가정을 비교해 품평회를 열 수 없는 것이 가정이다. 가족을 서로 바꿀 수 없듯이 이 가정을 저 가정과 바꿀 수 없다. 왜냐하면 가정은 한가족이 서로 나누어 엮는 마음과 몸의 엮음이기 때문이다. 그래서 피붙이는 뗄 수 없다고 하는 것이다.

남이 부자로 사니까 나도 부자로 살아야 한다는 생각으로 가정을 일구는 부모가 있다면 그 자녀들은 불행할 수밖에 없다. 날마다 다른 집 아이들과 비교당해 구박만 받으며 자라는 아이는 꿈을 잊어버리고 자기를 잊어버린다. 자기를 잊어버리는 순간 미래도 사라져 버린다. 인생을 비교하고 남을 부러워하면 할수록 헤어날 수 없는 수렁에 빠지게 될 뿐이다. 그래서 유이립(柔而立)하라 하지 않는가. 부드럽되〔柔〕 꿋꿋하라〔立〕. 부모가 자녀의 선생 노릇을 하려면 이 말씀을 잊지 말아야 할 것이다.

항상 배우는 마음으로 산다

《서경》〈태명(兌命)〉에 보면 다음과 같은 말씀이 있다.

'항상 처음과 끝을 따져 배움을 잊지 말라[念終始典于學].'

이 말을 줄여서 염우학(念于學)이라고도 한다. 종시(終始)는 옛말이고 요즘은 시종(始終)이라고 하는데, 그 뜻은 모두 시작과 결과라는 뜻이다. 그리고 전(典)은 항상이란 뜻으로 새겨 두면 된다.

인생은 놀이가 아니다. 인생은 일이다. 일에는 시작과 끝이 있게 마련이다. 이를 잘 살펴 항상 배우는 마음으로 일한다면 인생이 헛될 리 없다. 이를 믿고 삶을 엮는 사람을 두고 속이 깊고 꽉 찼다고 한다. 그래서 듬직한 사람은 하는 일마다 여문 열매를 맺는다.

가정은 편안히 쉬는 둥지도 되지만 가족끼리 삶의 지혜를 나누는 사랑방이 되기도 한다. 가족이 나누는 삶을 여물게 하기 위해서이다. 항상 배우는 마음으로 인생을 경영하면 그런 열매를 맺을 수 있다.

부모가 항상 배우는 마음으로 인생을 이끌어 가면 자녀들은 저절로 따라간다. 그렇게 되면 부모는 저절로 자녀의 선생이 된다. 가정은 말로 가르치는 학교가 아니라 몸으로 보여 주는 교육 현장이다. 부모가 이 마음을 잊지 않는다면 그것이 곧 가정의 염우학(念于學)이다.

물론 부모와 자녀가 주고받는 배움[學]은 학문(學問)과는 다르다. 인생을 가르치는 데 무슨 전공이 있겠는가. 부모가 자녀를 가르치는 것이 아니라 삶을 터득해 가도록 돕는 데서 부모의 학(學)이 귀하고 소중해진다.

학에도 두 갈래가 있다. 스스로 터득하게 하는 각(覺)의 학(學)이 있고, 남한테서 배우는 효(效)의 학(學)이 있다. 현명한 부모는 자녀로 하여금 후덕한 삶을 터득하게 한다.

항상 근본을 생각한다

젊은이에게 조상(祖上)을 생각하느냐고 물으면 왜 낡은 티를 내느냐고 빈정대는 경우가 허다하다. 조상이라고 해서 죽은 귀신을 무턱대고 모시자는 것이 아니다. 조상을 섬기자는 것은 나를 태어나게 한 근본을 생각하자는 외경(畏敬)이다. 조상을 근본으로 삼고 우러러 존경하라 함이다. 이러한 외경 없이는 집안의 질서가 잡히지 않는 법이다.

자유롭게 살면 되는 것이지 가정에 무슨 질서가 있어야 하냐고 따질지도 모르겠다. 그러나 집안의 질서라 함은 군대에서와 같은 질서를 말하는 것이 아니다. 군대의 질서는 명령을 따르지만 가정의 질서는 도리를 따른다. 가정의 도리를 반시(反始)라고 한다. 처음으로 되돌아가는 것이 반시이다. 가정을 이루는 가족의 시초를 조상이라고 한다.

조상을 더럽히지 말라. 이 말이 가장 엄하고 무서운 말씀이다. 내가 잘못을 범해 부모를 괴롭혀서는 안 된다는 뜻이다. 부모가 곧 조상의 온 모습이다. 그러므로 조상은 면면 선조를 두고 한 말만은 아니다. 부모를 고마워하고 받드는 것이야말로 더할 바 없는 보답이다. 이러한 보답을 보본(報本)이라고 한다.

부모의 은혜에 보답하라. 이것이 보본이다. 왜 보답해야 하는가? 부모는 나에게 하나밖에 없는 목숨을 물려주었기 때문이다. 부모가 자녀로 하여금 이러한 생각을 갖도록 가르치는 집은 집안의 질서가 잡힌다. 그러면 가족은 모두 조상의 고마움을 함께 나누면서 가정을 튼튼한 끈으로 묶어 흐트러지지 않게 할 수 있다. 그러한 끈을 피붙이라고도 한다.

집 안을 밖에 내놓지 마라

항상 웃음만 있는 가정은 없다. 그렇다고 항상 눈물만 있는 가정이 있는 것도 아니다. 어느 가정에나 명암은 있다. 한가족은 행복과 불행을 함께하면서 삶을 엮는다. 그래서 가족간에 끈끈한 정이 생긴다. 그런 가정은 더욱 애틋하고 소중하다. 귀하고 소중한 것을 친밀(親密)이라고 한다. 친밀한 것은 가슴속에 품어 둘수록 좋다.

집 밖을 세상이라 하고 집 안을 가정이라고 한다. 안팎을 엄격하게 분별하면서 살수록 평탄하다. 안팎을 분간하지 못해 밖에 나가 집안일을 쏟아 붓는 꼴을 보면 세태가 비뚤어져도 한참 비뚤어져 간다는 두려움을 버릴 수 없다. 소중한 것을 헐값에 팔아선 안 된다. 소중한 것은 가슴속에 고이 간직할수록 더욱 절실해진다.

아무리 세상이 변해도 가정은 성안일 뿐 성 밖 난전(亂廛)이 될 수 없다. 집안일을 자랑삼아 밖에다 쏟아 붓는 꼴은 결국 제 자랑하는 푼수 짓에 불과하다. 집은 참으로 소중한 비밀 장소이다. 장물이 감추어져 있어서가 아니라 가족이 매일 매일 살아가는 일기장 같은 곳이기 때문이다. 남의 일기를 훔쳐보면 안 되는 줄 알면서도 일기장을 들고 나가 고샅 사람들에게 읽어 주는 꼴이 되어서야 하겠는가?

경박하면 못쓴다. 촐랑대서도 안 된다. 더구나 집안일을 입질거리로 삼아 세상에 수다를 떨어서도 안 된다. 내놓지 말아야 할 것을 내놓게 되면 말거리가 되어 남의 입질에 올라 흉물스러워진다. 제 자랑을 일삼으면 푼수가 되듯이 집안일을 드러내면 바보가 된다. 집 안에서 가족끼리 나누어 갖는 정은 참으로 소중한 비밀이다.

낙원으로 이민갈 것 없다

열자(列子)가 평화로운 시대에 살았더라면 아마도 종북(終北)이란 상상의 나라를 만들지 않았을지도 모른다. 그 역시 우리와 마찬가지로 험한 세상에 살았던 탓에 그러한 나라를 만들어 놓고 참담한 현실을 잊어 보려고 소망의 나라를 꿈꾸었을 게다.

열자가 만들어 놓은 종북이란 나라는 이렇다.

'땅은 둥글고 주변에는 높은 산줄기가 병풍처럼 둘러쳐져 있고 둥근 분지가 쟁반 같다. 그 한가운데에는 호령(壺靈)이란 산이 높이 서 있다. 호령의 정상에는 자혈(滋穴)이란 샘이 있다. 그 샘에서는 끊임없이 단물이 사방으로 흘러내린다. 자혈의 물을 신분(神糞)이라고 한다. 호령산을 뱅 돌아 신분의 강물이 원을 그리며 사방으로 흐른다.

사람들은 그 강 주변에 모여 산다. 배가 고프면 신분을 마시면 된다. 굶주림이란 없다. 취하고 싶으면 신분을 좀 더 마시면 된다.

사는 일이란 신분을 마시는 정도이고 항상 춤을 추고 노래를 부르며 산다. 사내들은 논밭 일을 하지 않아도 된다. 항상 봄이고 날

씨는 맑고 따뜻해 아낙들은 힘든 길쌈을 하지 않아도 된다. 아무도 옷이란 것을 걸칠 필요가 없는 까닭이다.

나쁜 벌레라곤 없어서 병이란 것도 없다. 남녀노소를 가리지 않고 언제나 어울려 논다. 그러다가 사랑을 나누고 싶으면 누구하고나 눈이 맞아 서로 정을 통한다. 그러니 인륜이란 것도 따로 없다. 그렇게 백 년을 살다가 병치레 없이 죽으면 다른 하나가 따라 태어난다. 그러므로 종북에는 사람 수가 늘지도 않고 줄지도 않는다.'

열자의 종북이란 나라는 낙원과 같은 곳임에 틀림없다. 거기에는 눈물도 아픔도, 절망이나 좌절도 없는 까닭이다. 항상 웃음만 있고 춤추고 노래하는 일이 삶의 전부이기 때문이다.

그런데 이러한 나라를 만들어 놓은 열자는 왜 이 세상을 종북처럼 만들어야 한다고 주장하지는 않았을까? 사람이 사는 이 세상은 그렇게 될 수 없음을 알고 그랬을 성싶다.

사람의 성질머리를 따져 보면 그런 종북에서는 며칠간은 좋아서 살지 몰라도 아마 영영 살라고 하면 못살 것이다. 사람은 줄곧 행복해도 싫어하고 줄곧 불행해도 아파한다. 사람의 삶에는 항상 변화가 바람처럼 불어야 하는 까닭이요, 사람은 웃음과 눈물이 함께해야만 살맛이 난다고 변덕을 부리는 까닭이다. 종북에는 그러한 바람이 없다. 사람은 본래 변화의 바람을 맞아야 더더욱 살맛이 나는 법이 아닌가!

행복만 있어야 한다고 고집한다면 행복은 사라져 버린다. 불행이 있어야 행복도 있는 법이다. 이는 절망이 있으므로 희망이 있는 것과 같은 이치다. 항상 우는 사람이 있다면 그는 천치일 것이고 항상 웃는 사람이 있다면 그 또한 바보일 뿐이다. 사람은 울기도 하고 웃기도 하면서 삶의 변화를 마주하며 살아간다.

인생을 일컬어 항해라고 하지 않는가! 항상 고요한 바다는 없다. 거칠 때도 있고 잔잔할 때도 있다. 그래야만 항해가 가능하다. 잔잔하기만 하면 가야 할 배는 멈추고 항상 거칠기만 하면 떠야 할 배가 부서진다. 산다는 일도 그렇게 곡절을 겪으면서 나아간다. 삶의 뜻도 바로 이러한 맞물림에서 이루어져 솟아난다. 인간의 역사에 언제 태평성대가 있었던가. 세상은 지금까지 한 번도 조용한 적이 없었다.

목숨에는 모두 명(命)이 걸린 탓에 영원하지 못하다. 영원하지 못하므로 삶에 대한 욕심이 붙는 것이다. 욕심은 갖고 싶은 것, 누리고 싶은 것을 한사코 고집한다. 그러나 그런 것들은 신기루와 같고 무지개와 같아 눈앞에 있으면서도 손에 잡히지 않는다.

사람들이 꿈꾸는 낙원이란 따지고 보면 욕심이 끄집어낸 속셈이기 쉽다. 그런 속셈을 믿고 욕심의 골목을 낙원으로 여겨 이민(移民)을 희망하며 끙끙거릴 것 없다. 종북 같은 낙원이란 지옥의 가면일 수도 있는 까닭이다.

남편과 아내의 근(謹)

아내와 남편이 주고받는 마음이 한결같을수록 따뜻한 정이 솟는다. 허물없는 정보다는 서로를 소중하게 여기는 정이 더 따뜻하다. 그러기 위해서는 항상 삼가고 조심하고 공경하는 마음을 잊어서는 안 된다. 서로 사랑한다는 부부보다 서로 삼가고 존경하는 부부가 서로를 사랑할 줄 안다.

예는 어디서 시작될까? 바로 부부 사이에서 시작된다. 남편과 아내가 서로 나누는 예를 한 마디로 압축하면 삼갈 근(謹)으로 새길 수 있을 것이다. 서로 근신(謹愼)하는 부부야말로 지극한 사랑을 나눌 줄 아는 남편과 아내라 할 수 있다.

마음을 편하게 해 주고 아프게 하지 않으려고 조심하는 마음이 곧 근(謹)이다. 나아가 무엇을 하고 무엇을 하지 말아야 하는지를 항상 살펴 두는 마음도 근이다. 그래서 삼가는 마음은 금할 줄 알고 엄하게 할 줄 안다. 이러한 마음을 나누어야 남편은 아내를 사랑하고 아내는 남편을 사랑하는 정이 솟아 한평생 벗으로 삶을 엮어 갈 수 있다.

그런데 부부 사이는 너무나 가까워서 서로 삼가는 마음을 잊을 수도 있다. 그러한 잊음이 오래 간다면 아내와 남편 사이에 틈이 생기기 쉽다. 아내와 남편이 서로 아낄 줄 모르면 사랑할 줄도 모른다. 그러므로 부부 사이의 삼갈 근(謹)은 예의 시작이며, 그 시작이 진정한 사랑이다.

남편과 아내의 정(貞)

부부는 한몸이라고 하지만 부부 사이에도 서로 지킬 것이 있다. 그래서 부부유별(夫婦有別)이란 규범이 낡은 것만은 아니다. 조선 시대의 부부유별은 남녀간의 평등을 부정했다. 그러나 이러한 유별(有別)은 이제 설득력을 얻지 못한다.

지금은 남녀평등이란 전제 하에 부부가 따로 해야 할 일보다는 함께해야 할 일이 훨씬 더 많아졌다. 부엌일은 꼭 아내가 해야 하고 바깥일은 남편이 해야 한다는 발상은 이제 낡은 것이 되어 버렸다. 가정을 일구고 꾸려 가는 온갖 일은 부부가 서로 합심해서 해야 한다는 것이 자연스러워지고 있다. 그래서 이제 부부는 평등하게 서로 돕고 밀어 주고 끌어 주는 한몸, 한마음의 삶이다.

그런데 한몸, 한마음의 삶은 저절로 이루어지는 것이 아니다. 남편과 아내가 함께 노력해야만 한몸, 한마음의 삶을 성취할 수 있다. 그렇기 때문에 금슬(琴瑟) 좋은 부부도 있고 관계가 원만치 못한 부부도 있는 것이다.

금슬 좋은 부부는 평생 서로에게 좋은 남편이 되고 좋은 아내가 되기 위해 남몰래 노력한다. 금슬 좋은 부부의 비방은 어디에 있을까? 바로 곧을 정(貞), 이 한 마디에 그 답이 숨어 있다. 곧은 마음이 정(貞)이다. 정으로 부부가 서로 의지하며 삶을 함께할 때 가정은 곧 사랑의 보금자리가 된다. 삶의 눈물과 웃음을 함께 나누게 하는 곧은 마음〔貞〕이 둘을 하나로 묶어 준다.

남편과 아내의 경(敬)

서로 공경(恭敬)하는 부부가 가장 귀하다. 남편은 아내를, 아내는 남편을 귀하게 하는 부부가 세상에서 가장 금슬 좋고 서로 사랑할 줄 아는 부부이다. 서로 공경하는 부부는 한평생을 소중하고 귀하게 누린다. 이처럼 공경은 행복의 파수꾼이다.

귀하고 소중하게 하면 선이고 추하고 천하게 하면 악이다. 진선(陳善)을 경(敬)이라고 한다. 즉 선을 넓히는 것이 곧 경이란 뜻이다. 그러므로 공경한다는 것은 상대가 선을 행하고 악을 범하지 않도록 마음을 다해 받드는 것이다. 경이야말로 진정 사랑하는 것이다. 받드는 마음이 없으면 사랑은 멀어진다.

네가 나를 먼저 대접하면 나도 너를 대접하겠다는 마음이 조금이라도 있다면 그것은 이미 공경을 떠난 것이다. 이처럼 조건부 부부가 있다면 사이에는 이미 금이 생긴 것이다. 금이 간

부부는 깨진 독과 같아 행복한 가정을 갈무리할 수 없다.

공경은 무엇을 요구하지 않는다. 귀하고 소중하므로 받드는 마음가짐인 공경은 오로지 선을 사랑하는 마음이다. 남편은 아내를 선하게 하고 아내는 남편을 선하게 하므로 서로 공경하는 부부는 우뚝하다. 선하게 하면 무엇이든 착해진다. 그래서 선한 부부 사이에서는 착한 아들딸이 나온다. 착하고 무럭무럭 자라는 자녀보다 더 귀하고 소중한 것은 없다. 서로 공경하는 부부는 자식 농사를 망치는 법이 없기에 근본부터 행복하다. 그러므로 핵가족화가 되어 갈수록 남편과 아내를 귀하게 하는 경을 간직해야 한다.

남편과 아내의 척(戚)

남남이던 남녀가 서로 만나 부부가 되면 살을 맞대고 피를 섞는 삶을 맺는다. 즐거우면 함께 즐겁고 괴로우면 함께 괴로워하면서 인생을 엮어 가는 부부는 척(戚)을 새롭게 잇고 넓힌다.

척은 피붙이를 뜻한다. 핏줄을 이어가는 사이가 바로 척이다. 친척(親戚)은 핏줄을 나누는 관계다. 남녀가 결혼하지 않는 이상 새로운 척은 전개될 수 없다. 남자를 중심으로 핏줄을 따지는 것은 문화의 관점일 뿐 생물의 관점은 아니다. 새로운 생명인 자녀는 부부가 창조한 새로운 척인 셈이다.

남녀가 결혼하면 부모가 두 곱이 된다. 아내에게는 시부모가 생기고 남편에게는 처부모가 생기는 까닭이다. 이제는 서양의 양식을 본떠 부부 중심으로 가정을 생각하는 경향이 강하다. 그러나 부부 사이의 척을 따진다면 적어도 삼 대를 생각하면서 가족을 묶고 가정을 엮어 가는 것이 현명하다.

자녀에게 두 분의 할아버지와 두 분의 할머니가 계신다는 것을 항상 생각하게 하는 것이 가정 교육의 근본이다. 그리고 네 분의 조부모 덕에 부모가 태어나게 되었다는 것을 자녀가 애틋하게 여기도록 하는 것이 가정을 바로잡는 기준이다.

남편과 아내 사이의 척은 자녀 교육의 중심을 잡아 주는 기준이 된다. 척은 피붙이를 믿고 받들어 모시고 사랑함이다. 그러한 척을 모르고 자란 자녀는 효를 모른다. 효도하는 부모 밑에 효도하는 자녀가 나는 까닭이다. 이처럼 부부의 척은 친족(親族)의 내림이다.

남편과 아내의 검(儉)

누가 가장 부유하게 사는가? 이 문제에 대해 노자는 지족자부(知足者富)라고 대답했다. 만족할 줄 아는 자〔知足者〕가 부유하다〔富〕. 이보다 더 현명한 답은 없을 성싶다. 만족할 줄 모르면 재벌이라도 부유하게 살 수 없다. 항상 부족하다고 여기는 사람은 쪼들리는 마음에서 헤어나지 못한다.

만족하는 마음가짐을 검(儉)이라고 한다. 검은 부족함을 물리치는 검(劍)과 같다. 허영, 허욕, 허세를 물리치는 칼이 곧 검소한 마음가짐인 검(儉)인 까닭이다. 검소한 마음은 무엇이든 소중히 여기고 아껴 쓴다.

검소한 부부가 가장 윤택한 가정을 일군다. 허세를 부리는 부부는 항상 쪼들리고 궁상맞은 가정을 이끌 뿐이다. 그러므로 검이야말로 부부가 가질 수 있는 행복의 보증 수표다. 아파트 평수나 예금 통장에 든 액수만으로 가정의 부를 따지는 것은 하나만 알고 둘은 모르는 어리석음이다. 재산은 줄기도 하고 불기도 한다. 검소한 마음은 항상 재물을 늘려 주지만 허영은 재물을 도둑질해 간다.

아낄 줄 아는 부부가 삶을 부유하게 한다. 비록 재물의 양으로는 가난할지라도 남편과 아내가 서로 손을 맞잡고 알뜰하게 살림을 꾸리면 삶을 애틋하고 소중히 하는 마음을 나눠 가질 수 있다. 이보다 더 짙은 사랑은 없다. 검소한 마음이 지어내는 정을 받고 자란 자녀는 부모에게 가난을 이겨내는 방법을 배운다. 그러니 남편과 아내 사이의 검은 엄청난 부를 유산으로 남겨 주는 것이나 다름없다.

우리 모두 어질어지려면

착하고 순하면 세상일에 어둡지만 영악하고 약삭빠르면 세상일에 밝아진다. 이런 생각이 생존의 상식처럼 되어 가고 있다. 그러나 어진 사람이 영악한 사람보다 못나고, 약삭빠른 사람이 순한 사람을 밀쳐 내는 세상은 사납고 거칠어지게 마련이다.

사람이 사나워져 세상이 거칠어진 것이지 세상이 거칠어져 사람이 사나워진 것은 아니다. 인생은 사람들의 마음에 달린 것이지 땅이나 공중에 매달린 것이 아니다. 세상이 살벌해진 것은 인간들이 살벌해진 까닭이다. 지금 우리는 좀 더 어질고 순해져야 한다. 그러나 그렇지 않기에 탈이다.

예부터 네 가지 악만 피하면 누구든 어질어질 수 있다고 했다. 극(克) · 벌(伐) · 원(怨) · 욕(欲)이 바로 그 네 가지 악이다. 남이 지고 내가 이겨야 한다는 것이 극(克)이다. 남을 제치고 나를 자랑해야 한다는 것이 벌(伐)이며, 남의 탓이지 내 잘못은 없다는 마음을 품는 것이 원(怨)이다. 그리고 세상일이 내 뜻대로 되기만을 고집하는 것이 욕(欲)이다. 그러나 지금 우리는 이 네 가지를 악으로 보려 하지 않고 오히려 선이라고 고집하려 든다.

어질다 함은 나보다 남을 소중히 하는 마음에서 출발한다. 그러나 그런 마음을 간직하기란 매우 어렵다. 그래서 공맹(孔孟)은 나를 닦아라〔修己〕 했고, 노장(老莊)은 나를 버리라〔舍己〕 했다. 왜 나를 닦거나 나를 버리라 했는가? 남을 편안하게 해 주기 위해서 그렇게 하라고 했을 것이다. 그러나 지금 우리는 이런 말들을 웃기는 소리라며 팽개친다. 그러면서 내가 편해야지 왜 남이 편해야 하느냐고 반문한다.

남을 이기려 하지 않고 조금 물러서는 순간 나는 어질어진다. 나를 앞세워 자랑하지 않고 남을 칭찬하는 순간 나는 어질어진다. 일이 잘못되었을 때도 남의 탓이 아닌 내 탓으로 돌리는 순간 나는 어질어진다. 그리고 세상은 내 바람대로 되지 않는다는 이치를 터득하는 순간 나는 어질어진다. 이와 같은 인간관계는 세상이 어떻게 되더라도 변하지 않는다. 그러나 지금 우리는 어질면 손해를 보고 망한다는 속셈을 감추고 산다. 그래서 세상은 거칠고 사납다. 그래서 우리 모두는 아프게 산다.

욕심을 줄이면 바보가 되고 욕심을 부리면 내 몫이 커진다고 다짐할수록 살맛이 줄어든다. 내가 욕심을 부리면 남도 질세라 욕심을 부린다. 내가 욕심을 덜 부리면 남도 따라 욕심을 덜 부린다. 이런 간단한 진리를 한사코 부정하고 남의 밥에 있는 콩이 더 커 보인다며 아우성이다. 바로 이런 아우성이 지금 우리가 앓고 있는 가장 무서운 병이다. 이런 병은 무섭고 엄한 법으로 고칠 수 있는 것이 아니다. 마음가짐을 고치지 않는 한 살맛을 빼앗아 가는 자기 욕심의 불길을 잠재울 수 없다.

자기 중심의 성취욕을 최상의 미덕으로 삼고 있는 한 절제와 금욕은 불가능하다. 절제와 금욕 없이는 어질어질 수 없고 그렇게 되면 세상 또한 화목할 수 없다. 지금 우리는 자기 중심의 욕망을 다스리려 하지 않기에 어질지 못하게 하는 네 가지 악을 마치 선인 양 착각하며 살아가고 있다.

남을 진정 이기고 싶다면 내가 먼저 남에게 지면 된다. 내가 먼저 지는 것이 내가 이기는 것을 일컬어 극기(克己)라고 한다. 남들에게 칭송받고 싶다면 먼저 남을 아낌없이 칭찬해 주라. 이를 일러 겸허(謙虛)라고 한다. 남을 탓하면 원수를 만들게 되지만 자기 자신을 탓하면 벗을 얻게 된다. 이를 용서(容恕)라고 한다. 욕심을 채우면 막다른 골목을 향하게 되지만 욕심을 줄이면 통하는 길이 열린다. 이를 절제(節制)라고 한다.

지금 우리는 극기할 줄 모르는 탓에 사납게 되었고, 겸허할 줄 모르는 탓에 뻔뻔스럽게 되었다. 또한 용서할 줄 모르는 탓에 거칠게 되었고 절제할 줄 모르는 탓에 험하게 되었다. 이렇게 된 우리의 실상을 부끄러워할 줄 몰라 어질지 못하고 사납고 거칠어져 삶을 아프게 하고 세상을 험하게 하고 있는 중이다.

남편과 아내의 화(和)

가족이 서로 어울리고 친척이 잘 어울리는 것이 곧 부부가 이루어 내는 화(和)이다. 서로 요구만 한다면 어울릴 수 없지만 서로 한 발씩만 물러서면 곧 서로 어울릴 수 있다. 어울리는 삶은 흩어진 삶보다 다정하고 따뜻하다. 인생을 추운 겨울처럼 꽁꽁 얼어붙게 하는 불화(不和)가 가장 무섭다.

남편과 아내는 가족과 더불어 온 집안이 화목하도록 마음을 써야 한다. 바람에 날리는 콩가루와 같다면 가족이라 할 수 없다. 정을 나누는 삶을 누리기 위해서는 서로 양보할 줄 알아야 한다. 고부(姑婦) 갈등은 서로 양보할 줄 몰라서 일어나는 불화의 대표적인 예다. 시어머니와 며느리가 서로 한 발씩만 물러서면 된다.

시어머니와 며느리 사이가 부드러울수록 그 가정은 부드럽다. 고부 갈등이 생기면 시어머니가 아들을 학대하는 꼴이 빚어지고 아내가 남편을 학대하는 꼴이 빚어진다. 그렇게 되면 아들로서 어머니 편을 들 수도 없고 남편으로서 아내 편을 들 수도 없게 된다. 이렇게 가정을 궁지로 몰고 가는 불화는 결국 아들 몫, 남편 몫을 다하지 못하게 만든다.

한 가정의 화목은 남편보다는 아내에게 무게 중심이 더 얹혀져 있다. 인심은 쌀독에서 나지만 한 집안의 훈훈한 사랑은 안 사람의 마음에서 나온다고 하지 않는가. 이처럼 남편과 아내의 화는 한 집안을 따뜻하게 할 수도 있고 냉랭하게 할 수도 있다. 서로 이해하고 양보하며 용서하는 마음을 나누어 갖는 부부는 항상 정갈스럽고 따뜻해 감미롭다.

남편과 아내의 순(順)

많은 사람들은 강한 것이 약한 것을 이긴다고 믿는다. 그런 믿음 탓에 모두 강해지려고 발버둥친다. 그러나 철탑은 태풍에 무너져도 나긋나긋한 버들가지는 부러지지 않는다. 철탑은 태풍을 거역한 탓이고 나뭇가지는 태풍에 순응한 덕이다. 이처럼 어긋나면 틀어지고 따르면 맞아드는 법이다.

아내 말을 들어 손해보는 남편은 없다. 이것이 남편의 순(順)이다. 그리고 남편의 말을 들어 남편에게 거칠고 투박한 면이 없는가를 살펴서 마음을 부드럽게 쓰게 하는 것이 곧 아내의 순이다. 이처럼 부부가 나누는 대화의 통로에 파란빛을 켜 주는 지혜가 순이다.

어기지 말라. 어긋나지 말라. 이는 역(逆)을 멀리하라 함이다. 무쇠는 너무 강해서 부러진다. 이것이 바로 역이다. 물은 낮은 곳을 향하기에 끊어지지 않는다. 이는 곧 순(順)을 말한다. 남편과 아내의 순 역시 물길을 닮아야 한다. 그 무엇도 물길의 흐름을 막지 못한다. 넘지 못할 언덕을 만나도 물길은 서두르지 않는다. 넘칠 수 있을 때까지 기다린 다음에야 넘쳐서 흘러갈 길을 찾는다.

서두르지 마라. 경솔하게 굴지 마라. 좀 더 멀리 보겠다고 발뒤꿈치를 들수록 오래 볼 수 없는 법이다. 하루 종일 내리는 소낙비는 없고 한나절 불어 대는 돌개바람도 없다. 이는 욕심을 내지 말라 함이다. 순리가 바로 그것이다. 일할 때는 서로 비서가 되어 주고 쉴 때는 서로 빈 의자가 되어 주는 것이 곧 남편과 아내의 순이다. 서로 응하고 감싸는 마음은 절대 어긋나지 않는다.

남편과 아내의 익(益)

위에서 덜어내 아래에 보태 주는 것이 익(益)이다. 있는 쪽에서 없는 쪽에 보태 주는 것이 익이다. 이를 거역하면 탈이 된다. 익은 줌으로써 은혜를 베푸는 것이다. 반대로 빼앗아서 내 것이 되도록 하면[奪] 곧 해(害)가 된다.

우리 주변에는 이익을 보려다가 손해를 보는 경우가 허다하다. 그러나 이렇게 험한 꼴을 당하고도 본전 생각에 잘못을 되풀이하면 망하게 마련이다. 손해를 봤다면 조용히 앉아 반성할수록 이롭다. 이러한 반성이 부부 사이에 진지하게 이루어진다면 한가족이 오순도순 헤쳐 나가는 정을 쌓을 수 있다.

남편과 아내의 익(益)은 가정이 어려운 일에 부딪쳤을 때 서로를 어루만져 주고 격려해 주는 데 있다. 꼭 돈벌이에만 손익이 있는 것은 아니다. 마음의 손익도 있는 법이다. 서로 격려하면 이익이 되지만 서로 티격태격하면 손해가 된다. 부부 사이의 마음 씀씀이는 항상 이익을 내야 한다. 서로 긁어 부스럼 내는 짓을 삼가라. 서로 핑계댈 것 하나 없다. 세상이 메마르고 거칠수록 부부 사이는 부드러워야 한다.

세상은 매정하고 냉정하다. 이런 틈바구니 속에서 서로를 이롭게 하기란 매우 어렵다. 그러나 이해를 떠난 가정은 다정하고 안온하다. 이런 가정에서는 서로를 이롭게 하기가 매우 쉽다. 부부는 아픔과 기쁨을 함께 나누며 힘을 합친다. 또 항상 웃음을 잃지 않으려고 노력한다. 이런 웃음이 곧 남편과 아내의 익이다.

남편과 아내의 성(性)

성(性)은 단지 섹스(Sex)만이 아니다. 나아가 성은 성교(性

交)의 준말도 아니다. 물론 성 속에는 성교가 포함된다.

본성 속에는 식욕(食慾)과 성욕(性慾)이 본능으로 자리잡고 있다. 사람은 식욕과 성욕을 떠나서는 생명을 부지하지 못한다. 이처럼 성은 고귀하고 상임하다.

부부의 성은 잠자리에만 있는 것이 아니다. 남편이 아내의 손목을 잡아 주는 것도 부부의 성이고 남편의 눈길에 아내가 던져 주는 미소도 부부의 성이다. 잠자리에서의 성은 서로의 필요에 의해서 절정을 맛보게 하는 육체지만 서로 안아 주고 쓰다듬어 주는 성은 다정하고 사려 깊은 마음이다. 이런 심신의 성을 천명(天命)이라 한다.

성의 탐닉과 남용은 욕정(慾情)에 불과하다. 욕정은 육체만 호소하고 절정을 탕진하며 마음을 폐허로 만든다. 이렇게 놀아나는 성욕은 불륜이다. 불륜은 부부의 성이 아니다. 정욕에 놀아나는 불륜을 왜 역천(逆天)이라 하겠는가? 목숨을 천하게 하는 것보다 더한 죄는 없는 까닭이다.

불륜은 성을 천하게 한다. 성을 탐닉하는 것이 곧 천한 성욕이다. 이런 성욕은 삶을 소모한다. 그러나 부부 사이의 성은 삶을 귀하게 하는 정을 쌓는다. 성욕을 탕진하지 않기에 남편과 아내 사이의 소중한 성희(性戱)는 오히려 삶의 활력이 된다. 그래서 부부의 성교는 순천(順天)이다.

부부의 성생활은 식생활과 더불어 건강한 삶을 주고받는 사랑의 밀교(密敎)이다. 입을 맞추고 애무하며 성교의 절정을 나누어 삶의 열락(悅樂)을 확인하는 부부의 성교는 황홀하고 찬란하다. 마음이 하나되고 몸이 하나되는 순간 남편과 아내는 비옥한 대지처럼 풍요해진다. 이처럼 부부의 성(性)은 성(聖)이요, 천명(天命)이다. 부부의 성은 조화(造化), 즉 창조의 숨결〔聖〕인 까닭이다.

남편과 아내의 도(道)

도(道)는 길이다. 그중에서도 벗어나지 말아야 할 길이다. 벗어나면 불행을 불러오고 벗어나지 않으면 행복을 가져다 주는 길을 가는 방법을 예부터 오상(五常)이라고 했다. 오상이란 무엇인가? 인의예지신(仁義禮智信)이 바로 그것이다.

어질어라. 그것이 인(仁)이다. 부끄러워하라. 그것이 의(義)이다. 자기를 앞세우지 마라. 그것이 예(禮)이다. 어리석지 마라. 그것이 지(智)이다. 의심하지 마라. 그것이 신(信)이다. 부부가 한평생 자녀들과 함께 가야 할 길 가운데 가장 튼튼한 길은 역시 오상의 길이다. 이 길은 낡았다고 팽개칠 길이 아닌 여전히 사람이 가야 할 길이다. 특히 신(信)의 길을 벗어나지 말아야 한다.

부부가 어질면 자녀도 어질다. 어진 사람은 두려울 것이 없다. 부부가 부끄러워할 줄 알면 자녀도 부끄러워할 잘못을 범하지 않는다. 바른 사람은 어디서나 당당하다. 남을 존경할 줄 아는 부부는 자녀를 떳떳하게 한다. 부부가 현명하면 자녀도 따라서 슬기롭다. 슬기로운 사람은 자신을 잘 살펴 위기를 극복한다. 서로 믿고 사랑하는 부부는 남들이 부러워하는 자녀를 둔다.

아무리 세상이 바뀌어도 어진 길로 가라. 부끄러워하는 길을 피하지 말라. 남을 얕보고 제 자랑하려는 길을 밟지 말라. 항상 지혜의 길을 걸어가라. 그리고 신용의 길을 잃지 말라. 이러한 길을 걸어가자고 약속하고 지키는 부부는 고개를 숙일 일이 없다. 부부에게 있어 오상의 길은 사랑스럽고 건강한 가정을 일구어 가는 가장 튼튼하고 틀림없는 큰길이다.

미래를 만드는 힘

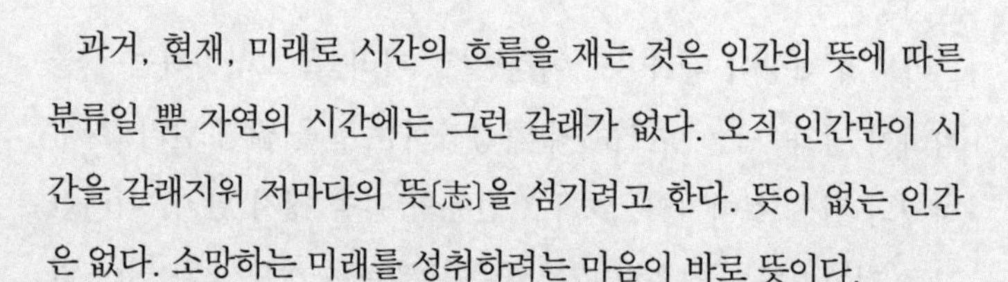

과거, 현재, 미래로 시간의 흐름을 재는 것은 인간의 뜻에 따른 분류일 뿐 자연의 시간에는 그런 갈래가 없다. 오직 인간만이 시간을 갈래지워 저마다의 뜻(志)을 섬기려고 한다. 뜻이 없는 인간은 없다. 소망하는 미래를 성취하려는 마음이 바로 뜻이다.

그 뜻을 공자는 이렇게 밝혀 놓았다. 온고지신(溫故知新). 온고(溫故)는 과거의 것을 살피려는 뜻이고, 지신(知新)은 미래의 것을 알고 성취하려는 뜻이다. 바로 여기서 청년 정신이 무엇인가를 알 수 있다. 청년 정신은 지신을 주(主)로 하여 성취하려는 젊은 정신이다. 젊다는 것은 개척할 미래를 마주하는 장이다.

과거를 살펴 거기에 안주하는 정신은 늙은 뜻이다. 그러나 과거를 살펴 그것을 밑천 삼아 미래로 나아가려는 정신은 젊고 싱싱한 뜻이다. 본래 뜻이란 마음이 가는 바이다. 마음은 어디로 가는가? 과거로 향해 되돌아가면 늙어 버린(낡은) 뜻이요, 미래를 향해 나아가면 새로운(젊은) 뜻이다. 그래서 청년 정신은 미래를 향한다. 이를 청운(青雲)이라고 비유한다.

미래를 만들어 내려는 뜻이 있으면 힘을 얻을 수 있고 길 또한 열린다. 위대한 인물이나 천재만이 미래를 만들어 내는 뜻을 간직하는 것은 아니다. 누구든 오늘보다 나은 내일을 바라는 뜻이 있다면 그 사람이 바로 미래의 주인공이다. 그 사람에 의해서 새로운 삶의 장이 열릴 것이다.

변화하고 발전하려는 뜻이 곧 미래를 만들어 내는 뜻이다. 변화와 발전은 무엇으로 증명되는가? 과거에 없던 것을 새로 만들어 내 새로운 삶을 성취할 때 증명된다. 그러므로 인간이 만들어 내는 미래는 내일이나 내년을 말하는 것이 아니라 새로운 가치가 실현되어 새롭게 전개될 생존의 장을 생각하는 데 있다.

창조하는 마음이 곧 미래를 만드는 마음이다. 미래를 만든다 함은 새로운 것을 일구어 만들어 낸다는 말이다. 새로운 것이란 미래를 뜻하기 때문이다. 낡은 것과 헌 것은 과거의 것이다. 청년 정신은 헐고 낡은 사고에 얽매이지 않는다. 청년 정신은 도전하고 응전하면서 현재를 새로운 미래로 옮긴다. 이것이 바로 창조의 실현이다. 그런 새로운 마음은 늘 궁즉변(窮則變)을 탄다.

신라 때 설총(薛聰)이 이두(吏讀)를 만들어 낸 것, 세종대왕(世宗大王)이 한글을 만들게 한 것, 율곡(栗谷)이 십만양병설(十萬養兵說)을 주장한 것, 다산(茶山)이 수원성을 축조할 때 거중기를 만들어 사용한 것 등 오랜 옛날부터 미래를 만들어 내려는 뜻이 역사의 줄기를 이었다. 이처럼 창조적인 뜻은 역사에 살아남아 오래도록 그 가치를 갖는다.

창조적인 것이 꼭 위대한 업적이 되어야 하는 것은 아니다. 사소한 것일지라도 미래를 만드는 뜻이 될 수 있다.

일제(日帝) 때 내가 살던 마을에 한 노인이 있었다. 그는 가을만 되면 마을 사람들에게 모두 산에 가서 산밤과 도토리를 열심히 줍게 했다. 그런 다음 밤은 말려서 설 찌어 껍질을 벗겨 자루에 넣어 두고 도토리는 우려서 떫은맛을 걸러 내 가루로 만들어 독에 넣어 두게 했다. 그리고 어린아이들에게는 논이나 밭둑에 있는 메뚜기를 잡아서 삶아 말려 독에 넣어 두게 했다. 그리고 감은 홍시와 곶감으로 만들어 저장하고 감 껍질은 가루로 내어 단지에 넣어 두게 했다. 이렇게 하여 우리 마을은 굶지 않고 겨울과 봄을 넘길 수 있었다. 이런 준비가 곧 미래를 향한 뜻[志]에서 이루어진다.

다른 마을은 굶어 부황(浮黃)이 들고 먹거리를 찾아 나서는 유민(流民)이 많았지만 우리는 한 노인 덕에 굶지 않고 보릿고개를 넘기곤 했던 기억을 평생 잊지 못하고 산다. 그 노인은 가을이 오면 식량이 없어 굶게 될 내년 봄을 가만히 앉아 기다리지 않고 헤쳐 나갈 뜻을 폈던 것이다. 배고픈 미래를 속절없이 기다리지 않고 배고픔 없는 미래를 만들려고 했던 그분의 정신이 곧 창조력이다. 그런 노인은 늙었어도 늘 젊다. 그러기에 청년 정신은 젊은이의 것만은 아니다.

부모와 자녀의 교(敎)

부모만 자식을 가르치는 것이 아니다. 자녀도 자라면서 부모를 가르친다. 어린이가 어른의 선생이란 말은 그래서 생겼다. 사물을 새롭게 보고 반가워하는 자녀의 모습을 대견해하면서 부러워하는 부모는 자녀를 일방적으로 가르치려고 해서는 안 된다는 것을 안다. 부모가 자녀를 가르치려고 할 때는 얼마나 지혜로운가를 생각할수록 좋다.

점수를 따져서 지식을 가르치려고 하는 부모는 자녀에게 따돌림을 당하기 쉽다. 그러나 자녀가 살아가는 방법을 터득할 수 있도록 말문을 틀어 주는 부모는 자녀의 동무가 된다. 자녀의 동무가 되어 함께 노는 부모는 즐거움과 슬픔, 괴로움과 고통의 삶을 함께 나누며 이야기를 만들 줄 아는 선생이다. 이러한 가르침은 아주 어려서부터 시작되어야 한다.

가정 교육을 함에 있어서는 지식을 추구할 필요가 없다. 삶에 대한 이야기면 족하다. 어린것들에게 무슨 삶이 있겠느냐고 의심하는 부모는 가정 교육의 핵심을 모르는 부모다. 가정 교육은 모든 것을 이야기로 풀어야만 삶을 가르치는 관계를 맺을 수 있다. 삶을 가르치는 것이 곧 부모와 자녀를 이어 주는 다리이다.

무엇을 가르칠까? 내용을 미리 정할 것은 없다. 그저 삶을 자유롭게 느끼고 생각하는 마음을 가질 수 있도록 이야기를 주고받는다면 부모와 자녀간의 다리는 끊어질 리 없다.

부모와 자녀의 학(學)

자녀만 배운다고 생각하는 부모는 가정 교육을 포기하고 있는 셈이다. 부모가 버젓이 있는데도 자녀를 문제아로 내버려두는 부모가 왜 있는가? 자녀와 함께 삶을 배운다고 믿는 부모 밑에서는 결코 문제아가 생겨나지 않는다.

왜 탕 왕(湯王)은 세숫대야에 날마다 새롭게 산다는 뜻의 일신(日新)이라는 말을 새겨 넣게 했을까? 삶 속에서 무궁무진한 지혜가 샘솟기 때문이다. 날마다 배울 줄 모르는 사람은 먹고 자며 살만 찌는 돼지를 미련하다고 흉볼 수 없을 것이다. 미련한 사람이 무식한 것은 아니다. 다만 어리석을 뿐이다. 왜 어리석어지는가? 지혜를 터득할 줄 모르기 때문이다.

부모와 자녀의 학(學)은 함께 배우는 데 그 묘미가 있다. 자녀는 부모를 따라 배우고 부모는 자녀를 통해 삶의 뜻을 새롭게 터득하는 즐거움을 서로 나눈다. 그러므로 가정 교육은 유별나게 드러내 놓고 가르치고 배우는 식으로 짜여질 필요가 없다.

부모가 꽃 이름을 가르쳐 주면 어린것은 그 꽃의 이름을 기억하기보다는 모양과 색깔을 느끼려는 호기심을 낸다. 이름은 기억되는 것이지만 어린것의 호기심은 상상력이 된다. 그러면 부모도 덩달아 상상력을 타고 새로운 체험의 세계를 맛볼 수 있다. 부모가 지식을 가르치려는 교사가 되면 탈나기 쉽다.

새로운 발견의 기쁨을 자녀와 함께 나누는 부모는 자녀로 하여금 스스로 느끼고 스스로 생각하도록 옆에서 거들어 주며 함께 배우려고 한다. 온 가족이 함께 배우려고 하는 것. 이것이 곧 한가족의 학(學)이다. 이렇게 하면 가정은 항상 새롭다.

부모와 자녀의 반(半)

교학반(敎學半)이란 말이 있다. 가르치는 것〔敎〕과 배우는 것〔學〕이 함께해야 하나가 된다는 말이다. 하나란 온전하고 완전하다는 뜻이다. 가르치는 것은 있으나 배우는 것이 없다면 메아리 없는 울림에 불과하다. 가르침과 배움이 서로 응해 하나가 되어야만 올바른 식(識)이 이루어진다.

식은 무엇을 느끼고 생각해 낯익게 된다는 뜻이다. 즉 식은 알게 되었다는 말이다. 아는 것을 기억하게만 하는 부모가 있다면 그 부모는 독재자와 같다. 독재자는 선생이 될 수 없다.

선생은 길들이는 사람이 아니라 스스로 눈을 뜨게 하는 사람이기 때문이다.

가정 교육에 있어 부모와 자녀는 서로 반(半)이다. 부모가 자녀를 가르칠 때도 있고 자녀가 부모를 가르칠 때도 있는 까닭이다. 무엇이든 일방적으로 부모가 가르치고 자녀가 배운다고 생각하는 부모는 어리석을 뿐이다. 삶을 가르치는 방법과 배우는 방법은 나이순으로 이루어지지 않는다. 어린아이의 선하고 착한 마음이 항상 어른의 선생이 된다는 진실을 잊어서는 안 된다. 그러기 위해서는 먼저 부모부터 자녀에게 선생 노릇을 해야 한다.

현명한 부모는 자녀에게 무엇인가를 귀띔해 주다가 많은 것을 배운다. 감각은 항상 변화한다. 삶의 정은 감각에 따라 온갖 사물을 달리 대하려고 한다. 그래서 생활의 감정이란 것이 다양해지는 것이다. 이런 감정을 무시한 가정 교육은 기계적일 뿐이다. 한가족이 나누는 정은 부모 반(半), 자녀 반(半)이 합쳐져 하나가 된다는 마음에서 두터워지고 깊어진다.

부모와 자녀의 화(話)

하는 말이 들어주는 말로 이어질 때 말은 진실해진다. 상대가 하는 말을 저울질하면서 들으려고 하면 말을 하는 쪽에서도 저울 눈금을 속이려고 한다. 그러면 말의 진실성은 사라진다. 진실을 잃어버린 말은 서로 주고받을 필요가 없다. 그 속에는 억지만 남는 까닭이다

억지로 말을 끄집어내려는 분위기로 이끌어 윽박만 지른다면 벽만 쌓일 뿐이다. 말을 윽박질러 벽을 쌓는 부부도 많고 부모도 많다. 부부 사이의 벽은 하루도 못 가 허물어지는 법이다. 그래서 부부 싸움을 칼로 물 베기라고 하는 게다. 그러나 부모와 자녀 사이에 벽이 쌓이면 날이 갈수록 그 벽이 두터워져 허물기가 어렵다.

부모와 자녀 사이의 벽은 주로 부모 쪽에서 쌓는 편이다. 자녀가 진실을 말해도 믿어 주지 않고 부모 주장만 고집하면 벽이 쌓이게 마련이다. 부모는 자녀의 말을 믿고 자녀는 부모의 말을 믿는 것이 가족의 화(話)이다. 서로 믿으면 말을 묻어 둘 필요가 없다. 그렇게 되면 눈빛만 보아도 서로 통하고 감출 것 숨길 것 없이 서로 통하게 된다. 말이 통해야 마음이 열린다.

절로 먼저 하는 말을 순순히 믿어라. 이것이 서로의 마음을 열리게 하는 열쇠다. 믿지 않고 윽박지르면 마지못해 하는 말이 된다. 마지못해 하는 말은 억지일 수 있다. 그래 놓고서 참말이냐 거짓말이냐를 따지며 윽박지르는 부모가 있다면 그런 부모는 자기 아들딸을 의심하고 죄인으로 다루는 셈이다. 이런

부모는 정말 못난 부모다. 맨 처음 자녀가 하는 말을 참말로 듣고 정중하게 대하는 부모가 자녀로부터 존경을 받는다. 서로 믿는 말이 가족의 화(話)이다.

부모와 자녀의 낙(樂)

열지(說之)라는 말이 있다. 이는 열락(悅樂)과 같은 뜻이다. 걸림 없이 자유롭게 즐거움을 누리고 싶다는 말이다. 이해관계를 완전히 떠나지 않는 이상 열지의 삶은 불가능하다. 그래서 가정을 벗어나면 열지의 삶은 사라지게 마련이다. 가정 밖의 세상이란 본래 이해로 얽힌 밀림과 같기 때문이다.

가정이 왜 아늑한 둥지인가? 이해(利害)를 떠나 서로 사랑하고 이해(理解)하는 마음을 나누고 피붙이들이 함께 사는 곳인 까닭이다. 그러하므로 가정에서는 부모와 자녀가 서로 삶의 열락을 누릴 수 있다.

백지장도 맞들면 가벼워진다. 행복은 나누면 곱절로 불어나고 불행은 나누면 절반으로 줄어든다. 이런 속담은 주로 화목한 가정과 통하는 말씀이다. 부부가 나누는 사랑보다 부모로서 부부가 받는 사랑이 더 흐뭇한 법이다. 누가 부모에게 사랑을 주는가? 자녀가 바친다. 부모와 자녀가 탁구를 하듯이 서로 주고받는 다정이야말로 한가족이 누리는 열지요, 오붓한 가족의 삶이다.

부부 싸움도 하고 부모 자식 간에 냉전이 있을 수도 있으며 형제자매끼리 다투기도 하면서 울고 웃고 얼싸안으면서 살아가는 것이 가족 생활이다. 그래서 아무리 사랑하는 가족들이 일구어 가는 가정이라 할지라도 에덴 동산처럼 될 수는 없다. 행복과 불행이 얽힌 삶이기에 더욱 애틋해 하는 마음을 부모와 자녀가 서로 나누어 갖는다. 이런 나눔이 곧 부모와 자녀의 낙(樂)이다. 그래서 인생은 아름답다.

철든 사람은 누구인가?

철없는 인간들이 많으면 세상도 덩달아 철없어 보인다. 미꾸라지 한 마리가 방죽 물을 흐려 놓듯이 못난 인간 하나가 세상을 어수선하게 하기도 한다. 하물며 못난 인간들이 수두룩한 세상이라면 두말할 나위도 없다. 살기 어렵고 점점 더 무섭고 옹색해지는 것은 세상 탓이 아니라 사람 탓이다.

어린 소녀 가장을 이웃 청년들이 번갈아 가며 성폭행했다는 소식을 들을 때, 술 마실 돈을 주지 않는다고 자식이 제 어머니를 두들겨 팼다는 이야기를 들을 때, 사기를 쳐 남을 속이고 남을 못살게 한다는 말을 들을 때, 부정부패가 드러나 쇠고랑을 찬 높은 사람들이 버젓이 TV에 등장할 때마다 세상에서 인간보다 더 못난 짐승은 없다는 생각이 든다.

세상을 서글프고 답답하게 하는 것은 못난 인간들이지만 그래도 철든 사람들이 철없는 인간들보다 훨씬 많기에 살아가는 맛을 다시게 된다. 아무리 세상이 거꾸로 매달린 것처럼 보일지라도 착한 사람들은 바르게 살려고 땀을 흘린다.

선한 사람은 철이 든 것이고 악한 사람은 아직 철이 없는 것이다. 어린것들은 철모르고 죄를 저지르지만 철없는 인간은 법을 알면서도 법을 어기고 악인 줄 알면서도 악을 범한다. 그래서 철없는 인간은 어디서나 어긋나고 못난 짓을 범한다. 옥살이를 해야만 죄인인 것은 아니다. 나이가 들어서도 나잇값을 못하면 그 또한 인생의 죄인이다.

철없는 인간들이 범하는 못된 짓들을 보면 정신 나간 살덩어리에 불과하다는 생각을 지울 수가 없다. 어떻게 사람이 그렇게 못나고 추하게 되는지 싫어 끔찍해진다. 늑대는 들짐승이지만 늑대를 물지 않는다. 그러나 철없는 인간은 철든 인간을 사정없이 물어 버리는 짓을 서슴없이 저지른다. 그래서 인간은 이제 짐승만도 못하다는 욕을 먹어도 싸다.

사람을 철든 사람, 철없는 사람으로 일컫는 것은 인간을 계절에 비추어 본 것이다. 천지에 봄 · 여름 · 가을 · 겨울이 있듯이 인생에도 철이 있다고 본 것이다. 씨를 뿌려 키우고 길러 이삭을 거두어들이는 일거리가 철따라 짓는 농사다. 인생을 농사짓는 일에 비유해 철든 사람, 철없는 사람으로 나누는 것이 우리네 풍속이다.

누구나 땀 흘린 만큼 거두어들이게 마련이다. 한 되의 땀을 흘렸으면 한 되의 열매를 얻는다. 그러나 한 줌의 땀을 흘리고 한 말의 열매를 얻고자 한다면 그 마음은 사나운 욕심이다. 부질없는 욕심이 곧 철없는 짓이다. 그래서 철없는 짓을 범하면 쭉정이만 남을 뿐 여문 열매를 얻기 어렵다. 이것이 인생이 갖는 진실이다.

그런 진실은 인간에게 사람이 되라고 요구한다. 인생을 소중히 하려면 후덕하고 성실하라.

덕이 없으면 거칠고 모질게 사나워진다. 넉넉하고 너그럽고 흐뭇한 것이 덕이다. 한없이 크고 두터운 사랑이 덕이다. 이런 사랑을 나눌 줄 알아야 철든 사람이 된다. 철든 사람은 덕이 있는 분이다. 그러나 세상은 덕 있는 사람을 믿지 않으려고 든다. 도덕은 대수롭지 않고 재물만이 중하다고 여길수록 철들기 어렵다.

능력 위주로 인간을 가늠해서는 안 된다. 능력은 서열을 지워 차별하려고 한다. 그러나 덕을 소중히 하면 서로 어울려 살아야 하는 지혜를 배울 수 있다. 그런 지혜를 갖추어야 인간은 자신을 더럽고 추한 것으로부터 방어할 수 있다. 그러나 무엇이 더럽고 추한지도 모를 만큼 철없는 인간성이 가장 무섭다.

왜 항상 배워야 하는가?

건방지고 오만한 것은 배움을 그만둔 탓이다. 사람은 배우면 배울수록 얌전해진다. 얌전한 사람은 자신이 모르는 것이 너무나 많다는 것을 알고 있다. 그래서 배운 뒤에야 부족함을 안다고 하는 것이다.

하나 배워서 당장 써먹으려 하는 사람의 속은 깊을 수 없다. 속이 얕아 금방 밑천이 드러나 망신을 당한다. 얕은 물이 시끄럽고 빈 수레가 요란한 법이다. 이는 건방지고 오만한 사람에게 해당하는 속담이다. 그러나 항상 배우려고 하는 사람에겐 세상에 선생 아닌 것이 없다. 공자는 '세 사람만 있으면 그중 한 사람은 내 선생이다' 라고 했다. 공자와 같은 성인도 항상 배움을 잊지 않았던 셈이다.

얌전한 부모 밑에서 착한 자녀가 자란다. 착한 사람은 행하기 전에 반드시 깊게 생각한다. 착한 사람은 항상 차분하고 신중하다. 사람 됨됨이를 배워 원만한 인품(人品)을 유지하려면 무엇보다 착한 사람이 되어야 한다. 착한 사람은 태어나는 것이 아니라 만들어지는 것이다. 그래서 인생은 항상 배움의 길이다.

스스로 앎이 부족한 줄 안다면 세상이 아무리 험해도 겁낼 것 없다. 지식이 부족한 줄 알면 항상 배우려 할 것이고 지혜가 부족한 줄 알면 삶을 바르게 터득하려고 정신을 쏟을 것이기 때문이다. 배울수록 겸손해지는 사람은 여물수록 고개를 숙이는 이삭과 같다. 항상 배우는 자세로 삶을 마주하면 누구나 느끼고 생각하며 이해해 스스로 판단하는 눈을 뜨게 된다. 스스로 삶을 성취할 수 있는 힘을 부단히 쌓기 위해서는 항상 배워야 한다.

가르쳐 보아야 안다

자녀를 학교와 학원에 보내 주는 것을 자녀 교육의 전부로 생각하는 부모들이 많다. 그러나 이런 부모들은 인생이 점수와 성적으로 매겨진다고 착각하고 있는 중이다. 지식을 축적한다고 해서 인간이 되는 것은 아니다. 인간이 되려면 그 됨됨이를 배워야 한다.

지식만으로는 착하고 성실한 인간을 만들 수 없다. 성공적인 인생을 살기 위해서는 무엇보다 먼저 사람이 되어야 한다. 착하고 성실한 마음과 더불어 몸가짐 역시 그러하면 사람 됨됨이가 틈실해진다. 성실한 사람으로 키우는 일이야말로 가장 귀한 교육이다. 이런 교육은 부모를 제쳐놓고 생각할 수 없다.

아무리 지식이 많아도 빈둥거리며 꾀나 파는 사람은 인생을 성공적으로 살 수 없다. 반대로 착하고 부지런하고 책임질 수 있는 인간은 바람직한 인생을 성취할 수 있다. 현명한 부모는 자녀를 성적 때문에 들볶지 않는다. 현명한 부모는 자녀가 빈둥거리며 게으름 피우지 않는 인간이 되도록 모범을 보인다. 이런 모범이 곧 인간이 되게 하는 가르침이다.

지식을 가르치기는 그나마 쉽다. 하지만 삶의 지혜를 터득하도록 가르치기는 어렵다. 삶의 지혜를 가르쳐 사람이 되게 하는 사람을 선생이라고 한다. 가장 높은 칭호가 선생이다. 그런데 지금은 선생이란 호칭을 아무렇게나 쓰고 있다. 그만큼 인간이 오만해진 탓이다.

자녀에게 있어 누가 가장 적합한 선생일까? 두말할 것 없이 부모이다. 성실한 인간이 되는 방법을 말로 하지 않고 몸으로 보여 줄 수 있는 선생은 부모밖에 없다. 이런 부모는 사람 만드는 일은 남에게 맡길 수 없음을 알고, 그것이 얼마나 어려운 일인지도 안다. 그래서 부모로서 선생 노릇을 마다하지 않는다.

회초리는 가치 있다

하초이물(夏楚二物)이란 말이 있다. 싸리나무로 회초리를 만들면 하(夏)이고 가시나무로 매를 만들면 초(楚)이다. 다섯 살

인데 버릇이 없다면 싸릿대로 매를 맞고, 여섯 살이 넘어서도 버릇이 없으면 가시나무로 매를 맞는다. 하지만 이제 이런 가정 교육은 사라지고 없다.

사랑방에 걸린 회초리는 집안의 어린것들에게 선생 구실을 톡톡히 했다. 예전에는 아들의 뺨을 손바닥으로 후려치는 아비를 참으로 못난 아비로 치부했다. 손찌검은 폭력이지만 회초리질은 잘못을 일깨워 주는 데 그 뜻이 있다.

자녀와 함께 놀아 준다고 다 되는 것이 아니다. 버릇없는 자녀를 눈감아주는 부모가 있다면 밑 빠진 독을 만드는 짓을 범하는 꼴이다. 버릇없다는 것은 무슨 뜻인가? 건방지고 얕보고 꾀를 파는 놈이 버릇없는 놈이다. 자녀를 이런 놈으로 팽개쳐 두는 부모라면 가정을 거느릴 자격이 없다.

아버지나 어머니나 매를 들 줄 알아야 한다. 단, 화풀이로 매를 들지는 말라. 매를 들기 전에 왜 맞는지, 왜 종아리를 맞아야 하는지를 차근차근 이야기해 준 다음 회초리를 들어야 한다. 때릴 때는 시늉으로 때려서는 안 된다. 정말 아픔이 가도록 회초리를 대야 한다.

버릇없어 잘못되면 제 인생이 얼마나 아프고 괴로운가를 어려서부터 배워야 잘 자란 나무처럼 여문 열매를 맺을 아들딸이 된다. 자녀에게 험한 말로 상처를 주는 부모는 참으로 어리석다. 정정당당한 자녀를 바란다면 하초이물(夏楚二物)이란 말씀을 새겨 둘 일이다.

선생은 앞서가지 않는다

부모는 자녀의 선생이 되기 위해 참고서 같은 것을 읽을 필요가 없다. 부모는 인생을 가르쳐 주는 선생이지 지식을 가르치는 교사가 아니기 때문이다. 성현의 말씀을 항상 귀담아 들어 자녀에게 좋은 선생이 되려고 노력하는 부모는 자식 농사에 실패하지 않는다.

성현은 누구인가? 이해를 떠나 사는 방법과 사랑하는 방법을 터득할 수 있도록 넓은 마음을 베풀어주는 분이다. 성현은 학비를 요구하지 않는다. 부모는 자녀에게 성현과 같은 구실을 해야지 맞고 틀린 것을 가르치는 교사 노릇을 해서는 안 된다. 부모가 가정에서 선생 구실을 제대로 한다면 그 자녀는 학교에 가서도 교사의 가르침을 받아 공부도 잘하게 되는 법이다.

교사는 제자를 앞서가야 하지만 선생은 제자를 앞서려 하지 않는다. 교사는 항상 제자보다 더 앞서서 새로운 지식을 간직해야 하지만 선생은 제자가 묻는 말에 응하여 스스로 삶에 대한 눈을 뜨게 해 주려고 한다. 교사는 지식을 건네주지만 선생은 삶을 터득하게 하는 후덕한 마음을 찾게 해 준다. 자녀로 하여금 그런 마음을 찾아 터득할 수 있게 마음 쓰는 부모야말로 자녀를 진실로 사랑하는 가정의 선생이다.

어떻게 하면 자녀로 하여금 지혜를 터득하게 할 수 있을까? 해답을 주려고 말 것이며 해답을 얻어내려고 하지 말 것이다. 온갖 사물에 깊은 관심을 갖도록 당부하는 것이면 족하다. 무엇보다 사물을 사랑할 줄 알아야 간절하게 느끼고 깊게 생각할 줄 안다. 이렇게 느끼고 생각하는 마음이 곧 삶을 밝히는 눈이다. 부모는 자녀에게 이런 눈을 뜨도록 해야지 부모의 눈을 빌려 주려고 해서는 안 된다.

되돌아보고 살펴보라

고감(顧鑑)하라. 고(顧)는 되돌아보라는 뜻이고, 감(鑑)은 살펴보라는 뜻이다. 그렇다면 무엇을 되돌아보고 무엇을 살펴보라는 것일까? 바로 나를 되돌아보고 나를 살펴보라 함이다. 왜 나를 되돌아보고 살펴야 하는가? 나에게 인생이 모두 인연(因緣)되어 있기 때문이다.

사랑하는 부부는 서로 말을 아낀다. 현명한 부모는 자녀에게 말해야 할 때를 기다릴 줄 안다. 설령 화가 치미는 일이 생기더라도 현명한 부모는 입을 다물고 때를 기다린다. 되돌아볼 것이 있고 살펴 둘 것이 있는 까닭이다.

분노는 기다리면 줄고 기쁨은 기다리면 불어난다. 이것이 고감의 선물이다. 수시로 인생을 되돌아보고 살피는 부모 밑에서 자란 자녀는 스스로 속을 차릴 줄 안다. 속 차리고 사는 이상 인생의 실패는 없다. 이보다 더 귀한 보람은 없다.

부부가 서로 되돌아보고 살피는 버릇을 들이면 왜 둘이 서로 사랑해야 하는지 절실해진다. 서로 살을 붙이고 의지하며 사는 동반자의 심정은 얼마나 다정한가. 이런 부부 밑에서 자란 자녀는 비뚤어질 리가 없다. 다정한 부모가 자녀의 성장의 거름이 되는 까닭이다.

자녀를 웃자라게 해서는 안 된다. 맹목적으로 자녀를 사랑하는 것은 농부가 곡식에 너무 많은 비료를 주어 웃자라게 하는 꼴이다. 웃자란 곡식은 이삭을 맺을 줄 모른다. 자녀가 이삭을 맺을 줄 모르게 키운다면 온갖 일이 헛되고 만다. 자식 농사를 제대로 짓기 위해서는 자식들로 하여금 왜 속 차리고 살아야 하는지를 깨우쳐 주어야 한다. 이렇게 하려면 부모가 먼저 자신을 되돌아보고 살피려는 마음가짐〔顧鑑〕이 절실해야 한다.

삐삐 인생, 만보기 인생

건강을 잃은 인생은 짐이 된다. 그러므로 인생을 무거운 짚더미처럼 지고 살지 않으려면 무엇보다 건강을 잃지 말아야 한다. 몸과 마음이 두루 건강해야 나름의 뜻을 이룰 수 있고 그래야만 산다는 보람이 열매를 맺는다.

높은 혈압을 낮추기 위해 40년 넘게 태워 온 담배를 사정없이 끊었다. 그러나 내 주변 사람들은 의심스러운 눈초리로 나를 바라본다. 정말 금연할 수 있느냐는 것이다. 이런저런 눈초리에 아랑곳없이 나는 담배를 끊었다. 담배가 내 고혈압의 한 원인이 된다 해서 끊었을 뿐이다.

그리고 지속적인 운동을 하기로 약속했다. 이틀에 한 번씩은 등산으로 1만 보를 걷고, 매일매일 4천 보 이상을 걷기로 했다. 그래서 서랍 속에 팽개쳐 두었던 만보기(萬步機)를 꺼내 허리띠에 찼다. 그렇게 하니 만보기가 내 허리띠에 왕매미처럼 붙어 있게 됐다. 그런 꼴이 젊은이들의 시선을 끌게 될 줄은 미처 몰랐다.

'교수님이 삐삐 찼다는 소문' 이 돌고 있는 줄은 나는 모르고 있었다. 특히 여학생 녀석들이 나만 보면 힐끔힐끔 쳐다보다가 내가 좀 멀어지면 낄낄거렸다. 왜 나를 보고 저럴까? 며칠을 그렇게 보낸 다음 어쩔 수 없이 조교에게 왜 아이들이 나만 보면 수군대다 낄낄거리느냐고 물었다. 그러자 내 방의 조교가 선생님 삐삐 때문이라는 것이라고 하는 것이다.

내가 차고 다니는 만보기가 아이들 눈에는 삐삐로 보였던 게다. 부처님 눈에는 부처로만 보이고 돼지 눈에는 돼지로만 보인다더니 요새 젊은이들의 눈에는 그것이 삐삐로 보였던 모양이다.

조교에게 삐삐가 아니라 만보기라고 네가 좀 알려 주지 그랬느냐고 했더니 조교도 어이없다는 듯이 나에게 물었다.

"선생님, 그럼 삐삐가 아니었습니까?"

허리띠에서 만보기를 떼어 확인시켜 주려고 뚜껑을 열어 보였다. 만보기의 액정판에 2,350이란 숫자가 보였다. 찬찬히 들여다본 조교 녀석이 그제야 "삐삐가 아니라 만보기네요" 하면서 나를 보고 정색했다.

삐삐 인생이 만보기 인생을 알 리 없다는 생각이 들었다. 삐삐 인생은 젊고 만보기 인생은 늙었다는 사실이 분명하다. 인생에도 사계절이 있어서 삐삐 인생이 봄이라면 만보기 인생은 겨울에 해당되리라. 봄은 미래만 열려 있을 뿐 과거를 모른다. 그러나 겨울은 과거만 죽 남아 있을 뿐 미래가 없다. 생(生)은 미래를 열고 사(死)는 미래를 닫는다. 그래서 봄은 삶의 계절이고 겨울은 죽음의 계절이라고 부른다.

내가 만보기를 찬 것은 쥐꼬리만큼 남은 미래를 건강하게 마감하기 위해서다. 병들어 생명을 부지하며 죽음을 기다리는 꼬락서니로 인생을 정리해서는 안 되겠다는 생각에 허리띠에 만보기를 달고 다닌 것이다. 시간이 지나 이것이 삐삐가 아니라 만보기였다는 것을 알고 나면 아이들도 낄낄거리진 않을 게다.

세상이 바뀐 지 이미 오래이다. 과거를 본보기로 삼던 때에는 미래랄 것이 없었다. 오늘도 어제이고 내일도 어제처럼 반복해서 살면 되었던 까닭이다. 그러나 이제 미래는 과거의 지배를 받지 않는다. 그래서 인생관마저 통째로 바뀌었다.

미래는 창조되고 성취되는 것이지 물려지는 것이 아니다. 옛날에는 조상에 따라 양반도 되고 상놈도 되었지만 이제는 자기 하기에 따라 인생이 펴지거나 오므려지는 세상이다. 그래서 만보기 인생은 삐삐 인생이 더 많이 일하면서 살아야 한다는 사실을 안다.

숨가쁘게 살아야 하는 삐삐 인생의 정열과 쉬엄쉬엄 여유를 갖고 살아가는 만보기 인생의 상념이 서로 부딪칠 일은 없다. 어차피 한번 젊으면 한번은 늙게 되어 있는 것이 존재의 법칙이 아닌가. 누구도 그 법칙을 벗어날 수는 없다. 젊은이의 삐삐나 늙은이의 만보기나 별 것 아닌 기계일 뿐 저마다의 삶이 귀할 뿐이다.

들볶으면 되는 일이 없다

자녀를 잘 길러야 한다는 욕심을 부려서는 안 된다. 굼벵이도 구르는 재주가 있다고 하지 않는가. 자녀에게 어떤 재주가 있는지 끊임없이 관찰하는 일로 재미를 삼으면 그만이고 즐거운 일거리를 스스로 찾도록 옆에서 거들면 될 일이다.

장한나처럼 되어야 한다면서 비싼 첼로를 사서 자녀에게 안기는 부모가 있다면, 이창호처럼 되어야 한다면서 아들을 기원에 보내는 부모가 있다면, 그런 부모야말로 정신 나간 부모이다. 자녀가 관심 있어 하는 것이 무엇인지를 살펴서 칭찬할 것과 꾸짖을 것을 찾아내려고 노력하는 부모는 자녀를 그런 식으로 들볶지 않는다.

욕심대로 안 된다고 자녀를 윽박지르는 부모가 있다면 그런 부모는 자식에게 자신의 한풀이를 하는 것에 불과하다. 못난 부모일수록 자녀를 통해 대리 만족을 얻으려고 한다. 자녀는 자랑거리가 아니다. 자녀를 억지로 스타로 만들려고 몰아붙이는 부모는 자녀를 복권처럼 여기는 투기꾼에 불과하다. 자녀는 재산이 아니라 인간이다.

자녀가 무럭무럭 자라 마음이 훨훨 날 수 있게 해 주려는 부모는 무슨 일이 있어도 자녀를 들볶지 않는다. 몇 점이냐, 몇 등이냐를 따지지 않는 부모의 자녀들은 학교를 지겨워하지 않는다. 그러나 어린것을 들볶으면 온 세상이 바위 덩어리처럼 무겁게 느껴져 온통 재미를 잃어버리게 된다. 어린것이 재미를 잃으면 아무것도 하지 못한다. 어려서부터 들볶이기만 하면 싹이 문드러져 결국 망할 뿐이다.

정신 차려, 이 친구야

쓴맛은 처음엔 써도 뒷맛이 달아 입맛을 돋군다. 그러나 단맛은 뒷맛이 구려 입맛을 빼앗는다. 사탕발림에 놀아나 그 속에 푹 빠지면 개미귀신에 홀린 것처럼 방향을 잃는다. 지금 우리 세상에는 사탕발림의 유혹들이 너무나 많다. 세상이 이럴수록 넋 나간 사람이 되면 안 된다. 대낮에 코 베어 가는 세상이란 말이 있지 않는가.

가정을 잘 가꾸던 주부가 이자를 많이 준다는 꼬임에 빠져 빌려 준 돈을 날리고 말았다. 그로 인해 그녀는 화병(火病)에 걸려 몸져눕게 되었다. 남편은 아내의 병이 깊어지자 안절부절못했다. 아내는 그런 남편을 보고 더욱 미안한 생각이 들었다. 결국 아내는 비밀에 붙였던 속사정을 남편에게 털어놓았다.

아까운 돈을 날려 화병을 앓는 아내를 보고 남편은 마음이 놓인다며 웃었다. 이에 아내는 벌컥 하면서 돈을 떼였는데 안심이라니 말이 되느냐며 되받았다. 그러자 남편은 병이 난 원인을 알았으니 안심이라고 타일러 주며 다시 웃었다.

"어서 훌훌 털고 일어나 아이들 기쁘게 해 주어야지. 돈을 날렸다고 화병을 앓으면 두 번 바보가 된 꼴이잖아? 이번 한 번만 사기 당하는 거야. 두 번 당하면 혼내 줄 거야. 이자 많이 붙여 준다는 꼬임에 사기 당한 거야. 세상 물정 모르고 착해서 당한 거니까 훌훌 털어 버려. 이따가 퇴근해서 집에 왔을 땐 다 나아 있어야 돼. 정신 차려, 이 친구야. 남들만 사기 당하는 거 아니야."

남편의 격려에 주부는 그날로 일어났다. 남편이 고마웠고 "정신 차려, 이 친구야" 한 마디가 그녀의 홧김을 꺼 주었다.

주말마다 낚시꾼이 된 부부

탄탄하게 중소기업을 경영하고 있는 친구의 아내가 나에게 전화를 걸어 왔다.

"평일에는 회사 일로 얼굴을 볼 수 없고 주말만 되면 어김없이 낚시질 가는 통에 애들이 아버지 얼굴 잊어버리겠다고 야단이에요. 제발 변 사장에게 낚시질 좀 그만두라고 말 좀 해 줘요. 변 사장은 교수님 말씀이라면 잘 듣잖아요."

“영이 어머니, 그 친구 못됐네요. 내가 만나서 혼내 줄게요. 낚시질 그만두게 하려면 한 가지 방법밖에 없어요. 회사 그만두고 강태공 노릇해서 가족 먹여살리라고 하세요. 그러면 지긋지긋해서라도 그만둘 거예요.”

이렇게 친구의 아내에게 능청을 떨었다.

“변 사장 편만 드시네요. 하여튼 고마워요.”

친구의 아내는 상냥하게 웃으며 전화를 끊었다.

며칠 뒤 그 부부를 한 식당으로 불러냈다. 이런저런 이야기를 하며 저녁 식사를 맛있게 한 다음 친구 아내에게 낚싯대 한 벌을 선물로 주면서 말했다.

“남편 따라서 매주 낚시하러 다니세요.”

이에 친구는 영문을 몰라 어리둥절했다.

그 뒤로 친구는 매주 아내를 데리고 낚시를 하러 다니게 되었다. 그렇게 한 지 십 년이 넘어 지금은 아내의 낚시 솜씨가 대단하다며 내 친구는 자주 푼수 노릇을 한다. 하여튼 그 부부 덕에 나는 가끔 붕어 조림을 맛보고 있다. 그 맛이 구수하고 아삭아삭해 천하일품이다. 십 년 전에 낚싯대 하나 선물하고 몇 달에 한 번씩 맛있는 붕어 조림을 얻어먹게 되었으니 주말 낚시 부부로 만들어 준 내 노릇은 아주 성공한 셈이다.

부부 싸움 첫 라운드

발신자는 없고 수신자만 쓰여 있는 편지가 왔다. 예쁜 봉투에 예쁜 우표가 붙어 있다.

'선생님, 첫 부부 싸움에서 제가 이겼어요. 앞으론 될 수 있는 대로 부부 싸움 안 하고 잘살게요. 선생님 항상 고맙습니다. 연(姸) 올림.'

편지지에는 이렇게 곱게 쓰여 있었다. 다 읽고서야 누가 보냈는지 알 수 있었다.

다섯 달 전에 결혼한 연이가 부부 싸움을 한 모양이다. 든든한 신혼부부인 셈이다. 신혼여행 가서 싸우는 부부가 허다한데 다섯 달 만에 처음으로 부부 싸움을 했다면 훌륭하다. 그리고 첫 싸움에서 아내가 남편을 이겼다니 경사스럽다.

주례를 볼 때마다 나는 항상 싸울 일이 있으면 꽁하지 말고 싸우되 잠자리까지 끌고 가지 말라고 부탁한다. 그리고 첫 부부 싸움에서 아내가 져서는 안 된다고 신부에게 당부한다. 이런 당부에 대한 화답(和答)으로 연이가 편지를 보낸 것이다.

가족을 오순도순하게 하고 가정을 훈훈하게 하려면 아내가 남편보다 더 신경을 쓰게 마련이다. 더 헌신한 사람이 항상 주도권을 잡아야 정당하다고 본다. 남성이 주도했던 조선 시대에도 집안일에 대해서는 남자가 함부로 입질을 하지 못했다.

집안은 언제나 모성 중심으로 단돌이해 가는 것이 순리이다. 그러니 맨 처음 부부 싸움에서 아내가 이겨야만 남자는 남편되기가 참으로 어렵다는 인생의 참뜻을 맛볼 것이다. 연이의 남편은 싸움에서 지고 연이의 짙은 사랑을 품었을 게다.

젖꼭지를 물려야 어미지

시집가서 임산부(姙産婦)가 된 딸을 만나는 기쁨은 말로 형언할 수 없다. 불룩한 배, 거만한 거동 그리고 힘든 숨소리조차도 어느 하나 아름답고 거룩하지 않은 것이 없다. 예뻐 보이기만 하던 딸이 불룩한 배를 내밀고 걷는 품이 황제인 양 의젓하다. 예정일을 달포 앞둔 딸과 함께 산책을 나섰던 일은 잊을 수 없는 추억이다. 배가 불룩한 딸을 졸졸 따라가면서 핏줄이 뭔지 엄마가 되려는 딸이 새삼스러웠다.

공원 나무 아래에 있는 의자에 앉아 조베개와 암죽 이야기를 해 주었다.

"일제 시대 때는 못 먹어서 산모가 젖을 내지 못해 갓난아이가 굶어 죽는 경우가 허다했다. 그래서 며느리가 입덧을 하면 시어머니는 몰래 차조 한 되를 넣은 베개를 만들어 시아버지에게 넘겨주었다. 며느리가 젖을 내지 못하면 갓난아이의 젖을 암죽으로 대신해야 했었다. 암죽거리는 대개 시아버지가 맡았다.

저녁에 조베개에서 조를 한 움큼 집어내 물에 담가 두었다가 첫새벽에 조를 꼭꼭 씹어 약탕에 뱉어 열 숟가락 정도가 되면 두 종지의 물을 붇고 한 종지가 될 때까지 폭 달인 다음 꼭 짜서 배고파 보채는 갓난아이의 입에 넣어 주는 것이 암죽이다. 그 암죽을 먹일 때는 마치 젖을 물리듯이 어미가 아이를 꼭 껴안고 먹였다. 이 아비도 암죽을 먹고 살아나 사람이 됐단다. 너는 젖이 많을 테니 다섯 달 이상은 네 새끼에게 꼭 젖을 물려라. 그래야 정 어미지."

아비의 이야기를 다 듣고 난 딸은 눈물을 글썽거렸다. 그러더니 딸은 무슨 일이 있어도 다섯 달 이상은 젖을 물리겠다고 약속했다. 그 후 딸은 약속을 잘 지켜 외손자를 잘 키우는 훌륭한 어미가 됐다.

세검정을 지날 때면

정자가 들어선 자리는 어디나 산수가 빼어나게 마련이다. 정자는 본래 사람이 사는 집이 아니라 풍월(風月)을 벗하고 풍류(風流)를 즐기던 옛 양반들의 놀이집이었던 까닭이다. 정자는 조선 양반들의 살롱이었던 셈이다. 그래서 정자의 이름들은 대부분 산이나 강 그리고 달과 구름과 나무와 바위 이름을 빌려서 지어졌다.

북악산 서편 자락에 있는 세검정(洗劍亭)은 유별난 정자다. 아마 그런 뜻의 이름을 달고 있는 정자는 하나밖에 없을 게다. 칼을 씻는 정자란 이름은 풍류와는 거리가 너무나 먼 까닭이다. 무인들이 놀았던 정자라면 호방하고 호탕하고 용맹스런 정경이 떠오르게 마련이다. 그러나 세검정을 지날 때면 서글픈 생각이 앞선다. 세검정을 끼고 흐르는 개울과 만나는 홍제천(弘濟川) 개울 소리가 임진왜란에 몸서리쳤던 아낙들의 한숨 소리로 들려와 속상하게 한다. 홍제동을 내리질러 흐르는 홍제천은 지금은 복개되어 개울로 보이지 않는다. 하지만 아무리 복개되었다 해도 홍제천이란 이름만은 잊을 수도 없고 또 잊어서도 안 된다. 홍제천에서 몸을 씻어야 했던 한 많고 가련한 조선의 아낙들을 잊을 수가 없는 까닭이다.

세검정에서는 장수들이 칼을 씻었고 홍제천에서는 여인들이 몸을 씻었다는 사연은 지금도 여전히 우리를 아프게 하고 슬프게 하며 딱하게 한다.

난리가 터지면 물리칠 힘이 없어 궁궐을 비우고 임금이 이리저리 도망다니던 치욕스러운 꼴이 여러 번이었으니 초야(草野)에서 조정만 믿고 살던 백성들은 자연히 외적의 노략질감이요, 노리개감이 되었을 것이다. 이런 분하고 어처구니없는 일들이 홍제천에 있는 세검정을 지날 때마다 생각난다.

왜구(倭寇)가 수도에 입성하여 왕궁을 불태우고 이 거리, 저 거리를 누비고 다닐 때 장안의 여인들은 붙잡히는 족족 능욕을 당했던 모양이다. 어찌 장안의 여인들만 그런 욕(辱)을 보았겠는가. 조선 천지의 모든 여인들이 그런 능욕을 당했을 터이다. 정절(貞節)을 잃은 여인들이 어디 한둘이었겠는가 말이다.

참담한 왜란의 바람이 분 다음 정절을 빼앗긴 무수한 여인들 중에는 고개를 들어 하늘을 보고 살 수 없다는 심정으로 제 목숨을 제 손으로 끊거나 폐인이 된 경우가 헤아릴 수 없이 많았다고 한다. 이 불쌍하고 가련한 여인들을 남녀가 일곱 살이 되면 함께 있어서는 안 된다는 삼강오륜이란 법도로 다스릴 수 있단 말인가. 조선의 임금이나 사대부들이 아무리 염치없는 무리였다 할지라도 그렇게까지는 하지 못했던 모양이다. 줄행랑을 친 나으리들이 장안의 거리거리에 이른바 대자보를 붙이게 했다는 걸 보면 그렇다. 믿거나 말거나 이야기로 전해 내려오는 홍제천의 내력을 알고 보면 수치스럽고 속상해하는 까닭을 알 수 있을 것이다.

그 당시에 붙였다는 대자보의 내용은 아마 이랬을 것이다.

'몸을 앗긴 여인들이 인왕산 너머 산속 개울에 가서 몸을 씻으면 수모와 수치가 없어지고 다시 정절(貞節)의 여인이 될 것이다.'

하여튼 어이없는 일이다.

이런 일이 있은 뒤로 그 산속의 개울에서는 며칠 밤에 걸쳐서 불쌍한 조선 여인들이 몸을 씻는 일로 밤을 지새웠다고 한다. 그리고 아낙들이 치욕을 씻어 내기 위해 몸을 담근 그 개울은 그 뒤로 널리 구제한다는 뜻의 홍제천이란 이름을 얻었다고 한다. 임금이 백성들 앞에서 고개를 들 면목이 없어 뉘우치기 위해 몸을 씻어 홍제천이란 이름을 붙였다면 덜 분할는지 모른다. 그러나 세검정 옆을 지날 때면 밤중에 몰래 몸을 씻어야만 했던 불쌍한 여인들의 넋이 울고 있고 도망갔던 임금이 못났다는 생각이 몰아친다.

생전 처음 보는 신주(神主)

집마다 제사(祭祀)를 모시는 날이 있게 마련이다. 종교에 따라 그 방법은 달라도 망자(亡者)를 생각하는 기일(忌日)은 엄숙하게 맞이하는 것이 인륜이다.

김씨는 53년을 해로(偕老)하다 지난해에 남편을 여의고 첫 기일을 맞게 되었다.

며느리가 밤 9시에 제상을 차리려고 하자 김씨는 제사상은 자시(子時) 무렵에 차려야 한다고 주의를 주었다. 그러자 맏아들이 말했다.

"아버지 때는 자시에 제사를 모셨지만 이제는 저녁 9시경에 제사를 모셨으면 싶습니다."

이에 김씨가 아들에게 물었다.

"9시경이라면 술시(戌時)냐 해시(亥時)냐? 본래 제사는 자시(子時)에 모시는 법이란다."

자시는 밤 11시에서 1시 사이다. 김씨는 오늘이 어제가 되고 내일이 오늘이 되는 자시에 조상을 뵙는 것이라고 새기고 있었다. 그런데 아들이 밤 9시경에 제사를 올리고 싶다고 하자 술시냐 해시냐고 물었던 게다. 그러나 아들이 어머니의 심중을 알 리 없었다.

상차림은 계속되었고 아들은 서툰 붓글씨로 이렇게 지방(紙

榜)을 썼다.

'아버님, 뵙고 싶습니다.'

아들이 쓴 지방을 본 김씨가 다시 물었다.

"신주(神主)는 본래 '현고학생모모신위(顯考學生某某神位)' 라고 해야 하는 것이 아니냐?"

그러자 아들이 말했다.

"저는 아버님을 뵙고 싶은 심정이 절실하지 옛 형식에 매달리고 싶지 않습니다."

아들 며느리 하는 대로 기일을 치른 김씨는 그 다음 날 이래도 되느냐며 나에게 전화를 걸어 왔다. 이에 나는 내 친구의 미망인에게 망자가 훨씬 기뻐할 거라는 말을 전해 주었다. 제례(祭禮)는 형식보다 정성이 훨씬 더 중요한 까닭이다.

몸으로 교육받은 돌잡이

삼 대가 함께 사는 가정은 핵가족보다 훨씬 더 좋은 지혜의 학교가 된다. 살아가는 지혜를 어린것에게 가르치는 데는 조부모만 한 선생이 없는 까닭이다. 할아버지, 할머니 품에서 자란 아이가 버릇없다는 말은 그냥 해 보는 빈말에 불과할 뿐이다. 조부모의 귀여움을 받으며 자란 아이는 세상을 밝게 보는 기

(氣)를 지닌다.

며느리가 옷을 다리기 위해 돌잡이 손자를 토끼장 같은 침대에 가두려고 했다. 그걸 본 시어머니가 왜 그러냐고 하자 며느리는 전기 다리미가 위험해서 그런다고 했다. 이에 시어머니는 그렇다고 아이를 가두면 다리미가 뜨거워 위험한 것인지를 영영 모를 것이 아니냐고 하더니 손자를 보듬고 나와 엄마가 다림질하는 모습을 구경하게 했다.

물론 돌잡이는 벌렁거리며 재를 저질러 대려고 했지만 시어머니는 얼쑤얼쑤 얼러 주기만 할 뿐 손자의 기를 꺾지 않았다. 며느리가 낄낄거리며 다림질을 다한 다음 다리미를 치우려 하자 시어머니는 이번에는 다리미를 그냥 놔두라고 했다.

"뜨거워서 위험한데요?"

"에미야, 안다. 그래도 그냥 그대로 내버려둬. 괜찮아."

돌잡이가 다리미를 만져 보려고 버둥대자 시어머니는 손자를 꼭 보듬고 다리미 쪽으로 갔다. 아이는 조막손 검지를 쭉 내밀어 다리미 바닥 가장자리로 검지를 가까이 가져갔다. 잠시 후 뜨거움을 느낀 조막손 검지는 얼른 뒤로 물러났다. 할머니는 에비에비 하고 웃으며 겁을 주었다. 돌잡이는 강아지처럼 거실 바닥을 휘젓고 다니면서도 뜨거운 다리미는 용하게 피해 갈 뿐 만져 볼 생각은 내지 않았다. 할머니가 뜨거운 것을 몸으로 가르쳐 준 까닭이다. 이런 것이 바로 지혜의 가르침이다.

무턱대고 돈을 주면 되나

고교 동창 하나가 나에게 전화를 걸어 왔다. 그러더니 너희 학교 교과서 대금은 뭐 그렇게 비싸냐며 꼬집었다. 그 친구 막내가 신입생으로 들어온 것을 알고 있는 터라 나는 그 의미를 단번에 알아들었다. 대개 신입생들이 부모를 등쳐 턱없이 많은 교과서 대금을 후려내 미팅 자금으로 쓴다는 것을 알고 있었기 때문이다.

"막내가 얼마 달라고 했어?"

"사십 얼마래."

"그래, 그래도 자네 막내 녀석은 간이 작구먼."

"무슨 말이야?"

"칠십 얼마라고 등친 놈도 있거든. 그런데 돈은 이미 줬나?"

"책값이라는 데 안 줄 수 있어. 제 에미가 줬나 봐."

"무턱대고 돈을 주면 되나. 이미 주고서 웬 불평이야."

다음 날, 그 녀석을 내 연구실로 불렀다. 녀석은 더부룩한 머리를 벅벅 긁어 대며 죽을상을 지으며 들어와 내 앞에 섰다. 빈 의자에 앉으라고 한 다음 그놈에게 어제 아버지하고 통화한 내용을 일러 주었다. 그랬더니 그놈은 "참 엄마는……" 하면서 제 어머니를 원망하는 것이었다.

"너 이놈, 얌전해서 해마다 세뱃돈도 두둑이 줬었는데 이제

대학생 되더니 부모를 등쳐먹겠다는 거냐? 이왕 사기 쳐서 훔쳐낸 돈이니 헛되게 쓰지 말고 교과서 먼저 사 놓고 나머지 돈은 두 달간 용돈으로 써. 그러면 네 아버지한테 잘 말해 줄게. 알았어?"

며칠 뒤 그 친구 집에서 바둑을 두게 되었다. 차를 내 온 부인에게 불쑥 말했다.

"막내가 교과서 값이라며 등쳤다지요? 앞으로 두 달 동안은 돈 주지 마세요."

그러자 부인이 남편을 쏘아보며 고자질로 막내를 무안하게 했다는 막사랑을 드러냈다. 자식이 뭔지…… 흠도 덮어 주려 한다.

봐줄 수 없는 가정

60평짜리 빌라에 산다고 떵떵대던 가정이 있었다. 가족들은 모두 비싼 옷을 걸치고 가족 넷에 자가용이 모두 네 대이고 김치 냄새가 싫다며 커피 한 잔, 빵 한 쪽으로 아침을 때운다고 했다. 60평짜리 빌라는 셋집이고 제 집을 갖고 신경 쏟을 일이 뭐 있냐고 거들먹거리며 멋지게 산다는 가정이 있었다.

그 가정은 2년 뒤에 50평짜리 전세 아파트로 이사했다. 빌라에서 아파트로 변했을 뿐 변한 것은 없었다. 거실에는 양주 라운지가 있었고 베란다에는 골프 세트가 멋을 부리며 멋지게 서 있었다.

그 가정은 다시 2년 뒤 신도시에 있는 45평짜리 아파트로 이사했다. 네 대였던 자가용은 두 대로 줄었다. 베란다에 있던 골프 세트와 거실의 양주 라운지가 사라졌을 뿐 여전히 비싼 외제 옷을 입고 김치는 매워서 먹을 수 없다며 야채 샐러드를 즐기는 호사스런 가정이 있었다.

하는 사업이 별찮아지자 전세를 줄여서 호사스런 가정 생활을 이어간다는 그 가정은 참으로 알 수 없는 가정이라는 생각이 든다. 그렇다고 인생관이 틀려먹었다고 흉보기도 그렇다. 제 잘난 맛에 사는 세상이니 상식에서 어긋났다 한들 탓할 것도 없다.

그러나 인생은 내리받이고 줄줄이 이어지는 인연이라고 하지 않는가. 부모의 버릇은 자녀에게 물려지게 마련이다. 호사스런 버릇을 물려주는 것이 좋겠는가 아니면 알뜰한 버릇을 물려주는 것이 좋겠는가? 이런 문제는 부부가 아닌 부모로서 깊게 생각해 봐야 할 문제다. 자녀에게 물려줄 수 있는 틀림없는 유산은 검소한 버릇이라는 상식을 팽개치는 가정을 멋지다고 할 수는 없다.

재봉틀 옆에 있는 반짇고리

내가 주례를 봐준 도 군의 집에는 두 가지 귀한 물건이 있다. 모두 도 군 아내의 친정 어머니가 물려주신 것으로, 하나는 Singer라는 상표가 붙은 재봉틀이고 다른 하나는 오색 헝겊 조각들로 장식된 반짇고리이다. 도 군은 이 두 물건이 가보(家寶) 1호, 2호라고 자랑했다.

재봉틀은 무려 1백 년이 넘었지만 여전히 잔고장 없이 옷가지를 깁는 데 아주 편하다고 한다. 하기야 옛날 혼숫감으로 '싱가미싱'이 최고였다는 것은 나도 잘 알고 있다.

나는 재봉틀보다 반짇고리에 관심이 더 갔다. 도 군이 반짇고리를 열어 보이는데 앳되 보이는 아이 엄마가 들어와 얼굴을 붉힌다.

반짇고리에는 가는 바늘쌈, 굵은 바늘쌈이 골고루 들어 있고 무명실, 당사실, 여러 색실 등을 감은 실패들이 올망졸망 끼어 있었다. 그리고 온갖 색깔의 헝겊들이 소복하게 반짇고리를 채우고 있었다. 그런 반짇고리를 보니 먼먼 옛날 내 어머니가 등잔불 밑에서 바느질하던 모습이 겹쳐 와 가슴이 뭉클했다.

멍한 나를 알 길이 없는 도 군은 저것이 가보 3호라며 식탁 쪽을 가리켰다. 거기에는 큼직한 쪽보가 돌상을 덮고 있었다. 식탁으로 가서 색색의 헝겊을 붙여 만든 알록달록 찬란한 쪽보를 보았다. 도 군이 말했다.

"집사람이 저 쪽보를 만들 때 우리 돌잡이는 뱃속에서 돌돌 돌아가는 재봉틀 소리를 들었어요. 첫돌 기념으로 집사람이 만든 쪽보로 돌상을 덮었어요. 선생님, 맛있게 많이 드십시오."

"먼 옛날 우리 어머니도 나를 무릎에 앉혀 놓고 저런 쪽보를 만들었지. 도 군, 정말 장가 잘 갔어. 가장 아름다운 여인을 아내로 삼았으니까."

마음에 햇살이 내리게

불행한 사람은 누구일까? 마음이 캄캄하고 막막한 사람이다. 마음속을 어둡게 막아 두어도 불행하다. 불행이 밖에서 온다고 여기는 사람은 불행을 이겨낼 수 없다. 마음먹기에 따라 불행의 늪에 빠질 수도 있고 거기서 빠져나올 수도 있다고 여기는 사람은 불행을 견디고 이겨낼 방법을 찾는다. 그 방법이 곧 행복이다.

행복한 사람은 누구일까? 아침 햇살처럼 투명하고 하늘처럼 막힘 없이 환한 마음씨를 누리는 사람이다. 행복은 가벼운 깃털과 같고 상큼한 풀꽃과 같기 때문이다. 그것은 값비싼 보석도 아니며 샤넬의 향기도 아니며 예금 통장도 아니다. 편안하고 즐거운 마음, 그것이 곧 행복이다.

행복이 호주머니 속에 있다고 여기는 사람은 불행하다. 행복이 지위나 권세, 명성에 붙어 있다고 믿는 사람 또한 불행하다. 제 집을 잃어버린 벌처럼 왕왕 거릴 뿐 몸둘 바를 모르는 사람은 알뜰한 가정이 안겨 주는 행복을 모른다. 행복을 거창한 것이라고 믿는 사람도 행복을 만날 줄 모른다. 그러나 행복을 체험하고 누리는 사람은 사소한 것에서도 행복을 만난다.

재물이 행복의 담보가 아니라는 사실은 참으로 다행스럽다. 행복이 돈으로 사고팔 수 있는 것이 아니라 더욱 다행스럽다. 만일 행복을 돈으로 사고팔 수 있다면 부자는 행복을 누릴 것이고 가난한 사람은 싸구려 행복조차도 사지 못할 것이 아닌가. 그러나 행복은 지갑 속에 없다. 오로지 마음속에 달려 있어서 행복에는 귀천(貴賤)이 없다. 행복의 샘물이 사람의 마음에 있다는 것은 얼마나 축복인가.

그러나 가난한 사람의 마음은 부유하고, 부유한 사람의 마음은 가난하다는 말씀이 얄미울 때가 있다. 부유하면 행복하고 가난하면 불행하다는 생각이 맞는 것 아니냐고 따지고 싶을 때가 허다하다. 그래서 누구나 가난보다는 부유해지기를 바라게 마련이다.

돈이 많으면 살기 편리한 것은 분명하다. 그렇다고 편리한 삶이 곧 행복일까? 차를 살 수 없어 걸어다니는 사람보다 차를 타고 다니는 사람이 더 행복할까? 이렇게 물어본다면 분명해질 것이다. 행복은 형편에 따라 있지 항상 없는 것은 아니다. 인생은 행복과 불행을 번갈아 주지만 인간은 불행을 멀리하고 행복을 가까이하고 싶어할 뿐이다.

참으로 불행한 사람이란 마음이 옹색한 자이다. 마음이 옹색하면 속속들이 천해 보인다. 외모를 번지르르하게 꾸민다고 해도 그러한 천박함은 감추어지지 않는다. 불행할지언정 돼지 같은 행복은 원치 않는다는 사람이 있다면 그 사람은 행복 가까이에 머물러 있는 편이다.

황금을 탐하던 한 임금이 있었다. 그러나 무엇이든 만지기만 하면 황금으로 변하는 행운을 얻은 임금은 자신이 사랑하는 공주를 만져 황금 덩어리로 만들어 버렸다.

이 우화는 무엇을 말하고 있는가? 사랑하는 딸 대신 황금을 택할 어머니나 아버지가 있을까? 이 세상에 그런 부모는 없다.

불행의 근원은 행복을 탐하는 데 있다. 사나운 탐욕은 모든 행복을 잡아먹는 불가사리와 같다. 돈이 많으면 행복이 보장된다고 말하지 말라. 행복을 누리는 사람은 사랑하는 방법을 아는 사람이다. 사랑하는 방법은 수수하고 작은 것에서 발견된다.

행복은 사소한 것을 사랑할 줄 아는 마음에서 그 싹이 튼다. 그 싹이 마음으로 하여금 고마움을 알게 하는 비밀을 키워 준다. 고맙게 여기는 마음이 곧 마음의 햇살이다. 감사할 줄 모르는 마음은 인색하고, 인색한 마음은 용서할 줄 모르고 엉큼하다. 꽉 닫힌 마음은 행복이 싹트지 못하는 불모지와 같다. 행복하고 싶은가? 그렇다면 사소한 것에 기뻐하고 마음을 열어 환하게 하라.

이웃을 모르고 살아서야

이제 이웃사촌이란 속담은 옛말이 되고 말았나? 이웃 사람을 만나도 인사 한 마디 없이 어색한 표정만 짓고 스쳐 지나 버린다. 어른들이 이 모양이니 어린것들은 말할 필요도 없다. 이웃 어른들을 만나도 당신 누구냐는 듯이 흘깃거리고 만다.

어색한 표정을 짓느니 살짝 웃으며 안녕하시냐고 인사를 던지는 것이 마음 편치 않는가? 아이들에게 이웃 분들을 만나면 상냥하게 인사하라고 가르치는 일이 그렇게 어렵단 말인가? 이웃을 모르고 냉랭하게 산다고 해서 사생활이 보호받는 것은 아니다.

서로 염탐하기 위해 이웃을 알자고 하는 것이 아니다. 이웃끼리 서로 돕고 정을 나누며 살자는 것이 이웃사촌이란 인심이다. 이웃끼리 서로 돕는 마음을 간직하면 이웃이 울이 되어 어려운 일을 당해도 스스럼없이 도움을 주고받을 수 있다. 이런 따뜻한 정을 멀리하고 서먹서먹하게 이웃을 멀리 두고 사는 것은 어리석은 일이다.

냉랭한 이웃이 있으면 그 이웃이 먼저 따뜻해지기를 요구하지 말고 먼저 내 편에서 따뜻한 정을 건네주면 된다. 냉정(冷情)은 온정(溫情)을 만나면 녹을 수밖에 없다. 녹지 않는 얼음이나 얼지 않는 물은 없다. 본래 정이란 따뜻한 것이다. 그런

정을 몰라주면 차가워진다. 이웃끼리 정을 따뜻하게 나누고 살면 서로 돕는 마음이 드러나 착하고 알뜰한 삶이 이웃 사이에 오고간다.

이웃을 시샘해서야

속이 좁은 사람이 시샘하는 법이다. 시샘은 남이 잘되는 것을 아니꼬워 하는 꽁한 마음에서 나온다. 그러나 마음이 넉넉한 사람은 남이 잘되면 기뻐할 뿐이다. 무턱대고 부러워하지 마라. 알맞게 사는 것이 마음 편하다. 속 태우며 산다는 것은 사서 하는 고생이다.

요즘 세태를 보면 이웃끼리 시샘하고 경쟁하듯 물건을 사는 못된 유행이 돌개바람처럼 불고 있다. 한 집에서 커튼을 갈면 줄줄이 질세라 멀쩡한 커튼을 갈고, 한 집에서 소파를 바꾸면 덩달아 소파를 바꿔 치우고, 한 집에서 냉장고를 큰 것으로 바꾸면 자기 집은 더 큰놈으로 바꿔야 직성이 풀린다는 듯이 바꾼다. 서로 시샘하며 경쟁하는 꼴을 보면 난장이 따로 없다는 생각이 든다. 이런 꼴은 부글거리는 거품일 뿐이다.

가정은 비교의 대상이 아니다. 이웃 또한 비교의 대상이 아니다. 저마다 형편에 따라 알맞게, 분수에 맞추어 생활을 경영해 가면 된다. 분수에서 벗어난 가정은 적자를 면할 수 없다. 가정 경제에 빨간 불이 켜지면 가족들이 오순도순 살기가 어려워진다. 이런 불행은 이웃끼리 시샘해서 오는 허세와 허영에 대한 벌이다.

시샘 탓에 비싼 옷을 사 입은 적은 없는가? 시샘 탓에 외제 가구를 탐한 적은 없었는가? 시샘 탓에 유명한 그릇 세트를 멋으로 산 적은 없는가? 이렇게 자문해 보고 솔직히 없었다면 알뜰살뜰 가정을 일구어 간다고 자부해도 좋다. 그러나 세태가 조장하는 시샘 경쟁에 한 번이라도 물든 적이 있다면 당장 뉘우치고 다시는 그런 시샘에 놀아나지 않겠다고 다짐해 두는 것이 좋겠다.

이웃사촌이란 이런 것

'엄마, 보고 싶어. 너무나 기쁘고 감동적인 소식이 있어서 편지로 쓰는 거야. 고국을 떠나 그동안 백인 마을에서 항상 외롭다는 마음으로 이웃을 만나도 그냥 "하이(Hi)" 하고 인사만 하며 지냈었어. 그런데 만나는 이웃 아줌마들이 내 불룩한 배를 보며 예정일이 언제냐며 관심을 보였어. 왜 그러나 싶었는데 오늘 이웃에서 차 한 잔 하자며 나를 초청했어. 지금까지 없던 일이라 무슨 일인지 몰라 뭐했지만 초청했으니까 그냥 별 생각 없이 차 한 봉지 들고 갔지. 그런데 가서 정말 놀랐어. 그 사람들은 나를 주인공으로 불렀던 거야. 이웃 아줌마들이 나에게 순산하라며 용기를 줬어. 임산(臨産)에 대한 한국 풍속도 묻길래 아는 대로 이야기했더니 정말 관심 있게 들어주는 거야. 파티가 한 30분 지났을 쯤 태어날 아이를 위해 준비했다며 갖가지 옷가지를 선물로 주지 않겠어. 다 헌것들이었어. 그치만 깨끗하게 손질해서 잘 보관해 두었다가 이웃에 임산부가 있으면 서로 돌려 가며 다시 쓰는 거래.

엄마, 그 순간 정말 이웃사촌이란 이런 거구나 싶었어. 감사하다는 말을 남기고 나올 때 가장 나이 든 아줌마가 내 귀에 속삭였어.

"아이에게 입힌 다음 작아지면 다시 나누어 쓰게 잘 두어요."

엄마, 난 그 말을 듣고 많이 반성했어. 옷은 얻어 입는 것이 아닌 줄 알았거든. 그런데 그게 아니야. 어린아이들 옷은 금방 치수가 달라지니까 멀쩡한 것을 버리면 안 되겠다는 생각이 들었어. 어린아이의 옷가지들을 이렇게 돌려 가며 다시 쓰는 지혜에 감탄했어.

엄마, 앞집 남기 어머니한테 남기가 입던 옷 얻어 놔. 내 아이에게 입힐 거야. 엄마도 감동받았을 거야. 안녕.'

이상은 출산 예정일을 한 닷새 앞두고 딸이 멀리서 보낸 편지글이다.

애호박이 이웃사촌을 알지

호박은 목숨이 질겨 어디에 심든 잘 자란다. 본래 호박은 밭두렁에 심고 애호박은 담 모서리 쌈지 땅에 심는다. 특히 애호박은 담을 타고 긴 넝쿨을 뻗어나며 호박꽃을 피우고 여름 한철 골목 풍경을 주름잡는다. 그러나 요즘은 담을 휘감는 애호박 넝쿨을 보기가 어렵다. 농촌도 많이 도시화되어 돌담을 곁들인 집이 없어진 까닭이다.

옹기종기 집들이 모여 있는 마을 돌담 기슭에 애호박을 심어놓으면 물외(참외에 대하여 오이를 달리 이르는 말) 같은 열매가 여기저기 달린다. 그러면 어느 집에서 심었든 자기 집 돌담에 달린 애호박을 그냥 따다 반찬감으로 삼으면 되었다. 물론 애호박을 그냥 따다 먹지는 않았다. 애호박을 심은 집에 새우젓 같은 것을 한 종지 담아 선물하는 정을 나누었다. 호박 나물에는 새우젓이 제격인 까닭이다.

'담을 타는 애호박이 이웃사촌을 알지.' 애호박이 다른 먹거리를 서로 나누어 먹는 미풍을 더해 주기에 그렇게 말하는 것이다. 풋고추를 먼저 따도 이웃끼리 나누어 먹고, 가지를 먼저 따도 역시 나누어 먹고, 햇감자를 먼저 캐도 서로 나누어 맛을 보는 것이 시골 농촌 마을의 옛 정경이었다.

이웃끼리 먹거리를 나누는 정경을 가장 돋보이게 하는 놈이 바로 담을 타고 이 집 저 집을 넘나들며 주렁주렁 맺는 애호박이다. 그래서 애호박이 누렁 호박보다 후하다는 말이 생긴 것이다. 네 것, 내 것 따지지 않고 편히 따다가 한여름 살짝 데친 호박 무침을 해 먹으면서 이웃이 고맙다는 정을 다시며 살았다. 이렇게 옛날 이웃들은 서로 정을 나누면서 오순도순 살았다.

밭에서는 돌멩이를 던지지 마라

밭은 흙 살이 얕아 돌멩이들이 많다. '어른이 밭 거름 한 바지게 져다가 뿌리거든 아이들은 돌멩이 열 개를 주워다 밭두렁에 놓아라.' 이 말은 지게를 져서 농사짓던 옛날에 흔히 하던 말이다. 그러나 밭에서 돌멩이를 치운답시고 멀리 던졌다간 꾸중을 들었다.

"던진 돌멩이가 어디로 가겠니. 내 밭에 돌멩이가 싫다고 남의 밭에 던지면 되느냐. 썩 가서 던진 돌을 주어다 밭두렁에 놓아라."

밭두렁에는 작은 돌멩이들이 많다. 밭에서 주워 낸 것들이다. 밭이 옥토(沃土)가 되려면 오랜 세월이 걸린다. 잔잔한 자갈까지 주워내 흙을 부드럽게 해야만 거기에 심은 밭곡식이 뿌리를 잘 내려 실한 열매를 맺는다. 땅을 기름지게 하려고 퇴비를 넣어도 잔 자갈이 많으면 소용없다. 퇴비와 흙이 잘 섞여야 곡식이 거름발을 잘 받는다. 그래서 밭에 돌멩이가 보이면 즉시 주워다 밭두렁에 놓아두는 것이다.

옛날 노인들은 손괭이를 지팡이 삼아 들고 다녔다. 논밭길을 돌아다니며 내 논, 네 논 가릴 것 없이 논두렁이 튼튼한지 살펴 주었다. 그러다 논두렁이 부실해 방죽이 무너질 위험이 있으면 논 주인에게 알려 미리 방천(防川)을 하게 했다. 밭길을 가다가 밭에 돌멩이가 눈에 뜨이면 손괭이로 파내 두렁에 얹어 주고 갈 길을 갔다. 누구네 논이냐 밭이냐를 따지지 않고 모두 내 논, 내 밭처럼 눈길을 주고 갔다. 다 인연이 있어 모여 사는 이웃이 아닌가. 생색내려고 도와주는 것이 아니라 서로 돕고 사는 것이 몸에 배어 돕는다는 생각 없이 당연히 그렇게 해야 한다고 믿고 옛날 이웃들은 정을 나누며 살았다. 밭에서는 돌멩이를 던지지 마라. 이는 이웃간에 나누며 사는 정(情)을 말함이다.

어질게 사는 것

삶이란 생사(生死)의 사이를 말한다. 사람은 그 사이를 그냥 주어진 대로 보내지 않고 부단히 변화시키면서 보내려고 한다. 이러한 욕심이 문화를 이룩하고 역사를 이루었다. 그래서 사람은 여타의 짐승들과는 다른 삶을 성취한다.

하루살이는 비록 하루를 살아도 증손자를 보고 죽음에 이른다는 게다. 그렇다면 하루를 사는 하루살이가 사람보다 더 오래 사는 셈이다. 왜냐하면 사람이 수(壽)를 누려 증손자를 보게 되는 경우는 별로 흔치 않기 때문이다. 그러니 시간의 길이로 목숨의 삶을 따질 것은 아니다. 이를 두고 명(命)이라 한다.

사람이 누리는 문화나 역사는 무엇일까? 만일 사람이 왜 사는가를 묻지 않고 어떻게 살아야 하는가를 묻지 않는다면 아마도 그것들은 형성되지 않았을 것이다. 그러므로 문화나 역사는 인간들이 제시하는 삶의 이유와 방법에 대한 해답에 속한다. 그러한 해답들은 시대와 장소에 따라 다르게 나타날 수는 있지만 언제 어디서나 사람이 왜 살고 어떻게 살아야 하는가를 부단히 묻고 답하려는 버릇은 버릴 수 없다. 이것이 인간의 숙명(宿命)이다.

지금 우리는 '왜 사느냐' 라는 질문에 어떤 해답을 내리고 있을까? 하루에 한 번만이라도 스스로에게 '나는 왜 사는가?' 라고 묻는다면 삶의 낭비는 훨씬 줄어들 것이다. 모든 사람들이 남을 위해서 산다는 생각을 갖는다면 도둑도 없어질 것이고, 부정부패도 사라질 것이고, 어지럽고 소란한 세태도 없어질 것이다. 그러면 사람도 어질어지고 세상도 따라서 어질어진다.

그러나 나를 위해 산다는 생각이 강하면 강할수록 행동은 경쟁의 생리를 강하게 지니게 마련이다. 남을 이겨내야 하는 까닭이다. 현대인은 경쟁의 시대에 산다. 그러한 경쟁이 우리 모두를 위한 경쟁이 아니라 나만을 위한 경쟁이 되면 졸부의 세상이 되기도 하고, 권력을 남용하고 보통 사람들이 억울함을 당하는 세태가 된다. 우리는 지금 그러한 병을 앓고 있는 중이다.

지금 우리는 '어떻게 사느냐' 라는 질문에 대해 어떤 해답을 내리고 있을까? 아마도 저마다 잘살아야 한다는 방향에서 그 해답을 찾고 있을 것이다. 이 세상 어느 누가 못살기를 바라겠는가. 누구나 잘살고 싶은 것이 사람의 본능이다. 이 또한 인간의 숙명이다.

그렇다면 어떻게 사는 것이 잘사는 것인가? 남이야 죽든 말든 나만 잘살면 된다는 생각은 항상 못된 삶의 수단으로 그치고 만다. 다른 사람들은 못살고 나만 잘살기 위해서는 울담을 높여야 할 것이고 비밀 통장을 감추어야 할 것이다. 훔친 것이 많은 사람이 도둑을 겁내는 법이다. 훔친 것이 없는 사람은 도둑을 무서워하지 않는다.

도둑질한 것을 훔친 도둑은 부끄러워하지 않고 훔친 것을 도둑맞은 쪽은 도둑을 잡아 달라고 신고하지 못한다. 그래서 어느 도둑이 고관(高官)이나 부호(富豪)의 집을 털면 뒤탈이 없고 보통 사람의 집을 털면 뒤가 시끄럽다고 푸념을 했다는 게다. 부끄럽지만 지금 우리 세태를 보면 도둑질로 얼룩진 꼴들이 여기저기 흉한 흉터처럼 남아 있어 부끄럽고 민망하다. 이는 어질지 못한 탈이다.

'윗물이 맑아야 아랫물이 맑다.' 이렇게 단서를 달아 둘 것 없다. 윗물이 흐릴지라도 아랫물이 맑으면 세상이 버티고, 아랫물이 흐릴지라도 윗물이 맑으면 세상을 건질 수 있는 까닭이다. 위아래가 두루 맑으면 세상은 튼튼해지지만 위아래가 두루 흐리면 세상은 벼랑에 매달린 꼴이 되고 만다.

불과 몇 년 전 우리는 국민총생산 1만 달러 시대가 열렸다고 덜렁거리다 IMF라는 뒤통수를 얻어맞고 소득은 절반 아래로 절하되고 빚내서 홍청망청했다는 손가락질을 당했다. 왜 그런 흉하고 더러운 꼴을 당했는가? 우리 모두가 어질고 현명하게 살지 못한 까닭이다.

풀밭에 오줌 누지 마라

지금은 인간의 분뇨(糞尿)가 골칫거리가 되었지만 60년대 이전만 해도 분뇨는 더할 나위 없는 거름이었다. 요즘처럼 비료가 흔치 않아 똥오줌이 비료를 대신했기 때문이다.

어른들은 들길을 가다가 아이가 오줌을 누고 싶어해도 풀밭에 그냥 방뇨(放尿)하지 말라고 가르쳤다. 아무리 급해도 길을 벗어나 논이나 밭에 가서 누라고 타일렀다. 그렇게 해서 오줌이 얼마나 귀한 것인지를 아이들이 터득하게 한 것이다.

옛날 노인들은 손자를 앞세우고 들나들이 하는 것을 낙(樂)으로 삼았다. 손자가 돌밭 길가에 오줌을 싸면 노인은 얼른 두 손을 움켜 오줌을 받아 논이나 밭에 뿌리기를 마다하지 않았다. 그러면서 손자에게 이렇게 가르쳐 주었다.

"이놈아, 풀밭이나 돌밭에 누지 말고 논에다 누어야지. 벼는 오줌을 제일 맛있어 한단다."

누구나 길을 가다 오줌을 누고 싶을 때면 어김없이 논이나 밭 가운데로 갔다. 그 논밭이 누구의 것인가는 문제되지 않았다. 논밭은 그냥 땅이 아니라 곡식이 자라는 터다. 잡초가 무성한 풀밭에 왜 귀한 오줌을 버리느냐? 논밭에 거름을 주면 그만큼 곡식이 잘 자란다. 이러한 마음 씀씀이가 곧 이웃 간의 정이다.

꼭 가까이 사는 사람들끼리만 통하는 것이 이웃 간의 정은 아니다. 이웃 간의 정은 사회 생활의 정으로 확대된다. 보잘것없는 오줌 한 방울에서도 서로 돕고 살아야 함을 느낄 수 있게 하는 것이 이웃 정이다. 서로 돕고 해가 되지 않게 하려는 심정이 넓은 뜻의 이웃 정이다. 이웃 정이 고을의 인심이 되고 나라의 민심이 되는 세상이 되어야 살기가 훈훈해진다.

길모퉁이 신기루 할아버지

한 초등학교 담벼락 모서리에 헌 신발을 고쳐 주는 수선 가게가 있었다. 주인은 나이가 일흔이 넘은 노인이었다. 초등학교 아이들은 그분을 할아버지라고 불렀다. 그분은 날마다 등하교 시간만 되면 어김없이 노란 깃발을 들고 교통정리를 해서 아이들이 안전하게 해 주었다. 노란 병아리 같은 어린것들이 "할아버지, 안녕" 하면 노인은 "조심해서 잘 가"라고 화답한다. 그런 광경은 언제 봐도 정겨웠다.

그분은 외로운 노인이 아니었다. 점심 짬이 되면 언제나 곱게 늙은 할머니가 도시락을 가지고 나왔다. 가끔은 훤칠한 아들이 와서 열심히 헌신을 깁는 아버지를 옆에서 모시다 가곤 했다. 아들은 자그마한 제화(製靴) 공장을 경영한다고 했다. 할

아버지는 5년 전 아들에게 공장을 물려준 다음 학교 담벼락 옆 채소 가게를 사서 구두 수선점을 열었다.

그 노인은 헌신을 고쳐 용돈을 벌고, 어린이들을 돌보는 재미로 여생(餘生)을 보내면서 신발을 고쳐 신는 절약하는 지혜를 IMF 이전에 이미 주변 사람들에게 가르쳐 주었던 셈이다. 그분은 아껴서 다시 쓰는 정신을 주변 이웃에 전파하는 선생이 된 것이다.

어린아이들이 할아범을 따르는 모습에 감동한 젊은 학부모들도 헌신을 들고 와 수선하여 새로 신는 알뜰한 생각을 갖게 되었다. 누가 그 노인을 궁상맞다 하겠는가. 몸이 허락하는 한 일하면서 주변 사람들이 올바른 생각을 하게 하는 그 노인은 흐뭇한 정을 느끼게 한다. 이처럼 주변 사람을 감동하게 하는 삶이 곧 이웃사촌이란 정을 솟게 한다.

주워 갈 이삭을 남겨야지

옛날에는 벼나 보리를 거두어들일 때 이삭 하나 남겨 두지 않고 싹싹 거두어들이지 않았다. 감자나 고구마를 캐도 얼마쯤은 남겨 두고 캤다. 곡식을 버리는 것이 아니라 서로 나누는 이웃 정을 살펴 그렇게 했다. 논밭이 없어 농사를 지을 수 없는 사람들이 가을걷이 후에 논바닥에 남겨진 이삭을 주워 겨울 양식으로 조금이나마 보탤 수 있도록 하려고 그런 것이다.

'부잣집 논에는 이삭이 없고 가난한 집 논에는 이삭이 많다.' 이 속담처럼 옛날에도 부자는 이웃 정이 박했지만 없이 사는 사람은 오히려 이웃 정이 후했던 모양이다. 부족함을 겪어 본 사람만이 남을 도울 줄 알고 고생을 겪어 본 사람만이 남의 고생을 알 수 있다. 이웃 정이란 무엇인가? 서로 어울려 동고동락하려는 마음이 곧 이웃 정이다.

이삭 줍는 사람은 낟알이 붙어 있는 이삭만 줍지 논바닥에 떨어진 낟알은 줍지 않았다. 들새도 먹어야 살고 들쥐도 먹어야 살 수 있다는 생각에서 그렇게 했다. 이처럼 이웃은 꼭 가까이 사는 사람만을 뜻하지 않는다. 가까이 사는 목숨은 모두 이웃으로 치부했던 것이 크고 열린 이웃 정이었다. 이 얼마나 훈훈하고 따뜻한 자연의 인심인가.

논농사를 짓는 사람은 가난한 사람이 주워 갈 이삭을 남기고, 이삭 줍는 사람은 들쥐나 들새가 주워 먹을 낟알을 남겨 두었다. 그러나 지금 우리는 그런 마음을 잊고 산 지 오래다. 산업화, 도시화 이후로 가정은 저마다 외딴 섬과 같이 되었고, 이웃 정을 실어 주는 나룻배를 없애 버렸기 때문이다. 이 얼마나 매정하고 냉랭한가.

까치밥의 깊은 뜻을 알면

요즘은 늦가을 무렵 남쪽 시골에 가면 감나무에 감이 그냥 매달려 있는 광경을 얼마든지 볼 수 있다. 감나무에 올라가 간짓대로 감을 딸 사람이 없어서 내버려둘 수밖에 없다고 한다. 감나무 가지에 걸터앉아 목을 들어 고인 채로 감을 하나씩 낚시질하듯 꼭지를 꺾어 따는 일은 여간 힘든 일이 아니다.

감 따는 일도 3D 업종 중에 하나가 된 꼴이다. 이런 모습을 보면 국민총생산 1만 달러 돌파에 우쭐하여 이제 힘든 일은 싫다며 외국 근로자들을 불러들여 일 시켜 먹고 날마다 노들 강변인 양 흥청망청하다가 IMF라는 한 방에 떨어져 나갔던 몰골을 지울 수가 없다. 그런 기억을 잊지 말아야 하는데, 왜 우리는 철부지처럼 제 손의 도끼로 제 발등을 찍는 어리석음을 되풀이하려는지 답답하다.

우리 조상들은 감나무에서 감을 딸 때도 모조리 다 따지 않고 홍시 몇 개쯤은 감나무 끝에 남겨 두었다. 먹거리가 많은 늦가을에는 감나무 끝에 매달려 가을 정취를 돋보이게 하던 새빨간 홍시를 까치밥이라고 불렀다. 배고픈 까치가 날아와 요기하라고 남겨 둔 정을 까치밥이 담고 있는 것이다. 이처럼 우리 조상들은 들새마저도 함께 사는 이웃으로 보았다.

어렸을 때 왜 감나무에 까치밥을 남겨 두느냐고 어머니께 물었던 일이 있다. 어머니께서는 제사를 지내고 고샅에 물밥을 두는 것과 같고, 정월 보름에 찰밥을 지어 조금 덜어내 울타리 위에 얹어 놓는 것과 같은 이치라고 가르쳐 주셨다. 그리고 다 함께 나누어 먹으며 살아야 조상이 복을 내린다고 더 가르쳐 주셨다. 함께 잘살 수 있게 해야 조상이 복을 내린다는 마음이 곧 이웃 정이 지닌 철학이다.

궁할수록 이웃 정이 중하다

달러 값이 천장을 치면 물건값도 따라서 치솟게 마련이다. 원자재를 수입해야 하는 까닭이다. 이제는 정말 100% 국산품을 찾아보기가 어려워졌다. 추어탕에 들어가는 미꾸라지도 중국산이라니 다른 물건이야 두말할 나위 없으리라.

IMF 한파로 환율이 1천9백원대를 왔다갔다하자 슈퍼에 있는 밀가루, 설탕, 라면 등이 동이 났다. 너도나도 떼거리로 몰려가 사재기를 한 탓에 한 봉지씩 사려던 사람들은 빈손만 털었다. 그렇게 사재기해서 제 가정 하나만 배불리 걱정 없이 살 거라고 믿는 이웃이 있다면 그런 이웃은 못나고 추하다.

사재기로 돈 몇 푼 아꼈다고 해서 알뜰살뜰 살림살이하는 것은 아니다. 알뜰한 가정은 싸다고 많이 사 두지 않는다. 오히려 어떻게 하면 돈을 덜 쓰고 아껴서 한 푼이라도 저축을 더 할까를 따져 살림을 추스린다.

살기가 궁하고 어려울수록 다 같이 잘사는 마음을 찾아야지 너야 죽든 말든 나만 잘살면 된다고 생각하는 사람은 막가는 못난이에 불과하다. 하늘이 무너져도 솟아날 구멍은 있다고 하지 않는가. 그런 구멍은 혼자 팔 수도 없고 막을 수도 없는 법이다.

IMF 찬바람을 내 손바닥 하나로 막을 수 없다는 것은 이미 우리 모두가 체험했다. 한겨울이 되면 솜옷이 필요하듯 불경기일수록 이웃 간의 정이 요긴하다. 나만 살려고 하면 되겠는가? 안 된다. 다 함께 같이 잘살아야 한다. 이런 이웃 정을 되살려야 사납고 맹랑한 세상에서도 훈훈하게 옹기종기 살 수 있다.

누가 풀꽃 같은 사람일까?

사람은 선할 수도 있고 악할 수도 있다. 그래서 사람의 마음속에는 천사도 있고 악마도 있다. 누구는 선한 사람이고 누구는 악한 사람이라고 못박을 수 없는 일이다.

선한 사람이 따로 있는 것은 아니다. 선한 일을 하는 순간 선한 사람이 된다. 또한 악한 사람도 따로 있는 것이 아니다. 악한 짓을 하는 순간 악한이 되는 법이다. 그래서 인간의 삶에는 미운 정, 고운 정이 얽혀 있게 마련이다.

삶에서 가장 아름다운 것은 무엇일까? 소문 없이 선한 일을 차곡차곡 하는 사람의 모습만큼 아름다운 것은 없다. 그런 숨은 사람들이 있다는 것을 알면 나와 아무런 인연이 없다 해도 마음이 기쁘다. 마음을 기쁘게 하는 사람이 곧 아름다운 사람이고, 아름다운 마음이 곧 선이고, 선한 것이 곧 사랑의 실세(實勢)이다. 사랑의 실세를 인(仁)이라 한다.

몇 년 전 김밥 할머니로 통한다는 한 할머니가 우리를 기쁘게 했다. 30년을 하루같이 김밥을 말아 팔았다는 할머니가 한평생 모은 돈을 가난한 학생들에게 주라고 한 대학에 내놓았다는 소식이 온 세상에 퍼지면서 사람들은 그 할머니를 알게 되었다.

이름도 사진도 내지 말라는 부탁을 하고 남 앞에 나설 것 없다고 했다는 그 할머니는 제 욕심으로 똘똘 뭉친 우리를 부끄럽게 한다. 가난 때문에 공부할 수 없는 학생을 사랑하는 마음이 얼마나 눈물겨운가. 기뻐서 눈물을 흘리면 그것이 감동이다. 김밥 할머니가 준 감동은 살맛 나게 하는 이웃 정이다. 이런 정겨움이야말로 인이 드러남이다.

얼굴값 한다는 말이 있다. 잘난 얼굴을 미끼 삼아 남을 아프게 하는 인간은 장미꽃 밑에 숨어 있는 독 묻은 가시와 같다.

미모가 빼어난 젊은 여자 하나가 유학원이라는 걸 차려 수십억 원의 돈을 챙겨 미국으로 도망갔다고 한다. 그녀는 부유층 자제들의 약점을 이용해서 돈을 후려냈지 불쌍한 사람을 등친 것은 아니지 않느냐며 반박할지도 모르겠다. 핑계 없는 도둑은 없다지만 그녀는 남을 털어 부자가 되려고 한 못나고 추한 꽃뱀일 뿐이다.

이 세상에서 가장 추한 것은 무엇일까? 제 욕심을 채우려고 남의 것을 훔치는 도둑일 게다. 부정부패한 도둑이 가장 더럽고 사기 치는 도둑이 가장 추하다. 악하여 추한 것은 결국 썩어 문드러지고 만다.

겉보기에는 누추해 보였을 김밥 할머니와, 용모가 빼어나 남을 홀린 사기꾼 여인 가운데 누가 참으로 아름다운 사람인가? 묻지 않아도 누구든 김밥 할머니라고 할 것이다. 마음이 고와야 참다운 미인이 된다는 사실을 세상이 안다면 얼마나 좋을까 싶다. 옹졸하고 답답한 세상일수록 얼굴만 파는 짓거리들이 허튼 춤을 춘다.

몇 년 전만 해도 주말이면 명동에 가서 '수와진' 이라는 가수의 노래를 들었던 기억이 난다. 쌍둥이 형제가 심장병 어린이의 수술비를 모금하기 위해 주말마다 명동성당 앞 길목에서 기타를 치며 노래를 불렀다. 형제는 한두 번 쇼에 그친 것이 아니라 여러 해를 두고 늘 그렇게 하여 모금한 돈으로 수십 명의 어린 심장을 고쳐 주었다. 눈물겨운 수와진. 그 젊은 두 사내는 생각만 해도 여전히 우리 모두를 겹으로 즐겁게 한다. 노래를 들려주어 즐겁고 병든 어린아이들의 심장을 고쳐 주려는 마음이 고마워 즐겁다. 이게 바로 이웃 정이다. 이보다 더한 인을 어디서 찾아보겠는가.

그런데 어느 날 보니 늘 함께 노래를 부르던 수와진 중에 형만 나와서 노래를 부르고 있었다. 아우가 양아치한테 뒤통수를 얻어맞아 병상에서 앓고 있다는 것이었다. 언제 어디서나 악이 선을 못살게 한다는 말이 새삼스러웠다. 수와진의 아우를 때린 놈은 어떤 놈일까? 하기야 어디 양아치나 깡패들만 선한 사람을 못살게 하는 추악한 것들이겠는가. 이웃을 모르고 등 돌린 채 동떨어져 나 하나만 잘살면 그만이라고 수작부리는 추악한 소인배들이 늘 세상의 흉물이 되어 떠돌며 어진 사람들을 울린다.

어머니가 자녀에게 들려주는 우화

우화를 잘 만드는 사람은 어머니

자식 농사를 잘 지은 부모가 가장 보람 있고 훌륭한 아버지요, 어머니이다. 어떻게 하면 그렇게 어렵다는 자식 농사를 잘 지을 수 있을까? 어려서부터 잘 살피고 돌보면 자녀가 제대로 바르게 자라지만 어리다고 응석둥이로 내버려두면 웃자라고 만다. 곡식이 웃자라면 미쳐서 가을이 와도 이삭을 맺지 못하고 쭉정이만 남긴다. 자녀도 마찬가지다. 어려서부터 북을 잘 주고 거름을 알맞게 주어 길러야 제대로 된 열매를 맺는다.

좋은 옷을 사 입히고 맛있는 음식을 사 먹이고 비싼 과외를 시키고 좋은 유치원에 보낸다고 해서 잘 키우는 것이 아니다. 그렇게 호사스러운 것들은 돈 주고 산 비료(肥料)와 같다. 곡식에 비료를 너무 많이 주면 곡식이 미쳐 버린다. 자식 농사도 그렇다.

그러나 손수 만든 퇴비(堆肥)를 많이 주면 줄수록 곡식은 제대로 튼튼히 자라 주렁주렁 여문 열매를 맺는다. 어린 자녀를 제대로 크고 자라게 하는 퇴비는 어떻게 마련해야 할까? 될 수 있는 대로 틈을 많이 내서 어린것의 손을 꼭 잡고 어린것의 눈을 똑바로 들여다보면서 이야기를 만들어 들려주라. 그 이야기가 어린것을 제대로 자라게 하는 퇴비 구실을 하기 때문이다.

만들어 낸 이야기를 우화라고 한다. 우화를 만드는 전문가가 따로 있는 것은 아니다. 갓난아이의 옹아리를 되받아 주는 산모(産母)의 옹아리가 가장 훌륭한 우화다. 동물이나 벌레 또는 나무나 풀을 사람처럼 바꾸어 그럴듯하고 재미나게 엮어 어린 것의 호기심을 불러모으면 바로 그것이 우화이다. 우화를 가장 잘 만드는 사람은 누구일까? 그것은 바로 어머니이다.

예부터 우리 어머니들이 만들어 어린것에게 들려주었던 우화 몇 토막을 소개하려고 한다. 젊은 어머니들이 아이들에게 이런 우화를 들려준다면 선생 노릇을 잘할 수 있을 것이다.

머리카락과 턱수염

잘려진 턱수염이 길게 늘어진 머리카락을 보고 부럽다고 했다. 그러자 머리카락은 인간이 변덕스러워서 항상 불안하다고 했다. 이에 턱수염이 길게 살 수 있는 그대가 무엇이 불안하냐며 눈짓했다.

"아닐세. 나는 턱수염 그대를 부러워하면서 눈물로 밤낮을 지샌 적도 있다네."

그러면서 머리카락은 옛날을 떠올렸다.

"턱수염 그대는 상투를 아는가? 아래부터 끝까지 주리 틀려 꽁꽁 묶여 망건 속에서 숨도 제대로 못 쉬고 햇빛은커녕 바람조

차 맞지 못하고 살 때 턱수염 그대는 얼마나 대접을 받았던가."

이렇게 머리카락은 상투의 고문을 잊을 수 없다고 술회했다.

"옛날이야 어떠했든 지금 호사하면 된 거 아닌가?"

이에 턱수염이 고개를 저으며 한탄했다.

"머리카락 그대는 낯을 잃어버린 고통을 모를 것이네. 아침마다 면도칼에 잘려 나가는 처참한 모습을 보지 못했는가."

"낯을 그리워 말게나. 오히려 낯이 무섭다네. 미장원이나 이발소를 알지 않는가? 독한 염색약 때문에 질식할 지경이고 모양을 낸답시고 주인 마음대로 뜨거운 꼬챙이로 지지고 볶고 내버려두질 않는다네. 길게 산다고 부러워 말게나. 아침마다 무자비하게 잘려 나가는 턱수염 그대도 겉모양에 미친 인간들의 행패일 뿐이지 그대가 못나서 그런 것은 아니지 않는가. 한때는 턱수염이 길수록 멋있다고 하더니 이제는 밑동부터 파팍 밀어내야 깔끔하다고 하니 참으로 변덕스럽고 잔인한 게 인간들의 변덕이라네."

머리카락과 턱수염은 서로의 아픔을 알았다. 그리고 사람의 털로 태어난 것을 후회하면서 털을 목숨처럼 아끼는 산짐승의 몸에 태어난 털을 부러워했다. 머리카락과 턱수염은 위아래에 살면서 서로 시샘하지 말고 서로 이해하며 살자고 손을 잡았다.

힘만 믿는 곰

표범은 제 발톱만 믿고 으르렁거리다 창살을 맞고 빛나는 털 때문에 사냥감이 된다. 곰은 제 뚝심만 믿다가 덫에 걸려들고 쓸개 때문에 목숨을 앗긴다.

예전에는 지리산에 곰이 많았다. 지리산 집동골에는 산감이 많았다. 겨울에 먹이가 귀해지면 곰들은 집동골로 모여들어 감나무에 조랑조랑 달린 산감을 따 먹었다고 한다. 그래서 곰 사냥꾼들은 산감나무에 덫을 매달았다.

덫을 놓을 때는 자갈을 가득 채운 가마니와 낙엽을 팽팽히 넣은 가마니를 함께 매단다. 사냥꾼이 먼저 낙엽이 든 가마니의 줄을 끌어당겨 시계추처럼 왔다갔다하게 하여 되돌아오는 가마니에 박치기를 한다. 사냥꾼은 이러한 짓을 되풀이하다가 낙엽이 든 가마니를 슬쩍 치우고 돌멩이를 가득 채운 가마니로 바꿔 매달아 두고 덤불 속에 숨어서 망을 본다.

그러면 멀리서 보고 있던 곰들 중에 큰 놈이 나와 흉내짓을 낸다. 일단 슬쩍 밀어 박치기를 한 곰은 화가 난다. 돌멩이에 머리를 맞아 아프기 때문이다. 그러면 더 힘껏 밀어 휙 날아오는 돌 가마니와 다시 부딪히는 것이다. 더 화가 치민 곰은 더욱 세차게 밀어 쏜살처럼 되돌아오는 돌 가마니와 계속해서 머리를 부딪힌다. 그러면 머리통은 얼얼해지고 곰은 결국 나자빠져

까무러치고 만다. 그 순간 곰 사냥꾼들이 우르르 몰려나와 곰의 네 발과 주둥이를 묶은 다음 잽싸게 배를 가르고 쓸개를 잘라 낸다. 이렇게 곰은 죽는다.

곰은 왜 죽었을까? 흉내짓을 한 까닭이다. 설령 흉내를 내더라도 한 번 부딪혔을 때 머리통이 얼얼했으면 그만두었어야 했다. 제 힘만 믿고 우직스럽게 고집을 부린 탓에 곰은 머리통이 얼얼해 기절해 버린 순간 사냥꾼들에게 배를 갈려 웅담을 도둑맞고 목숨을 앗긴 것이다. 사냥꾼들이 웅담을 꺼내 비싼 값에 팔아 돈을 벌게 해 주고, 털가죽을 발려서 털옷을 제공해 주고도 그 곰은 고맙다는 인사는커녕 미련하다고 욕만 먹는다. 그러므로 흉내짓 하면 안 된다.

나비와 잠자리

잠자리가 꿀을 빨고 있는 나비를 노리고 맴을 돌고 있었다. 꿀을 먹을 만큼 먹은 나비가 꽃에게 고맙다는 인사를 하고 날아가려고 할 때 꽃이 나비에게 잠자리를 조심하라고 당부했다. 나비가 놀라서 하늘을 쳐다보니 아니나 다를까 잠자리가 입맛을 다시며 위에서 빙빙거리고 있었다.

나비는 잽싸게 꽃송이 밑으로 몸을 숨겼다. 그러자 잠자리가 꽃송이 위에 내려앉아 나비에게 독 안에 든 쥐라며 호기를 부렸다. 나비는 용기를 내서 잠자리와 협상을 하기로 마음을 먹고 잠자리에게 물었다.

"나는 날개만 클 뿐 몸뚱이에 살이라곤 없다. 그런데 왜 나를 잡아먹으려고 하느냐?"

"너는 꿀을 먹고 살지만 나는 육식을 해야 한다. 내 본색이 본래 개미귀신 아니냐. 개미귀신일 때는 날개가 없어서 기어다니는 개미만 잡아먹고 살았다. 그러나 이제는 날개가 있으니 날개 달린 너를 먹어야겠다."

"어디 날개 있는 것이 나뿐이냐. 새도 있고 벌도 있지 않느냐?"

"새는 나보다 힘이 세지. 새를 만나면 나는 새 밥이 되고 말아. 그리고 벌은 독침이 있어서 내가 잡아먹을 수가 없어."

나비와 잠자리는 이렇게 실랑이를 벌였다.

한편 이때 배가 고파 먹이를 찾아 날아다니던 때까치는 꽃송이 위에 앉아 있는 잠자리를 발견했다. 먹잇감을 본 때까치는 쏜살같이 아래로 내달았다. 그러나 잠자리는 눈앞의 나비를 잡아먹는 데만 신경을 쓰느라 때까치가 저를 낚아채려고 내려오는 줄을 몰랐다.

나비는 때까치의 강림을 믿고 꽃송이 밑에서 나왔다. 잠자리의 억센 턱이 가냘픈 나비의 날갯죽지를 물어 삼키려는 순간 때까치가 잠자리를 잽싸게 낚아챘다. 부리에 물린 잠자리는 나비를 먹었고, 때까치는 잠자리와 나비를 한꺼번에 먹이로 챙겼다. 먹으려다 먹힌 것은 과한 욕심을 부린 탓이다.

콩쥐와 팥쥐

두메산골 가난한 농부의 집 헛간에 생쥐 두 마리가 살았다. 그 집 늙은 농부는 한 마리는 콩을 좋아해서 콩쥐라 불렀고, 다른 한 마리는 팥을 좋아해서 팥쥐라고 별명을 붙여 주었다. 콩쥐와 팥쥐는 가을이면 산비탈에 있는 밭에 나가 얼마든지 먹이를 얻어먹을 수 있었다. 그러나 겨울이 되면 먹이를 구하기가 여간 어렵지 않았다. 결국 생쥐들은 늙은 농부가 거두어 놓은 콩팥을 훔쳐먹어야 하는 신세가 되었다. 생쥐들은 농부의 콩팥을 훔쳐먹기가 너무나 싫었다. 함께 어울려 살자는 듯이 농부는 쥐덫을 놓지도 않았고 쥐약을 뿌리지도 않았다. 생쥐들은 그것이 무척 고마웠다. 고마운 이의 것을 훔쳐먹으려니 죄 짓는다는 생각이 든다고 두 생쥐는 서로 입을 모았다.

겨울을 나기 위해 생쥐들은 결국 도시로 나가기로 했다. 산 넘고 물 건너 고생 끝에 겨우 도시에 이르렀다. 도시 변두리 길가에 버려진 쓰레기통에 몸을 감춘 두 생쥐는 낯선 도시를 훑

어보며 말을 나누었다.

먼저 팥쥐가 콩쥐에게 물었다.

"도시에는 생선도 있고 고기도 있다지? 우리 이 어시장(魚市場) 근처에 살까 아니면 도살장 근처로 갈까?"

"두 군데 다 가까운 데다 방을 마련하고 하루 걸러 배불리 먹는 것이 가장 좋지 않을까?"

콩쥐가 이렇게 제안하자 팥쥐가 좋아라 했다.

꼭두새벽녘에 생쥐들은 어시장으로 갔다. 그러나 전깃불이 너무 밝고 사람들이 수없이 웅성거려 생선을 먹을 수가 없었다. 생쥐들은 겁이 나 천장 틈에 몸을 숨기고 침만 흘렸다. 그때 갑자기 팥쥐가 소스라치며 저것 보라고 콩쥐를 쿡쿡 찔렀다.

사람들이 생조기 똥구멍에 빨대를 꽂고 바람을 불어넣어 생선 배를 불룩하게 한 다음 노랑 물감을 묻힌 붓으로 생선 배를 칠하고 있었다. 그 꼴을 훔쳐 본 생쥐들은 이렇게 입을 모았다.

"우리는 썩은 생선을 주워 먹을지언정 남을 속이진 않아."

소나무와 버드나무

소나무 한 그루와 버드나무 한 그루가 큰 바위 하나를 사이에 두고 이웃처럼 터를 잡고 살았다. 바위 아래쪽은 습하고 위쪽은 말라 있어서 서로 알맞은 땅에 뿌리를 내리고 있었다.

그러나 소나무와 버드나무는 겉보기에는 서로 오순도순 사는 것처럼 보였지만 속내를 들여다보면 서로 아끼는 이웃사촌이 아닌 남이 잘되면 배 아파하는 앙숙지간이었다.

날씨가 맑아 양달이 되면 소나무는 기뻐하고 버드나무는 뚱했다. 반대로 날씨가 흐려 응달이 되면 버드나무는 기가 펄펄 살아났고 소나무는 풀이 죽어 멀뚱해했다. 소나무는 양지를 좋아하고 버드나무는 습한 음지를 좋아하는 서로 다른 습성 탓에 아옹다옹하며 살았다.

여름 장마가 지면 버드나무는 제철을 만난듯 무럭무럭 몸을 키워 소나무의 심통을 건드렸다. 장마로 밑바닥이 습해지면 송충이가 기승을 부리고 등걸을 타고 끝까지 기어올라와 솔잎들을 닥치는 대로 갉아먹었다. 뿐만 아니라 껍질 속까지 물기가 배어들어 습진에 걸린 것처럼 온몸이 가려워 소나무는 몸살을 앓아야 했다. 여름이면 줄창 내리는 비를 버드나무는 반기고 소나무는 짜증을 부려 서로 다투었다.

반대로 여름이 지나 가을이 가고 겨울이 되면 소나무는 제철을 만난다. 버드나무는 무성했던 잎새를 죄다 잃어버리고 앙상한 가지만을 통째로 드러낸 채 삭풍에 온몸을 사시나무 떨듯이 떨었다. 그러면 소나무는 보라는 듯이 하늘을 향해 청청한 솔잎을 뽐내며 삭풍이 얼마나 상쾌하냐며 능청을 떨곤 했다.

산 정승, 죽은 정승

지관(地官)이 묘주(墓主)에게 물었다.

"삼정승을 택하랴, 사정승을 택하랴?"

묘주는 사정승 자리를 원했다. 그러자 지관이 혀를 끌끌 찼다.

지관은 살아서 정승을 할 것인가, 죽어서 정승을 할 것인가를 물은 것이지 세 개, 네 개를 셈하자는 것이 아니었는데 묘주는 지관의 속뜻을 알아채지 못했다. 그래서 혀를 찬 것이다. 많으면 많을수록 좋다는 욕심이 탈이다.

삼정승은 살아서 할 정승이요, 사정승은 죽어서 받게 될 정승임을 묘주는 몰랐다. 욕심의 탈을 쓰면 천재도 천치가 된다고 한다. 어리석은 욕심은 눈을 감고 속셈하고 현명한 생각은 눈을 뜨고 살핀다.

정승이 넷이나 쏟아질 명당에 묘를 썼다고 믿은 묘주는 날마다 궁궐에서 정승 노릇 하라는 기별이 올 날만을 기다리고 기다렸다. 그러나 아무리 기다려도 정승 노릇 하라는 기별이 없자 그만 화병이 나 몸져눕게 되었다. 그러나 화병은 욕심이란 불길을 만나면 꺼질 수 없는 노릇이다. 날이 갈수록 화병은 더 심해져 결국 묘주는 정승 정승 하면서 숨을 거뒀다.

명당 터를 잡아 주었던 지관이 이번에는 묘주를 묻을 묏자리를 찾아 주었다.

"이 주검이 묻히기 전에 한양에서 정승 교지가 내려올 거야."

상주들한테 이렇게 내뱉은 지관은 바로 사라졌다.

아니나 다를까. 노제(路祭)를 올리고 있는데 어명(御命)을 받으라는 목소리가 우레처럼 울려퍼졌다. 문상객과 상여꾼 그리고 상주들은 머리를 조아려 어명을 받았다.

"아무개는 어서 일어나 어명을 받들어 속히 입궐하라."

그러나 입궐할 사람은 이미 관 속에 들어가 어명을 받을 수 없었고 그저 상여에 실려 묻힐 곳을 향해 갔다.

대나무를 흉보는 소나무

겨울에도 잎이 푸르고 속이 비어 있는 대나무. 대나무는 그래서 지조(志操)와 절개(節槪)의 상징으로 칭송받는다. 그러나 그 뿌리를 보면 생각이 달라진다. 대나무 곁에는 다른 나무들이 살지 못한다. 대나무 뿌리가 다른 나무 뿌리에 잔뿌리를 감고 양분을 훔치는 까닭이다.

늘푸른 소나무가 겉 다르고 속 다른 대나무를 욕했다. 소나무는 대나무를 아카시아보다 더 못한 놈이라고 욕했다. 그러자 소나무의 욕질을 들은 대나무가 소나무를 명예 훼손으로 고발했다.

느티나무가 판사를 맡았다. 느티나무는 소나무를 법정에 불러 대나무를 욕했느냐고 물었다. 그러자 소나무는 사실을 말했을 뿐 욕한 적은 없다고 항변했다. 옆에 있던 대나무가 톡 튀는 소리로 아카시아보다 못한 놈이라고 했지 않느냐며 면박을 주었다.

느티나무가 사실이냐고 소나무에게 묻자 소나무는 그렇다고 순순히 인정했다. 그렇다면 욕을 한 것이 아니냐고 판사가 따지자 소나무가 소신을 밝혔다.

"아카시아는 뿌리로 도둑질을 하면서도 내놓고 덤비지 말라고 온몸에 가시를 달고 있지요. 우리 소나무들은 가시 달린 놈을 상대하지 않습니다. 이 점은 판사님도 잘 아실 겁니다. 하지만 당당하다면 무엇 때문에 가시를 온몸에 달겠습니까? 그러나 아카시아는 자기의 부끄러움을 감추지 않으므로 대나무보다 낫습니다."

이에 대나무에는 가시가 없지 않느냐고 판사가 다시 반문하자 소나무는 그것이 바로 대나무의 위선이라고 밝혔다. 판사는 대나무의 뿌리가 다른 나무의 밥을 훔쳐먹는 사실을 알고 있었던 터라 명예 훼손이 성립되지 않는다고 판결을 내리면서 다음처럼 말했다.

"썩은 궁궐에서는 충신이 죽고, 대나무 숲에서는 다른 나무가 죽는다."

욕심을 줄이면 될 것을

누군가 공자께 욕심이 없느냐고 물었다. 그러자 공자가 대답했다.

"조이불강(釣而不綱)."

이 말은 낚시질을 할지언정 투망질은 않는다〔釣而不綱〕. 낚시질로 고기를 잡되 투망을 던져 물고기를 통째로 잡지 않는다는 뜻이다. 공자는 정직한 성인이다. 욕심이 없다고 말하지 않는다. 있되 사납게 부리지 않고 필요한 만큼 원하는 욕심밖에 없다고 솔직하게 자인한다. 그런 욕심은 이미 욕심이 아니다.

오르지 못할 나무는 쳐다보지도 말라. 이는 무모한 욕심을 부리지 말라 함이다. 그러나 욕심쟁이는 이런 말을 믿지 않는다.

복 씨 성을 가진 욕심쟁이가 있었다. 어느 날 복 씨는 깎아지른 듯한 절벽에 들벌들이 한 동이가 넘는 꿀을 바위 속에 저장해 놓고 있다는 것을 알았다. 복 씨는 남몰래 밧줄을 치렁치렁 매고 호미 하나, 통 하나를 들고 벼랑으로 갔다. 바위 틈새에는 꿀이 질질 흘러넘칠 만큼 많았다.

산새들이 날아와 흘러내리는 꿀물을 부리로 찝어 먹고 날아가곤 했다. 복 씨는 그럴 때마다 새를 훠이훠이 쫓아냈다. 혼자서 꿀을 다 차지하려고 호미로 석청(石淸)을 찍는 순간 화가 치민 벌들이 우르르 날아와 복 씨의 온몸을 사정없이 쏘아 댔다.

복씨가 비명을 질러 댔지만 성난 벌들은 복 씨를 용서하지 않았다.

수없이 쏘이면서 겨우 밧줄을 타고 피해 내려온 복 씨는 눈을 뜨지 못했다. 이미 얼굴에 벌독이 퍼져 얼굴이 퉁퉁 부어올라 영락없이 남의 꿀을 훔쳐먹다 들킨 꿀 먹은 벙어리가 되어 입도 열 수 없었다. 산새는 낚시질하듯이 꿀을 얻어먹으려 했고 복 씨는 투망질하듯이 벌꿀을 훔치려다 봉변을 당했다. 욕심 많은 복씨 탓에 꿀 먹은 벙어리는 벌에게 쏘인 다음에야 정신을 차린다는 뒷말이 생겼다.

암두꺼비와 능구렁이

암두꺼비가 능구렁이에게 싸움을 건다. 암뚜꺼비는 왜 능구렁이에게 싸움을 거는 걸까? 새끼를 치려고 그러는 것이다. 그러면 참다 못한 능구렁이는 그만 암두꺼비를 삼켜 버린다.

능구렁이 뱃속으로 자진해 들어간 암두꺼비는 그 속에서 독을 뿜는다. 그러면 능구렁이는 암두꺼비 독을 견디지 못해 긴 몸통을 꼬고 바등거리다 결국 죽고 만다. 능구렁이 뱃속에 든 암두꺼비도 따라서 죽는다.

그러나 암두꺼비가 뱃속에 배고 있었던 새끼들은 배에서 나와 먼저 제 어미의 살을 파먹고, 다음은 죽은 능구렁이의 살을 파먹고 자라기 시작한다. 얼마만큼 자라면 네 발로 기어 세상으로 나온다. 이렇게 해서 새끼를 태어나게 하려고 어미 두꺼비는 죽은 것이다. 어미는 목숨을 버리고 새끼는 목숨을 얻었다. 그래서 주는 목숨을 어버이라 하고 받는 목숨을 자식이라고 한다. 그래서 살신성인(殺身成仁)이란 말이 생겼다. 몸을 바쳐 어짊을 이룬다. 선생 노릇 잘하는 부모야말로 살신성인하는 사람이다.

갖되 갖지 않는다

혜공(惠空) 스님과 원효(元曉) 스님이 함께 냇가에 나가 물고기를 잡았다. 둘은 잡은 물고기로 매운탕을 끓여 술이 취하도록 마셨다.

"우리 질펀히 먹고 마셨으니 싸야 할 것이 아닌가?"

혜공이 말을 걸자 원효가 그렇다고 했다. 둘은 바위에 올라가 뒤를 보았다. 동시에 꽁무니를 내고 냇물 위로 똥을 누었다.

그런데 원효의 꽁무니에서는 똥이 나왔고 혜공의 꽁무니에서는 금방 먹은 물고기가 다시 살아 떨어져 나와 시냇물을 헤치고 펄펄 헤엄쳐 갔다. 이 꼴을 본 혜공이 여시오어(汝屎吾魚)

라며 껄껄거렸다. '그대는 똥을 누고 나는 고기를 눈다.'

원효는 물고기를 먹어 살로 가게 했다. 물고기를 살로 가게 했으므로 원효는 먹은 물고기를 소유(所有)한 셈이다. 그러나 혜공은 물고기를 먹었으되 먹은 물고기를 그대로 되돌려 보냈다. 이는 자신의 창자를 물고기가 지나가는 물길로 빌려 준 셈이니 무소유(無所有)이다. 그러므로 혜공은 입으로 물고기를 먹었으되 창자를 통해 그대로 지나가게 했으므로 소유하지 않은 것이다.

원효와 혜공의 꽁무니에서 소유와 무소유가 판가름났다. 베풀려고 소유하면 그것은 가진 것이 아니다. 먹어서 똥으로 만든 원효는 소유했으니 혜공에게 부끄러웠을 것이다.

원숭이들의 여론 재판

한 숲 속에 1백 마리의 원숭이가 살았다. 그러나 그 1백 마리 중에 단 한 마리만 눈이 두 개였고 나머지는 모두 애꾸였다. 애꾸 원숭이들은 두눈박이 원숭이가 눈에 거슬렸다. 그래서 어느 놈이 병신인지를 판가름 내자며 투표에 붙였다. 결과는 98대 2로 두 눈 달린 원숭이가 병신으로 결판났다.

열이 하나를 살릴 수도 있고 죽일 수도 있다. 오기가 패를 지으면 삼복 더위에도 서릿발이 내리고 관용이 패를 지으면 한겨울에도 얼음이 녹는다. 애꾸 원숭이들은 오기를 부렸고 결국 두 눈 달린 원숭이는 병신이 아닌데도 병신이 되었다. 어느 세상에나 이런 몰이꾼들이 많다.

그날 밤 두눈박이 원숭이가 아내에게 물었다.

"내가 정말 병신이오?"

이에 애꾸인 원숭이 아내가 남편의 가슴에 안겨 흐느끼며 고개를 저었다. 남편은 아내의 등을 어루만지며 이렇게 말했다.

"그래도 내 아들딸은 두 눈을 달고 나올 거야."

부인 원숭이는 애꾸눈으로 흐느끼며 고개를 끄덕였다.

"우리 옆 마을로 이사가요. 그 마을에는 애꾸 원숭이가 없대요."

"그건 안 돼. 한 집에 병신 하나로도 족해. 거기 가면 당신이 병신이 되는 거요. 그러면 우리 둘 다 병신이 되는 거요."

그런 다음 그들은 두눈박이 후손이 태어나기를 기원하며 잠을 청했다.

담비를 피하는 호랑이

산중에 호랑이가 고함을 지르면 모든 산짐승이 숨는다. 그러나 담비 무리만은 겁 없이 호랑이를 공격한다고 한다. 원숭이는 나무를 기어오르지만 담비는 숲 사이를 날아다니며 떼를 지어 산다. 유난히 길고 날카로운 발톱을 무기로 담비는 떼거리를 지어 땅 위에 사는 짐승을 무엇이든지 공격한다.

호랑이는 엄청난 힘과 육중한 몸매를 지녔지만 항상 홀로 사냥을 하여 먹이를 마련한다. 호랑이가 산토끼 한 마리를 잡아먹기 위해 온 정성을 쏟고 있을 때 굶주린 담비 떼가 호랑이를 공격하기 시작했다. 폭격기처럼 내리꽂으면서 할퀴는 담비의 공격에 견디지 못한 호랑이는 결국 토끼를 팽개치고 굴속으로 도망쳤고 산토끼는 담비의 밥이 되었다.

굴속에서 이 광경을 보고 있던 새끼 호랑이들이 떼를 지어 나가 담비 떼를 사냥하자고 했다. 그러자 어미 호랑이가 공자의 말을 빌려서 다음처럼 훈시를 했다.

"군자화이부동(君子和而不同), 소인동이불화(小人同而不和)."

군자는 어울리되 패거리를 짓지 않고, 소인배는 패를 짓되 어울릴 줄 모른다.

떡고물 타령

임금의 수랏상에 올라가는 반찬도 부엌 입이 먼저 맛보고 마름 집에 알밤이 넘쳐야 지주 집에 굴밤이 가지 않는다는 말이 있다. 그러나 이 말은 이제 낡았다. 이제는 떡고물이 좀 묻었을 뿐이라고 말한다.

한 나라를 하나의 떡집으로 생각하면 그만이다. 나라 살림을 맡은 곳을 떡집이라고 불러도 되는 셈이다. 떡을 만들어 뚝뚝 잘라 고운 놈에게는 큰 것을 주고 미운 놈에게는 작은 것을 나누어주는 짓을 이제는 특혜(特惠)라고 한다. 이러한 특혜를 요리하는 자를 나라의 떡장이라고 불러도 무방할 것이다. 그리고 모든 뇌물은 떡고물이라고 칭하면 된다.

주인이 상머슴을 불러 왜 방앗간에서 쌀을 뒤로 빼돌리느냐고 다잡아 물었다. 그러자 상머슴은 능글맞게 쌀알이 섞인 왕겨를 키로 쳐서 얻은 조락쌀을 술집 주모에게 몇 되 갖다 주고 막걸리 몇 사발 얻어먹은 죄밖에 없노라고 능청을 떨었다. 그러나 이런 일은 옛날 일이다.

지금은 뇌물을 떡고물이라고 한다. 떡을 만지다 보니 손에 고물이 좀 묻어났다는 것이다. 물론 그것은 진짜 팥고물이 아니다. 백성의 세금으로 만든 황금떡을 주물러 대다 묻은 고물이므로 황금 고물이다. 황금 고물이 묻은 관리들의 손을 보고 백성들은 이런 말을 던진다.

"물이 맑으면 갓끈을 씻고, 흐리면 발을 씻는다."

연산군과 김 내시

연산군 때 김처선(金處善, ?~1505)이란 정이품의 내시가 있었다. 연산군의 패륜을 보다 못한 김 내시는 어느 날 집사람에게 마지막 말을 남겼다.

"오늘 나는 반드시 죽을 것이다."

그 말을 한 김 내시는 연산군 앞에 나아가 엎드려 이렇게 바른 말을 하였다.

"늙은 놈이 네 임금을 섬겼고 사서삼경에 대강 통하지만 고금에 상감님 같은 폭군은 없었습니다."

이 말에 풀숲을 만난 산불처럼 광증(狂症)이 폭발한 연산군은 활을 들어 김 내시의 갈비뼈를 맞혔다.

"늙은 내시가 어찌 죽음을 아끼겠습니까. 다만 상감께서 오랫동안 임금 노릇을 할 수 없다는 것이 한스럽습니다."

연산주는 화살 하나를 더 질러 김처선을 땅에 쓰러지게 한 다음 칼을 들어 김 내시의 다리를 잘랐다. 그리고는 김처선에게 일어나 보라고 미친 짓을 했다.

다시 옆구리에 화살을 날렸다.

"성군(聖君)이 되소서."

허벅지에 화살을 질렀다.

"성군이 되십시오."

복부에 화살을 박았다.

"성군이 되시오."

심장에 화살을 꽂았다.

"성군이 되라."

마지막 말을 토한 김 내시는 폭군 앞에 푹 쓰러졌다. 그러고도 분을 삭히지 못한 연산군은 칼을 들어 김 내시의 시신을 토막내어 난도질한 다음 식식거렸다.

악은 썩은 물과 같다. 둑이 막혀 물이 고이면 그 물은 썩는다. 연산군은 선을 썩게 하는 둑이었지만 김 내시는 그 둑을 몸으로 트려고 했다. 결국 연산군은 둑이 터져 가시 울타리 속에 갇혔다가 죽었다.

자신의 죄를 뉘우친 다람쥐

처녀 다람쥐 한 마리가 묘한 병에 걸렸다는 소문이 숲 속의 다람쥐들 사이에 죽 퍼졌다. 봄, 여름, 가을에는 멀쩡하다가 겨울만 오면 두 눈이 멀어 장님이 되는 묘한 병이었다. 이 소문을 들은 약삭빠른 총각 다람쥐 한 놈이 묘한 병에 걸린 처녀 다람쥐를 아내로 맞아들였다.

새로 부부가 된 다람쥐 한 쌍은 봄, 여름 내내 서로 함께 나무 사이를 오가며 다정하게 먹이를 주고받으며 느긋하게 살았다. 그러나 다람쥐들은 가을이 오면 겨울을 날 준비를 해야 했다. 다람쥐 부부도 숲으로 가 열심히 산밤과 굴밤을 줍기 시작했다. 작은 것은 주운 자리에서 먹고 좀 큼직한 것은 겨울 양식거리로 자기들만 아는 비밀 장소에 숨겨 두었다.

찬바람이 불고 눈이 펑펑 쏟아지는 겨울이 왔다. 그러자 암다람쥐는 장님이 되고 말았다. 그 탓에 암다람쥐는 겨울 내내 바깥출입을 할 수 없게 되었다. 결국 수다람쥐가 비밀 장소에 감추어 둔 겨울 양식을 물어 날라야 했다. 수다람쥐는 드디어 기회가 왔다고 속으로 좋아라 했다. 장님이 된 아내가 비밀 장소에 감추어 둔 양식을 찾지 못할 거라 생각한 까닭이었다.

수다람쥐는 혼자서 고소한 산밤을 배불리 먹고 떫은 굴밤만을 몇 개 물고 와 암 다람쥐에게 건네주었다. 그리고는 이렇게 엄살을 부렸다.

"알밤을 깡패 다람쥐에게 다 빼앗겨 굴밤밖에 없어."

이에 암다람쥐는 혹시 맞지는 않았느냐며 수다람쥐를 걱정해 주고 굴밤을 반쪽씩 나눠 먹자고 했다. 그러자 수놈이 울먹이며 말했다.

"아니야. 당신 혼자 다 먹어."

그리곤 혼자 양식을 다 먹으려고 욕심을 부렸던 자신의 죄를 뉘우쳤다.

잠자리가 되는 개미귀신

세모래로 덫을 놓고 먹이를 조달하는 개미귀신은 비가 오는 날은 굶어야 한다. 궂은 날에는 먹거리를 구할 수 없는 까닭이다. 날씨가 맑아 세모래가 메말라야만 오고 가는 개미들이 개미귀신이 파놓은 덫에서 헤어나질 못해 개미귀신의 밥이 된다. 그러나 세모래가 젖으면 개미들이 유유히 함정을 건너가 버려 덫에 걸려들지 않는다. 그래서 개미귀신은 장마철을 원망한다.

그러나 눈앞에서 먹이를 놓치고 배를 쫄쫄 곯아야 하는 개미귀신은 하늘에서 내리는 비를 원망만 할 뿐 어떻게 해 볼 재주가 없다. 개미귀신에게는 이리저리 오고가는 개미를 뒤따라 가 잡을 수 있는 잽싼 다리가 없기 때문이다. 개미귀신은 다만 잠자리가 되어 날아다닐 미래를 기다리며 참아야 할 뿐이다.

다리를 자유자재로 움직여 몸 동작을 재빨리 해치우는 개미들은 장마철만 되면 개미귀신을 놀려 준다. "이 귀신아, 나와서 같이 놀자"고 능청을 떨면서 모래 구멍 속에서 입맛만 다시고 있는 개미귀신을 두고 병신이라며 삿대질하고 놀린다. 그래도 개미귀신은 어떻게 해 볼 도리가 없다. 그저 화를 삭히면서 날개를 달고 튼튼한 이빨과 발을 달고 하늘을 날 미래를 꿈꾸며 참을 뿐이다.

갖은 수모를 참으며 개미귀신은 장마철이 끝나기만을 바란다. "세모래가 메마르면 네 놈들은 내 밥이 된다"고 중얼거리며 참고 기다린다. 모래 구멍으로 빠끔이 비치는 장마철 하늘을 올려다보며 무더운 여름이 가고 서늘한 가을이 오면 잠자리가 될 수 있다는 꿈을 잊지 않는다.

제 자랑해서 뭐하나?

낮이면 활개를 치는 수리가 하늘 높이 날고 있었다. 그러나 밤이 되어야 활개를 치고 사냥을 나서는 부엉이 눈에 창공에 떠 있는 수리가 보일 리 없었다. 수리는 눈뜬 봉사나 다름없는 부엉이를 놀려 주려고 쏜살같이 내달아 부엉이 바로 위쪽 가지에 살짝 내려앉았다.

귀 밝은 부엉이가 먼저 수리에게 물었다.

"저 나무 아래 바위 틈에서 생쥐 한 마리가 숨이 차서 헐떡거리고 있는 소리가 들리나?"

그러자 수리는 눈이 있어도 보지 못하는 주제에 귀 좀 밝다고 으스대지 말라는 투로 말했다.

"그 따위 소리 들어 뭐하나? 눈이 밝다면 어서 뛰어내려 저 생쥐를 낚아채 보지."

수리는 나무 밑을 내려다보았다. 바위 틈에서 생쥐가 앞발로

수염을 쓰다듬는 모습이 보였다. 이를 본 수리가 부엉이에게 다시 이렇게 자랑했다.

"부엉이 너는 소리만 듣지. 하지만 나는 눈으로 생쥐를 볼 수 있어. 생쥐의 콧수염이 몇 개나 달려 있는지 멀리서도 헤아릴 수 있다고."

낮에는 눈이 부셔 앞을 바라볼 수 없는 부엉이는 화가 치밀었지만 해가 지고 달이 뜨는 밤을 기다릴 수밖에 없었다.

한편 바위 틈에서 부엉이와 수리를 올려다보고 있던 생쥐는 이렇게 수리와 부엉이를 흉보았다.

"저것들은 허공을 날 순 있지만 나처럼 바위 틈새를 비집고 다니면서 먹고살 수는 없지. 밤이면 부엉이 저것이 나를 괴롭히고 낮이면 수리 저놈이 나를 덮치려고 하는데, 날개 달린 놈은 바위 아래까지는 침입하지 못할걸. 귀가 밝으면 뭐하고 눈이 밝으면 뭐해? 날개 달고 허공을 난다고 자랑할 것도 없지. 저것들은 땅굴 속에서 바람을 맞지 않고 편히 사는 재미를 모를 거야. 못난 것들. 그깟 귀 자랑, 눈 자랑해서 뭐하려고……."

그러면서 생쥐는 바위 아래서 꼼짝하지 않았다.

못나서 불쌍한 인간들

집쥐가 들쥐를 찾아왔다. 들쥐는 못마땅했지만 찾아온 손님을 박대해서는 안 된다는 생각에 억지로 웃음을 지으며 집쥐를 땅굴 속으로 맞아들였다.

굴속으로 들어가 들쥐를 마주한 집쥐가 먼저 전날에 있었던 일을 두고 사과했다.

며칠 전 들쥐를 만났을 때 왜 땅에 굴을 파고 사느냐고 빈정댄 일이 있었기 때문이다. 집쥐는 생각이 짧아서 땅굴을 흉보았던 일을 거듭 사과하고는 들쥐네 옆으로 이사를 했으면 한다고 간곡하게 청했다.

이에 들쥐가 왜 갑자기 들로 나오려 하느냐고 물었다. 그러자 집쥐가 계면쩍다는 표정을 지으며 이렇게 종알거렸다.

"온 집안에 쥐덫을 놓고 우리를 못살게 굴던 주인이 쇠고랑을 차게 됐어. 도둑질을 해도 크게 한 모양이야. 감옥에 간 주인은 항상 우리를 보고 남의 것을 훔쳐먹는 도둑들이라고 했었지. 우리야 버린 것만 주워먹어도 충분해. 일부러 구멍을 내서 훔쳐먹은 적은 없었어. 하지만 인간들은 아낄 줄을 모르고 흥청망청 먹다 그냥 버려. 항상 쓰레기통이 넘쳐흐르는데 왜 우리가 자기들 것을 훔쳐먹겠어? 그런데 그 인간이란 것들이 무작정 우리를 훔쳐먹는 것들이라며 쥐약을 놓고 쥐덫을 놓아 못살게 하는 거야. 어제 내 아이들 넷이 쥐약을 먹고 그만 횡사(橫死)하고 말았어. 도둑질하다 걸려들어 쇠고랑을 찬 그자가 놓은 쥐약에 그만 회생되고 만 거야. 순간 사람 집에 붙어살 것 없다던 자네 말이 생각났어. 자네가 옳았어. 들판에 쥐구멍을 파서 집을 삼고 밤에 사람 집으로 가서 먹을 것을 구하면 된다는 자네 생각이 옳았어."

이야기를 귀담아 들은 들쥐가 도망나온 집쥐를 향해 이렇게 말했다.

"그래, 잘 생각했어. 죽은 새끼들이야 어쩔 수 없지. 인간들의 행패에는 당해낼 자가 없어. 사자도 잡아다 길들여서 돈벌이감으로 챙기는 것들이 인간 아닌가. 자네도 어서 들로 나오게. 함께 살면 돼."

도둑은 군자(君子)를 모른다

우결(牛缺)이란 대선비가 조(趙) 나라의 서울인 한단(邯鄲)으로 가는 도중에 도둑의 무리를 만났다. 입고 있던 옷가지와 수레에 실은 온갖 짐을 통째로 빼앗겼다. 그러나 우결은 빈털터리가 되고도 태연하게 가던 길을 재촉했다. 도둑들이 우결의 태연한 모습을 보고 뒤따라가 그 까닭을 물었다.

"나와 같은 군자는 사람이 사는 데 필요한 물건 따위를 도둑맞지 않으려고 목숨을 버리는 일 따위는 하지 않는다."

우결은 이렇게 의젓하게 도둑 떼에게 말해 주었다. 그 말을 들은 도둑들은 우결을 정말 훌륭한 선생이라고 치켜세우고 물러갔다.

도둑들은 물러나 가만히 생각을 해 보았다.

'저런 우결이 한단으로 가서 임금을 만난다면 임금은 분명 큰 벼슬을 내릴 것이 분명하다. 큰 벼슬아치가 되면 분명 우리를 토벌하자고 임금에게 권할 것이다. 그러니 저 우결을 살려 보내는 것은 죽여 없애 버리는 것만 못하다.'

이렇게 결론을 내린 도둑들은 우결을 죽여 버렸다고 한다.

도둑에게 군자라고 자랑해서 뭐하겠나? 제 자랑을 늘어놓지 못해 안달하는 사람은 우결과 같은 꼴을 면하기 어렵다. 물론 제 자랑을 일삼는다고 해서 목숨을 앗길 염려야 없겠지만 주변 사람들에게 푼수라는 흉을 면하기 어렵다.

우결은 도둑들에게 자신이 군자라고 자랑했다가 목숨을 잃었다. 남의 물건을 훔치는 도둑에게 군자라고 자랑해서 뭐하겠는가. 오히려 도둑은 군자 따위를 능멸하려고 할 뿐이다. 소인배는 대인을 보면 수치심을 느껴 미워하는 마음만 낸다.

짖는 개를 때리지 마라

개는 밥을 주고 키워 주는 주인을 상전으로 모실 줄 안다. 아무리 사나운 개라도 미치지 않은 이상 주인을 몰라보는 짓을 범하지 않는다. 개는 주인 앞에서는 꼬리를 쳐 반갑다는 몸짓을 보일 줄도 알고 낯선 사람 앞에서는 이빨을 드러내고 짖어 경계할 줄도 안다.

자기만을 위해 살면 된다고 주장하던 양주(楊朱)에게는 양포(楊布)라는 동생이 있었다. 어느 날 양포는 흰 옷 차림으로 집을 나갔다가 갑자기 비가 오는 바람에 올 때는 젖은 흰 옷을 버리고 검정 옷으로 집에 들어섰다. 양주의 집 개는 검정 옷차림을 하고 집으로 들어온 사람을 보자 사납게 짖어 댔다. 이에 양포가 주인을 몰라보느냐며 짖는 개를 치려고 했다.

그러자 양주가 동생을 나무라며 말했다.

"개가 무슨 잘못이 있느냐? 너는 집을 나갈 때는 흰 옷차림으로 나가지 않았느냐. 그런데 돌아올 때는 검정 옷차림으로 들어왔지 않느냐. 저 개는 흰 옷을 입고 나간 주인이 검정 옷으로 바꾸어 입고 온 줄을 모르고 짖는 것이다. 개가 너를 보고 짖는 것은 잘못이 아닌데 어찌 개를 잘못했다고 하느냐."

이 말을 들은 양포는 개를 내리칠 수 없었을 것이다. 주인 집 가족인 양포를 알고도 짖은 것이 아니란 것을 양주가 일깨워 준 덕에 개는 억울하게 매를 맞지 않았을 것이다. 개는 마땅한 일을 했다. 낯선 이를 경계하려고 짖은 까닭이다. 짖는 짓만 미워하지 말고 왜 짖어야 하는가를 살펴 둘 일이다. 이처럼 일마나 조심스러워야 한다.

열자가 이야기하는 세 나라

열자가 이야기하는 세 나라를 떠올려 보면 어딘가에 있을지도 모를 다른 세상을 상상하게 된다. 동시에 지금 내가 살고 있는 세상만이 전부가 아니란 생각도 든다. 이 세상도 멀리 떨어져 사는 사람의 눈으로 보면 별세상처럼 보일지 모른다. 이렇게 함으로써 사람은 좁은 소견에서 벗어나 세상을 보는 새로운 눈을 가질 수 있다.

고망국 사람들은 어떠한가?

'고망국(古莽國)에서는 음양(陰陽)이 서로 타고 흐리지 않는다. 그러므로 더위와 추위의 구별도 없다. 햇빛과 달빛이 비치지 않으므로 낮과 밤도 없다. 이런 고망국 사람들은 먹지도 않고 입지도 않는다. 대신 그들은 잠을 많이 잔다. 50일 동안 내리 잔 다음 딱 한 번 깬다. 그리고 꿈속의 일을 사실로 알고 잠에서 깨어나 눈으로 본 일을 허망하다 여긴다.'

살다 보면 몽상을 할 때도 있고 환상을 품을 때도 있다. 세상 근심 다 뿌리치고 꿈나라로 가 살고 싶은 생각이 들 때도 있다. 그러나 나는 고망국 사람들을 부러워하지 않는다.

내가 사는 곳은 해와 달이 빛이고 음양이 오고간다. 갈봄과 여름 그리고 겨울이 철철이 잇따라 있다. 철에 맞는 옷을 입고 밤에는 자고 낮에는 일하는 이곳이 고망국처럼 된다면 그것은 사는 것이 아니다. 그러나 우리의 한평생도 한바탕 긴긴 꿈이라고 생각한다면 고망국 사람들을 흉볼 것은 없다.

중앙국 사람들은 어떠할까?

'중앙국(中央國)에는 남북(南北)에 걸쳐 커다란 강이 흐른다. 동서(東西)로는 큰 산맥이 달린다. 그 넓이가 만여 리가 넘는다. 그곳은 음양의 교류가 있어 춥기도 하고 덥기도 하다. 어둠과 밝음이 분명해 밤낮이 확실하다. 만물이 풍성하고 사람들은 지혜롭기도 하고 어리석기도 하고 예술이 다양하다. 정치도 하고 예법도 지키면서 하는 일들이 하도 많아 이루 다 말할 수 없을 지경이다. 잠도 자고 깨어 있기도 한다. 깨어서 보는 일을 사실로 알고 꿈에서 한 일을 허망한 것으로 본다.'

중앙국 사람들을 보면 마치 우리의 자화상을 보는 것 같다. 산하가 있는 중앙국 산천 역시 우리네 산천과 흡사하다. 지혜롭기도 하고 어리석기도 하다는 중앙국 사람들은 우리를 빼닮았다. 중앙국 사람들도 우리처럼 영리하고 어리석어 제 손의 도끼로 제 발등을 찍는 일을 범할 것 같다.

중앙국에도 정치가 있다니 부정부패가 없을 리 없을 것이다. 예법도 있다고 하니 무례한 짓거리도 허다하리라 싶다. 예술도 다양하다 했으니 퇴폐한 풍조도 없지 않을 것이다. 그렇다면 중앙국의 현실은 우리네 현실과 별로 다를 바가 없겠다.

잠에서 깨어 본 것을 사실로 알고 꿈에서 본 것을 헛것으로 안다는 중앙국 사람들은 아마도 영악하게 살 것 같다. 꿈은 음식에 들어가는 양념처럼 인생을 살맛 나게 하는 법이다. 같은 값이라면 다홍치마라고 이왕 살 바에는 살맛을 맛있게 하는 것을 헛것이라고 몰아칠 것은 없다. 다만 넘쳐서 탈이고 모자라서 아쉬울 뿐이다. 달콤한 꿈은 생선회의 맛을 돋구는 초간장과 같으니 인생을 꿈꾸지 말라 할 것은 없지 않은가.

부락국 사람들은 흉하다

'부락국(阜落國)은 항상 덥다. 해와 달이 항상 내리쬐기 때문이다. 곡식들도 싹을 키우지 못하기 때문에 부락국 사람들은 나무 열매나 풀뿌리만을 먹고산다. 불을 지펴 밥을 해 먹을 줄도 모른다. 성질이 강하고 사나워 강한 자가 약한 자를 후리고 잡아먹는다. 그래서 싸워 이기는 것을 좋은 것으로 여기고 의리 따위는 멸시한다. 바삐 허둥대며 조금도 쉬지 않는다. 항상 깨어 있고 잠을 자지 않는다.'

부락국은 밀림과 같다. 강한 놈이 약한 놈을 잡아먹는 힘의 세상은 깡패와 같다. 우리가 사는 현실도 부락국과 같을 때가 허다하다. 짐승처럼 열매나 풀뿌리를 먹고 살지는 않지만 하는 짓거리를 보면 사슴을 잡아먹는 하이에나의 이빨 같은 인간들이 널려 있다는 생각이 들어 소름이 끼칠 때가 많다.

아내를 생명보험에 들게 해 놓고 마치 교통사고가 난 것처럼 꾸며 제 아내를 죽여 보험금을 타내려다 덜미를 잡힌 놈이야말로 부락국에 사는 인간이다.

조카를 인질로 잡아 돈을 주면 풀어 주겠다 하고는 돈을 챙겨 도망치려고 조카를 돌로 쳐 죽인 삼촌 역시 부락국의 인간이다.

법보다 주먹이 가깝다는 생각을 한 번이라도 해 본 사람은 이미 마음속에 살기(殺氣)를 품고 있는 것이다. 살기등등한 부락국 사람들은 모두 못난 깡패와 같다.

열자는 왜 우리에게 이 세 나라를 소개하는 것일까? 아마도 "당신은 어느 나라 백성에 속하는 인간이오?" 이렇게 물어보고 싶어서 고망국, 중앙국, 부락국 사람들을 넌지시 드러냈지 싶다.

나를 돌아보는 시간

나는 어떤 인간형인가?

1. 묵시형(墨屎型) 인간

남의 눈치 볼 것이 뭐 있느냐? 내가 하고 싶은 대로 사는 것 아니냐? 방탕하면 어떻고 방종하면 어떻단 말이냐? 무엇이든 내 멋대로 하면 그만이지. 남이 하지 말란다고 하지 않고 남이 하란다고 한다면 꼭두각시에 불과하지 않느냐? 그러니 나는 무엇이든 내 멋대로 할 터이다. 이런 인간형을 열자는 묵시(墨屎)라고 했다.

나는 묵시형(墨屎型) 인간인가? 그렇다면 나는 못난 인간이고 어쩔 수 없이 문제아일 뿐이다. 세상에서 문제아는 미운 오리 새끼이기 쉽다. 미운 오리 새끼라고 해서 다 백조가 되는 것은 아니다. 묵시형은 시궁창을 뒤지는 오리 새끼일 뿐이다.

2. 단지형(單至型) 인간

단순하다. 감추고 숨길 것이 없다. 마음의 안팍이 모두 한결 같다면 성실하다. 성실하면 남에게 폐가 될 일을 범하지 않는다. 남을 신경 쓰면서 처신하다 보면 남으로부터 흉잡힐 것도 없고 욕먹을 일도 없다. 그러나 남과 잘 어울릴 수 있을지는 의문이다. 너무나 단순하다 보면 푼수라는 말을 듣기 쉽다. 이런 인간형을 열자는 단지(單至)라고 했다.

나는 단지형(單至型) 인간인가? 그렇다면 나는 단순한 성질 머리 덕에 편할지는 모르나 남으로부터 좀 모자란다는 뒷말을 들을 수도 있다. 토란잎에 앉은 흰나비 꼴이다. 녹색 바탕에 앉은 흰나비는 눈에 잘 띄어 참새의 밥이 되기 쉽다.

3. 천훤형(嘽咺型) 인간

슬플 때는 서럽게 울지만 기쁠 때는 기꺼워할 줄 안다. 울음과 웃음이 함께하는 삶 앞에 두려워하기도 하고 점잖게 마주하기도 한다. 남에게 너그럽고 넉넉하여 용서할 줄 알며 남의 허물을 덮어 주기도 하면서 일을 할 때 여유를 잃지 않는다. 다정하고 은근한 인간을 어느 누가 싫어하겠는가. 이런 인간형을 열자는 천훤(嘽咺)이라고 했다.

나는 천훤형(嘽咺型) 인간인가? 자문해 보라. 그렇다면 가슴 뿌듯할 것이다. 그렇다고 과시하면 거짓말이 되고 만다. 너그럽고 점잖은 사람은 남 앞에 드러내 자랑하지 않는 까닭이다. 녹색의 콩 잎에는 녹색의 자벌레가 걸어가도 콩새는 자벌레를 찾지 못한다. 보호색으로 목숨을 구하는 자벌레처럼 천훤형은 선해서 세상을 여유 있게 대한다.

4. 별부형(憋敷型) 인간

앙칼지고 영악한 사람이 있다. 남에게 지고는 못사는 사람이 있다. 항상 이겨야 한다고 이를 갈며 벼르는 사람이 있으면 그 주변에서는 항상 찬바람이 나게 마련이다. 왜냐하면 앙칼진 사람은 남의 잘못이나 허물을 보면 참지 못하고 격분하기 때문이다. 열자는 이런 인간형을 별부(憋敷)라고 했다.

나는 별부형(憋敷型) 인간인가? 자문해 보라. 세상에는 이런 유형의 인간이 참 많은 까닭이다. 만일 내가 별부형 인간에 속한다고 참회한다면 참으로 다행한 일이다. 똥 묻은 개가 겨 묻은 개를 흉본 것을 뉘우치고 부끄러워한다면 참으로 다행이다. 별부형 인간은 똥 묻은 개꼴이다.

5. 교녕형(巧佞型) 인간

혀를 잘 놀려 달콤한 말로 남을 후리는 인간이 있다. 등치고 간 내먹는 짓을 마다 않고 간사하고 아첨을 떨면서도 부끄러워할 줄 모르는 인간이 있다. 이런 인간은 간신(奸臣)의 무리에 속한다. 세상에는 간신 같은 소인배들이 많게 마련이다. 간신은 남의 비위를 잘 맞추어 제 실속을 무자비하게 챙긴다. 이런

한 인간형을 열자는 교녕(巧佞)이라고 했다.

나는 교녕형(巧佞型) 인간인가? 자문해 보라. 그렇다면 길가에 버려진 헌 신짝만도 못하다. 혀를 잘라 버린다는 심정으로 뉘우칠 일이다. 간신처럼 아첨하면서 세상을 살 수는 없지 않은가? 간신은 독을 품은 암거미와 같다. 암거미는 교미한 제 수거미를 잡아먹지만 결국은 들새의 밥이 되고 만다는 우화가 있지 않은가.

6. 우직형(愚直型) 인간

간사스럽게 영악한 성질머리보다 오히려 둔하고 어리석어 사리에 어두운 인간이 낫다. 둔한 사람은 남을 속여먹을 생각을 하지 않는다. 어리석되 미련하지 않은 사람은 꾀를 내어 사기를 칠 줄 모른다. 그러니 차라리 어리석은 사람이 정직한 사람이다. 우직한 사람을 무식하다고 흉보지 말라. 오히려 정직한 인간이다. 어리석되 정직한 인간을 열자는 우직(愚直)이라고 했다.

나는 우직형(愚直型) 인간인가? 자문해 보라. 그렇다면 부끄러워할 것 없다. 영악한 간신이 되느니 차라리 평범하고 무던한 인간으로 사는 편이 행복하다. 뱁새는 둥지 안의 새가 빼꾸기 새끼인 줄 모르고 열심히 키워 준다. 뻐꾸기 새끼를 길러 준 우직한 뱁새를 누가 욕할 것인가.

7. 안작형(嵃斫型) 인간

눈꼬리를 말아 올려 세모꼴로 치켜 뜨고 남의 약점이나 결함을 잡아 꼬집어 주려는 사람이 있다. 겉보기에는 준수하고 말끔한데 그 속을 들여다보면 깨진 차돌처럼 모가 난 인간이 있다. 성질이 모가 나면 시비를 걸고, 시비는 싸움을 불러오게 마련이다. 칼로 베고 도끼로 찍고 몽둥이로 치려는 듯 성질머리를 모나게 부리는 인간이 있다. 이런 인간을 열자는 안작(嵃斫)이라고 했다.

나는 안작형(嵃斫型) 인간인가? 자문해 보라. 그렇다면 잘 어울리는 사람이 될 수 없다는 것을 인정하라. 이런 인간은 깡패에 불과하다. 주먹을 쓰는 사람만 깡패가 아니다. 성질이 모가 나 시비를 걸어 싸움질을 하면 그 또한 깡패일 뿐이다. 사자도 발바닥에 가시가 박히면 들개의 밥이 되고 만다. 안작형은 바보다.

8. 편벽형(便辟型) 인간

남의 비위를 건드리지 않고 순탄하게 살아가려는 인간이 있다. 그러나 지나치게 공손해 때로는 비굴해 보이기도 한다. 될 수 있으면 시비 따위를 피해 남과 충돌하지 않고 살아가려고 하는 인간이 있다. 그런 사람은 남의 비위를 잘 맞춰 주는 듯이 보인다. 열자는 이런 인간형을 편벽(便辟)이라고 했다.

나는 편벽형(便辟型) 인간인가? 자문해 보라. 그렇다면 별로 칭찬받을 만한 인간형은 아니다. 남의 비위를 건드릴 것까지야 없겠지만 남의 비위를 맞추며 살 것은 없다. 도마뱀은 제 꼬리를 떼어 주고 목숨을 건진다지만 떨어져 나간 꼬리는 망신스럽다. 남의 눈치나 보며 사는 사람은 넋없는 인형과 같을 때가 많다.

9. 교가형(獿㝞型) 인간

성질이 교활한 인간이 있다. 겉으로는 웃는 얼굴이지만 속은 여우같은 인간이 있다. 남을 위해서는 제 털끝 하나 까딱하지 않으려고 하면서 이득을 챙길 일이 생기면 잽싸게 독차지하려는 인간이 있다. 뒷짐지고 슬쩍슬쩍 하는 척만 하다가 불리해지면 쏙 빠지고 이익이 있겠다 싶으면 착 달라붙어 공(功)을 훔쳐먹는 인간이 있다. 음흉하게 숨어 뒤에서 노략질하는 인간형을 열자는 교가(獿犽)라고 했다.

나는 교가형(獿犽型) 인간인가? 가슴에 손을 얹고 솔직하게 자문해 보라. 그렇다면 천하에 가장 못난 인간이라고 뉘우칠 일이다. 독사도 제 몸을 건드리지 않으면 물지 않는다. 그러나 교가형 인간은 자기에게 이익이 되겠다 싶으면 사정없이 독이빨로 누구든 물어 버린다. 교가형 인간이 있으면 선악이 뒤바뀌게 마련이다.

10. 정로형(情露型) 인간

무언가를 속에 숨겨 두거나 감춰 두고는 살지 못하는 인간이 있다. 비밀을 도저히 지켜 줄 수 없는 마음이 입방정을 떨게 하는 인간이 있다. 제 속에 있는 것이면 무엇이든 다 털어 내 제 자랑을 해야 속이 풀리는 인간이 있다. 짓는 개는 물지 못하듯이 독하거나 악하지는 않지만 실속이 없는 떠버리 인간을 열자는 정로(情露)라고 했다.

나는 정로형(情露型) 인간인가? 자문해 보라. 그렇다면 마음속에 걸려 있는 팔랑개비를 걷어치울수록 좋다. 경박하고 경솔한 사람은 빈 수레와 같아 시끄럽기만 할 뿐 듬직하지 못하다. 공작새가 제 날개 자랑하다 동물원에 붙들려 와 망신당하는 법이다. 제 자랑만 늘어놓다 알맹이 없는 쭉정이 꼴이 된 인간이 많다.

11. 건극형(謇極型) 인간

번갯불에 콩 볶아 먹을 듯이 부산하고 촐랑대는 인간이 있다. 무엇 하나 진득하게 하지 못하고 매사가 조급하다. 성미가 급하다 보니 그 성질을 참지 못해 성을 잘 내고 신경질을 부려 공연히 점수만 잃는 인간이 있다. 말도 속사포(速射砲)처럼 쏟아 붓고 행동도 마른 덤불에 붙은 불길처럼 발빠르다. 열자는 이런 인간을 건극(謇極)이라고 했다.

나는 건극형(謇極型) 인간인가? 자문해 보라. 그렇다면 기다리고 참는 지혜를 터득하기 위해 무척 노력해야 할 것이다. 서둘러서 되는 일은 없다. 물길은 서둘지 않아도 바다에 이른다. 발버둥치고 조바심을 낸다고 해서 빨리 되는 것은 아니다. 이런 인간은 덫에 걸린 살쾡이가 발버둥치다 제풀에 꺾여 죽는 꼴이다.

12. 능취형(凌誶醉) 인간

성질머리가 사나워 뾰족한 송곳 같은 인간이 있다. 남의 실수를 눈감아 준다거나 용서해 주는 법이 없다. 사소한 실수도 용납하지 않고 갖은 욕설로 남을 망신스럽게 하는 인간이 있다. 마치 자기는 잘못을 범하지 않는 성현인 양 남을 탓하고 남의 허점이나 약점을 드러내 폭언을 일삼는 인간을 열자는 능취(凌誶)라고 했다.

나는 능취형(凌誶型)인가? 자문해 보라. 그렇다면 고개를 숙이고 숙주나물처럼 숨을 죽이고 사는 지혜를 터득해야 사람 대접을 받고 살 수 있을 것이다. 사나운 성질머리는 제 손으로 제 머리털을 뽑는 꼴을 당하게 마련이다. 성질 사나운 땅벌도 움직이지 않는 것은 쏘지 않는다. 독침을 마구 찔러 대려는 인간은 제명에 못산다.

13. 면정형(眠娗型) 인간

세 치 혀를 잘 놀려 사기를 치려는 인간이 있다. 구변이 좋아 어수룩한 사람을 구워삶아 이득을 챙기려는 인간이 있다. 속이고도 자신은 사기를 쳤다고 인정하지 않는 혓바닥 도둑놈이 있다. 빗 좋은 말로 남을 농락하고 울리는 인간이 있다. 이런 인간 부류를 열자는 면정(眠娗)이라고 했다.

나는 면정형(眠娗型) 인간인가? 그렇다면 혀를 잘라 내도 무방하리라. 세상에 어디 할 일이 없어서 남을 사기 쳐 먹고산단 말인가. 동냥으로 먹고사는 거지는 구걸을 할지언정 남을 등쳐먹거나 속여먹지는 않는다. 그러나 사기로 남을 농락하고 노략질한 인간은 언젠가는 반드시 선인장 위에 주저앉게 마련이다.

14. 추위형(諈諉型) 인간

턱없이 우둔한 사람이 있다. 외고집, 외통수, 벽창호 등은 다 우둔해서 생기는 인간 유형이다. 하나만 알고 둘을 모르면 우둔하고 미련스러워지게 마련이다. 미련한 놈이란 욕을 먹고 사는 인간은 남에게 손가락질 받고 못났다는 비웃음을 스스로 사는 인간이다. 이런 인간을 두고 열자는 추위(諈諉)라고 했다.

나는 추위형(諈諉型) 인간인가? 솔직하게 자문해 보라. 그렇다면 위아래를 살피고 이리저리 생각해 보고 이럴 수도 있고 저럴 수도 있겠다는 융통성을 갖도록 스스로 노력할 일이다. 멧돼지가 제 힘 하나만 믿고 부리로 땅을 파헤치다 땅 속에 숨어 있는 돌부리에 코가 찢겼다는 말을 잊어서는 안 된다.

15. 용감형(勇敢型) 인간

용감한 인간이 있다. 용감해서 보기 좋은 인간도 있고 용감해서 보기 싫은 인간도 있다. 과감하되 신중하면 진실로 용감한 것이고 과감하되 신중하지 못하면 그 용기가 만용이 되기 쉽다. 용기 있는 사람과 만용을 부리는 사람은 사뭇 다르다. 과감하되 신중한 사람을 열자는 용감(勇敢)이라고 했다.

나는 용감형(勇敢型) 인간인가? 자문해 보라. 그렇다면 가슴 뿌듯하게 자신을 귀하게 여겨도 무방하리라. 다만 신중하게 용감한가 아니면 무작정 과감하게 덤비는 만용인가를 살펴볼 일이다. 불을 향해 뛰어드는 불나방이 용감한 것은 아니다. 밝은 빛에 혹해서 뛰어드는 불나방은 오히려 만용이다.

16. 겁의형(怯疑型) 인간

겁이 많아 일을 제대로 하지 못하는 인간이 있다. 겁부터 내는 인간은 의심이 많다. 모든 것이 의심스러워 긍정하는 쪽보다는 부정하는 쪽에 서는 경우가 많다. 겁쟁이는 결국 비겁하고 비굴하다는 흉을 잡히면서도 결단을 내리지 못하고 우물쭈물하다 만다. 겁만 내고 아무 일도 못하는 인간을 열자는 겁의(怯疑)라고 했다.

나는 겁의형(怯疑型) 인간인가? 자문해 보라. 그렇다면 만용을 부리는 인간보다는 낫지만 겁부터 내는 인간이라면 비굴하다고 하겠다. 비굴하거나 비겁한 인간이 된다는 것은 참으로 수치스러운 일이다. 사자가 먹고 난 다음에 남은 부스러기를 얻어먹으려고 둔전거리는 독수리는 사나운 새라기보다는 목에 털이 빠져 겁쟁이로 보일 때가 있다. 겁이 많은 사람은 앙상하게 마른 나뭇가지와 같다.

17. 다우형(多偶型) 인간

벗이 많고 짝이 많아 교류가 넓은 인간이 있다. 마음이 온후(溫厚)하고 두터워 자연스럽게 어울리면서 깊은 정을 쌓는 인간이 있다. 서로 밀어 주고 끌어 주면서 짝이 되어 사는 인간이 있다. 외롭게 살기보다 서로 짝이 되어 살 줄 아는 인간은 입술이 없으면 이빨이 시리다는 이치를 안다. 이런 인간을 열자는 다우(多偶)라고 했다.

나는 다우형(多偶型) 인간인가? 자문해 보라. 그렇다면 스스로 자랑스럽다고 자부해도 흉 될 것은 없다. 서로 돕고 어울려 살려는 마음보다 아름다운 것은 없다. 겨울이 와 날씨가 추워지면 양들은 서로의 등을 대고 모인다. 서로의 체온을 나누며 눈바람을 나누어 막는 인간은 어디서든 바람막이가 되어 환영을 받는다.

18. 자전형(自專型) 인간

자기만 잘난 줄 알고 그것을 드러내려는 독불장군이 있다. 독단이 심해 나 아니면 안 된다는 고집으로 남들을 무색하게 하는 인간이 있다. 무슨 일이든 자신이 직접 챙겨야만 직성이 풀린다며 남에게는 아무것도 맡기지 못하는 인간이 있다. 잘되든 잘 안 되든 자기 혼자 일을 처리하는 것을 당연하게 여기는 인간은 불쌍하다. 이런 인간을 열자는 자전(自專)이라고 했다.

나는 자전형(自專型) 인간인가? 자문해 보라. 그렇다면 자신을 부끄러워하고 뉘우칠수록 좋다. 하는 일마다 뒤틀리고 잘되지 않는 것은 과신(過信) 때문이다. 지나치게 자신을 믿으면 남을 얕보게 된다. 그런 성질머리 탓에 독불장군은 결국 말발굽에 짓밟히고 만다. 세상에서 자기의 힘이 가장 세다고 떠들던

항우장사가 왜 싸움에 졌겠는가? 천하를 자기 혼자 처리하려다 옆구리가 나간 탓이다.

19. 승권형(乘權型) 인간

힘을 믿는 인간이 있다. 그 힘을 권력으로 확신하고 그 권력을 향해 질주하려는 인간이 있다. 이른바 권세를 얻고자 하는 인간은 외곬스럽다. 그리고 권세를 누리게 되면 남을 멸시하고 권력을 남용하는 데 자부심을 갖는 못된 인간이 있다. 열자는 이런 인간을 일러 승권(乘權)이라고 했다.

나는 승권형(乘權型) 인간인가? 자문해 볼 일이다. 그렇다면 자괴(自愧)하고 뉘우쳐야겠지만 그런 사람들이 그렇게 할 리가 없다. 승권형 인간은 자기밖에 모르는 철면피라 권력형 부조리를 행하고도 당당하다는 듯이 웃음을 짓는 배짱을 부리기 때문이다. 미꾸라지 한 마리가 방죽 물을 흐린다고 하지 않는가. 권세에 놀아나는 인간이 따지고 보면 제일 더럽고 못난 놈이다. 집안에 이런 인간이 하나라도 있다면 오늘은 영화를 누리겠지만 내일은 욕을 먹고 고개를 숙이게 될 것이다.

20. 척립형(隻立型) 인간

벗들과 어울려 시름을 잊으려고 하기보다는 홀로 외롭게 삶을 엮는 인간이 있다. 홀로 서기를 원하며 남의 도움 따위를 번거롭게 여기는 인간이 있다. 자립 의지가 너무 강해서 사회 생활이 딱해지는 인간은 자존심이 강해 남에게 굽히려 들지 않으려 하므로 때로는 거만해 보이기도 한다. 이런 인간을 열자는 척립(隻立)이라고 했다.

나는 척립형(隻立型) 인간인가? 자문해 보라. 그렇다면 장단점이 뚜렷한 인간성을 지녔다고 자인해야 할 것이다. 자립하려는 의지는 장점이다. 그러나 홀로 모든 것을 행하려고 하는 성질머리는 단점이다. 세상은 더불어 사는 곳이지 외톨이로 사는 곳이 아니다. 내 인생이 있지만 그 인생은 외딴 섬이 아니다. 내 인생 역시 온갖 사람들과 엮인 한복판에서 펼쳐질 수밖에 없다.

21. 왜 삶이 딱하고 어려울까?

열자는 인간형을 스무 종으로 매겨 놓고 다시 네 가지 인간형으로 나누어 한 패거리를 지은 다음 서여지(胥如志)라는 딱지를 붙여 놓았다. 저마다 모두 생각대로 행동하며 산다는 것이 곧 서여지의 인생이다. 우리는 모두 제 잘난 맛에 산다고 믿고 콧대를 세우고 사는 무리에 속한다. 그래서 우리의 삶은 딱하고 어렵다.

제 마음대로 사는 묵시(墨屎), 단순하기 짝이 없는 단지(單至), 태평스럽게 사는 천훤(嘽咺), 그리고 성질머리 급한 별부(憋敷) 등은 함께 살면서도 서로의 성질을 모르고 자기 뜻대로 가까이하면서 산다. 그들은 친해 보이지만 친한 것이 아니다. 그래서 살기가 어렵고 딱할 때가 많다.

주변이 좋아 말 잘하는 교녕(巧佞), 어리석어 꽉 막힌 우직(愚直), 모가 나 시비를 자주 거는 안작(婩斫), 그리고 남의 비위를 잘 맞추는 편벽(便辟) 등은 함께 살면서도 서로 성격이 다른 줄 모르고 함께 교제하면서 산다. 서로 친하게 교제하면서 사는 것처럼 보이지만 서로 제 성질머리대로 계산하면서 산다. 그래서 살기가 어렵고 얽힐 때가 허다하다.

교활하고 음흉한 교가(獿忬), 속을 있는 대로 다 드러내는 정로(情露), 성질이 급해 성을 잘 내는 건극(謇極), 그리고 사납고 사나워 욕설을 잘 퍼붓는 능취(凌誶) 등도 한 무리를 이루며 저마다 뜻대로 사귄다. 물론 서로 성질이 다르다는 것을 모르고 함께 산다. 그래서 서로 딴청을 부리며 사느라 살기가 어렵고 힘들다.

남을 속이고 농락하는 면정(眠娗), 남에게 못난이 취급을 받는 추위(諈諉), 과감하여 앞장서기를 좋아하는 용감(勇敢), 그리고 겁이 많아 의심이 많은 겁의(怯疑) 역시 서로의 성질을 모르며 한 무리를 이루어 산다. 서로 개성대로 산다고 하지만 뜻대로 안 되는 것이 세계라는 것을 깨우칠 줄 모른다. 그래서 살기가 딱하고 어렵다.

남들과 잘 어울리며 사는 다우(多偶), 제 주장을 앞세워 남의 의견을 무시하는 자전(自專), 권력을 추구하고 권세를 부리려는 승권(乘權), 그리고 스스로 고독하기를 바라며 자립하려는 척립(隻立) 등도 서로 성질을 모르면서 함께 무리지어 산다. 그러나 이들은 서로 돌봐 주기보다는 마음보다 현실에 잘 부응해 저마다의 생각대로 세상을 헤쳐 나가려고 한다. 그래서 인생이 막막하고 얽힌다.

세상에는 열자가 나누어 놓은 네 가지 무리들이 따로따로 있는 것이 아니다. 열자가 나열한 스무 가지 인간형이 비빔밥처럼 얽혀 있는 것이 곧 인간의 세상이요, 현실이다. 백인백색(百

人百色)이란 말은 바로 그런 인간형들의 무리를 말하고 있다.

나는 스무 종의 인간형 가운데 어떤 유형에 속할까? 이렇게 자문해 보면 스스로에 대해 새삼스럽게 놀라게 된다. 자랑스럽기보다는 그렇지 못한 인간형에 속한다는 자신을 발견하고, 그로 인해 자책감을 느끼는 무서운 순간을 마주하기 때문이다.

천지를 모두 속일 수는 있어도 나 자신은 속일 수 없다. 그래서 추하고 험하고 흉한 자화상을 발견하는 순간 나 자신을 혁명할 수 있는 길을 찾을 수 있는 기회를 얻는다.

그러나 인간이 이루어 가는 세상에는 선이 악을 물리치려는 기(氣)가 있다. 그러한 기를 우리는 덕이라고 한다. 우리 모두 덕을 숭배하고 부덕을 부끄러워한다. 이처럼 우리는 바람직한 인간으로 살 수 있는 바탕을 간직하고 있다.

삶의 등불이 되는

성현의 지혜

덕(德)을 밝혀라

명덕(明德)이란 말씀이 있다. 여기서 명(明)은 내가 나를 밝힌다는 뜻이므로 명덕은 나를 밝게 하는 덕이다. 어리석은 나를 슬기롭게 하는 것이 덕이다. 슬기로움이란 목숨을 소중히 하는 마음, 즉 덕(德)을 따름이다.

덕이란 무엇인가? 만물에 두루 통하는 길이 덕이다. 나에게만 좋고 남에게는 해롭다면 그것은 덕이 아니다. 그래서 이해로 따지는 마음의 덕은 얇다. 덕은 이해로 따져 저울질하지 않는다. 모두를 긍정하고 모두를 사랑하라. 이것이 곧 덕이다.

사람과 친하게 살라. 사람을 나누어 차별하지 말고 모든 사람과 친하게 살라. 이것이 곧 친민(親民)의 삶이다. 친민의 덕이야말로 가장 소중한 삶의 힘이다. 현명한 부모는 자녀에게 무엇보다 먼저 친민을 유산으로 남겨 주려고 한다. 남들과 어울려 사는 방법을 터득하도록 자녀를 돌보는 부모야말로 친민의 선생이다.

선(善)에 머물러 살라. 어질고 착한 사람이 되라 함이다. 이것이 곧 지어선(止於善)의 삶이다. 선이란 무엇인가? 어렵게 생각할 것 없다. 검소한가? 그러면 선이다. 겸허한가? 그러면 선이다. 용서하고 돕는가? 그러면 선이다. 사랑하는가? 그러면 선이다.

무슨 일이 있어도 악(惡)에 머물지 말라. 악이란 무엇인가? 이 또한 어렵게 생각할 것 없다. 사치스러운가? 그러면 악이다. 오만한가? 그러면 악이다. 오해하고 해치려는가? 그러면 악이다. 시기하는가? 그러면 악이다.

지어선(止於善)이야말로 친민의 실천이다. 선하면 사랑하는 것이고 사랑하면 친한 것이다. 그러므로 친선(親善)이 곧 덕을 밝히는 삶이다. 이보다 더 훌륭한 삶은 없다.

성(誠)을 따르라

하늘을 우러러 한 점 부끄럼 없이 산다면 세상 앞에 두려울 것이 하나도 없다. 그러나 그렇게 사는 사람은 없다고 보아도 무방하다. 누구든 저마다 부끄러운 삶의 상처를 가슴에 안고 사는 까닭이다. 그래서 성의를 다해 살라고 한다.

성의(誠義)란 무엇인가? 내가 나를 속이지 않는 것, 즉 무자기(毋自欺)가 곧 성의이다. 무자기는 가장 무섭고 엄한 말씀이다. 내가 나를 속이지 말라. 이는 자신에게 거짓을 범하지 말라 함이다. 온 세상 사람을 다 속일 수는 있어도 나 자신은 속이지 못한다.

거짓을 범하지 말라는 것이 곧 성의다. 진실하라. 성실하라.

충실하라. 이 말씀들 역시 성을 다하라 함이다. 거짓을 범하지 말라. 핑계를 대지 말라. 구실을 붙여 피하지 말라. 게으름을 피우지 말라. 해야 할 일을 피하지 말라. 그러면 저절로 성을 다할 수 있다. 이처럼 성이란 무자기를 떠나서는 이룰 수 없다.

겸손한 마음에는 거짓이 없다. 오만한 마음에 거짓이 끼어든다. 거짓이란 속이는 짓이다. 겸손한 마음은 속임수를 가장 무서워하고 멀리한다. 그래서 정직한 마음이 곧 겸손한 마음이다. 이러한 마음을 간직한 사람은 모든 일에 신중하고 삼갈 줄 안다.

삼가는 것이야말로 할 일과 하지 말아야 할 일을 가려서 조심스럽게 산다는 말씀이다. 신중(愼重)하라. 자신을 가볍게 하지 말라 함이다. 자신을 귀하게 하느냐 천하게 하느냐의 문제는 오로지 자신에게 달려 있다. 자신을 성실하게 하면 귀해지고 자신을 거짓으로 칠하면 천해진다. 자신이 소중하고 귀한 주인이 되려면 무엇보다 먼저 성의를 다해 살아가야 한다.

마음을 바르게 하라

나를 닦아라〔修己〕. 나를 지켜라〔守身〕. 어떻게 나를 닦고 어떻게 나를 지키라는 것일까? 마음을 곧고 바르게 하면 그것이 곧 수기(修己)요, 수기(守己)이다. 거울에 땟자국이 있으면 닦아 내듯이 마음에 땟자국이 있으면 닦아 내라. 나아가 마음에 땟자국이 끼지 않게 하는 것이 공자가 바란 수기이며 맹자가 바란 수신이다.

곧고 바른 마음이 나를 닦고 지키는 목적이다. 정심(正心)으로 사는 것이 성의를 다한 삶이다. 인생을 과하게 이끌지 말고 넘치게 탐하려고 잔재주를 부릴 생각을 하지 않으면 마음을 졸이고 애태울 일이 없다. 그러면 마음이 편하다. 그러므로 정심은 곧 안심이다.

노여워하지 말라. 그러면 마음이 곧고 바를 수 없다. 성난 파도가 바위를 할퀴듯이 인생을 노엽게 몰아가지 말라. 두렵게 하지 말라. 두려워할 짓을 하면 마음이 곧고 바를 수 없다. 인생을 도둑질한 장물처럼 끌어가 두렵게 하지 말라. 좋아하는 것이 있어 즐기고, 싫어하는 것이 싫증난다면 그 또한 마음을 곧고 바르게 할 수 없다. 놀아나는 인생은 거품이요, 지겨운 인생은 짐스럽다. 인생을 비누 거품처럼 들뜨게 하지 말라. 인생을 납덩이처럼 가라앉게 하지 말라. 곧고 바른 마음을 해치게 된다. 걱정하는 마음, 근심하는 마음은 곧고 바름을 누리지 못한다. 걱정하거나 근심한다고 해서 안 될 일이 된다거나 될 일이 안 되는 경우는 없다. 차라리 정성을 쏟아 삶을 미리미리 살펴 둘 일이다. 그러면 마음이 편해 곧다.

용서(容恕)하라

마음속에 서(恕)를 품어 담아 두라〔容恕〕. 서(恕)는 인(仁)을 실천하는 마음이다. 어진 마음이 곧 인이다. 어진 마음은 어떤 마음일까? 효(孝)와 제(弟) 그리고 자(慈)가 어진 마음의 씨앗들이다. 받들어 모시는 마음이 효이고 돌보고 보살펴 따르게 하는 마음이 제이다. 나아가 남김없이 사랑하고 안아 주는 마음이 자이다.

부모, 형제, 자매 사이에 나누어 갖는 정이 가장 서에 가깝다. 선하고 착하고 따뜻하게 대하는 마음이야말로 서의 모습이다. 삶 앞에서는 될 수 있는 한 용서하라. 그러면 구겨졌던 삶도 펴지고, 맺혔던 일도 풀린다. 송사(訟事)에 매달리지 말고 용서하는 마음을 찾아라. 집안의 어른들은 예부터 그런 것이 바로 큰사람의 도리라고 말했다.

걸핏하면 고소와 고발을 들먹이면서 인생을 재판에 붙이려는 사람은 용서할 줄 모른다. 사납고 게걸스런 사람은 용서할 줄 모른다. 제 것만 소중히 하고 남의 것은 업신여기는 생각을 부끄럼 없이 내는 사람 역시 용서할 줄 모른다. 그렇다고 남에게 용서할 줄 알라고 윽박지를 수는 없다. 용서는 스스로 행하는 것이지 남에게 강요당해 행하는 법이 아닌 까닭이다.

용서는 복을 짓는 일이다. 복이란 무엇인가? 덕성이 되돌려 주는 보람이다. 덕을 쌓는 마음은 용서하는 마음으로 통한다. 그런 마음은 스스로 닦고 지켜야 하는 것이지 누가 강요한다고 해서 닦아지고 지켜지는 것이 아니다. 용서해 달라고 비는 사람이 제일 못난 사람이다. 용서할 줄 아는 사람은 남에게 용서를 빌지 않는다.

어기지(拂) 말라

인간이 짓는 재앙(災殃)은 그냥 닥치지 않는다. 인간이 못할 짓을 범했을 때만 닥치는 법이다. 인간이 해서는 안 되는 짓을 범했을 때 본성(本性)을 어겼다고 한다. 어기지 말라[勿拂]. 물불(勿拂)하면 선하다. 그러니 본성을 어기지 말라. 그러면 착하고 어질다. 이렇게 다짐해 두면 인간이 짓는 재앙은 일어나지 않는다.

세상에는 남이 좋아하는 것을 싫어하는 인간이 있다. 또한 남이 싫어하는 것을 좋아하는 인간이 있다. 이런 인간을 심술궂은 악한(惡漢)이라고 한다. 악한은 누구인가? 선을 싫어하고 악을 좋아하는 놈이다. 이런 놈이 주변에 있으면 행복한 인생은 물 건너가고 만다. 그래서 성현들은 무슨 일이 있어도 본성을 어기지 말라고 했다.

본성을 어떻게 새기면 될까? 인자한 마음, 선한 마음 정도로 알면 된다. 마음씨가 착하고 어질면 그 마음씨가 곧 본성이다. 큰사람은 이런 본성을 지키려고 부단히 노력한다. 훌륭한 부모치고 군자 아닌 자가 없다고 하는 것은 훌륭한 부모는 자녀에게 착한 사람이 되라고 모범을 보이기 때문이다.

군자는 누구인가? 스스로 착하고 스스로 어진 사람이다. 군자는 스스로 그렇게 하려고 충(忠)과 신(信)을 다하는 큰사람이다. 충은 곧고 바른 마음을 다함이고 신은 경을 다하는 마음이다. 경은 악을 억제하고 선을 넓히는 마음이다. 군자는 이런 충과 신을 온몸을 다해 지켜 스스로 착하고 어질게 사는 사람이다. 그러므로 큰사람은 본성을 어기지 않는다.

의리(義利)가 있는가?

재물(財物)은 이롭다. 그러나 재물이 해로울 때도 있다. 의로운 재물은 이롭고 의롭지 못한 재물은 해롭다. 권력으로 벌어들인 재물이 드러나 법망에 걸려들면 그 재물을 헌납(獻納)하겠다고 말하는 뻔뻔스러운 인간이 많아졌다. 헌납이라니? 헌납한다는 것은 당당한 것을 바치는 것이지 부끄러운 것을 억지로 넘기는 것이 아니다. 땀 흘려 정직하게 번 재물이 아니라면 헌납할 것이 못된다. 더러운 재물이라면 몰수하여 나라가 깨끗이 빨아서 다시 써야 한다.

부정, 부패, 탈세, 권력형 부조리 등등 모조리 남의 등을 쳐서 벌어들인 것들은 이로운 재물이 아니다. 그런 재물은 모두 해로운 것들이다. 이로운 재물은 사람을 빛나게 하고 해로운 재물은 쇠고랑을 차게 한다. 그래서 어진 사람은 몸으로써 재물을 일으키고〔仁者 以身發財〕, 어질지 못한 사람은 재물로써 몸을 일으킨다〔不仁者 以財發身〕. 이신발재(以身發財)는 땀 흘려 노력해 재산을 일군다는 뜻이고, 이재발신(以財發身)은 부끄럽게 재산을 긁어모은다는 뜻이다.

진실로 자신이 땀 흘리고 노력해 부자가 되었다면 그보다 더 멋있고 보기 좋은 출세는 없다. 그렇게 모아 부자가 된 사람의 재산은 의리가 있는 재물이다. 당당하고 떳떳한 재산이 곧 의리의 재물이다. 그러므로 어진 사람은 곧고 바른 마음으로 부지런히 재물을 벌어들이고, 아끼고 소중하게 소비하므로 부족하지 않다. 부족하지 않으므로 구차할 것도 없다.

중용(中庸)하라

마음이 큰 사람은 중용(中庸)이고 마음이 작은 사람은 반중용(反中庸)이다. 《중용(中庸)》의 첫 장은 이렇게 시작된다. 《중용》은 사람이 되는 방법을 터득하게 해 주는 가장 훌륭한 선생이다.

중용이면 마음이 크고 넓고 깊어 어질고 착한 사람이 되고 반중용이면 마음이 작고 좁고 얕고 거칠어 악한 사람이 된다. 큰사람이 되게 하는 중용을 어떻게 새기면 될까? 부끄러운 줄 알고 꺼릴 줄 알아 앉을 자리, 설 자리를 알아차리고 마음과 행동을 조심하는 몸과 마음가짐이라면 중용을 누릴 수 있다. 중용을 시중(時中)이라고도 한다. 알맞게 하라 함이 곧 중용이다.

못나고 몹쓸 사람을 두고 파렴치(破廉恥)하다고 욕한다. 염치를 파괴하는 사람은 세상의 손가락질을 면할 수 없다. 염(廉)은 맑고 깨끗한 마음이고 치(恥)는 부끄러워할 줄 아는 마음이다. 마음을 더럽고 추하게 하면서 부끄러워할 줄 모르는 사람을 두고 염치없는 놈이라고 욕한다. 염치없는 짓거리가 곧 반중용이다. 반중용은 무기탄(無忌憚)이어서 파렴치하다.

검소한가? 그러면 중용이다. 겸허한가? 그러면 중용이다. 경솔하지 않고 신중한가? 그러면 중용이다. 찬물도 쉬엄쉬엄 마실 것이요, 돌다리도 두드린 다음 건너갈 일이다. 모자라지도 않고 지나치지도 않게 알맞게 삶을 경영하라. 그러면 중용의 삶을 살 수 있다.

사는 맛을 아는가?

공자는 《중용》에서 먹고 마시지 않는 사람은 없으나〔人莫不飮食〕 그 맛을 아는 사람은 드물다〔鮮能知味〕고 밝혀 두었다. 먹고 마시면서도 그 맛을 아는 이가 드물다는 공자의 말씀을 두고두고 새겨 볼 일이다. 왜냐하면 살면서도 사는 맛을 제대로 바르게 알고 사는 이는 드물기 때문이다.

구린내 나는 인생을 엮느니 향기나는 인생을 누리는 것이 얼마나 다행인가. 행운을 빌고 행복을 바란다면서 구린내 나는 짓을 범하고 어찌 사는 맛을 안다고 하겠는가? 잘살아 보자고 하다가 험한 꼴을 당하는 사람들은 게걸스럽게 먹어치운 탓에 맛을 음미할 줄 몰라 배탈이 난 것이다. 넘치고 지나쳐서는 복을 받기 어렵다. 매사에 중용하라. 그러면 복을 짓고 받는다.

재수가 없어 실패했다고 핑계대지 마라. 운수는 점괘일 뿐 현실은 아니다. 살아가는 일을 곰곰이 따져 보라. 그러면 사납고 지나쳤던 허물이 드러날 것이다. 돌개바람에 풍선을 띄우는 사람은 약고 영악할 뿐이어서 결국 변을 당해 터지고 만다.

간을 알맞게 맞춰야 음식 맛이 나듯이 인생의 간도 알맞아야 한다. 중용이니 시중이니 하는 말씀은 지나치지 않게 알맞게 삶의 맛을 내는 방편이다. 너무 싱겁게 살면 흉하여 꺼릴 것이 많고, 너무 짜게 살면 독해서 험한 꼴을 당한다.

어떻게 강한가?

강함을 묻는 자로(子路)에게 공자가 이렇게 밝혀 주었다.

"남방의 강함인가, 북방의 강함인가, 아니면 자네의 강함인가? 너그럽고 부드러움으로 가르치고, 무모해도 보복하지 않는 것이 남방의 강함이지. 군자(君子)는 그렇게 산다. 무기와 갑옷을 벗어 요처럼 깔고, 죽기를 싫어하는 것은 북방의 강함이지. 강자(强者)는 그렇게 산다."

군자는 너그럽고 부드럽게 산다. 그래서 어울리면서도 어느 한편에 기울어지지 않는다. 이것이 삶의 중립(中立)이다. 중립은 편을 들지 않는다. 그렇다고 유리한 쪽에 붙으려는 속셈이 있는 것도 아니다. 남의 눈치 따위에 흔들림 없이 자신의 뜻에 따라 선하게 사는 것이 중립이다. 중용(中庸), 시중(時中), 중립(中立)은 다 같은 말씀이다. 공자는 이러한 삶을 두고 강하다 했다.

바람에 흔들리는 갈대처럼 사는가? 그렇다면 보잘것없는 기회주의자(機會主義者)에 불과하다. 기회주의자는 항상 남의 뒤를 좇다가 먹다 남은 생선뼈나 핥는 꼴을 면치 못한다. 그러나 꿋꿋하고 당당하게 자신의 뜻에 따라 선하고 착하게 중심을 잡고 사는 사람은 남이 남겨 준 밥을 얻어먹지 않는다.

너그럽고 부드러운 사람이 거칠고 강폭한 사람보다 더 강하다. 거칠고 강폭한 사람은 끊임없이 도전에 응해야 하지만 너그럽고 부드러운 사람은 만나는 족족 벗으로 만들기 때문에 응전할 필요가 없다. 싸울 일이 없으므로 서로 어울린다. 이러한 어울림을 강자는 미처 모르고 항상 싸움에서 이겨야 한다는 강박감(强迫感)에 짓눌려 단 하루도 마음을 놓지 못한다.

군자(君子)를 새겨라

군자는 제 위치에 맞는 만큼 행하지 분수를 넘어서 행하거나 바라지 않는다. 남의 떡을 보고 김칫국부터 마시는 사람은 얌체일 뿐이다. 얌체는 소인이지 대인은 아니다.

군자는 부유하면 부유한 대로 살고 가난하면 가난한 대로 산다. 부유하다고 해서 가난한 사람에게 과시하지 않고, 부유함을 숨기려고 청승떨지도 않는다. 가난하게 산다고 해서 부자의 비위를 맞추려는 짓거리도 하지 않는다. 그저 구김살 없이 마음 편히 산다. 과시하는 인간이나 주접떠는 인간이나 소인에 불과하다.

군자는 윗자리에 있다고 해서 아랫사람을 업신여기지 않으며 아랫자리에 있다고 해서 윗사람을 붙잡지 않는다. 윗자리에 있다고 군림하는 자도 못난 놈이고 윗사람에게 잘 보이려고 뇌물을 바치는 아랫사람도 못난 놈이다.

군자는 자기를 바르게 하고〔正己〕 남에게 빌붙지 않는다〔不求於人〕. 이렇게 하면 원망할 것이 없다고 한다. 잘해 주면 좋다 하고 못해 주면 싫다 하는 성질머리는 소인의 변덕이다.

나에겐 그런 성질이 없는가? 제 입에 달면 좋아라 하고 제 입에 쓰면 돌아서는 세태가 왜 벌어지는가? 하늘을 원망하고 사람을 탓하는 짓거리가 왜 생기는가? 따지고 보면 내가 못나서 그렇게 되는 경우가 허다하다. 허세를 떠는 소인은 세상이 무서운 줄을 모른다. 하룻강아지 범 무서운 줄 모르면 호랑이(세상)의 밥이 되고 만다.

어긋나지 마라

첫 술에 배부를 수는 없다. 천 리 길도 한 걸음부터 걸어야 한다. 일에는 모두 순서가 있다. 그 순서를 어기고 어긋나게 한다면 어찌 집안이 편하겠는가. 순리를 어기면 일마다 어긋나게 마련이다. 어긋나지 않게 하려거든 일마다 순서가 있음을 잊지 말아야 한다.

멀리 가려면 반드시 가까운 곳에서부터 가야 하고 높이 올라가려면 반드시 낮은 곳에서 올라가야 한다. 가장 가까운 곳과 가장 낮은 곳은 어디일까? 그곳은 바로 나 자신이다. 내가 있고 가정이 있고 사회가 있고 나라와 세계가 있다. 이처럼 가정도 사회도 나라도 천하도 나로부터 시작된다.

가정이 바르게 되려면 먼저 나 자신이 바른 사랑이 되어야 한다. 부모가 제대로 되어야 자녀도 따라서 제대로 되는 법이다. 콩 심은 데 콩 나고 팥 심은 데 팥 난다고 하지 않는가. 가정이 잘되어야 자녀도 사회에 나아가 잘될 것이 아닌가. 왕대밭에서는 왕대가 자란다.

나를 닦고〔修己〕 나를 지키고〔守己〕 나를 곧게 하고〔直己〕 나를 바르게 하고〔正己〕 등등은 가까운 곳에서 가는 방법이고 낮은 곳에서 올라가는 방법이다. 지름길을 찾으려 하지 말 것이요, 샛길을 엿보지 말라 함이다. 군자는 큰길로 가지 골목길로 접어들어 옹색하게 가지 않는다. 남보다 빨리 가려고 성큼성큼 가지 않는다. 그렇게 가서야 어찌 멀리 갈 수 있을 것인가. 또한 남보다 더 높이 올라가려고 사다리를 놓지 않는다. 사다리를 놓게 되면 시샘하는 무리가 생겨 그 사다리를 밀어 버린다. 그러면 망신만 당할 뿐이다. 그래서 군자는 사람 세상을 억지로 붙들려고 하지 않는다.

귀신(鬼神)이 두렵다

귀신(鬼神)의 덕 됨〔爲德〕은 성대하다고 공자는 밝히고 있다. 선하면 반드시 복을 내리고 악하면 반드시 화를 내리는 것을 두고 귀신위덕(鬼神爲德)이라고 한다. 귀신은 한 치의 어긋남도 없이 세상을 돌본다고 보는 셈이다. 이를 두고 명(命)을 기다린다고 한다. 사필귀정(事必歸正)이 바로 그 명(命)의 기다림이다.

귀(鬼)는 음(陰)의 영(靈)이고 신(神)은 양(陽)의 능(能)이라고 보는 것이 귀신에 관한 동양적 시각이다. 음의 영은 땅의 힘인 셈이고 양의 능은 하늘의 힘인 셈이다. 넓게 뻗쳐 내려오는 기운이 신(神)이요, 돌이켜 돌아 올라가는 기운이 귀(鬼)이다. 귀신이란 곧 천지를 뜻한다. 천지가 허락하므로 우리가 살 수 있다는 생각이라야 천명(天命)의 뜻을 헤아릴 수 있다.

귀신이 덕이 된다〔鬼神爲德〕고 함은 곧 천명을 새겨 두게 한다. 귀신의 덕 됨을 두려워하라. 그러면 화를 당할 리 없다. 귀신의 덕 됨을 어찌 두려워하지 않을 것인가. 그러나 하늘이 무심하다고 한탄하는 경우가 있다. 왜냐하면 벌 받을 짓을 한 놈이 뻔뻔스레 세상을 비웃는 꼴이 허다한 까닭이다. 그러나 맞은 사람은 발 뻗고 편히 자도 때린 놈은 밤잠을 설친다고 하지 않는가. 도둑은 제 발 소리에 놀라고 양심을 어기고 산다는 것은 가슴에 납덩이를 달고 사는 거라고 하지 않는가. 가뿟하게 살고 싶은가? 그렇다면 귀신위덕(鬼神爲德)이란 말을 잘 새겨 볼 일이다.

어떤 길을 닦는가?

권세를 잡는 길을 닦는가? 부자가 되는 길을 닦는가? 인기(人氣)를 잡는 명사(名士)의 길을 닦는가? 하여튼 출세(出世)의 길은 다양하고 다채롭다. 그러나 그 많은 출세의 길을 닦기 전에 반드시 먼저 자기 스스로 닦아야 할 길이 있다. 그 길이란 어떤 길일까? 공자는 이에 대해 수도이인(修道以仁)이라고 분명하게 답해 놓았다.

인(仁)으로써 도(道)를 닦아라. 무슨 길을 닦든 간에 가장 먼저 어질고 착한 인간이 되는 길부터 닦아 두라 함이다.

어질고 착한 것이 사람이다. 이것이 공자 사상의 핵심이다. 어질고 착한 사람이 되지 않고서 권세의 길, 부자의 길, 명성의 길 따위를 아무리 닦아 봤자 위선이라고 보는 것이 공자 사상의 핵심이다.

크고 중한 인(仁)은 무엇인가? 공자는 친친(親親)이라고 간단히 답해 놓았다. 무슨 일이 있어도 부모 형제와 친하라. 이것이 친친이다. 서로 핏줄을 잇고 있으니 불화하지 말고 친하게 살라. 이것이 없으면 효제도 없다. 부모를 모시는 효(孝)도 친친에서 비롯되고 자식을 돌보고 키우는 제(弟)도 친친에서 비롯된다.

또 크고 중한 인(仁)은 무엇인가? 공자는 의(義)라고 간명하게 해답했다. 의란 마땅한 것〔宜〕이다. 당당하고 의젓하고 떳떳할 때 의당(宜當)하다고 하지 않는가. 부끄러워할 것이 없으면서도 항상 부끄러워할 줄 아는 것이 의이다. 그러니 수도이인의 이인(以仁)을 이인의(以仁義)라고 새기고 길을 닦아야 한다.

미리 준비하는가?

겨울을 보내고 봄이 되어서야 겨울옷이 소중한 것을 안 사람은 어리석다. 추위를 겪고 나서야 솜옷의 소중함을 알았으니 겨울 내내 얼마나 떨었겠는가. 가을에 미리 솜옷을 준비했다면 떨지 않았을 터이다. 현명한 사람은 미리미리 준비를 해 놓는다.

무슨 일이든 미리 준비되어 있으면 이루어지고 준비되어 있지 않으면 무너진다. 먼저 생각한 다음에 한 말은 가볍게 들리지 않는다. 일의 뒤끝이 곤란해진 것은 준비를 게을리한 탈이다. 무슨 일이든 정성(精誠)되게 행한다면 탈이 날 확률이 그만큼 줄어든다. 정성은 어떤 일을 행하기 전에 빈틈없이 준비하는 마음에서 싹튼다. 그래서 정성을 미래의 눈이라고 한다.

《중용》에 보면 정성〔誠〕이란 하늘의 길〔誠者天之道〕이며, 정성을 다하는 것은 사람의 길〔誠之者人之道〕이라고 했다. 부끄러워할 것이 없는가? 이렇게 자문하는 마음이 성이다. 뉘우칠 것이 없는가? 이렇게 생각하는 마음이 성이다. 후회할 것이 없는가? 그렇게 생각하는 마음이 성이다. 꺼릴 것이 없는가? 숨기고 감춘 것이 없는가? 그렇게 헤아려 보는 마음이 성이다. 그래서 성이란 사람이 걸어가기 참으로 어려운 길이다. 사람이 행하기 어려운 도를 일러 하늘의 도〔天之道〕라 하지 않는가. 그러니 성실(誠實)하라 함은 하늘을 두려워하라 함이다.

마음을 밝게 하라

'성(誠)을 다함으로써 밝아지는 것을 성(性)이라고 한다〔自誠明謂之性〕. 밝아짐으로써 성을 다하는 것을 교(敎)라고 한다〔自明誠謂之敎〕. 성(誠)하면 명(明)이요〔誠側明矣〕, 명(明)하면 성(誠)이다〔明則誠矣〕.'

《중용》은 이렇게 선언하고 있다.

성(性)은 하늘의 명령이다. 존재하는 것은 무엇이든 저마다의 본분이 있다. 사람은 사람답게, 새는 새답게, 토끼는 토끼답게, 지렁이는 지렁이답게, 나비는 나비답게, 소나무는 소나무답게, 민들레는 민들레답게 태어나고 살다가 죽는 것이 저마다 지닌 존재의 본분이다. 그 본분을 지키는 것을 성이라고 한다. 그러나 이 중에서 본분을 어기려는 존재가 딱 하나 있다. 그 하나는 바로 인간이다.

사람을 제외한 모든 생물(生物)은 다 밝다. 말하자면 사람을 제외한 모든 생물은 명(明)을 끄지 않는다. 오직 사람만이 명을 끄려고 속셈을 내고 음모를 꾸민다. 인간은 숨기고 감추고 훔치고 빼앗아 온갖 거짓을 일삼는다. 이런 짓거리들이 명을 끄는 짓이다. 그런 짓을 혹(惑)이라고 한다.

어두우면 불을 밝힌다. 이것이 명(明)이다. 욕심이 사나운 마음은 어둡다. 감추고 숨길 것이 있기 때문이다. 캄캄한 마음을 밝게 하는 것이 교(教)이다. 마음을 정직하게 하면 밝다. 훔치려는 마음은 어둡다. 훔치려는 마음을 버리고 뉘우친다면 어둡던 마음이 밝아진다. 이처럼 어두운 마음에서 밝은 마음으로 돌아오는 것을 두고 부끄러워할 줄 안다 하고 뉘우칠 줄 안다 한다. 이러한 부끄러움과 뉘우침을 배우는 것이 곧 삶을 행복으로 이끄는 방법이다. 이런 방법을 터득하는 것을 두고 삶의 성(誠)이요, 교(教)라고 한다. 그리고 이것을 다 묶어 명(明)이라 한다.

스스로 이룬다

'성(誠)은 스스로 이루는 것이며〔誠者自成〕 도(道)는 스스로 가는 것이다〔道自道〕. 성은 만물의 처음이며 끝이다〔誠者物之終始〕. 성이 아니면 만물은 없다〔不誠無物〕.'

《중용》은 이렇게 단언하고 있다.

어질어라 한다고 해서 어진 사람이 되지 않는다. 스스로 어진 사람이 되는 법이다. 남이 시킨다고 해서 되는 것이면 그것은 성(誠)이 아니다. 성은 사람이 만든 법령(法令)에 따르지 않는다. 이미 스스로 정해져 있어서 사람이 피할 수 없는 것이 곧 성(誠)이요, 성(性)이다. 그렇기 때문에 하늘의 도〔天之道〕, 하늘의 명〔天之命〕이라고 하는 것이다.

성실한가? 그렇다면 겁날 것이 없다. 하늘의 명을 어기지 않았다면 천벌을 받을 리가 없는데 무엇을 무서워할 것인가. 무서울 것이 없는데 무엇을 겁낼 것인가. 성실하게 살면 그보다 더 마음이 편할 수 없다. 마음 편히 사는 것이 곧 성(誠)의 삶이다. 나쁜 짓을 해 놓고도 마음 편하게 사는 놈이 있다면 그런 놈은 인간이 아니다.

성실을 소중히 하고 귀하게 여기면 삶은 저절로 당당해지고 떳떳해져 그야말로 사는 일마다 밝아진다. 수작하지 말라. 음모를 꾸미지 말라. 순리대로 성실하게 살라. 그러면 저절로 자기가 자신을 이룰 수 있다. 자신을 이루는 것을 두고 일을 성공시킨다고 한다. 일을 성공시키는 것〔成事〕이 곧 자신의 삶을 이룩한 것이 아니겠는가. 성실해서 자신을 이룩하는 것〔成已〕이 곧 착한 삶이다. 그래서 성기(成己)를 일러 성(誠)을 실천하는 일이라고 한다.

허물을 줄여라

성현이 아니면 허물을 없애기 어렵다. 사람은 누구든 허물을 짓고 살게 마련이다. 그러나 허물을 줄이기 위해 항상 애쓴다면 그만큼 삶이 중(重)하게 된다. 짓누르는 무거움이 아니라 듬직하게 하는 무거움, 즉 믿음을 얻게 된다.

불신(不信)보다 더한 허물은 없다. 믿지 아니하면 따르지 않는다. 따르지 않으면 결국 외톨이가 되고 만다. 따돌려 어울리지 못할 때는 남을 탓하기 전에 돌이켜 나에게 허물이 없는지를 먼저 살필수록 좋다. 나에게 허물이 있으면 불신의 씨앗을 뿌린 셈이다. 믿지 못하게 처신하면서 왜 남들에게 나를 못미더워 하느냐고 푸념한다면 앞뒤가 어긋나 점점 남들에게 욕을 먹는다.

허물이 있으면 비록 명성이 있고 어떤 일을 잘한다고 하더라도 존중받지 못한다. 존중받지 못하면 대접받을 수 없고 대접받지 못하면 천해진다. 천한 사람은 결국 성실하지 못해 마음에 흉터를 내고 산다. 이보다 더 추한 허물은 없다. 허물이란 어디서 오는가? 성실을 외면함으로써 온다. 부실한 사람은 착실하지 못해 믿음을 잃는다. 그러므로 믿음을 얻으려면 가장 먼저 불성(不誠)을 멀리해야 한다. 내가 성실하게 살지 못한 탓으로 남들에게 믿음을 얻지 못하고, 경솔한 처신 탓으로 남들에게 욕을 먹는다. 이렇게 되면 스스로 자기 인생을 천하게 하는 허물을 지울 수 없게 된다.

천지(天地)는 위대하다

천지(天地)가 왜 위대한가? 만물을 품고 있는 까닭이다. 천지를 물질의 세계로 보지 않고 생명의 세계로 보고 천지에서 도(道)를 읽어 냈다. 이런 도는 서구의 사유(思惟)가 아니라 동양의 생각이다. 그리고 그러한 도의 작용을 덕(德)이라 했으며 덕의 핵심을 공맹(孔孟)은 인의(仁義)라고 했고 노장(老莊)은 무위(無爲)라고 했다. 이러한 인의와 무위 역시 동양의 생각이다.

'만물은 함께 자라면서도 서로 해치지 않는다〔萬物竝育而不相害〕. 도는 함께 행해져도 서로 어긋나지 않는다〔道竝行而不相

悖〕. 작은 덕은 개울처럼 흐르고〔小德川流〕 큰 덕은 두터이 변화해 간다〔大德厚化〕. 이것이 천지가 위대한 이유다〔此天地之所以爲大也〕.'

《중용》은 이렇게 밝히고 있다.

그러나 현대 과학은 천지를 이렇게 보지 않는다. 말로는 천지를 신(神)이 창조한 것이라고 하면서도 천지를 물질의 세계로 보고 재화(財貨)가 되는 자원(資源)의 보고(寶庫)로 해석하려 한다. 그러나 하늘과 땅이 없다면 우리는 어디에서 살까? 천지에 물이 없고 흙이 없고 바람이 없다면 온갖 생물들은 어디에서 어떻게 살까? 어떤 생명을 막론하고 천지가 없다면 살 수 없다는 것은 분명하다. 그러므로 천지를 어겨서는 안 된다는 것이 공맹과 노장의 공통된 생각이다. 천지를 물질의 보고로만 치부할 것이 아니다. 천지를 생명의 자궁(子宮)으로 여기는 마음이 있어야 한다. 그래야만 만물이 왜 천지에서 함께 어울려 살아야 하는지를 헤아릴 수 있다. 이 세상 천지는 사람을 위해서만 있는 것이 아니다. 만물을 위해 있다. 도덕(道德)은 이를 밝히지만 과학(科學)은 그러지 못한다.

비단옷을 속에 입는다

훌륭할수록 눈부시게 해서는 안 된다. 과시하려고 하면 할수록 작아지는 법이다. 속이 좁은 사람은 칭찬을 들으면 해해 하고 꾸중을 들으면 화를 낸다. 그러나 속이 넓고 깊은 사람은 칭찬을 꺼리고 부끄러워하며 꾸중을 오히려 감사하게 받아들인다. 칭찬은 허물을 잊게 하지만 꾸중은 허물을 알게 하는 까닭이다.

군자는 비단옷 위에 홑옷을 겹쳐 입지만 소인은 비단옷 입고 밤길을 걷는다면서 투덜댄다. 이 말을 곰곰이 새겨 둔다면 살아가면서 험한 꼴을 당하지 않을 것이다. 좋은 일을 했으니 세상더러 나를 알아달라고 하면 오히려 좋은 일이 흉이 되기 쉽다. 자랑하기 위해 좋은 일을 한다면 이미 마음에 위선이 숨어 있는 것이다. 그래서 선한 일을 하고도 뺨 맞는 경우가 생긴다.

군자는 왜 비단옷을 남에게 자랑하지 않고 홑옷을 덮어 감춰 입는가? 남에게 칭송받기 위해 좋은 일을 하는 것이 아니고 또 그렇게 하지 않으면 안 되기 때문에 선한 일을 할 뿐이다. 착하고 성실한 삶일수록 드러내지 않는 법이다.

눈부시게 빛나려 할 것 없다. 아침이 오기 위해서는 새벽을 지나야 한다. 동은 삽시간에 트지 않는다. 서서히 더디게 밝는다. 미명(微明)은 눈을 부시게 하지 않는다. 그러나 섬광(閃光)

은 눈을 멀게 한다. 그래서 섬광처럼 살려고 하면 마음의 눈이 멀어 망한다. 군자는 미명의 삶을 택한다. 수수하고 검소하며 겸허하게 사는가? 그렇다면 미명의 삶이다. 그래서 군자는 속에 비단옷을 입는다.

덕(德)으로 들어가라

마음씨가 어질고 착해 넉넉하고 너그러운 사람을 우리는 군자라고 부른다. 군자는 입덕(入德)한 사람이다. 덕에 들어가 사는 사람이 곧 어질고 착한 주인이다. 세상에는 물질에 쫓겨 머슴처럼 사는 사람이 절대 다수이다. 성실한 마음을 가지고 주인(主人)되게 살아가는 사람은 참으로 찾아보기 힘들다. 내가 돈[物]의 주(主)인가 아니면 돈[物]이 나의 주(主)인가? 지금은 물질이 주인이고 사람은 머슴이 되고 말았다.

서서히 밝아지는 미명의 삶보다는 순식간에 번쩍하는 삶, 즉 섬광의 삶을 더 바라는 인간 군상이 불길을 향해 질주하는 불나방처럼 물질을 향해 질주하고 있다. 미명은 어두웠다가 서서히 밝아지지만 섬광은 밝았다가 순식간에 어두워진다. 밝은 삶을 원하는가, 어두운 삶을 원하는가? 저마다 자문해 볼 일이다. 밝은 삶, 가벼운 삶, 행복한 삶, 이렇게 기억하기로 하자.

어두운 삶, 무거운 삶, 불행한 삶, 이렇게 기억하기로 하자.

불행한 삶은 덕에서 벗어난 삶이며 행복한 삶은 덕으로 들어가는 삶이다. 덕으로 들어가는 삶은 어떤 삶일까? 마음이 담담하다. 그러면 덕이다. 담담하게 살라. 그러면 덕으로 들어가는 삶이다. 마음이 간결하면서 온화하다. 그러면 덕이다. 간결하고 온화하게 살라. 그러면 덕으로 들어가는 삶이다. 반성하면 괴롭지 않고 뉘우칠 부끄러움이 없어 가볍다. 그러면 덕이다. 날마다 반성하면서 살라. 그것이 덕으로 들어가는 입덕(入德)의 삶이다.

왜 배워야 하는가?

노(魯) 나라 임금 애공(哀公)이 공자에게 물었다.

"어느 제자가 배우기를 가장 좋아하느냐?"

이에 공자가 대답했다.

"안회(顔回)라는 제자가 배우기를 좋아했습니다. 노여움을 옮기지 않았고 잘못을 두 번 거듭하지 않았습니다. 그런데 그는 단명(短命)해 지금은 죽고 없습니다. 그 뒤로 배우기를 좋아하는 사람이 누군지 듣지 못했습니다."

이 말을 통해 공자가 얼마나 죽은 안회를 그리워했는지 짐작

할 수 있을 것이다.

왜 공자는 그렇게 안회를 그리워했을까? 아마도 배운 것을 생활로 실천한 첫째가는 제자였기 때문일 것이다. 공론(空論)을 싫어했던 공자는 배움만을 좋아하는 것에 만족하지 않았다. 배운 것을 생활로 실천하기를 바랬고, 안회야말로 공자의 뜻을 만족시킨 제자였던 것이다.

안회는 공자의 호학(好學)·불천노(不遷怒)·불이과(不貳過)를 몸소 실천한 공자의 제자다. 노여움을 남에게 옮기지 않았고〔不遷怒〕, 잘못을 두 번 거듭하지 않았던〔不貳過〕 안회는 진정 공자의 호학(好學)을 실천했던 것이다. 그래서 안회를 덕의 화신이라 하지 않는가. 왜 안회가 공자 옆에 묻혔는지 알 만하다. 공자가 말한 배우기를 좋아하라〔好學〕 함은 사람되는 길을 배우라 함이지 지식만을 배우라 함이 아니다. 사람이 되는 길을 덕이라 한다. 안회는 그 길을 열심히 배웠다.

참으로 자랑스럽다

한 푼 더 얻으려고 다툴 것 없다라고 생각하면 걸릴 것도 없어지고 주접부릴 일도 없어진다. 그래서 공자는 긍지를 갖고 다투지 말라〔矜而不爭〕고 했다.

서로서로 어울려 살면 되는 것이다. 서로 돕고 살면 행복은 곱으로 늘고 불행은 반으로 줄어드는 법이다. 그래서 공자는 서로 모여 어울려 살되 패거리를 짓지 말라(羣而不黨)고 했다.

긍이부쟁(矜而不爭), 군이부당(羣而不黨). 공자는 이 두 가지만 지키면 분명 큰사람이 될 수 있다고 믿었다. 그러나 세상에는 긍지를 버리고 다툼을 일삼고 어울릴 줄 모르고 패를 갈라 싸움질을 일삼는 소인들이 많아 공자는 당신의 시대를 아파했다. 그런 아픔을 공자는 덕을 아는 사람이 적다는 말로 대신했다.

긍지는 내가 나를 훌륭하게 하려는 뜻이다. 내가 나를 훌륭하게 하고 싶은가? 그렇다면 가장 먼저 남과 시비를 걸어 다투는 짓을 멀리해야 한다. 우리 모두 내 몫을 좀 더 챙기거나 나는 맞고 너는 틀렸다는 것을 증명하기 위해 다투는 것이 아닌가. 그런 짓을 집어치우면 그 순간 나는 절로 큰사람이 된다. 사람은 독불장군으로 살 수 없다. 모여서 서로 밀어 주고 끌어 주면서 함께 더불어 살아야 바르게 살 수 있다. 그러나 나에게 이로우면 내 편이고 나에게 해로우면 적이라고 편을 갈라놓고 마치 인생을 아군과 적군이 대치하고 있는 전선(戰線)으로 생각하는 사람은 천하에 못난 놈이다.

생각할 것이 많다

사람은 이런저런 생각을 줄줄이 하며 산다. 그러다 보니 사람의 마음은 변죽이 죽 끓듯 한다. 그러나 변덕을 부릴수록 수렁에 빠진다는 사실을 안다면 함부로 이랬다저랬다 바꿀 수 없을 것이다. 그래서 공자는 생각할 때 아홉 가지를 지키라고 당부했다.

볼 때는 밝기를 생각하라〔視思明〕. 명(明)은 밝음이다. 어두운 쪽을 보지 말고 밝은 쪽을 보라. 삐딱하게 보지 말고 바르게 보라. 들을 때는 총명함을 생각하라〔聽思聰〕. 엿듣거나 겉듣지 말고 제대로 바르게 알아들어라. 어설피 듣지 말고 똑똑하게 들어라. 표정을 지을 때는 온화함을 생각하라〔色思溫〕. 사납고 거친 표정을 지을 것 없다. 따뜻한 미소를 머금고 사람을 바라보라. 몸가짐은 공손함을 생각하라〔貌思恭〕. 오만하고 건방지면 될 일이 하나도 없다. 공손한 사람 앞에서는 임금도 고개를 숙인다. 말할 때는 진실한가를 생각하라〔言思忠〕. 거짓 없는 마음이 충(忠)이다. 참말이면 천 냥 빚도 갚는다. 일할 때는 착실함을 생각하라〔事思敬〕. 경(敬)은 선을 넓히고 악을 막는 마음이다. 경으로 일하면 실패란 없다. 의심이 날 때는 물어볼 것을 생각하라〔疑思問〕. 물어보고 의심하지 말라. 의심하면 죄가 되기 쉽다. 화가 날 때는 난처한 일을 생각하라(忿思難). 분노 뒤에는 반드시 고통이 따른다. 화가 나거든 한번 더 돌이켜 보라. 그러면 분(憤)이 죽는다. 이득을 보거든 의로운 일을 생각하라〔見得思義〕. 뇌물을 왜 주고받는가? 이(利)만 있을 뿐 의(義)는 없기 때문이다. 이로움이 없는 이득은 장물이기 쉽다. 장물은 훔친 것이다.

공자의 구사(九思)를 늘 마음에 담고 살면 한숨 쉴 일이 그만큼 줄어든다.

예(禮)를 새긴다

예(禮)를 알지 못하면 세상에 나설 수 없다〔不知禮 無以立也〕. 공자는 이렇게 밝히고 있다. 공자는 또한 출세하려면 예로써 해야 한다는 입어례(立於禮)를 밝혔다.

겸손(謙遜)하라. 이는 나를 낮추는 몸가짐이다. 겸허(謙虛)하라. 이는 나를 절제하는 몸가짐이다. 검소(儉素)하라. 이는 사물을 소중히 여기는 삶이다. 공경(恭敬)하라. 이는 선을 넓히고 악을 막는 몸가짐이다. 효제(孝弟)하라. 이는 부모를 모시고 형제자매가 서로 돕는 몸가짐이다. 이와 같은 몸가짐은 예를 떠나서는 알 수 없는 덕이다. 그러므로 이러한 덕성은 예를 앎으로써 가능하다.

무례(無禮)하면 버릇없는 놈이란 욕을 먹는다. 결례(缺禮)하면 건방진 놈이란 욕을 먹는다. 욕먹는 것을 무서워할 줄 알아야 세상에 나아가 사람들의 눈총을 받지 않는다. 한 번이라도 세상의 눈총을 받게 되면 더불어 사회 생활을 하기가 어려워진다. 예를 모르는 사람으로 낙인찍히면 사람 대접받기가 어려워진다.

내가 겸손하면 상대도 얌전해진다. 내가 겸허하면 상대도 엄숙해진다. 내가 검소하면 상대도 허영을 버린다. 내가 공경하면 상대도 오만을 버린다. 내가 효제하면 온 집안이 화목해지고 사회의 존경을 받는다. 이러한 삶을 이룩하는 것이 입(立)이다. 입어례(立於禮), 이는 꿋꿋하게 당당히 살라 함이다.

오미(五美)가 있다

'베풀되 낭비하지 말라〔惠而不費〕. 일을 시키되 원성을 사지 말라〔勞而不怨〕. 소망하되 탐하지 말라〔欲而不貪〕. 여유 있되 교만하지 말라〔泰而不驕〕. 의젓하되 사납지 말라〔威而不猛〕.'

이것이 공자가 밝힌 정치(政治)의 다섯 가지 미덕(五美)이다.

남을 편하게 하는가, 불편하게 하는가? 남을 흐뭇하게 하는가, 섭섭하게 하는가? 느긋하게 여유를 갖는가, 끄달리며 조바심을 내는가? 이렇게 자문해 볼 일이다. 왜냐하면 내가 세상을 아름답게 할 수도 있고 추하게 할 수도 있기 때문이다.

혜이불비(惠而不費)면 삶이 넉넉하다. 마음이 넉넉한 삶은 아름답다. 노이불원(勞而不怨)이면 삶이 훈훈하다. 다 같이 땀 흘리는 삶은 훈훈해서 아름답다. 욕이불탐(欲而不貪)이면 삶이 깨끗하다. 마음이 깨끗한 삶은 아름답다. 태이불교(泰而不驕)면 삶이 즐겁다. 마음이 즐거운 삶은 아름답다. 위이불맹(威而不猛)이면 삶이 의젓하다. 마음이 의젓한 삶은 아름답다. 정치(政治)는 이 다섯을 지키면 그만이다.

불비(不費) · 불원(不怨) · 불탐(不貪) · 불교(不驕) · 불맹(不猛)을 정치의 오불(五不)이라고 불러도 된다. 본래 정치(政治)가 정치(正治)가 되기 위해서는 이 오미의 오불을 지켜야 한다. 이런 오미로써 세상을 다스린다면 어느 누가 정치한다는 사람을 원망하겠는가?

사악(四惡)이 있다

가르치지 않고 죽이는 것[不敎而殺]은 학(虐)이다. 미리 단도리하지 않고 결과만을 따지는 것[不戒視成]은 폭(暴)이다. 법령을 엉성하게 만들어 놓고 집행 기간을 단축하는 것은 적(賊)이다. 출납에 인색하게 구는 것〔出納之吝〕은 유사(有司)다. 학(虐)·폭(暴)·적(賊)·유사(有司)를 정치의 사악(四惡)이라 한다. 유사(有司)는 못된 가신(家臣)의 패거리를 말한다. 이런 사악을 없애면 정치는 저절로 바르게 되어 백성의 원성을 거둔다.

백성을 바보로 만들어 개돼지처럼 부려먹고 죽어가게 하는 것이 폭군의 학대(虐待)다. 이를 불교이살(不敎而殺)이라고 한다. 미리 경계해서 알려 주지 않고 결과만을 갖고 따져서 백성을 못살게 구는 것이 곧 폭군의 폭력이다. 이를 불계시성(不戒視成)이라고 한다. 법을 엉성하게 만들어 놓아 해석하기에 따라 이렇게도 되고 저렇게도 되게 해 놓고 백성을 등쳐먹는 짓이 폭군의 행패(行悖)이다. 그리고 백성에게 나누어줄 것에 온갖 핑계를 붙여 인색하게 나누어주면서 폭군 밑에서 붙어먹고 사는 패거리들의 노략질이 유사(有司)다.

지렁이도 밟으면 꿈틀거린다. 백성이 주먹을 쥐고 무기를 들면 아무리 포악한 정치도 물길을 맞은 모래 언덕과 같이 되고 만다. 그래서 학정이든 폭정이든 피를 부른다. 그리고 간신은 결국 역적이 되어 피를 부른다. 사납게 졸개 노릇을 한 가신들은 뭇매를 맞고 개죽음을 당한다. 정치의 사악은 반드시 그 끝이 흉하고 험하다.

지나치면 욕을 먹는다

공자께서 이렇게 밝혀 두었다.

'충고해서 잘 인도해야겠지만〔忠告而善道之〕 충고를 알아듣지 못한다면 그만두어라〔不可則止〕. 지나친 충고로 도리어 욕을 당하는 일이 없도록 하라〔無自辱焉〕.'

벗을 사귈 때는 조심하고 삼가라는 말씀이다. 참된 벗이라면 충고를 잘 받아들여 서로 마음을 주고받는다. 그러나 그렇지 않다고 해서 섭섭하다거나 몰라준다고 투정할 것은 없다. 자신이 한 충고를 거두어들이면 그만이다. 원수질 것도 없다. 아무리 좋은 말이라도 상대가 몰라주면 어쩔 수 없다. 억지를 부리면 오히려 욕을 당한다.

무자욕(無自辱). 이는 자욕(自辱)하지 말라 함이다. 지나쳐서 험하고 흉해져 스스로 욕을 먹는 짓을 두고 자욕(自辱)이라 한다. 충고는 진지할수록 좋다. 무턱대고 편을 들기 위해 충고한다면 못쓴다. 섣부른 충고가 오히려 수렁이 되는 경우가 허다하다. 함부로 충고할 것 없다. 남의 오지랖 넓다고 걱정하다 제 오지랖에 불붙는 것을 모르는 사람보다 더한 바보는 없다. 누가 바보에게 충고를 구하겠는가?

못난 사람이 고생을 사서 하고 욕을 사서 듣는다. 남의 일에 공연히 배 놓아라, 감 놓아라 간섭하면 어줍잖게 된다. 어줍잖은 짓을 범하면 못난 사람이 되고 만다. 비싼 밥 먹고 공연히 남에게 비위를 맞추려다 손가락질 당하는 경우를 생각해 보라. 끔찍하다. 무자욕(無自辱), 이 한 마디만 기억해도 사람은 의젓해질 수 있다.

졸부(猝富)는 되지 마라

부자이면서 교만하지 않기는 쉽다[富而無驕易]고 공자가 밝혀 놓았다. 그러나 부자가 겸허하고 교만하지 않기는 어려운 모양이다. 이 세상에는 멋있는 부자보다 보기 흉한 부자가 더 많은 까닭이다. 보기 흉하고 닭살 돋게 하는 부자를 우리는 졸부(猝富)라고 한다.

돈 좀 있다고 오두방정을 떨며 자랑하지 못해 안달하는 졸부들이 왜 남들에게 욕을 먹겠는가? 시샘이 나서 욕하는 것도 아니고 부러워서 그러는 것도 아니다. 꼴사납고 방정맞은 졸부는 인생이 소중하고 엄격한 줄을 모르고 설쳐댄다. 돈이면 다 된다고 믿는 놈보다 덜 된 놈은 없다.

그런데 왜 공자는 부자가 교만하지 않기는 쉽다고 했을까? 부자가 된 과정을 잊지 않는 부자는 방정맞은 졸부처럼 허세를 부리지 않을 것이기 때문이다. 자기 혼자 잘나서 부자가 되었다고 생각하면 교만해지기 쉽다. 교만하면 부자도 가난해진다는 사실을 알면 교만하지 않을 것이다. 그러면 부자가 교만하지 않기는 쉬워진다.

여유 있을 때 남기고 아끼며 살아야 한다. 없으면 아낄 것도 없고 남길 것도 없다. 오늘 하루만 살고 보자는 생각으로 사는 사람은 내일을 위한 준비를 할 줄 모른다. 이보다 더한 교만은 없다. 인생을 얕보는 것보다 더 무서운 어리석음이 어디 있겠는가? 교만은 인생을 얕보는 어리석음이다. 이것이 졸부의 어리석음이다.

덕(德)으로 이끈다

공자께서 이렇게 밝혀 두었다.

'제도로 이끌고〔道之以政〕 형벌로 다지면〔齊之以刑〕 사람들이 빠져나갈 궁리를 하고 염치가 없어진다〔民免而無恥〕. 덕으로 이끌고〔道之以德〕 예로 다지면〔齊之以禮〕 염치를 차려 의젓해진다〔有恥且格〕.'

도지이정(道之以政)과 제지이형(齊之以刑)은 법치(法治)를 말한다. 법치는 힘으로 세상을 다스린다. 그러나 도지이덕(道之以德)과 제지이례(齊之以禮)는 덕치(德治)를 말한다. 덕치는 어질게 세상을 다스린다. 법치는 사람을 법 아래에 두고 덕치는 법을 사람 아래에 둔다.

힘으로 다스리려고 하면 더 센 힘으로 이기려고 하거나 약한 줄 알고 꾀를 내서 피하려고 한다. 비겁하고 비굴하게 굴면서도 그것이 부끄러운 것인 줄 몰라 못된 짓을 더 하게 된다. 법이 엄한 세상일수록 도둑이 많다고 한다. 못된 짓을 저질러 놓고도 부끄러워할 줄 모르면 세상도 썩고 사람도 썩는다.

그러나 덕으로 다스리려고 하면 다투어 겨루는 힘이 필요 없다. 서로 돕고 서로 돌보는 심정으로 세상을 대하므로 힘을 겨루어 싸울 일이 없어진다. 그러면 나는 너를 믿고 너는 나를 믿는 화합이 이루어진다. 이를 덕치(德治)라고 한다.

덕치는 사람을 믿고 법치는 사람을 의심한다. 사람을 의심하면 힘으로 다스리게 되고, 사람을 믿으면 덕으로 다스리게 된다. 인생은 그저 되는 것이 아니라 다스려야만 바르게 된다. 내 인생 역시 내가 날마다 삶을 다스려 가는 과정이다.

어진 이를 본뜬다

공자께서 이렇게 밝혀 두었다.

'어진 이를 보면 그이처럼 되기를 생각하고〔見賢思齊焉〕, 미

련한 자를 보면 그렇게 되지 않으려고 반성할 일이다〔見不賢而內自省也〕.'

현명한 사람을 부러워하는 것은 시샘이 아니다. 현명한 사람을 흉내짓 해서 해로울 것은 하나도 없다. 현명한 사람을 선생으로 모시고 살면 험한 인생은 없어진다.

그러나 현명치 못한 사람을 흉내짓 하면 큰 탈을 당하게 마련이다. 깡패와 놀아나면 깡패가 되고 도둑과 놀아나면 도둑이 되게 마련이다. 그러나 깡패를 보고 '나는 깡패가 되지 말아야지' 하는 생각을 낸다면 못난 깡패도 나에게 선생 구실을 하는 셈이다. 왜 이렇게 되는가? 못된 것을 보고 반성한 까닭이다.

선악을 분별하면 현명해지지만 그런 분별을 무시하면 미련해진다. 미련해지면 덕이 없어 못난이, 즉 불초(不肖)가 된다. 불초는 덕이 모자라 어리석고 못난 자이다. 현명한 사람은 선악을 분별할 수 있으므로 순리를 따를 뿐 어긋난 짓을 범하지 않는다.

억지를 부리는 사람, 고집을 부리는 사람, 저만 잘났다고 하는 사람들은 모두 현명하지 못한 자들이다. 억지부리는 사람을 만났을 때는 나도 저런 사람은 아닌지를 반성하면 그 즉시 현명해진다. 내가 나를 살피고 밝혀서 어질고 착하고 성실한 인간이 되기를 바라는 소망이 곧 현명이다.

구하면 얻는다

맹자가 이렇게 밝혔다.

'구하면 그것을 얻고〔求而得之〕 내버려두면 그것을 잃는다〔舍而失之〕.'

여기서 그것이란 사단(四端)을 뜻한다고 새겨도 될 터이다. 사단은 인의예지(仁義禮智)를 말한다.

측은해 하는가? 그러면 인(仁)이다. 속으로는 어질고 착하면서도 드러내지 않는 마음이 인이다. 누구나 인을 구하면 얻을 수 있다. 누구나 착하고 어진 사람이 되려고 닦고 지키면 선한 사람이 된다. 그래서 맹자는 구하면 얻는다고 했다.

부끄러워하는가? 그러면 의(義)이다. 선을 행하지 못함을 부끄러워하는 마음이 의이다. 곧고 바른 마음가짐이 곧 의이다. 누구나 곧고 바른 사람이 되려고 자기를 닦고 지키면 선한 사람이 된다. 그래서 맹자는 구하면 얻는다고 했다.

공경하려 하는가? 그러면 예(禮)이다. 자신을 낮추고 남보다 앞서려 하지 않으며 뒤로 물러설 줄 아는 것이 예이다. 겸손하고 겸허하며 공손하게 사양하는 삶을 행하려고 자신을 닦고 지키면 선한 사람이 된다. 그래서 맹자는 구하면 얻는다고 했다.

알고 모름을 분명히 하려고 하는가? 그러면 지(智)이다. 옳으면 옳다 하고 틀리면 틀린다 하며 모르면 모른다 하는 것이 곧 지이다. 시비를 가리되 제 주장만을 유리하게 하려 하지 않으면서 옳고 그름을 속으로 간직하려고 자신을 닦고 지키면 선한 사람이 된다. 그래서 맹자는 구하면 얻는다고 했다.

막 키워서는 안 된다

맹자가 이렇게 밝혔다.

'먹이면서 사랑하지 않으면〔食而不愛〕 돼지로 대하는 것이며〔豕交之〕, 사랑하면서 공경하지 않으면〔愛而不敬〕 짐승으로 기르는 것이다〔獸畜之〕.'

부모가 자녀를 잘못 키우면 시교지(豕交之)에 해당한다. 그리고 자녀가 부모를 잘못 모시면 수축지(獸畜之)에 해당된다.

자식이 귀하다면서 좋은 음식을 사 먹이고 비싼 옷을 입혀놓고 자식을 남부럽지 않게 키운다고 여기는 부모는 귀한 제 자식을 돼지처럼 키우고 있는 셈이다. 그 아이는 살만 쪄서 비만아가 될 뿐 부모는 아이를 슬기로운 자녀로 길러 낼 수 없을 것이다. 무엇보다 부모가 먼저 자녀에게 바르고 곧은 마음으로 사는 모습을 보여야 한다.

늙은 부모에게 부족함 없이 용돈을 드린다고 해서 부모를 정중하게 모시는 것은 아니다. 공경하는 마음을 지니지 않은 효성은 겉보기에 불과하다. 공경은 천지를 받드는 마음이다. 여기서 천지란 생명을 물려준 고마움을 뜻한다. 부모가 나에게 생명을 물려준 한없는 고마움을 마음에 지니고 부모를 소중히 하지 않으면 가축을 먹이는 것과 다를 바가 없다는 것이다.

왜 맹자는 부모가 자녀를 제대로 키우지 못하면 돼지를 대하는 것과 같고, 자녀가 부모를 공경하여 모시지 않으면 짐승을 먹이는 것과 같다고 했을까? 자녀가 바르게 살도록 키우는 것이 진정한 양육이며 공경하는 마음으로 부모를 모시는 것이 진정한 봉양이기 때문이다.

왕(王)이 따로 없다

맹자가 이렇게 밝혔다.

'힘으로 사람을 복종하게 하는 것〔以力服人者〕은 마음으로부터 복종하는 것이 아니라〔非心服也〕 힘이 부족해 그렇게 할 뿐이다〔力不贍也〕. 덕으로 사람을 복종하게 하는 것〔而德服人者〕은 기쁜 마음으로 진실로 복종하는 것이다〔中心悅而誠服也〕.'

한결같이 사랑하고 귀하게 여기는 것이 덕(德)이다. 그 덕을 실천하는 것이 인(仁)이다. 덕을 행하여 어질고 착한 것을 왕(王)이라고 한다. 그러나 힘만 부리면서 어진 척하는 것은 패

(覇)이다.

왕(王)은 감동시킨다. 그러나 패(覇)는 정복한다. 감동한 사람은 고마워하고 정복당한 사람은 복수의 기회를 노린다. 그러므로 덕으로 설득당하면 기꺼이 복종하고 순종하지만 힘으로 정복당하면 힘이 부족해서 당했다는 앙갚음을 감추고 기회를 노리게 된다. 덕은 벗을 만들고 완력은 원수를 만든다.

돈이나 권세를 앞세워 인생을 경영하는 사람은 패에 불과하다. 권력자 앞에서 굽실거리는 것은 얻는 것이 있을 거라는 속셈 때문이지 진정으로 고개를 숙이는 것이 아니다. 그래서 정승 집 개가 죽으면 문상을 가도 정승이 죽으면 문상 가지 않는다는 것이다.

그러나 덕으로 인생을 경영하는 사람은 왕(王)이다. 궁궐에 앉아서 천하를 호령하는 임금으로서의 왕이 아니라 인생을 으뜸으로 경영한다는 뜻에서 왕이다. 모든 사람들에게 존경받는 왕만큼 더 부러운 왕은 없다.

어진 뒤에야 즐긴다

양(梁) 나라 혜 왕(惠王)이 연못가에 서서 기러기와 고라니 그리고 사슴 등을 보면서 어진 사람도 저런 것들을 즐기느냐고 맹자께 물었다. 그러자 맹자가 혜 왕의 물음에 이렇게 응해 주었다.

"어진 사람이 된 뒤에야 이런 것들을 즐깁니다〔賢者而後樂此〕. 어질지 않은 사람에게는 비록 이런 것들이 있다 하더라도〔不賢者雖有此〕 즐기지 못합니다〔不樂也〕."

혜 왕은 큰 정원을 만들어 놓고 동산과 못을 파고 동산에는 사슴을 기르고 못에는 물고기와 오리를 치면서 호사를 누렸던 모양이다. 그런 혜 왕이 맹자를 보고 당신 같은 어진 사람도 정원에서 노닐며 새와 짐승을 즐길 줄 아느냐고 뽐냈던 모양이다. 맹자는 호사를 자랑하는 혜 왕에게 당신은 어진 사람이냐고 묻고 있는 것이다. 맹자의 반문에 혜 왕이 어떻게 답했는지는 알 길이 없지만 아마 입을 열지 못했을 것이다.

그러나 어진 사람이 아니면 즐길 줄 모른다는 맹자의 말씀은 모든 사람이 듣고 새겨야 할 말씀이다. 어질지 못하면서 즐거움을 누리기는 불가능한 까닭이다. 즐거움이란 선이 물려주는 선물이기 때문이다. 즐거움은 기쁨이나 흥분, 감동과는 다르다. 즐거움은 감각적인 쾌감과는 상관없다. 즐거움은 만족하는 마음만이 누릴 수 있는 까닭이다.

주(紂)는 왕이 아니다

주(紂)는 은(殷) 나라 마지막 임금으로 알려져 있다. 주(周) 나라 무 왕(武王)은 가장 잔학했던 폭군의 대명사인 주(紂)를 토벌해 죽인 인물이다. 이를 벌주(伐紂)라고 한다. 이 문제에 대해 제(齊) 나라 선 왕(宣王)이 맹자께 왕인 주(紂)를 죽여도 되느냐고 물었다. 이에 맹자는 이렇게 대답했다.

"인을 해치는 짓〔賊仁者〕을 흉포하다고 한다〔謂之賊〕. 의를 해치는 짓〔賊義者〕을 잔학하다고 한다〔謂之殘〕. 흉포하고 잔학한 인간은 한낱 사내놈일 뿐이다〔殘賊之人 謂之一夫〕. 한낱 사내놈이었던 주(紂)를 죽였다는 말은 들었지만〔聞誅一夫紂矣〕 임금을 죽였다는 말은 지금까지 듣지 못했다〔未聞弑君也〕."

비간(比干)이 주(紂)에게 성군이 되라고 간곡히 청했다. 그러자 주는 화가 나서 비간에게 이렇게 대질렀다.

"어질다는 놈에게는 가슴에 일곱 개의 구멍이 있다는데 어디 한번 보자."

그런 다음 주는 비간의 배를 갈라 난도질한 다음 강물에 던져 고기밥이 되게 했다고 한다. 비간은 주의 숙부(叔父)였다. 주는 자기 아비의 형제를 잡아죽일 만큼 흉포하고 잔학한 놈이었다.

무 왕은 사람 같지 않은 놈을 죽인 것이지 임금을 죽인 것이 아니라고 맹자는 단호하게 응해 준 셈이다. 포악하고 잔혹한 인간이 어찌 임금이냐는 것이다. 맹자는 가장 어질고 착한 사람이 임금이 되어야지 권력을 쥐었다고 오만불손하게 구는 인간이 임금 노릇을 하는 것은 거짓 임금일 뿐이라고 논파한 셈이다.

공검(恭儉)한가?

맹자가 이렇게 말했다.

"공손한 사람은 남을 모욕하지 않으며〔恭者不侮人〕 검소한 사람은 남의 것을 빼앗지 않는다〔儉者不奪人〕. 백성을 모욕하고 백성의 것을 빼앗는 임금은 백성이 순종하지 않을까 봐 두려워 한다〔侮奪人之君 惟恐不順焉〕. 그러니 어찌 공손하고 검소하겠는가〔惡得爲恭儉〕? 공손함과 검소함이 어찌 말과 웃는 표정으로 되겠는가〔恭儉豈可以聲音笑貌爲哉〕?"

불모인(不侮人), 즉 남을 모욕(侮辱)하지 말라. 그러면 공손한 사람이다. 공손하면 마음이 하염없이 편하다. 그러나 모욕하면 마음이 거칠고 사나워 보복당할까 봐 두렵고 불편하다. 이를 알면서도 남을 모욕하는 짓은 생각이 얕고 모자란 탓이다.

불탈인(不奪人), 즉 남의 것을 빼앗지 말라. 그러면 검소한 사람이다. 검소하면 마음이 하염없이 넉넉해 편하다. 그러나 탈취하려고 하면 마음은 항상 도둑질할 생각으로 꽉 들어차 불편하다. 이를 알면서도 남의 것을 빼앗고 훔치는 짓은 탐욕의 허세와 허영에 놀아난 탓이다.

내가 공손하면 남들이 나에게 순종하고 내가 오만하면 남들이 나를 거역한다. 자기는 오만하면서 남에게 순종하라 하면 싸움과 다툼밖에 되지 않는다. 그러나 공손하면 바라지 않아도 저절로 남이 자신에게 순종하게 마련이다. 복종은 힘에 밀려 억지로 따르는 척하는 흉내짓이지만 순종은 기꺼이 따르겠다는 마음이다.

하지 않는 것이 있다

맹자가 이렇게 말했다.

"사람한테 하지 않는 것이 있은 다음에야[人有不爲也而後] 하는 것이 있을 수 있다[可以有爲]."

이 말씀은 착하고 어질게 살려면 먼저 착하지 않고 어질지 않은 짓을 범하지 말라 함이다. 말하자면 악을 멀리하면 그것이 곧 선이라는 말씀이다.

어떻게 하면 악을 범하지 않을까? 이렇게 자문하는 순간 착한 사람으로 돌아오게 된다. 내가 싫어하면 남도 싫어하고 내가 좋아하면 남도 좋아한다는 상식을 벗어나지 말아야 악을 범하지 않게 된다. 남이 나를 비난하면 속이 상한다. 이러한 간단한 사실을 터득하면 남을 비난하지 않게 된다. 비난받은 남도 속이 상하리란 걸 깨우친 까닭이다.

욕하지 않으면 욕먹지 않는다. 그렇다고 해서 욕먹을 짓을 숨겨 두거나 덮어 주자는 것이 아니다. 맹자의 하지 않는 것이 있다는 것〔有不爲〕은 무슨 일이 있어도 불선(不善)을 범하지 말라 함이다. 못된 짓을 범해 놓고 착한 짓을 했다 한들 상쇄(相殺)되고 마는 법이다. 어질고 의로운 사람은 먼저 사납고 더러운 짓을 범하지 않는다.

남에게 착해라, 어질어라, 정직해라, 겸손해라 말할 것 없다. 내가 먼저 착하고 어진 사람이 되려고 다짐하는 일이 앞서야 한다. 그러자면 착하지 않는 짓을 말아야 하고 어질지 않는 짓을 말아야 한다. 그래서 사람한테는 하지 않는 것이 있다〔人不有爲〕는 말씀이 무섭게 들린다.

다섯 가지 불효

맹자가 다섯 가지 불효를 밝혀 놓았다.

'사지를 게을리하여〔惰其四支〕 부모를 봉양하지 않는 짓〔不顧父母之養〕이 첫째의 불효다. 온갖 놀음에 빠지고 술을 마시며〔博奕好飮酒〕 부모를 봉양하지 않는 짓〔不顧父母之養〕이 둘째의 불효다. 재산을 탐하고 처자식만 소중히 하면서〔好貨財私妻子〕 부모를 봉양하지 않는 짓〔不顧父母之養〕이 셋째의 불효다. 관능적 욕망에 놀아나〔從耳目之欲〕 부모를 욕되게 하는 짓〔以爲父母戮〕이 넷째의 불효다. 싸움을 좋아해(好勇鬪狠) 부모를 속상하게 하는 짓〔以危父母〕이 다섯째의 불효다.'

부모를 봉양하지 않으면 불효다. 봉양은 받들어 모시는 데 물질적으로 모자람이 없게 하는 효성이다. 자기만 호사하고 제 처자식은 소중히 할 줄 알면서 부모를 섭섭하게 하는 자야말로 은혜를 저버린 놈이다. 부모로부터 입은 은혜야말로 천지와 같다.

부모의 마음을 아프게 하고 상하게 하면 불효다. 못된 짓을 범해 쇠고랑을 차는 것보다 더 큰 불효는 없다. 부모가 물려준 머리털 하나, 손톱 하나도 귀하다고 하는 것은 무슨 뜻일까? 부모로부터 물려받은 몸을 소중히 간직해 부모의 마음을 편하게 해 주려는 효성으로 생각하면 된다. 치고 받는 싸움질을 벌여 몸을 상하게 되면 부모가 얼마나 속상해할 것인가를 조금이라도 생각한다면 깡패 짓거리를 범하지 않을 것이다.

부모를 사모하는가?

맹자가 이렇게 말했다.

"큰 효는 죽을 때까지 부모를 사모한다〔大孝終身慕父母〕. 쉰 살이 되어서도 부모를 사모한 것을 나는 위대한 순 임금에게서 본다〔五十而慕者 予於大舜見之矣〕."

순(舜) 임금이 왜 위대한가? 천자(天子)가 되어서 위대한 것이 아니라 효성이 지극해 위대하다는 것이 맹자의 평(評)이다.

순은 밭에 나가 하늘을 우러러 통곡했다고 한다. 만장(萬章)이 왜 그렇게 했냐고 맹자께 묻자 이렇게 대답했다.

"원망하고 사모해서다〔怨慕也〕."

여기서 원(怨)은 자신을 원망한 것이지 부모를 원망한 것이 아니다. 여기서 모(慕)는 자신을 돌보는 것이 아니라 부모를 사모하는 것이다.

순 임금은 밭에 나가 열심히 일하여 아버지와 계모를 지성으로 모시고 이복 형제들을 극진히 돌보았다. 그러나 아버지는 순을 미워했고 이복 동생들은 순을 죽이려고까지 하였다. 아무리 효성을 바쳐도 아버지에게 미움을 받고 아무리 돌봐 주어도 동생들에게 미움을 받았지만 순은 그것이 자신이 부덕한 탓이라며 자신을 원망했다. 순은 부모의 사랑을 받지 못함을 가장 근심하면서 그런 부모를 사모했으니 더 말할 게 없다. 하여튼 내가 효성을 게을리하면 내 자식이 나한테 불효를 한다 해도 할 말이 없어진다.

도(道)를 밝힌다

맹자는 다음과 같이 도(道)를 밝혔다.

'어질다는 것은 사람이 행하는 것이다〔仁也者人也〕. 합해서 말한 것도 도이다〔合而言之道也〕.'

맹자의 깊은 뜻은 너무 간명해서 다 헤아리기가 어렵다. 그러나 사람이 되는 길은 어진 데 있다고 한 것만은 확실하다. 어질지 못한 것은 사람의 길이 아니다. 어질지 않으면 사람의 길이 아니다. 이렇게 새겨들으면 틀림없이 길이 보인다.

어질다, 사랑한다, 귀하다 등은 모두 인(仁)이다. 인은 곧 선이요, 사람이다. 어진 사람은 착한 사람이요, 사랑할 줄 아는 분이다. 이런 분을 군자(君子), 대인(大人), 대장부(大丈夫)라 부른다. 사람의 길을 걷는 사람이 곧 도(道)인 셈이다. 그래서 공자는 사람이 도를 넓힐 수 있다〔人能弘道〕고 했다.

선하면 사람의 길이 넓어지고 악하면 그 길이 좁아진다. 왕(王)은 사람의 인(仁)을 앞세우고 패(覇)는 사람의 역(力)을 앞세우려 한다. 그래서 인생의 길은 너그러울 수도 있고 빡빡할 수도 있다. 힘 싸움을 하면 빡빡하게 다툴 수밖에 없다. 그래서 왕도(王道)는 넓고 패도(霸道)는 좁다.

어진 사람이 곧 왕(王)이다. 따지고 보면 왕이란 따로 없다. 내가 어질면 왕이요, 내가 어질지 못하면 천한 소인에 불과할 뿐이다. 그러므로 왕도는 한 나라의 임금만 가는 길이 아니다. 사람이 가는 길을 공맹은 왕도(王道)라 했던 셈이다.

사람의 것이 아니다

노자가 말했다.

"천지불인(天地不仁)이다."

여기서 불인(不仁)은 무사(無私)하다는 말이다. 하늘과 땅은 무사하므로 미운 놈, 고운 놈을 가리지 않는다. 즉 불인은 더 주고 덜 주는 짓을 하지 않는다 함이다. 천지는 늘 공평하다.

사람은 소중하고 지렁이는 천하다고 말하지 말라. 이것이 노자의 자연(自然)이요, 무위(無爲)요, 불인(不仁)이다. 사람이 자기를 소중하다 하고 지렁이를 천하다 하면 지렁이는 자기를 소중하다 하고 사람을 천하다 할 것이 아닌가? 이렇게 자문해 보고 건방떨지 말라는 것이 노자의 천지불인(天地不仁)이다.

그러나 지금의 과학 문명은 노자의 말을 비웃고 있다. 천지는 사람의 것이다. 천지에 있는 모든 것은 사람의 뜻에 따라 마구 사용해도 된다. 그러므로 천지는 인간을 위한 물질의 창고일 뿐이다. 이렇게 인간은 과학 문명을 등에 업고 방자하게 큰소리치면서 물질적으로 마구잡이로 살아가고 있다.

왜 인간은 오만한가? 왜 인간은 허세를 부리는가? 인간이 과학을 맹신(盲信)하고 물질화된 까닭이다. 물질화란 어떤 성향일까? 생명보다는 돈 내지 재물을 귀하다고 여기며 행동하는 것이 인간의 물질화다. 만일 만물을 생명으로 여긴다면 만물을 소중히 여기는 인간이 될 것이다.

삼거(三去)면 족하다

노자가 말했다.

"거심(去甚)하라. 거사(去奢)하라. 그리고 거태(去泰)하라."

열매에 속이 차면 살이 깊고 여문다. 열매가 여물면 제 맛을 내고 씨앗을 품게 된다. 인간의 삶도 이러한 열매처럼 여물고 익으려면 노자의 삼거(三去)를 명심하고 실천하기 위해 노력하는 것이 좋다.

거심(去甚)하라. 이는 지나친 짓〔甚〕을 하지 말라 함이다. 심한 짓을 범하지 말라 함이다. 지나침은 모자람만 못한 법이다.

생각이 지나치면 두루 살필 줄 모르게 되고 행동이 지나치면 미친놈처럼 행패를 부리게 된다. 이렇게 되면 천해진다.

거사(去奢)하라. 이는 낭비하지〔奢〕 말라 함이다. 흥청망청 멋을 부리지 말라 함이다. 검소하면 사치할 줄 모른다. 검소하면 소중한 줄 알아 무엇이든 아껴 쓴다. 그러나 사치하면 과시할 줄만 알고 무엇이든 마구 쓰게 된다. 결국 사치는 거지가 되게 한다. 거지 같은 인간은 천하다.

거태(去泰)하라. 이는 게으름 피는 짓〔泰〕을 말라 함이다. 부지런한 사람은 거짓을 범하지 않는다. 부지런한 사람은 누구인가? 할 일과 해야 할 일을 찾아서 할 줄 알며 하지 않을 일과 하지 말아야 할 일을 아는 사람이다. 해야 할 일과 할 일을 빈틈없이 다 하는 사람이 부지런한 사람이다. 그렇지 않고 게으른 사람은 일하기를 무서워하면서 꾀를 내고 핑계를 대고 스스로 도둑질한다. 게을러지면 도둑이 된다. 게을러 도둑질하는 인간보다 더 천한 인간은 없다.

노자(老子)가 자랑했다

노자는 《도덕경(道德經)》에서 딱 한 번 자기 자랑을 하고 있다. 본래 노자는 성현의 별명이다. 성현은 좀체 자기 자랑을 하지 않는 법이지만 노자는 딱 한 번 주저 없이 자기를 자랑하고 있다. 노자는 이렇게 자랑한다.

'아유삼보(我有三寶)인데 검(儉), 자(慈), 불감위선(不敢爲先)이다. 지이보지(持而保之)한다.'

나에게 세 가지 보배가 있다[我有三寶]. 검(儉), 자(慈), 불감위선(不敢爲先)이 그 보배들이다. 이를 잘 지녀서[持] 간직하고 실천한다[保之]. 이렇게 노자는 우리를 향해 거침없이 자기 자랑을 한다. 본래 푼수가 제 자랑한다고 흉보는 법이다. 그러나 노자가 자기 자랑을 해도 누구 하나 노자를 흉볼 순 없다. 노자는 우리에게 자연의 품 안에 만물이 안겨 있다는 비밀을 알려 주었기 때문이다.

노자는 검소함을 삶의 보배로 삼았다. 이것이 노자의 검(儉)이다. 또한 노자는 사랑하는 마음을 삶의 보배로 삼았다. 이것이 노자의 자(慈)이다. 나아가 노자는 겸허한 마음을 삶의 보배로 삼고 남보다 낫다고 나서는 짓을 범하지 않았다. 이것이 노자의 불감위선(不敢爲先)이다. 행복하고 싶은 사람은 누구든 노자의 세 가지 보배를 물려받기를 바란다. 그러면 틀림없이 삶을 행복하게 경영하는 주인이 된다.

성인인 노자는 왜 우리를 향해 자기 자랑을 했을까? 곰곰이 생각해 보면 오죽했으면 노자가 그렇게 했을까 싶어진다. 너나 가릴 것 없이 모두 제 잘난 맛에 산다고 건방을 떨고 불손하게 삶을 낭비하고 있으니 말이다.

부드러움이 이긴다

노자가 말했다.

"유약승강강(柔弱勝剛强)이다."

이 말은 유약(柔弱)이 강강(剛强)을 이긴다는 뜻이다. 유약이 강강보다 뛰어나다는 뜻이다. 쉽게 말해 연약한 것이 굳고 강한 것을 이겨낸다는 뜻이다. 이는 생명이 물질을 앞선다는 말로 들어도 된다.

부드럽다, 순하다, 여리다 등의 성질이 유(柔)이다. 약하다, 연약하다, 힘이 없다 등의 성질이 약(弱)이다. 굳세다, 굳다, 단단하다 등의 성질이 강(剛)이다. 힘이 세다, 성하다, 세차다 등의 성질이 강(强)이다. 이겨낸다, 낫다, 뛰어나다 등의 작용이 승(勝)이다.

노자는 힘〔力〕을 말하고 있는 것이 아니라 덕(德)을 말하고 있다. 덕은 부드럽고 힘은 거칠다. 부드러운 덕은 설득하여 감동시키지만 거칠고 거센 힘은 정복하고 굴복시킨다. 덕은 감동시켜 순종하게 하지만 힘은 굴복시켜 항복하게 한다. 순종은 기쁘게 따르게 하지만 항복은 마지못해 따르게 한다. 그래서 덕은 은혜로 되돌아오고 힘은 복수로 되돌아온다.

때린 놈은 밤잠을 설치고 맞은 놈은 발 뻗고 편히 잔다는 말이 있다. 때린 놈은 앙갚음을 당할지 몰라 망을 보아야 해서 선잠을 자지만, 맞은 놈은 그런 불안이 없으므로 편한 잠을 잔다는 게다. 마음 편하기로 친다면 맞은 놈이 때린 놈을 이긴 셈이다. 노자는 항상 마음 편히 살라고 한다. 목숨이 물질보다 소중하다는 말씀이다.

내가 나를 소중히 하라

남이 칭찬해 주면 해해 하고 남이 비난하면 발끈하는 사람이 곧 소인이다. 소인은 자기를 치켜세워 주면 꼭두각시 짓을 마다하지 않는다. 소인배(小人輩) 짓을 하는 것은 스스로 자기 자신을 천하게 하는 꼴이다. 자기 스스로를 소중하게 갈무리하고 싶은가? 그렇다면 노자의 당부를 귀담아 들어 두기 바란다.

'자현자불명(自見者不明)이며 자시자불창(者是者不彰)이며 자벌자무공(自伐者無功)하고 자긍자불장(自矜者不長)이다.'

자현자(自見者)는 남 앞에 자신을 드러내 돋보이게 하려는 짓이다. 이런 짓거리를 범하면 내가 어리석어진다는 것이 불명(不明)이다. 자시자(自是者)는 나는 옳고 너는 그르다고 주장하는 짓이다. 이런 짓거리를 범하면 내가 볼품없어진다는 것이 불창(不彰)이다. 자벌자(自伐者)는 남은 무시해 버리고 자기만 잘한다고 우기는 짓이다. 이런 짓거리를 범하면 내가 공을 세우지 못한다는 것이 무공(無功)이다. 자긍자(自矜者)는 내가 남보다 잘났다고 뽐내는 짓이다. 이런 짓거리를 범하면 내가 대접받지 못한다는 것이 불장(不長)이다.

돋보이게 하려고 자찬(自讚)하고 싶은가? 그러면 천해진다. 남의 의견을 무시하고 제 의견만 옳다고 고집하고 싶은가? 그러면 천해진다. 남을 무시하고 자기만 잘한다고 으스대고 싶은가? 그러면 천해진다. 남보다 잘났다고 뽐내며 뻐기고 싶은가? 그러면 천해진다. 내가 나를 천하게 하지 않으려면 노자의 충고를 잊지 않으면 된다.

꾸밀수록 덧난다

노자가 말했다.

"복귀어박(復歸於樸)하라."

이는 자연으로 돌아가라 함이다. 그렇다고 해서 도시를 버리고 산속으로 들어가 산짐승처럼 살라는 것은 아니다. 그냥 그대로가 바로 자연이다. 더하거나 덜어내 조정하려고 수작을 부리지 말라 함이 곧 자연이다. 그래서 자연(自然)은 무위(無爲)와 같은 말이다. 무위는 있는 그대로 그냥 두라는 말이다.

원래 박(樸)은 통나무를 뜻한다. 다듬어 가공하지 않는 것을 비유해 박이라고도 한다. 있는 그대로, 생긴 그대로를 박이라고 한다. 실박(實樸)하다는 것은 아무런 꾸밈이 없다는 말이다. 그러므로 자연이나 무위나 박이나 다 같은 세계다.

갓난아이(嬰兒)의 마음이 곧 박이다. 영아(嬰兒)의 마음을 따라 산다면 선악의 분별이 무슨 소용이 있겠는가. 항상 착하면 악은 문제될 것이 없는 까닭이다. 그런 인생을 또한 박이라고 한다.

과욕(過欲)은 박을 박살내고 과욕(寡欲)은 박을 구한다는 말이 있다. 과욕(過欲)은 나를 이롭게 하려는 짓이며 과욕(寡欲)은 남을 이롭게 하려는 행(行)이다. 내 욕심을 더하고 지나치게 하여 사납게 탐내는 짓이 과욕(過欲)이고 내 욕심을 덜어내 줄이는 베풂이 과욕(寡欲)이다. 베풀면 세상은 벗처럼 훈훈해지지만 탐하면 적처럼 차가워진다. 훈훈한 세상을 원하는가? 그렇다면 욕심을 줄이고 박으로 돌아가라. 이런 부탁이 곧 노자의 복귀어박(復歸於樸)이다.

하사(下士)들이 많다

노자가 말했다.

"상사는 도를 들으면 열심히 실행하고〔上士聞道 勤而行之〕 중사는 도를 들으면 들은 척하다 잊고〔中士聞道 若存若亡〕 하사는 도를 들으면 웃긴다며 비웃는다〔下士聞道 大而笑之〕."

여기서 상사(上士)는 현명한 사람이고 중사(中士)는 조금 영리한 사람에 속하고 하사(下士)는 매우 영악한 사람에 속한다.

상사(上士)는 덕을 따라 행동하므로 현명하다. 공맹의 도는 인간의 도이지만 노장의 도는 자연의 도이다. 인간의 도는 인으로 드러나지만 자연의 도는 덕으로 드러난다. 인은 어질고 착한 마음에 깃들고 덕은 넉넉하고 따뜻한 마음에 깃든다. 덕을 실천하는 마음을 현명이라고 한다.

도를 비웃기 좋아하는 하사(下士)는 덕을 모른다. 왜냐하면 하사는 제 욕심만 앞세울 뿐 남이야 죽든 말든 모른 척하기 때문이다. 그러므로 하사는 영악하고 잔인하고 뻔뻔스럽게 염치없이 산다. 이러한 군상이 사회를 이루게 되면 그 사회는 살벌하고 매정해진다.

덕을 모르고 멀리하면 어리석어지게 마련이다. 자기 중심으로 생각하고 행동하는 것을 일러 어리석다고 한다. 미혹(迷惑), 미망(迷妄), 불명(不明), 무명(無明) 등은 모두 자기 중심을 고집하는 마음 씀씀이를 말한다. 이런 심술(心術)에 걸려 인생을 경영하다 보면 결국 제가 만든 덫에 걸려 고생을 사서 하게 된다. 이런 고생은 하사의 몫이다.

텅 비워 넉넉하다

노자가 말했다.

"예리한 것을 꺾고〔挫其銳〕 어지러운 것을 풀고〔解其紛〕 빛나는 것을 어울리게 하며〔和其光〕 보잘것없는 것도 함께한다〔同其塵〕."

이는 충(沖)을 해명한 대목이다. 노자는 만물을 이루어 내는 도(道)가 충(沖)으로써 할 일을 다한다고 보았다.

충(沖)은 허(虛)와 같은 말로, 즉 빈 것이란 뜻이다. 빈 것은 없다는 뜻과 통한다. 충은 결국 허무(虛無)란 뜻이다. 허무하다는 말은 절망하고 실망한다는 뜻이 아니다. 바라는 바가 없다는 것이 자연이다. 허무하다는 것은 바라는 바가 없다는 자연이란 뜻이다.

바라는 바가 있으면 예리해진다. 그러니 예리해진 마음을 꺾어 버려라. 그러면 텅 비어 낙낙할 것이다. 될 수 있는 대로 바라는 바를 줄여 가라. 그러면 쉽다. 이런 것이 생활의 좌기에

(挫其銳)다.

바라는 바가 있으면 어지럽다. 그러니 어지러운 마음을 풀어 버려라. 그러면 실마리가 잡힐 것이다. 바라는 바에 목메지 말라. 그러면 편하다. 이런 것이 생활의 해기분(解其紛)이다.

눈부시고 돋보이고 싶은 마음을 버려라. 그러면 넉넉해질 것이다. 될 수 있는 대로 자랑하려고 하지 마라. 이런 것이 생활의 화기광(和其光)이다.

좋은 것, 궂은 것으로 나누면 궂은 것을 미워하는 마음이 생긴다. 그런 마음을 버려라. 밥을 먹어야 살고 똥을 싸야 산다. 목숨을 부지하는 입장에서는 밥도 중하고 똥도 중하다. 똥이 얼마나 소중한가. 똥을 더럽다고 말할 것 없다. 이것이 생활의 동기진(同其塵)이다.

선(善)은 자연이다

노자가 말했다.

"자연의 행위에는 흔적이 없고〔善行無轍迹〕 자연의 말에는 결함이 없으며〔善言無瑕謫〕 자연의 셈은 계산기를 쓰지 않으며〔善數不用籌策〕 자연은 자물쇠 없이도 잘 닫아 열 수 없으며〔善閉無關鍵而不可開〕 자연은 끈 없이도 잘 묶어 풀 수 없다〔善結無繩約

而不可解].”

노자는 자연을 이렇게 해명하고 있다. 선행(善行) · 선언(善言) · 선수(善數) · 선폐(善閉) · 선결(善結)의 선(善)은 자연이 하는 일을 뜻한다. 자연은 곧 선[善]이다.

선행(善行)은 자연의 행위다. 자연은 공치사를 않는다. 공평할 뿐이다. 그래서 흔적을 남기지 않는다. 비행기는 하늘을 오염시키지만 새는 하늘을 날아도 허공을 더럽히지 않는다. 새는 자연이고 비행기는 인공(人工)인 까닭이다. 흔적을 업적으로 여기는 인간이 초라할 뿐이다.

선언(善言)은 자연의 말씀이다. 자연은 참말도 거짓말도 않는다. 자연은 변덕을 부리지 않는다. 약속하지 않는 자연은 인간들처럼 인감 증명을 전제로 진부(眞否)를 가리지 않는다.

선수(善數)는 자연이 셈하는 것이다. 자연 속에 있는 만물을 생각하면 된다. 자연은 편애하지 않는다. 자연은 사람이나 지렁이를 다 같이 취급한다. 자연은 손익을 따지지 않는다. 그러니 계산기를 두들겨 이문(利文)을 챙길 필요가 없다.

선폐(善閉)는 자연의 닫음이요, 선결(善結)은 자연의 묶음이다. 자연이 닫으면 열 수 없고 자연이 묶으면 풀 수 없다. 밤을 전등으로 밝혔다고 낮이 될 수 없으며 낮을 장막으로 쳤다고 밤이 될 수 없다. 태양이 돌고 지구가 도는 것을 막을 수 없다.

자연이 상덕(上德)이다

노자가 말했다.

"상덕은 덕 같지 않다〔上德不德〕. 덕 같지 않은 덕이야말로 참다운 덕이다〔是以有德〕. 하덕은 한사코 덕을 챙기려고 한다〔下德不失德〕. 덕을 덕이 되게 해서 덕을 없앤다〔是以無德〕. 상덕은 무위여서 하지 못하는 것이 없지만〔上德無爲而無不爲〕 하덕은 한다고 하면서도 하지 못하는 것이 있다〔下德爲之而有不爲〕."

이는 자연의 덕과 인간의 덕을 살피게 한다.

상덕(上德)은 자연의 베풂이요, 하덕(下德)은 인간의 베풂이다. 자연의 베풂에는 공치사가 없지만 인간의 베풂은 공치사를 앞세운다. 베풀되 드러내지 말라. 그러면 자연의 덕이며 무위이다. 인간은 한사코 논공행상(論功行賞)을 탐하기 때문에 상덕을 잊고 하덕에 매달린다. 그래서 인간은 작아지고 옹색해져 상덕을 비웃는다.

뜻대로 안 된다고 아우성칠 것 없다. 이미 세상은 내 것이 아니니 말이다. 열심히 일할 뿐 결과를 따지지 않으면 마음 편하다. 마음 편한 것이 생활 속의 무위이다.

기대한다, 확신한다, 목숨을 걸고 한다는 심정으로 일한다면 속이 타고 애가 끓어 제명대로 살 수 없다. 정성을 다해 맡은 일에 임하는 것이 인간이 행할 수 있는 상덕이다. 일을 성패로 매김질하려 하기 때문에 입술이 타는 것이다.

인간의 성패(成敗)란 무엇인가? 이해가 엇갈리는 일을 두고 성패라 한다. 이득이 나면 성공이요, 손해가 나면 실패라는 속셈이 곧 사람을 불편하게 한다. 사람을 편하게 하면 무위(無爲)요, 사람을 불편하게 하면 유위(有爲)이다. 유위는 인위(人爲)이다. 손익을 따져 인간은 피로하다.

시비(是非) 걸 것 없다

장자(莊子)가 말했다.

"시비는 나를 중심으로 생기고〔是非以生爲本〕, 아는 것이 남보다 낫다는 생각으로 이어지며〔以知爲師〕, 그래서 시비는 시비를 더해 이어진다〔因以乘是非〕."

지금 장자는 유식하다는 사람을 비꼬면서 정곡을 찌르고 있다. 좀 안다고 떠들어댈 것 없다. 본래 하룻강아지가 범 무서운 줄 모르는 법이다.

내가 느낀 바, 내가 생각한 바를 상대에게 솔직하게 털어놓는 것으로 그치면 된다. 그러나 여기서 그치지 않고 내가 이해하는 바를 곁들여 내가 판단하는 바를 긍정해 달라고 하면 주장이 되고 요구하게 된다. 요구가 심하면 강요가 되고 강요는 억지로 통하기 쉽다. 누가 억지를 받아들이겠는가? 세상에 억지를 수용할 바보는 없다. 그래서 억지로 시비를 몰아가면 바보가 된다.

할 말을 하되 강요하지 않으면 시비는 부풀어지지 않는다. 나에게 할 말이 있는 것처럼 상대도 할 말이 있게 마련이다. 자기가 하고 싶은 말만 하고 상대의 말은 외면하는 사람은 염치없는 놈에 불과하다. 그러나 상대의 말을 경청하고 인정할 것은 솔직하게 인정한다면 상대도 내 마음을 알아준다. 그렇게 되면 서로 통하게 된다.

서로 마음을 주고받을 줄 알면 시비란 것이 가릴 것이 못된다는 것을 알게 된다. 살아가는 데 이보다 더 중한 지혜는 없다. 나만 안다고 생각하면 오산이다. 너도 알고 나도 알고 우리 모두 다 안다고 여기면 벽은 반드시 헐리게 마련이다.

빈방이 밝다

장자가 말했다.

"빈방이 해를 낳는다[虛室生白]."

장자는 이렇게 서슴없이 말한다. 이 말이 욕심에 허덕이던 나를 멈추게 했던 적이 한두 번이 아니다. 허실생백(虛室生白).

이 한 마디는 인간을 부끄럽게 한다.

장자는 겉 따로 속 따로 살지 말라고 한다. 엉큼하고 음흉한 놈으로 옹색하게 살겠느냐고 자문해 보라고 한다. 무엇이 나를 얽어매려고 하는가? 세상이 나를 얽어매려고 하는가? 아니다. 바로 내 욕심이 나를 얽어매려고 한다. 그렇다면 내가 바로 나 자신을 얽어매고 있는 것이 아닌가! 욕심이 그득한 방을 비워라.

욕심이 훔쳐오는 보물들이 마음속에 그득 차 있을수록 그 마음을 남이 들여다볼 수 없도록 장막을 쳐야 하리라. 온갖 보물들을 탐욕의 보자기에 꽁꽁 싸서 깊숙이 감추어 놓으려면 담을 높이 쳐서 감옥처럼 만들어야 한다. 꽉꽉 막아 놓은 욕심통에는 햇빛이 들어갈 틈 하나조차 없다. 그래서 캄캄하다. 이렇게 욕심은 나를 캄캄하게 한다. 캄캄하므로 가는 길 앞이 보이지 않는다. 욕심은 사람을 장님으로 만든다.

마음을 열어라. 욕심의 곰팡이가 덕지덕지 피어난 마음속을 열어 햇빛이 들게 하라 함이 허실생백이다. 백(白)은 햇빛〔日光〕을 뜻한다. 못된 곰팡이는 햇빛을 보면 죽는다. 그리고 바람을 쏘여 주면 눅눅한 욕심이 마른다. 그렇게 하면 마음속이 열리고 텅 비게 되어 가볍다. 가벼운 마음은 가뿐하다. 밝고 맑아 가뿐한 마음처럼 상쾌한 것이 어디 있겠는가.

사람 속은 알 길이 없다

열 길 물속은 알아도 한 길 사람 속은 모른다. 왜 이런 속담이 생겨났을까? 그 해답을 책 속에서 찾을 필요는 없다. 답은 바로 나 자신에게 있는 까닭이다. 마음을 항상 터놓고 있는가? 그렇다면 내 속을 남들이 모를 것도 없을 것이다. 그러나 마음을 딱 닫아 놓고 겉과 속을 달리한다면 천하 사람들이 모두 나를 알 길이 없다. 그러니 속담의 해답은 바로 나 자신에게 있는 셈이다.

《장자》의 〈소요유〉 편에는 자유(自游)가 등장하여 이렇게 말한다.

"마음은 본래 불이 꺼져 버린 재처럼 될 수 있다〔心固可使如死灰〕."

또 《장자》의 〈제물론(齊物論)〉에는 자기(子綦)가 등장하여 이렇게 훙보기도 한다.

"날이면 날마다 마음을 다툼질로 보낸다〔日以心鬪〕."

삶의 이런저런 고비를 다 넘긴 사람이라면 자유(自游)의 말에 동의하리라 믿는다. 그러나 거의 모든 사람들은 일이심투(日以心鬪)로 조바심을 내며 입술을 태우며 애를 끓이며 사는 탓에 자기(子綦)의 말을 부정할 수 없을 것이다.

지금 마음속에서 미움의 불길이 치솟고 있다면 그 사람은 불

타고 있는 중이다. 그러나 그 마음에 용서의 물을 붓는다면 불타던 미움의 불길이 잡힐 수도 있는 일이다. 그러면 뜨겁게 타오르던 불길은 잡히고 타고 남은 재처럼 마음은 조용해질 것이다. 동시에 마음에 일던 신열이 내리고 거친 삶의 바다는 바람을 잡을 것이다.

하늘의 소리를 들었는가?

《장자》에서 자기(子綦)가 이렇게 말하고 있다.

"하늘의 소리를 들었는가? 땅의 소리를 들었는가? 사람의 소리만 들었겠지. 시비의 소리로 몸살을 앓지 마라. 즐거움은 빈 것에서 나온다."

자기(子綦)는 깊은 산정(山頂)에서 살았다. 자기를 찾아오는 한 사람이 있었다. 찾아온 사람이 보기에는 자기가 죽은 나무등걸처럼 보였었나 보다. 자기는 돌멩이처럼 앉아 있었다고도 한다. 하여튼 산 사람이었지만 산 사람 같지 않게 동그라니 있었다.

왜 장자는 〈제물론〉 첫머리에 자기(子綦)를 등장시켜 낙출허(樂出虛)라고 선언하게 했을까? 이미 텅 빈 방이 햇빛을 낳는다〔虛室生白〕라고 말한 것처럼 즐거움〔樂〕은 빈 것〔虛〕에서 나온다. 본래 비어 있다는 허(虛)와 없다는 무(無)는 다를 바가 없다. 허와 무는 같은 말이다. 걸림 없다는 말이요, 시비를 떠났다는 말이며 선악을 넘어섰다는 말이다. 이러한 경지를 장자는 자유라고 밝힌 셈이다.

피리가 왜 소리를 낼 수 있겠는가? 속이 빈 덕이요, 흘러 나갈 구멍이 있는 까닭이다. 천지에 바람이 불면 온갖 구멍이 제 소리를 내는 것도 구멍이 비어 있는 덕이다. 구멍이 차 있으면 먹통이 되어 소리를 낼 수 없다. 온갖 것이 저마다 피리 구멍으로 소리를 낸다. 물 소리, 새 소리, 바위 소리, 나무 소리 등 천지에 바람이 불면 저마다 제 구멍으로 소리를 낸다. 온갖 소리를 하나로 묶을 수 없다. 바위더러 나무 소리를 내라고 해서 되겠는가? 안 된다. 사람만 있다고 생각하지 말라는 것이다.

소와 말에는 네 발이 있다

《장자》의 〈추수(秋水)〉 편에는 이런 말이 나온다.

'소와 말에게는 네 발이 있다〔牛馬四足〕. 이를 하늘이라고 한다〔是謂天〕. 말 머리를 끈으로 묶고〔絡馬首〕 소의 코를 뚫었다〔穿牛鼻〕. 이를 사람이라고 한다〔是謂人〕.'

여기서 천(天)은 자연을 말하고 인(人)은 문화를 말한다고 보아도 무방하다. 자연과 문화에 대한 장자의 이 말보다 더 간명하고 정확한 말은 없을 것이다.

자연이란 무엇인가? 소에 붙어 있는 네 발이다. 문화란 무엇인가? 말 머리를 묶고 있는 끈이요, 소의 코를 뚫은 것이다. 장자는 이렇게 간명하게 말해 주고 정곡을 찔러 살펴보게 한다. 인간이여, 문화의 주인공이라고 자랑하지 말라. 문화의 동물로 살려고 하는 바람에 인간은 저마다 목에 고삐를 걸고 코를 꿰어 끌려가고 있는 것이 아닌가? 이렇게 장자는 인간이란 존재를 되짚어보게 한다.

소나 말에게 네 발이 없다면 얼마나 불편하고 고통스러울 것인가? 생각해 볼 일이다. 말 머리를 묶는 끈이 없고 주둥이를 빗장질러 놓는 재갈이 없다면 말은 얼마나 편할까? 소의 코를 송곳으로 뚫어 코뚜레를 끼워 놓지 않는다면 소는 얼마나 편할까? 생각해 볼 일이다.

자연은 만물을 편하게 하고 문화는 만물을 불편하게 한다. 이러한 정신이 노장의 도덕이요, 자연이며 무위이다. 그래서 노장은 과학과 문화 그리고 인위를 두려워하고 멀리하라 한다.

총알이 새 구이로 보인다

장자가 이렇게 말했다.

"견란이구시야(見卵而求時夜), 견탄이구조작(見彈而求鳥炙)."

이 말은 듬직하지 못하고 조바심을 내 방정맞게 구는 인간을 비웃고 있다. 성급하게 서둘지 마라. 그러면 탈이 나고 흠이 생겨 볼썽사나워진다.

달걀을 보고〔見卵〕 빨리 수탉이 되어 새벽을 알려 주기를 바라〔求時夜〕면 되겠는가? 총알을 보고〔見彈〕 새 구이를 바라〔求鳥炙〕면 되겠는가? 하기야 남의 집 떡 보고 김칫국부터 마신다는 속담도 있는 형편이니 오죽하랴. 이처럼 인간은 욕심이 사납고 성급해 방정을 떨며 촐랑댄다. 그래서 어디서든 듬직해야 제 값을 받는다.

사람값은 자기 하기 나름이다. 인품(人品)은 남에 의해서 이루어지는 것이 아니다. 오로지 자신에 의해서 이루어지는 덕성의 여하에 달려 있다. 지성(知性)에 의해서 사람값이 정해지는 것은 아니다. 덕성에 의해서 사람 됨됨이가 정해져 인간의 품질이 매겨지는 법이다.

성급해 조급증(躁急症)을 떠는 사람은 어디 가든 손가락질을 면치 못한다. 방방거릴수록 눈에 나 눈총을 받을 뿐이다. 그래서 현명한 부모는 자녀의 바지랑이에 모래주머니를 달아 주는 심정으로 자녀를 키운다고 하지 않는가. 달걀을 보면 그냥 달걀로 보면 되고 새총을 보면 그냥 새총으로 보면 되지 조급증을 떨어 방정을 떨 것이 뭐 있겠는가. 찬물도 쉬엄쉬엄 마셔야 한다. 벌컥벌컥 들이키면 맹물에도 숨통이 막힌다. 그래서 성급하게 욕심부리지 말라는 것이다.

조롱 속의 새가 되려는가?

《장자》의 〈양생주(養生主)〉 편에는 들꿩이 등장하여 탐욕스런 인간을 꼬집는다.

'연못가의 들꿩은 열 걸음 종종거려 모이 하나 줍고 백 걸음 종종거려 물 한 모금 마시지만 조롱 속의 먹이를 탐하지 않는다.'

왜 들꿩은 조롱 속의 먹이를 탐하지 않을까? 마음속이 편치 않기 때문이라고 장자가 대신 대답해 준다. 이처럼 장자의 우화는 사람의 폐부를 찌른다.

훔치고 감추고 숨기고 도둑질하려는 도심(盜心) 탓에 인간은 조롱에 갇힌 꼴이 되고 말았다. 조롱 속의 먹이를 탐내면 감옥에 가게 마련이다. 붙들려 재판을 받고 감옥에 수감되는 것만이 옥살이를 하는 것이라고 생각하지 마라. 양심 선언을 하고 자수하는 짓이 왜 일어나고 왜 완전 범죄는 없다고 하겠는가? 본래 도둑은 제 발소리에 놀라는 법이다. 탐하면 마음속에 감방이 생기는 까닭이다. 그래서 마음이 편할 리 없다.

목숨보다 돈을 앞세우고 사는 졸부를 부러워한다면 조롱 속에 갇힌 털 빠진 앵무새만도 못한 놈이다. 땀 흘린 만큼 벌어들인 소득으로 알맞게 사는 사람이 누리는 의젓함은 황금의 무게로 저울질해 그 값을 따질 수 없다. 열 걸음 걸어 먹이 하나 주워 먹고 백 걸음 걸어 물 한 모금 마시는 들꿩을 초라하다고 흉본다면 하나만 알고 둘은 모르는 짓이다.

하나도 뽐낼 것 없다

장자가 말했다.

"서희를 아름답다고 하는 것은 인간이 그렇게 할 뿐이다〔麗姬人之所美也〕. 물에서 놀던 고기는 서희를 보면 깊은 물속으로 들어가 버린다〔魚見之深入〕."

이 말은 사람이 제멋대로 천지를 해석하고 떠드는 것을 꼬집고 있다.

동물원 우리 속에 있는 원숭이를 인간만 구경한다고 확신할 수 있는가? 아니다. 비록 사람 손에 잡혀와 동물원 우리 안에 있지만 반대로 원숭이가 인간을 구경한다고 돌이켜 생각해 보라는 것이 동양의 섭명(攝明)이요, 역지사지(易地思之)다. 상대의 입장으로 돌아가 생각해 보면 저절로 현명해진다는 것이 섭명이다. 이러한 지혜를 노자는 미명(微明)이라 했고 공자는 이순(耳順)이라 했다.

돌이켜볼 줄 안다면 서희를 본 물고기들이 왜 물속으로 숨는지를 알 수 있을 것이다. 물고기들의 눈에는 서희 역시 자신들을 잡아먹을 괴물로 보였을 것이다. 그래서 물고기는 서희를 보면 숨고, 사람은 서희를 보고 천하 절색이라며 침을 흘린다. 이렇게 살필 줄 알면 저절로 사람은 현명해진다. 이처럼 사람은 자연을 통해 덕을 쌓아야만 진정한 섭명의 인품을 얻을 수 있다.

동물원에 가서 원숭이를 구경한다고 단정하지 말라. 원숭이 앞에 섰다면 원숭이가 인간을 노려본다고 여길 일이다. 따지고 보면 약자에게 행패부리는 인간이 잔인할 뿐이다. 원숭이 눈에 비친 인간은 참으로 징그럽고 독하게 보일 것이다.

털끝보다 큰 것은 없다

장자가 말했다.

"가을 하늘에 날리는 털끝보다 더 큰 것은 없고[莫大於秋毫之末], 태산보다 더 작은 것은 없다[而泰山小]."

장자는 이 말을 통해 사람의 편견(偏見), 독단(獨斷), 아집(我執) 따위를 비웃고 있다. 소금을 무겁다고 여기던 당나귀가 솜뭉치를 지고 가다 혼쭐났던 우화를 기억하리라.

소금 가마니가 무거운가, 솜 가마니가 무거운가? 소금 가마니가 무겁다고 단정하지 마라. 자궁에서 나온 캥거루 새끼는 호랑나비가 될 애벌레보다 작다. 그렇다고 해서 캥거루 새끼가 애벌레보다 작다고 단정할 수 있는가? 없다. 초원을 달리는 캥거루는 호랑나비보다 크다. 하기야 코끼리의 정자(精子)와 난자(卵子)가 코끼리의 몸집보다 크다고 하면 엉뚱하다 할 수도 있다. 그러나 발상을 말뚝에 박아 두고 묶어 두지 말라는 것이 장자의 지혜다.

눈곱만 한 소나무 씨에서 낙락장송(落落長松)이 나와 청청한 잎새를 틔우고 천 년을 버틴다. 누가 씨앗을 작다고 하겠는가? 노자도 크나큰 네모는 모서리를 드러내지 않고 크나큰 소리는 귀에 들리지 않는다 했다. 큰 것은 모양이 없다. 그래서 큰그릇은 뒤늦게 이루어진다[大器晩成]고 하는 것이다. 크다는 것[大]은 몸집으로 결정되지 않는다.

마음을 다스리나?

사회 생활을 하는 입장에서 선정(禪定)이라고 할 때는 마음의 안팎을 잘 다스리라는 말로 들어 둘수록 좋다. 불가(佛家)에서는 선정을 이렇게 밝히기도 한다.

'밖으로 모습〔相〕을 떠나라. 그러면 선(禪)이다. 그리고 안으로 어지럼〔亂〕을 없애라. 그러면 정(定)이다.'

또 이렇게도 밝히기도 한다.

'망념(妄念)이 일어나지 않음이 선(禪)이요, 앉아서 본성(本性)을 보는 것이 정(定)이다.'

이런 말씀들이 어렵게 들릴 수도 있다. 그냥 선정을 일러 마음을 편하게 하라는 말로 들어도 틀릴 것은 없다. 그러니 마음을 다스려라.

성인은 마음을 구하지 부처를 구하지 않는다. 그러나 어리석은 사람은 부처를 구하고 마음을 구하지 않는다. 현명한 사람〔智人〕은 마음을 다스리되 몸을 다스리지 않는다. 그러나 어리석은 사람〔愚人〕은 몸을 다스리고 마음을 다스리지 않는다. 우리 모두는 누구인가? 우인(愚人)이라고 하면 될 것이다. 마음 다스리기를 버린 지 오래이니 말이다. 지식이 많다고 지인이 되는 것이 아니다. 오히려 지식이 많을수록 마음이 무거워 고생만 할 뿐이다. 마음고생이란 것을 떠나라 함이 곧 선정이려니 싶다.

몸매만 잘 다스리면 세상에 나가 출세할 수 있다고 여기는 세태이다 보니 마음은 내버려두고 얼굴만 성형해서 너도나도 미인(美人)이 되겠다고 아우성이다. 마음속은 살벌한 사막으로 팽개쳐 두고 얼굴만 번지르르하게 꾸미면 인생이 다 될 줄 아니 얼마나 어리석은가. 이제 가정에서 부모 먼저 마음을 다스렸으면 한다.

범불(凡佛)이 따로 없지

"보통 사람이 곧 부처다〔凡夫卽佛〕. 번뇌가 곧 지혜다〔煩惱卽菩提〕. 앞생각이 어리석었으면 범부요〔前念迷卽凡夫〕, 뒷생각이 깨우쳤으면 곧 부처다〔後念悟卽佛〕. 앞생각이 모습〔境〕에 사로잡혀 있으면 번뇌요〔前念著境卽煩惱〕, 뒷생각이 경(境)을 떠났으면 곧 지혜다〔後念離境卽菩提〕."

이는 육조 혜능(六祖慧能)이 대중을 향해 던진 말씀(法語)이다. 혜능(慧能, 638~713)은 당(唐) 나라의 선승(禪僧)이다.

누구나 부처가 될 수 있다. 번뇌에 사로잡혀 있으면 보통 사람이고 그 어리석음에서 벗어나면 부처라는 것이다. 이처럼 혜능은 우리로 하여금 선하면 모두 부처의 땅을 밟고 산다고 했다. 부처는 신앙의 대상이 아니라 내가 나를 깨우치는 것이다.

어리석음이란 무엇인가? 시비(是非), 선악(善惡), 분별(分別), 차별(差別), 호오(好惡) 등에 걸려들어 내 성품을 얽매이게 하는 짓이 곧 미혹(迷惑)이다. 이러한 미혹의 거주지를 경(境)이라고 한다. 어리석음이 머물러 있는 경(境)을 떠나면, 즉 이경(離境)하면 보리(菩提)이다. 보리는 지혜요, 미혹은 어리석음이다.

지혜는 깨우침이요, 어리석음은 고집이다. 고집은 한 주장에 묶여서 얽혀 사는 삶이고 지혜는 걸림 없이 자유롭게 사는 삶이다. 깨우쳐 가는 삶이 곧 걸림에서 떠나는 삶이다. 무애(無碍)란 이런 삶을 말한다. 장애물〔碍〕이 없는 삶은 내 마음 갖기에 달려 있다.

그대는 영험(靈驗)한가?

'생각이 일고 생각이 멸하는 것을 일러 생사(生死)라 한다. 생사의 순간마다 화두(話頭)를 들어라. 화두를 따르면 생사가 없어진다. 생사가 없는 것을 영(靈)이라고 한다.'

이는 나옹 선사(懶翁禪師)가 각오(覺悟)에게 보낸 편지의 한 부분이다. 나옹(懶翁, 1320~1376)은 고려 말의 선승(禪僧)이다.

불생불멸(不生不滅), 이것이 불교의 핵심이다. 여기서 생(生)이란 드러나고 일어나는 것을 두고 한 말이며, 멸(滅)이란 사라져 들어가 버리는 것을 두고 한 말이다. 이 생각, 저 생각이 들고나는 마음속이 곧 생멸(生滅)의 현장인 셈이다. 안온하고 낙낙하게 살고 싶은가? 그렇다면 생멸의 현장을 떠나라. 이를 무상(無相), 무주(無住)라고 한다. 어느 하나를 들어 고집하지 않는 것이 무상이요, 붙들고 잡아 머물 곳이 없음이 무주이다.

그러니 무상과 무주란 파집(破執)이다. 집착하는 것, 주장하는 것, 이른바 이데올로기란 것 등이 모두 고집(固執)이다. 고집〔執〕을 버리면〔破〕 마음이 홀가분해질 것이다. 그러면 편하고 안온하고 낙낙하다. 왜 속을 끓이고 애를 태워 가며 사는가? 어리석은 탓이다. 어리석음이 줄줄이 오고가는 것을 일러 생사라 한다. 이런 생사를 사정없이 끊어 버리면 그 순간 영험해진다.

죽을 먹었느냐?

"자기란 것이 무엇입니까〔如何是自己〕?"

"죽을 다 먹었더냐〔喫粥了未〕?"

"죽을 먹었습니다〔喫粥也〕."

"가서 네 죽그릇을 씻기나 해라〔洗鉢盂去〕."

이는 자기(自己)가 무엇이냐는 물음에 조주 선사(趙州禪師)가 응한 화두(話頭)다. 화두란 선승(禪僧)의 말(話)이란 뜻이며 두(頭)는 어조사로 뜻이 없다. 조주(趙州, 778~897)는 당(唐) 나라의 선승이다.

조주(趙州)는 단칼에 요절낸다. 조주 앞에서 재주를 부리려 하다간 쪽도 못쓰고 밟히고 만다. 자기(自己)가 무엇이냐는 물음에 조주가 자(自)는 무엇이고 기(己)는 무엇이라고 풀어 가면서 아는 척할 리 없다.

"자기를 남에게 물어보느냐? 못난 놈. 네 놈을 네 놈보다 더 잘 알 놈이 어디 있단 말이냐? 남에게 내가 누구냐고 물어서 답을 얻을 수 있겠느냐? 없다. 그러니 가서 죽이나 먹거라. 다 먹었으면 물러가서 설거지라도 해라. 먹고 싸고 일하는 것이 바로 자기 면목(自己面目)이렷다."

어떤 학자든 조주 앞에 가면 박살난다. 조금 안다고 콧대를 쳐들었다간 조주의 주먹에 작살이 나고 만다. 오죽했으면 별명이 온몸으로 화두를 낸다는 뜻의 구순피선(口脣皮禪)이었겠는가. 선(禪)은 아는 것〔識〕을 우습게 본다. 식(識)이 사람을 허깨비로 만들어 건방지게 하면서 어리석음의 균(菌)을 퍼뜨리는 까닭이다.

벽돌 조각이다

한 스님이 남악 석두(南嶽石頭)에게 물었다.

"무엇이 선(禪)이냐?"

"벽돌 조각이다."

다시 물었다.

"무엇이 도(道)이냐?"

"나무토막이다."

석두(石頭, 700~790)는 당(唐) 나라의 선승이다. 화두는 이렇게 대화한다. 화두라는 대화는 통하면 깨우치는 것이고 통화하지 못하면 못한 대로 그만이다.

화두는 서로 통화(通話)하는 것이 아니다. 통화해야 할 조건도 없고 단서도 없고 증명도 필요 없다. 선(禪)하다는 것은 철저하게 내가 나를 찾아내 요절내야 할 내 문제다. 이를 자성자용(自性自用)이라 하지 않는가.

바보가 물으면 바보로 답해 주어야 한다. 어리석은 물음에 현명한 답을 해 준다는 것은 따지고 보면 충고하는 것 외에는 별 뜻이 없다. 그런데 선사는 충고하는 사람이 아니다. 못난 놈을 만나면 못난 놈임을 헤집어 주면 그만이다. 선(禪)이 무엇이냐고 묻는 놈이 못난 놈이다. 그러니 석두 선사도 못난 짓을 하게 되어 벽돌 조각이라고 못난 놈에게 퍼붓게 된다. 정말로 선이란 것이 벽돌 조각이라고 여긴다면 그놈은 구제 불능이다.

나를 알고 싶거든 남에게 묻지 마라. 먼저 자기가 스스로 앎의 길을 찾아 나설 일이다. 편안히 앉아 남이 풀어 주길 바란다면 되는 일이 하나도 없다. 인생을 덤으로 살 것인가? 그렇다면 종 노릇을 해도 상관없다. 그러나 인생을 자유롭게 할 것인가? 그렇다면 주인으로 살아야 한다. 선은 날더러 주인이 되라 한다.

돌이켜 살핀다

운문 선사(雲門禪師)는 묻는 자에게 고감이(顧鑑咦)라고 응했다 한다. 운문(雲門, 864~949)은 당 나라 말기 5대 선사 가운데 한 분이다. 매우 유명하여 운문의 '고감이(顧鑑咦)'를 삼자선(三字禪)이라고 한다.

고(顧)는 돌이켜 보라. 감(鑑)은 샅샅이 살펴라. 그리고 이(咦)는 크게 소리를 질러 대는 것이다. 고와 감은 묻는 자에게 돌려주는 것이고, 이(咦)는 묻는 놈을 혼내 주는 호령이다. 얼빠져 제 정신을 놓고 다니는 인간은 몹쓸 물건에 불과하다. 살다가 썩어 없어질 물건이 곧 번뇌의 공장을 돌리는 바로 자기(自己)가 아닌가.

누구나 자기에 사로잡히면 사는 일이 박하고 탁하고 어려워지기 쉽다. 이렇게 삶을 괴롭게 하는 근본적인 이유를 견기(見己)라고 한다. 기(己)는 나〔我〕이다. 아(我)는 아집(我執)을 말한다. 삼자선(三字禪)은 이런 아집을 다스려 어리석음을 때려잡는 방망이 구실을 한다.

생활인에게 있어 선(禪)이란 것은 번뇌를 때려잡는 방망이쯤으로 생각하면 된다. 누구나 번뇌로 삶을 애태우게 마련이다. 그럴 때는 선하라. 선한다는 것은 번뇌하는 나를 내가 무자비하게 떠나는 것이다. 애착이나 집착 따위를 단념하라. 그러면 곧 생활인의 선행(禪行)이다.

마음을 편하게 한다

어떤 사람이 조주 선사께 평상심(平常心)에 대해 물었다. 이에 조주는 다음과 같이 받아 주었다.

"늑대나 여우다."

조주는 우리를 속속들이 꿰뚫어 보고 있다. 속을 훤하게 들여다보고 있다. 눈으로 그냥 보는 것이 아니라 현미경으로 들여다보는 듯하다.

입으로는 고상하다 하면서 속마음은 너절하고, 입으로는 참

말을 한다고 하면서 속으로는 거짓말을 하고, 엉큼하고 음흉하고 내숭을 떨면서 무시로 쉴새없이 시치미를 떼고 날마다 삶을 훔치고 사는 군상들의 평상심을 조주만큼 더 정확하게 찌른 자는 없을 것이다.

원래 변덕부리지 않고 한결같음을 일러 평상(平常)이라고 하지 않는가. 그런데 범인들이 항상 간직하고 있는 마음속을 조주는 딱 찍어내 늑대 같고 여우 같다고 드러내 발기고 있다. 조주의 이 한 마디에 우리는 꼼짝하지 못한다.

변덕이 죽 끓듯 하는 내 속은 간살스럽기 짝이 없다. 좋으면 해해 하고 나쁘면 억억 하는 내 심술은 삼독(三毒)에 걸려 삶을 번뇌의 불길로 들볶는다. 탐진치(貪瞋癡)가 곧 삼독(三毒)이다. 욕심을 부리는가? 그러면 탐(貪)이다. 신경질을 부리고 성내는가? 그러면 진(瞋)이다. 멍청한 짓을 범하는가? 그러면 치(癡)이다. 이러한 삼독(三毒)이 우리를 여우로 만들어 간살스럽다.

개 주둥이 닥쳐라

"내가 약산(藥山, 745~828) 스님을 뵈었을 때 누가 묻는 일이 있거든 딱 한 마디로 가르쳐 주라고 했다. '합취구구(合取狗口).' 개 주둥이나 닥쳐라[合取狗口]. 그래서 나도 '개주둥이를 닥치라' 고 말하겠다. '나를 취하면 더럽고, 나를 취하지 않으면 깨끗하다.' 사냥개처럼 얻어먹기 위해 나부대서야 어디서 법(法)을 찾겠느냐?"

이렇게 조주는 내갈겨 버린다.

노란 병아리 주둥이를 함부로 놀리지 말라. 세 치 혀를 놀려 별 짓을 다해 긁어 부스럼 내는 짓거리를 막으려면 주둥이 닥치라는 이 한 마디로 족하다. 이게 화두(話頭)다. 힘들게 살면서 화두를 만나면 정신이 번쩍한다. 멍하니 정신 못 차리고 살다가도 화두를 만나면 멍하던 졸음이 싹 가신다.

본래 번뇌란 것은 입 안에 든 솜뭉치와 같아 넘길 수도 없고 뱉을 수도 없어 숨을 가쁘게 한다. 입 안에 든 솜뭉치를 목구멍으로 억지로 넘기려 하면 숨통이 막혀 죽고 만다. 그러니 입 안에 솜뭉치로 재갈을 물리고 싶지 않거든 주둥이 놀리지 말고 다물고 있어라. 이렇게 대지르는 화두야말로 생활인에게 칼이 되고 몽둥이가 되고 먼지떨이도 되는 진리다. 온갖 탐욕으로 이글거리는 마음속을 요절내지 않는 한 내 한 몸은 편할 수 없을 것이다.

차와 소금 살 돈을 줘라

한 스님이 조주 선사께 물었다.

"여하시진중인(如何是塵中人)?"

이 말을 들은 조주 선사는 이렇게 응해 주었다.

"보시다염전(布施茶鹽錢)."

진중(塵中)은 티끌 속 세상, 즉 삶의 현실을 뜻한다. 그러므로 진중인(塵中人)은 세속의 생활인을 두고 한 말이다.

진중인이 무엇이냐고 묻자 조주 선사는 차[茶]와 소금[鹽] 살 돈[錢]을 보시하라고 부탁했다. 이 말은 곧 부처가 무엇이고 보살이 무엇이라고 함부로 주둥이를 놀리지 말라는 것이다. 조주 선사는 왜 어째서 차와 소금 살 돈을 주라고 했을까? 여기서의 돈은 지폐와 달러 같은 것이라고 고집할 것은 없다. 맑고 깨끗한 평상심(平常心)을 찾아 주는 행(行)을 돈이라고 새기면 그만이다. 선사는 화두(話頭)로 말장난하자는 것이 아니다.

화두라는 것은 생활인에게 차도 되고 소금도 된다. 차를 마셔라. 그러면 마음이 깨끗해진다. 마음을 음미(吟味)해 보라. 더러운 맛이 나는가? 그렇다면 차를 마셔 더러운 때를 씻어 내라. 소금[鹽]을 쳐라. 그러면 썩지 않는다. 멀리 갈 생선에 왜 소금을 뿌리는가? 생선은 그냥 두면 바로 썩기 때문이다. 소금을 쳐 간을 해 두어야 부패를 막을 수 있다.

번뇌가 요동치는 마음은 마치 썩은 생선과 같다. 그러니 소금을 쳐라. 우리가 돈을 하도 좋아하여 조주 선사가 돈을 빙자해 우리를 꼬집고 있는 것이라 여기면 된다. 나를 맑게 하고 싱싱하게 하는 것이 돈이라니 누가 조주에게 대항하겠는가.

소 잡는 칼을 버려라

한 스님이 조주 선사께 물었다.

"여하시자가본의(如何是自家本意)?"

이 말을 들은 조주 선사는 잘라 말했다.

"노승불용우도(老僧不用牛刀)."

자가(自家)는 자기(自己)라는 말이다. 본의(本意)는 마음이다. 그러므로 스님은 조주 선사께 자기의 본 마음이란 무엇이냐고 물었던 셈이다. 이에 조주 선사는 '이 늙은 중은 소 잡는 칼을 쓰지 않는다'고 응한 것이다.

소 잡는 칼〔牛刀〕을 쓰지 않는다〔不用〕. 심우(尋牛)라는 말이 있다. 심우는 소를 찾아 나선다는 뜻이다. 여기서 소는 도를 비유한다고 보면 된다. 도를 진리로 새기면 된다. 물론 조주 선사가 소〔牛〕를 설명해 줄 리는 없다. 하지만 '소 잡는 칼'을 '도(道) 잡는 칼(道刀)'로 옮겨 생각해도 죄가 될 것은 없다. 불교에서 말하는 도는 본성, 즉 본 마음으로 통한다.

본 마음이 무엇이냐는 물음에 조주 선사는 본 마음을 잡는 칼을 쓰지 않는다고 대답한 셈이다. 공연히 개 주둥이 놀려 헷갈리게 하지 말아라. 본 마음은 말로 풀어 해석할 수 있는 물건이 아니다. 공연히 입질해서 본 마음을 흐릴 짓을 범하지 말라. 그래서 부처를 만나거든 부처를 죽이고 조사를 만나거든 조사를 죽이라고 하는 것이구나.

부처나 조사를 팔아 먹고사는 돌팔이들이 있다. 그런 것들은 소 잡는 칼을 겁 없이 휘두르는 바람에 본 마음에 상처를 남긴다.

일하지 않으면 먹지 않는다

백장 회해(百丈懷海, 749~814)는 절 살림을 자립(自立)하도록 한 당 나라 때의 선사다.

어느 날, 날마다 힘든 일을 하는 스승을 쉬게 하려고 제자들이 호미와 괭이를 숨겨 버렸다. 그러자 백장 선사는 그날 밥을 먹지 않고 굶었다. 제자들이 걱정이 되어 왜 굶으시느냐고 묻자 백장은 이렇게 응했다.

"부작불식(不作不食)."

부작(不作)은 일하지 않고 노는 것이다. 불식(不食)은 먹지 않고 굶는 것이다. 부작불식(不作不食), 즉 일하지 않고 놀았다면 먹지 말고 굶어라. 이 얼마나 무서운 말인가. 한 되의 땀을 흘렸거든 한 되의 보람을 찾고 한 말의 땀을 흘렸다면 한 말의 보람을 찾아야지 한 홉의 땀을 흘리고 한 되의 대가를 바란다면 도둑놈이다. 놀면 게을러지고, 게을러지면 도둑질하게 마련이다. 도둑질을 하면 어느 놈이든 도둑이 된다. 백장은 하루를 일하지 않았기에 하루를 굶은 것이다. 일하지 않고 밥을 먹으면 곧 밥도둑이 되는 까닭이다.

이런 백장 선사였기에 우리에게 이런 말을 남길 수 있었던 것이다.

"대중에게 마음〔心〕을 지키되 현상〔事〕에 매달리지 않게 할 것이며, 실천〔行〕 하게 하되 이론〔法〕에 붙들리지 않게 해야 한다. 사람을 말해야지 글을 말해서는 안 된다."

이 말은 참으로 무섭다. 핑계를 대고 빠져나갈 구멍이 없는 까닭에 꼼짝할 수 없다.

남의 말을 외우려 하지 마라

박산 선사(搏山禪師, 1575~1630)가 이렇게 말했다.

"남의 말이나 외우려는 짓을 두고 잡독(雜毒)이 마음에 파고 들었다 한다. 남의 말이 바른 견해를 막아 버리기 때문이다. 세속에서 글깨나 읽는다고 하는 사람도 글자를 외우는 경우는 허다하지만 그 뜻을 소화하는 경우는 드물다."

귀가 얇은 사람은 남의 말을 듣고 변덕을 부린다. 변덕을 부리는 사람은 남이 흘린 침을 받아먹고 독이 든 것과 같다.

나는 주(主)인가, 종(從)인가? 사람을 말해야지 글을 말해서는 안 된다는 백장 선사의 말이 떠오른다. 뜻을 알아야지 말을 알려고 하면 되겠는가? 말은 내가 하는 것이고 글은 남이 한 말을 적어 둔 것이다. 그러므로 글은 남의 말이다. 남의 말을 곁들여 제 것인 양하는 놈은 바람든 무처럼 맛이 간 종놈에 불과하다. 종놈은 상전의 뜻에 따라 굽실거리는 꼭두각시가 아닌가.

이래도 흥, 저래도 흥 하는 놈은 허수아비만도 못한 놈이다. 남의 말만 들어 제 정신은 없는 놈 역시 허깨비에 불과하다. 껍질이든 쭉정이든 소갈이 없는 놈이 어찌 자도(自度)할 수 있겠는가? 번뇌가 들끓는 여기에서 강을 건너 번뇌가 없는 저기로 가기 위해서는 내가 직접 노를 저어 가야 한다. 그런 노젓기가 자도이다. 내가 탄 배를 내가 직접 노를 저어 내가 저곳[彼岸]으로 건너간다는 것이다. 피안(彼岸)은 욕심 따위를 벗어 버린 곳이다. 거기에 가라 함은 종놈으로 살지 말고 주인으로 살라 함이다. 선행하라. 주인으로 살라. 이 둘은 같은 것이다.

무엇을 바르다 하는가?

달마(達磨)께 물었다.

"무엇을 바르다 하고〔何名爲正〕, 무엇을 그르다 합니까〔何名爲邪〕?"

이에 달마가 답했다.

"마음이 분별하는 일이 없는 것을 일러 바르다 하고〔無心分別名爲正〕, 마음이 분별해 해석하는 일이 있는 것을 일러 그르다고 한다〔有心解法名爲邪〕. 나아가 바른지 그른지를 생각하지 않아야〔乃至不覺邪正〕 비로소 바르다고 하는 것이다〔始名正〕."

마음이 분별하면 마음이 그른 짓을 한다. 그러나 마음이 분별하지 않으면 마음이 바른 짓을 한다. 이처럼 선은 분별하고 차별하는 짓거리를 단호하게 처단한다. 평상심은 분별하지 않는 마음이다. 그러니 따져서 파고들지 마라. 세파에 시달려도 집에서는 편하게 쉬어야 한다.

마음이 편안하고 싶다면 모두 다 떨쳐 버리고 쉬어라. 세상일에 걸리지 말고 떨쳐 버려라. 그리고 잠잠히 쉬어라. 그러면 그르던 마음도 제자리를 찾아 바르게 된다. 속이 상할수록 무심하라. 그러면 바름이 그름을 쫓아낸다.

온갖 모습을 상(相)이라고 한다. 무상(無相)은 무심(無心)과 무주(無住)로 통한다. 이는 사한 것 것에서 바른 것으로 옮겨가는 것을 넘어 옳고 그름조차 구별하지 말고 푹 쉬라는 뜻이다. 둘이 아니다는 불이(不二), 둘이 없다는 무이(無二), 다를 것이 없다는 무이(無異), 걸릴 것이 없다는 무애(無碍), 마음이 없다는 무심(無心), 텅 빈 마음이라는 허심(虛心) 등의 말은 모두 푹 쉬라는 말로 들어도 된다.

도를 깨닫지 못하는 까닭

달마께 물었다.

"세상 사람들이 온갖 학문을 연구하는데〔世間人種種學問〕 어째서 진리〔道〕를 깨닫지 못합니까〔云何不得道〕?

이에 달마가 이렇게 대답했다.

"자기만 고집하는 까닭에〔由見己故〕 진리를 깨닫지 못한다〔不得道〕. 만일 자기를 고집하지 않는다면〔若能不見己〕 그 즉시 진리를 깨닫게 될 것이다〔卽得道〕. 자기라는 것은 아집이다〔己者我也〕."

이제 분별하지 말라는 말이 어떤 당부인지 알 만하다. 아집을 버리란 말이며 편견과 독단에서 벗어나란 말이다. 이쯤 되면 바름과 그름을 분별하려고 하면 할수록 더욱 바보가 된다는 뜻을 나름대로 새길 수 있을 것이다.

분별한다는 것은 결국 내가 나에게 사로잡혀 나 자신, 즉 자기를 얽어매는 어리석음으로 이어진다. 이를 견기(見己)라 한다. 이런저런 생각을 하며 머리를 굴리는 것이 견기다. 내가 나를 고집하면 상대도 나처럼 자기만을 고집할 뿐이다. 나는 나, 너는 너 이렇게 가르는 삶 역시 견기의 삶이다. 견기를 떠남이 자망(自亡)이다. 자망은 허무(虛無)다. 즉 내가 나를 비운 허(虛)요, 내가 나를 없앤 무(無)이다. 그러니 내가 나를 잊어버린 경지인 자망(自亡)을 비웃지 마라. 하루에 단 한 번만이라도 자망의 순간을 누리면 그만큼 마음 고생에서 벗어나 푹 쉴 수 있다.

옳다 그르다 할 것인가?

달마가 말했다.

"옳다는 것〔是者〕은 내가 나서서 옳다고 하는 것이지〔我自是之〕 사물이 옳아서 그런 것은 아니다〔而物非是也〕. 그르다는 것〔非者〕도 내가 나서서 그르다고 하는 것이지〔我自非之〕 사물이 글러서 그런 것은 아니다〔而物非非也〕."

과학자가 이런 말을 들었다면 아마 비웃었을 것이다. 그러나 여기서는 사람을 말하자는 것이지 사물을 말하자는 것이 아니다.

과학이 파고드는 물질에는 사람이 없다. 사람이 없는 세계를 맴돌며 끌려가다 보니 인간이 물질화되어 잔인하고 독해져 사람이 사람을 죽이는 일이 날마다 일어나고 있다. 이런 지경보다 더한 고(苦)는 없다. 이런 고를 없애자는 것이 바로 자망(自亡)이다.

사물에는 이것도 없고 저것도 없다. 다만 사람들이 이것을 이것이라 하고 저것을 저것이라 하며 이름을 달아 주고 값을 매겨 귀천을 따지려 할 뿐이다. 자연은 금과 모래를 분별하지 않는다. 오로지 사람만이 금과 모래를 분별하여 금은 값지고 모래는 싸구려라 할 뿐이다.

귀하면 비싸고 천하면 싸다고 속셈하는 인간은 시(是)는 제 것이고 비(非)는 남의 것이라고 고집한다. 이런 고집을 죽여라. 그러면 자유롭게 풀려날 수 있다. 옳은 것, 그른 것을 갈라놓고 내 쪽, 네 쪽을 쪼개다 보면 코 터지고 입 터지고 눈이 터져 하루도 편하게 살 수 없다. 그러니 시비하지 말라. 이쪽에서 시비하지 않으면 상대도 제풀에 꺾여 물러날 것이다.

선악은 별다른 것이 아니다

중봉 선사(中峰禪師, 1243~1323)가 말했다.

"선악(善惡)의 참뜻은 별다른 데 있는 것이 아니다. 남을 이롭게 하려는 것은 모두 선이고, 나를 이롭게 하려는 짓은 모두 악이다. 일하는 동안 욕먹고 배척당한다 하더라도 결과적으로 남을 돕는 것이라면 선이다. 그러나 남들이 아무런 반응을 보이지 않아도 자기에게만 이로운 일은 악이다."

선악이란 무엇인가? 이 질문에 대한 중봉 선사의 대답을 듣고 나면 하나도 어려울 것이 없다. 남을 이롭게 하면 선이지만 나를 이롭게 하면 악이다. 선악에 관한 이보다 더 간명한 해답은 없다. 선사는 말을 간명하게 하여 심장을 찌른다. 백 말이 다 필요 없다. 그래서 세상은 선사를 필요로 한다.

선악에서 성현(聖賢)과 범부(凡夫)의 차이가 분명해진다. 성현이 따로 있고 범부가 따로 있는 것은 아니다. 한평생 줄곧 남을 이롭게 한 사람이 있다면 그런 분이 곧 성현이다. 한순간이라도 남을 이롭게 하는 사람이 있다면 그도 한순간은 성현이 되는 것이다. 그래서 깨우치면 부처요, 미욱하면 범부란 말은 불교 신자들에게만 해당되는 말이 아니다. 하기야 범부에게 범부가 되지 말라 하는 것은 참으로 어려운 일이다. 그러나 마음 편히 한순간이라도 쉬고 싶다면 범부라는 굴레를 벗어나라. 그

굴레를 벗기는 데 선(禪)만한 것이 없다.

마음을 다듬어라

나는 현명한 사람이 될 수도 있고 어리석은 사람이 될 수도 있다. 선사는 마음〔心〕을 구하지 부처〔佛〕를 구하지 않는다고 한다. 그러나 어리석은 자는 부처를 구하려고 하지 마음을 구하려 하지 않는다. 마음을 구하는 것이 곧 깨우치는 것이다. 깨우침〔悟〕이란 무엇인가? 내가 어리석다는 것을 아는 것이 곧 깨우침이다.

어리석어지지 않으려거든 조심(調心)하라. 조심(調心)하면 현인(賢人)이고 조신(調身)하면 우인(愚人)이다. 조심은 마음을 다듬는 것이고 조신은 몸을 치장하는 짓이다. 마음을 곱게 보이기 위해 조심하지 않는다. 욕(欲)을 잘라 냄이 조심이다.

욕(欲)은 곧 삼독(三毒)의 근본이다. 종기도 근을 뽑아야 고름이 없어지는 법이다. 욕(欲)을 뽑지 않고는 탐(貪), 진(瞋), 치(癡)라는 삼독을 뽑아 낼 수 없다. 욕을 닦달하지 않고는 마음이 편할 수 없다. 조심하면 현명한 사람이 되고 조신하면 어리석은 사람이 된다. 이 한 마디만 마음에 담아 두고 살아도 바보들의 행진에서 벗어날 수 있다. 이왕 살 바에는 현명하게 살

일이지 바보로 살 것은 없다.

번뇌란 무엇인가?

사람을 어리석게 하는 것이 번뇌다. 그러나 많이 안다는 지식으로는 어리석음을 면할 수 없다. 오히려 지식이란 것이 사람을 어리석게 한다. 사람이 어리석음에서 벗어나는 길은 다른 데 있다. 그 길을 선(禪)이라고 불러도 된다.

우리 모두 있음〔實有〕을 믿는다. 그런데 선(禪)은 있고 없음에 걸려들지 말라고 한다. 있다는 주장이 있으므로 없다는 주장이 나와 시비가 이어지는 것이 아니겠는가. 아예 주장을 끊어 버려라. 화두는 이렇게 당부하지만 중생은 비웃는다.

"있다〔有〕는 주장에 떨어지면 취하고〔取〕, 버리고〔捨〕, 따르고〔順〕, 엇나가는〔逆〕 생각이 일어난다. 그런 일어남이 내 고집〔我〕이란 것이다. 제 생각에 맞아들면 사랑하고 어긋나면 미워한다. 사랑하면 취해서 받아들이고 미워하면 버리게 된다. 이런 지경이 심해지면 자기에게 좋으면 기뻐하고 좋지 않으면 화를 내게 된다.

공적(空寂)은 깨우치기 어렵다. 눈앞에 있는 것〔實有〕을 어찌 없다고 하느냐고 반문할 수도 있다. 사물을 있는 그대로 두는 것은 자연이다. 그렇다면 사물을 나와 연결시키지 않고 그냥 내버려둔다면 그 사물은 나에게 있는 것인가, 없는 것인가? 이렇게 자문해 보라는 것이다. 나와의 관계를 끊고 보면 사물이 나를 구속할 수 없다. 그러면 나는 자유롭다. 이런 자유도 선(禪)이면 얻을 수 있다.

바람을 잠재워라

팔풍(八風)이란 것이 있다. 돌개바람처럼 이리 불고 저리 불면서 사람을 못쓰게 만들어 못된 사람으로 넘어지게 한다. 누구든 그 바람을 맞아 병신 노릇하기를 원치 않는다면 팔풍을 잠재워라. 어찌 몸에만 중풍이 들겠는가? 마음에도 중풍이 들어 마비될 수 있다. 마음을 중풍 들게 하는 바람을 팔풍이라고 한다.

이익을 탐하는 바람을 이(利)라고 한다. 이 바람을 맞으면 마음이 저절로 쇠(衰)하여 바람을 맞게 된다. 이쇠(利衰)의 바람을 맞아 중풍이 든 마음은 추하고 더럽다.

화를 내고 분을 참지 못하는 마음을 훼(毁) 바람이라고 한다. 훼 바람을 맞고 중풍이 든 마음은 원수를 찾아 이를 간다. 칭찬에 우쭐하여 오두방정을 떠는 마음은 예(譽)의 바람이다. 훼예

(毁譽)의 바람을 맞아 중풍이 든 마음은 가볍고 흉하다.

뒤를 바라고 듣기 좋은 말을 나불대는 세 치 혓바닥의 아첨은 칭(稱) 바람이다. 이런 칭은 등치고 간 내먹는 바람이다. 남을 해코지하는 험담은 기(譏) 바람이다. 기는 병 주고 약 주는 간살꾼이 독이다. 칭기(稱譏)의 바람을 맞아 중풍이 든 마음은 뱀 주둥이 속에 든 개구리 꼴과 같다.

네 가지 부탁이 있다

달마는 안심(安心), 발행(發行), 순물(順物), 방편(方便) 네 가지를 부탁하고 있다. 이 부탁은 단지 불교 신자에게만 하는 말이 아니다. 인생을 나름대로 행복하게 경영하기 위해서는 누구라도 달마의 이 네 가지 부탁을 귀담아 두어야 하리라.

안심(安心)하라. 즉 마음을 편하게 하라. 안(安)은 마음을 어떤 것에 묶어서 얽매이게 하지 말라 함이다. 묶이면 불편하다. 그러니 마음을 자유롭게 하라. 마음을 얽매지 마라. 이것이 안심이다.

발행(發行)하라. 발(發)은 기(起)와 통한다. 일으켜 일깨워라〔發〕. 시비의 분별을 떠나라. 어리석음을 떨쳐 내라. 그러면 안심은 절로 이루어진다. 안심을 실행하라. 이것이 곧 발행이다.

순물(順物)하라. 즉 엇나가지 말고 세속을 멀리하지 마라. 순(順)은 응(應)이다. 서로 손잡고 함께 가는 것이 순이요, 응이다. 너는 너, 나는 나를 갈라 등 돌리고 원수처럼 사는 것은 역물(逆物)이다. 순(順)하면 벽이 헐리고 길이 열린다. 역(逆)하면 벽이 쌓이고 길이 막힌다. 이것이 생활인의 순물이다.

방편(方便)하라. 즉 안심을 실행하고 오순도순 살아가는 방법을 찾아 실천하라. 말만 앞세우지 마라. 주둥이로 아무리 좋은 말을 한들 아무런 소용 없다. 반드시 실천할 수 있는 방법을 강구하라. 남이 시켜서가 아니라 자진해서 안심을 실행할 방편을 찾아내라.

달마의 이 네 가지 부탁은 우리 모두와 관련된다. 서로 안심하고 살고 싶지 않은가? 한가정을 일구어 가는 부부로서, 부모로서 안심, 발행, 순물, 방편을 명심할 일이다.